老城十二巷

黄镌 著

天津出版传媒集团
百花文艺出版社

图书在版编目（CIP）数据

老城十二卷 / 黄镌著 . -- 天津 : 百花文艺出版社 , 2023.10

ISBN 978-7-5306-8587-7

Ⅰ . ①老… Ⅱ . ①黄… Ⅲ . ①中篇小说 - 小说集 - 中国 - 当代②短篇小说 - 小说集 - 中国 - 当代 Ⅳ . ① I247.7

中国国家版本馆 CIP 数据核字（2023）第 109727 号

老城十二卷

LAOCHENG SHIERXIANG

黄　镌　著

选题策划： 王　欣

责任编辑： 李　信　　**装帧设计：** 云上雅集

出版发行： 百花文艺出版社

地址： 天津市和平区西康路 35 号　**邮编：** 300051

电话传真： +86-22-23332651（发行部）

+86-22-23332656（总编室）

+86-22-23332478（邮购部）

网址： http://www.baihuawenyi.com

印刷： 长沙市精宏印务有限公司

开本： 710 毫米 ×1000 毫米　1/16

字数： 290 千字

印张： 22

版次： 2023 年 10 月第 1 版

印次： 2023 年 10 月第 1 次印刷

定价： 98.00 元

如有印装质量问题，请与长沙市精宏印务有限公司联系调换

地址：长沙市开福区德雅路 1246 号

电话：（0731）85817162

邮编：410023

自序

咱这老城，性子轴，犯犟，方向和地名是拧着来的：南门实为东向，东门实为北向，北门在西，西门在南。蕲江是条河，南门河是条江，药王殿是座尼姑庵。

没错！这就是当地人的德行，拧、犟、韧，您哪管不着。你要是揣着虚情假意，他们眼角都不甩你。你要敢斗狠耍横，嘿，趴着找牙去吧，但是，你要是慢慢走近他们，拿真心对着他们，你会发现，他们是最能拍着胸脯讲义气的人，他们的心是出炉包子，白净，温热，柔软。

这样生机勃勃的土地是很容易长出故事来的，还能长得俊，长得盛，一生讲不尽。它是一座宝矿。当然，《老城十二巷》不是历史小说，但它依然是在这片土地上逢山开路、遇水架桥完成的，小说中的人物、场景、叙述、描写、对话，不是我自己的偏见，也不是一篇小说实现完成度的道具，而是这片土地的美丽、温暖和干净，自然滋生出来的自如、纯正和深远，我希望它是自然天成的，贴地行进的，不狡猾、不油腻。

确实是这方水土滋生了这些文字。比如，“宁乡人会读书”，这六个字的俗语里就有一百个故事；比如，“郎在外面打山歌，姐在房里织绫罗”，这句山歌含着一千种意象；比如，花鼓戏、麻山锣鼓、糖画、石磨米粉、皮影戏、山歌子等地方非物质文化遗产，每一项都是万言史诗。文学作品中的地名往往有着实实在在的呼吸和脉搏，大到历史人文、民俗民风，小到商号店铺、凡人小事，都浸染着一方水土的色彩与声音。宁乡是一座千年古邑，有着源远流长的传统文化、激昂奋进的革命文化、争奇斗艳的民族民间文化，有着纷繁复杂的时代背景。20世纪中晚期的宁乡还有着很重的乡土气息，是一半城市一半乡村的交汇，带着由乡村过渡到城市的时代烙印。正是这些独特的地方气味，能让我们认识当时的真实的宁乡，乃至认识当时的真实的中国。倘若这本书中的文字还算诚实，是因为它扎根在这片土地上，是这片土地让故事顺流而下。

《老城十二巷》写的多是普通人，没有大动作，哪怕给他们的故事耍点花样，搞点技术和艺术的交手，也还是寻常百姓的样子，甚至有些文章和情节，我避开了戏剧化的编排，用散文化的结构来叙述，我认为这是很生活的，像南门河水缓缓流淌的样子，有点儿静气。不过，它仍然是虚构的，书中有些事件和地点超越了时空，人物也是杂糅的综合的形象，不能对号入座。比如在《大戏窝》中，主要人物几乎都没有名字。在广袤的光阴洪流里，在花鼓戏悠长的发展历程中，他们只是默默无闻的小人物，平凡得能让人忽略他们的名字，但他们对花鼓戏的坚守与传承，他们台上是条龙、台下是条汉的人格魅力，却是无数人的投影和写照。历史不乏壮美凝重、荡气回肠的英雄史诗，更多的却是小人物赤忱、执着而近乎笨拙的低音和鸣，我敬重他们。《老城十二巷》除了凝望与关注，还有想象与重构，是我的童话与歌唱，我希望它有点儿天真的美。

咱这老城，永远有着野生生、茁勃勃的力量，让人热泪盈眶。我在写作时反复进入那个年代，去对视、去怀疑、去诘问、去深思、去缀补、去重建，没有一次不深受感动。生活在这座城里的人们，他们的欢悦与灿烂、挣扎与痛楚，都透视着生活的丰盈与缺口，震动并辐射着这个时代。他们的善良、勤劳、仁义、坚韧、奋进，他们的犟、轴，或者一点缺憾、一点病灶，都携带着磅礴丰沛的人性的气息，呈现着人性的高光与阴暗，曲折与幽深，是真正的“人气儿”，有着“人”的活力与弹性。说到小说的精神指向，倘若可以往大一点说，是民族品德的发现和礼赞。这片土地上的自然风光、民俗民风、本性人情都是美的，“美”真是世上最好的一个字，值得我的笔尖去停顿和抚摸。我相信生活带给我们的，永远是美多于丑，爱多于恨，光明多于黑暗。用爱、希望与怜悯来与生活并肩，能消除一点心里的火气，多一点柔软、沉思与静观。

城市正在日新月异地高速发展，我的老城，还有你的老城，都已随着岁月的流逝逐渐远去、模糊、消逝。那些青砖黑瓦马头墙的街巷、麻石街上哒哒走过的商帮马队、驮着金黄圆月的黑瓦飞檐、联拱石桥下的乌舡子、江边的吊脚楼、码头上的捣衣声、小洲上的山歌子、巷弄深处的童谣、古老的商号店铺，传统的手工业……都已在时代的高速发展中被分割或解体，更辽阔更多元的新风景替代了它们，而城市化的进程会大大缩小和抹平地方文化的差异性和独特性，于是，某一刻，比如此刻，我们会发现不是故土在送别我们，而是我们在送别故土。

记忆永远是深情的、动人的。记忆是值得捍卫的。

愿这一勺文字，能让人起一点深远的念想。

黄　镌

2023年2月于宁乡晴窗

目录

MU LU

要讲白，就讲白，讲起那年落大雪
大雪落地白又白，苦哒野鸡山里歇
野鸡还有一身毛，苦哒鲤鱼塘里刨
鲤鱼还有两根须，苦哒泥鳅田里迂
泥鳅还有两只眼，苦哒螃蟹拱石板
螃蟹还有八只脚，苦哒螺头钻蚌壳
蚌壳肚子埋珍珠，苦哒细伢子冇读书

——《苦哒谣》

大 戏 窝

1995年春。南门桥。

南门桥上，杨柳树下，有这么个人，清瘦身子，花白头发，盲眼上戴副墨镜。脚边的旧木箱上，摊开来一块红布，画了个阴阳八卦图，上头摆一个签筒，一副卜卦，别的再没有。这人叫刘八字。

福，禄，寿，喜，财。

生，老，病，死，苦。

勾陈得位，青龙伏形，六奇入格。坐劫财，孤星落，人空亡。

这些都是命。

刘八字就是算命的，间或也给人叫去，请个阳卦，问个风水，择个吉时。

刘八字是个半路瞎，这比生来就瞎更不幸些。他大名是什么，无人记得了，因为人都得有个名字，人们便送了这个名字给他。他像有一百岁，当然没有，是容貌使他显得那么老，但这对他没影响。六十年，七十年，一百年，对他完全就是一天。这一天是这样的，中午出门，牵一条大黄狗——大黄狗牵着他，走得很稳当很从容。他出了日新巷，拐到南门桥头，靠柳树放下一张折叠小凳，一个木箱，摆开来一个算命摊子。

他的一年，也像是这样的一天——

春节，“路皮子开台”的地花鼓，挨门串户的龙灯、狮子灯、竹马灯、杂鱼灯，唱莲花落的、打麻山锣鼓的、赞土地的……流水似的从南门桥到福音堂，上了关王桥，过鸭婆巷，穿香山巷，出小西门，又往大街岭上去了。刘八字晓得他们的路线，晓得他们的把式，晓得他们吹拉弹唱声中的每一个板眼——

他听着，露出一点笑意来。

春天过去，端午来了。肉粽扎红线，糖粽扎白线，都在大铝锅里噗噗闹着，老三泰酒曲店的香气，熏蒸着半条街。他看不见，他闻，闻见粽香与酒香游龙戏凤般一步三摇，他也露出一点笑意来，还听见南门河（南门河本叫沩江，但这里人都叫它“河”，很少有人叫它“江”的。）里的龙舟，龙舟上的鼓点，鼓点声里震天的号子。他晓得获胜的龙舟队会得一面大彩旗，船头迎风挂上，打着锣鼓招摇着远去了。中元节，各家各户接客送客，三茶五酒，烧包化钱；中秋节，烧宝塔，南郊河滩垒起红砖瓦片的高塔来，烧得又红又旺。这两个节日的烟火气都在他的鼻腔里转。烟火与烟火是不一样的，喜庆与悲戚，祭奠与祈祷，过去与未来、死亡与生活，都在他鼻腔里转。等风把南门河灌满，河水钝钝地凝滞着，雪就下来了，沙沙地打在他的旧木箱上。老黄狗一声喷嚏，又是一年。

他长久地静坐着，春夏秋冬，南来北往，都在他的耳朵里走着，在他的鼻子里过着。

他八字算得怎样？

不怎样。生意但靠一张嘴，三分实，七分吹，算命的功夫全在一条巧舌上，反正世事不是这样，就是那样。道理他懂，本事没有。刘八字研究过阴阳八卦、天干地支、命理风水，还能背些《渊海子平》《三命通会》，但他不算是非恩怨，哪里称得上行家里手。他算了几十年八字，不是他八字算得好，是因为几十年，他总在那里，所以很远的人也知道这里有个卦摊，跟桥头那尊老石牛似的。

他算命还闹过一个笑话。

一个姑娘，父母早年亡故，如今哥哥病危，嫂子要走。她前程无着，便来卜问姻缘，刘八字说，别人生崽你当娘，别人栽树你乘凉。

姑娘气得满脸通红，一脚踢翻了他的卦摊。旁人哄堂大笑，喊道，刘八字，人家还是个大姑娘，你就说她当娘，这不是背蓑衣打火，惹火上身吗！

刘八字出名了。刘八字不会算八字。

到了天黑，他身边的人开始收摊，卖旧书新报的，刻章子的，耍猴的，套娃娃的，烤红薯的，拔牙点痣、剃头刮虫的……慢慢都散了。垂柳帘里，河上最后一只捞沙船也泊稳了，狮顾山和鳝鱼洲的影，轻轻浮在水中央。

他便也收了摊，叠起他的椅子夹在腋下，牵着他的老黄狗——他的老黄狗牵着他，慢慢走回去。

南门桥往北不远，从老福昌拐进去，是日新巷。巷弄越深越逼仄，老墙上青苔丰腴，半空中电线纵横，停着数溜黑鸟。一串细伢子拐角弯里飞出来，一排铁环当当地远去了，落下一个弹珠木板车，轮子卡在石板缝儿里，孩子哭起来。晚饭菜香着，腊肉干鱼煎豆腐，细茶甜酒嫩盐姜，插菜打清汤。

谁家花鼓调子响起来，录音机里唱着《讨学钱》：

…………

如今世界是大不同啊，
老书不教教国文；
算术体操它容易搞，
就是咯杂英文A、B、C、D；
ABCD我搞不清。
张先生从冒进过洋学的门，
如今教书我打背拱啦啊。

刘八字听着，嘴角翘着，笑道，这个贺二黑皮，唱得好！便也轻轻跟着唱起来。

巷弄深处，有刘八字很小的一个门头，像隔壁屋长的一个肿瘤。他的人生也长了一个瘤，不知他之前可卜算到？

这样的人有什么好说的呢？他拉得一手好琴！

听，刘爹又在拉大筒了。邻舍邱淑慧说。

她男人望望刘八字的黑门黑窗，叹道，以前要听他拉琴，得花好多票钱。

邱淑慧也叹口气，我倒愿意花那笔钱。

刘八字拉的是花鼓大筒。

他那把大筒琴，是喂饱了春种秋收、日月星辰、酸甜苦辣的，是一把入世的琴，诉的都是坡前坳背的，泣的都是眼下心上的，都贴近人的心窝，靠着人的肝肠。老人听着这琴声，就要把往事回想，想起那年落大雪，兄弟们祭了梅山神，携了钢刀火铳潜进密林，要把下山伤人的老虫会一会。妇人听了这琴声，就有了点恍惚的醉意，看见十八九的自己，在纳一双定亲回礼的布鞋，鞋样子画了又画，尺寸量了又量，脸红了又红。男人在这琴声中，想起一个先前的女人，这个差点同他结成夫妻的女人，声音软得立不住，眼皮羞得抬不起，在多年后的隆重回味中，升华成了一朵永远鲜美的花。

每一天，琴声从那低矮的老屋飘出来，踩着风，舞着雪，驾着老巷的四季，驮着人们的悲欢，一点一点向远处传扬，染绿了河边杨柳，催红了山间野花，喧腾了滔滔流水，惹哭了夜里静坐的伤心人，让桥下的男女把肩膀靠近又靠近。浸在琴声里的人们从容打理日子，补了爷爷的蓑衣，又修了娃儿的婚房，种了几畦萝卜菜，又腌了一坛猫乳，从清明的雨，说到除夕的火，又卜到来年的收成。

刘八字的琴声，不是刘八字的琴声，是这一条街巷的琴声，是这座小城，这个年代的琴声。少了刘八字，街巷还是街巷，城还是城，年代还是这个年代，可是少了刘八字的琴声，街巷就不是这条街巷，城不是这座城，年代也不是这个年代了。人们暂时还不知道这一点，人们不知道没发生的事。

关于刘八字的故事，莫衷一是，但他曾经在花鼓剧团拉大筒，这是真的。因为不管哪个版本，都是这样开头的：有一双好眼睛，拉得一手好琴。那时人们叫他刘大筒。

刘大筒曾是花鼓剧团（那时叫楚剧团）的琴师，成名早，像他那样年纪的，技艺多是半边熟，纵有好能耐的，没他好耐心，他是琴不离手。望着赶上他一点了，他又朝前走一点了。他的琴禁得住听，人耐得住瞧——他是个俊后生。

正戏开场前，往往先闹台子，上个对子花鼓或地花鼓，喜气洋洋把场子热起来，既是催促看客赶快入场，又免得在座的久等心烦。后来，因为好些人奔着刘大筒那把“胖筒筒”去，闹台子戏就改成了大筒独奏。

琴师搁台中间坐着，几百双眼睛盯着，让人捧角儿似的捧着，百里挑一，刘大筒就是这份独一。他的琴高兴，全场高兴，他的琴伤心，全场伤心。很多年过去，好些人还记得他这一段短暂的辉煌。

他那把楠竹大筒，是他亲手改造的：琴筒旋制得胖大憨圆，筒口蒙以菜花蛇蛇皮，湘妃竹琴杆，紫檀底托已磨得温润生辉。丝弦改成了钢丝弦，这样声音既可高亢尖锐，响传数里，又能低沉细腻，回音不绝。那绺洁白的马尾弓毛，整整齐齐，谁也不敢动手摸摸，不然他要骂人的，因为马尾一沾油脂就擦不上松香。他拉两三个小时琴，必擦一次松香。

他有半屉子琴马，高粱秸的，竹质的，骨质的，枫木的，松节的……什么季节，什么天气，他用什么琴马。在他眼里，琴筒的木质好坏与琴马的材质肌理、皮膜的薄厚松紧、天气的阴晴冷暖、空气的潮湿干燥……均有天大关系。就说一块小小的制音垫，还不就是块绒布！说话的，你错了，它们有大小，有薄厚，有软硬，有松紧，别人觉不来，悟不出，刘大筒却很有心得。世间总有棋高一着，不过凭着用心二字罢了。

他长得方正，又爱干净，穿得精神极了，衣领子光洁如新，裤褶子笔直挺括。姑娘们都爱恋他，说是看戏，其实是去看刘大筒。

做媒的个叠个地来了，被介绍的姑娘们个赛个的伶俐、乖巧，他一个也没应下来。都说男人没一个不好色的，但凡见了女色，便如同雪狮子向火，团团地融。到了他这里，却是水泼石头，半分没用。人们都说，不是深山塘里不下网，不是沉香树木不开刀，刘大筒眼光高。

不是他眼光高，他压根没动这心思。

他心思在哪儿，哪个晓得呢。

他还年轻，簇新的一个人，簇新的前程，跟任何人往日无冤，近日无仇，却不知是招了谁，惹来个大祸害，丢了一双眼睛。

后面的故事，就有了很大的出入。

有人说，他大筒拉得太好了，抢了风头，遭人嫉恨，受了毒害。

有人说，他跟久盛行老板的“细堂客”搞上了，被人泼了石灰水，把眼睛活活烧瞎了。

流言四起。谁说得最下流，谁的占上风。

1940年春。大戏窝。

很小的时候，他们就在一起了。

她十二岁，就被爷娘送来大戏窝，跟师父学唱戏。细胳膊细腿，细脸庞，还没长开来，含着一点犟气，可那是顶无用的一点徒劳的反抗，只能缩着肩膀抱着膝盖，把脸埋低，哭得好伤心。

他走过去，轻轻踢踢她的脚尖，从口袋里掏出一个馒头来，别哭了，这个给你。

她身子一扭，不理他，继续哭。

他说，不吃东西，你爷娘要伤心的。

她像憋了一肚子气的猫，细尖尖地喊出来，他们才不会！

怎么不会，哪个爷娘不疼崽。

我爷娘就不。

他蹲下去，指头戳戳她，那你把戏唱好，他们就喜欢你了。

她停了哭声，将脸慢慢抬起来。

他笑了，等你挑梁唱大戏了，我去请他们来看，看你怎样给他们争气的。

她看着他，好像有了一点希望，忘了哭。

他说，来，我给你开胯。

她嘴巴还噘着，却已经起身来，慢慢横平双手，将腿分开，身子一点点往下沉。突然腿一收，不行，太疼了。

他一把按住她胳膊说，不许起来，膝盖不许弯，往下一点，再往下一点。

她眉眼鼻子锁起来，哇哇乱喊，一扭头，狠狠咬在他手臂上。

他尖叫一声，你是狗呀，还咬人！

她撸起袖管，露出两道青印，气呼呼地说，你看，这是你昨天弄的。你是猪！

他有点内疚，那，那我下次轻点儿。

哼！

可是你不练，身子就软不下来。

哼！

身子软不下来，就上不了台。

哼！

上不了台，你爷娘就不会来看你。

她嘴一瘪，眼泪又来了。他赶紧掏出馒头来，递给她，快吃，吃了我们再练，我保证不弄疼你了。

这是开春班，县城一流的戏班子，师父们管得严，天天要练功，院墙上写着：台上一分钟，台下十年功。堂屋门框贴一副对子：舞台方寸悬明镜，优孟衣冠启后人。这地方叫“大戏窝”，聚着大小多个戏班，各家天天吹拉弹唱，个个声响震天，便得了这外号。宁乡是个名副其实的大戏窝子，有多少戏班子，那可没法数，任哪个村镇、哪个角落弯里都有人唱戏，点点大的村落，几个人敲着锅，捶着桶，男女老少一起上，就能囫囵一出戏。便只三两人，一人分饰数角，乃至吹拉并用，旦生兼工，都不成问题，就是随手拎出个孩子，也会唱对子戏、打地花鼓。乡下大多是草台班子，围鼓戏班子，像开春班这样在县城接堂子唱整本大戏的，算是民间科班了。

他俩年纪虽小，也跟大伙一样，唱念做打，拳掌指腕，手眼身法步，勾绷骑盘踮，一腔一调、一招一式分毫不马虎。大师父总说，要定心，长本事！吃不了苦，就回去唱草台子戏，打讨米花鼓去。不许说我是你们师父，不许说在开春班学过艺。

大师父姓黄，上宁乡流沙河人，约五十的年纪，黑衣黑裤，里头是雪白的布扣衫子；软底黑鞋，里头是雪白的棉布袜子，很文气，可是刀棍一上手，就像变了个人，忽地霸气了。他旦生兼工，文武合抱，都演得好。他演的旦角很媚，眼像秋波荡漾，身似小蛇爬坡。卸了妆，不存半点阴气。他不许自己胖，说演旦角的一定得有“条子”。所以他演武生时，就得在袍子里加腰垫，这样上身才威武。身板虽瘦，气势好足，两指一勾翎子，一昂头，一亮相，好一个盖世英雄！他也许是黄道开传人，或许还是本宗，现在都无从知道了。

因为戏班里还有个响器师父，大家便都叫他大师父。

他跟着大师父三年了，看着便能，学着便会，是个好苗子。他戏唱得好，也是文武两门抱，扮相又佳，戏里小生经他一演，稚气是稚气点，扮相来得好神气，都说他前途有望。

她才来，他教她吊嗓子。她嗓子打不开，声音尖细，像猫被门板夹住了。

他捂嘴笑。她脸一红，不肯开腔了。

他说她像猫叫，她自己听着也像。她不明白，为什么花鼓戏要尖着嗓子唱呢。师父说，要用小嗓子。可她不晓得什么是小嗓子，只能拔尖着嗓门来喊，可又不是一味用尖嗓，是真音和假音不停地变换，是半句起来半句落下，就连“呀”一声“叫皮”，起调是本音，转了几个弯，又成了尖尖的假音。一句话里头，前半句字正腔圆，后半句却要捏起来，尖起来，声细如钢丝。学得好，婉转细腻、回环变化，学不好，就是猫哭鬼叫。

她学不好，好不容易开了腔，自己先把自己羞死了，只好对着墙，低着头，拿指尖去抠墙壁，抠得土灰瑟瑟掉落。她背对着他，转到这边，又转到那边，咬着嘴唇，眼泪打转转。

你生气了？他歪着头，变个方向看她，又变个方向。我才学时，更难听，他们说像叫驴子被踢破了蛋。

她扑哧一笑，泪就回去了。笑过半天，又回来问，驴子怎么下蛋？

一院的人笑得打滚，她知道不是好话了，红着脸追着他打。院里有棵大香樟，他一溜烟爬上去，坐在枝丫上朝她勾手，来呀，你上来呀。

她气得扭头走了。她不理他了，他又觉得没意思，自己溜下来，送过去讨了打，这样才完。

到了傍晚，大师父二师父坐在樟树下的大椅上，一个个叫他们去过关。先是乐队，牛皮鼓、铜唢呐、大筒，铜镲、大锣，小铙，嘣嘣嘣，锵锵锵，乌里乌里哇，震得鸟雀全飞上了天。热闹，快活！

师父要他俩打个对子花鼓，他得意扬扬往前一站，拿眼悄悄瞟她，要在她面前显能耐，一步三摇的，把神态做得足足的，气韵蓄得满满的：

正月间子里来好唱铜钱歌哩，
一个铜钱哪又值几多啊，
一个铜钱三三六个子哩，
小妹子你接铜钱就把那眉眼睃啊。

他故意把手势打到她眼前，故意要看她窘得往后缩。

轮到她，她搓着衣角，涨红着脸，声音小小地唱：铜钱奴不爱……

他答，爱的是哪一个？

她卡壳了，半天半天，不好意思接下去，红着脸杵在那里。

他不笑了，他急了，大师父可是会打手板的，毫不留情。有时他们偷懒跑出去玩，师父发起火来，师兄妹们一起“吃连科”，一个逃不掉，他手板记得那些痛，他还啃过板凳，被打过屁股呢。

却没有。大师父对她轻轻说，莫急，越急越心慌。唱戏要心稳，心稳才气定。

她不行，手足无措，无助写在脸上。

大师父宽容地说，莫急，你先练眼睛吧。大师父站起来示范，翘着兰花指，滴溜溜转动一双眼珠。她看一个男人扭柳腰、抛媚眼，又想笑，又不敢笑，拼命忍着，脸更红了。

大师父说，一身之戏在于脸，一脸之戏在于眼，看、照、眺、瞪、媚、瞟、转、斗，眼睛先行。眼睛活了，脸就活了，脸活了，戏就活了。

她转动眼珠，像小牛背犁耙。

他的眼睛也跟着转，像帮她使劲。

大西门的倪老爷八十大寿，扎了三天戏台，请的开春班出堂子。唱了两天大戏，有些累了，午后上两个小戏，其他人在后台眯眼养神。大师父二师父正迷糊着呢，听得外头大笑连连，热闹异常。这笑声不同往日，倒有点起哄取乐的意味。大师父一个鲤鱼打挺，翻身起来，走出去看。

大徒弟青峰涂一张红脸，鼻梁画一个大白蝴蝶，半蹲着身子扭步，正逗人乐。花鼓“三小戏”，小旦小生小丑，小丑戏份足，最初的对子花鼓，就是小丑配小旦的，热闹、滑稽、乐和，本地人贪这乐子，看一百次笑一百次，看不够。

可今儿这戏，大师父听着听着，就变了脸色。原来青峰正唱野路子的荤曲儿，拿大姑娘小嫂子说事，越说越往下头去了，男人们听了直起哄，女人们不好意思听又舍不得不听，一时台下几多热闹，几多快活。

等青峰退到后台，大师父叫住他，说，今天你可赢了满堂彩了，能成“挂牌名角”了！

青峰没嚼出话味来，搔搔头笑道，师父别笑我。我就是唱两天两夜了，金刚索扯成烂麻绳，临时起意，搞点松乏的……

今天你可以出师了！大师父说。

青峰愣一愣，师父，我还要两年才出师呢，就算出了师，我还有两年帮工，还要跟着师父们吃一锅饭呢。

大师父冷冷道，我不跟你吃一锅饭。你走吧，跟野路班子吃四方饭去！

青峰这才回过神来，赔着笑脸说，师父莫怪，我是看大家都困了，省点气力、找点乐子嘛。外头班子都唱这些，大家喜欢看呢，主家没意见就成。

二师父朝青峰使眼色，他愣是没看见，还在嬉皮笑脸往下说，再说了，花鼓戏本来就是灵活多变的，骑驴看唱本，怎么高兴怎么唱嘛。

大师父痛惜地摇头，你晓得么子（地方方言，什么）叫戏不？

师妹红英走到青峰后面，狠狠掐他一把，青峰不说话了，大伙看大师父脸色凝重，全都屏住呼吸，不敢出声。

大师父看大伙一圈，说，你们晓得么子是戏不？难不成没听过京戏，不晓得昆曲越剧？那叫真戏！好好学着吧！我们的花鼓戏野劲大，泼辣，但不下流！站码头、跑堂子，就是拎着本事与人分高下、定胜负，不是靠的淫词艳曲，更不能跪着膝盖求容取媚。唱戏的，有功夫没功夫，十三块板上见真假，靠硬本事才蹾得住底，花花名堂是站不住脚的。像你们这样，把自己个吃饭行当看轻了，把自己个面子里子看贱了，心里没有一本谱，花鼓戏迟早死在你们手里！

二师父是个斯文人，平日话少，今天也苦口婆心，他说，要是怎么高兴怎么唱，花鼓戏活不过三代。花鼓戏要留原味、保特色，也要弃糟粕、养正气，取人之长，堂堂正正才能活下去！要是我们唱戏的离腔走调、忘腔顶板，敲锣的镇不住堂，拉琴的托不稳调，靠走歪路子，卖油盐荤腥，你好意思拿人钱不？不管做哪行，拿钱要拿得心安理得，做人要做得堂堂正正，是不？

是，师父！青峰肃然回答。

记住了？

记住了！众口一声。她的声音最响亮。

过了大半年，她突然就能开腔了。嗓子一经打开，倒把人吓了一跳，竟是一天赛一天的清脆嘹亮，一天赛一天的细腻婉转，慢慢有了信心，那眼神就活过来了，心通眼，眼通嘴，嘴带脸，眼神一活，脸也俏了。

师父们唱了半辈子戏，眼睛比谁都毒，看准她是块好毛坯。

1940年冬。龙降寺。

一个花鼓一个年，十年花鼓赛神仙。

年前，由主家点戏，戏班接了好多堂子，接了庙戏，自己也定戏牌子，排练了好些戏。他虽还小，戏份不少，好些是武戏，他练得好，刀枪棍棒都使得虎虎生风，空心跟斗连翻十多个，个个离地几尺高。开春班的头面服饰都很讲究，硬靠一扎，旗子上肩，她不认得他了，他成了真的大英雄。

她呢，就唱开锣戏，或是两出戏间垫垫场子，打个对子花鼓，主要图个热闹，唱不好也没多大关系的。宁乡人对花鼓戏的感情，简直不晓得几多深，不晓得几多包容，唱烂了也惯着你。

她毕竟还小呢，才满十三。

十三的丫头想回家。他说，那不能，我们跟师父签了关书的，头两年不许回家，要定心。

她眼泪汪汪，我不管，我要回家。

他摇头，不行不行，这是规矩。

她喊起来，我不管，我要回家。

他摇头，再摇头。戏班在年前个多月就开始忙，寿庆婚喜，搬家落户，新店开张，活儿接得多。春节还有庙会，是要天天开锣的，一日三开箱，唱到二月二不歇气。师父们的规矩，一个人唱不了一台戏，锣鼓一响，随喊随到，谁也不许缺席。

她还在失望，他已经规划起来，喜气洋洋地说，初四在陶家屋里唱戏，他家堂屋里有皇帝爷赐的牌匾，可神气了。唱了戏，就去贺家大屋看皮影戏，他家做大官，年年请皮影戏的。再去我家玩，我爹是篾匠，我要他给你编花篮，编金鱼，反正，你想编什么我爹都会！元宵，我带你去龙降寺看接关老爷，抢灵符……

他眉飞色舞，她忧心忡忡。她来县城半年了，她爷娘一次也没来看过她。她已经攒了好大一袋烟丝，地上的烟屁股，她都捡起来，剥出烟丝晒着，可以带给她爹。还有一袋馒头。戏班好久才吃一次白馒头，她舍不得吃，留着。天晴时就拿出来晒晒，已经晒成小石头了。她听人说，回去烧锅盐菜汤，把馒头泡发了，照样好吃。

如果不回去，她家哪里吃得上馒头呢。

他终于想出主意，说，我帮你找个同乡，先把东西带回去。等出完堂子，我带你去玩，玩好了，就不想家了。

春风吹，爆竹响，新年吹着沁甜的唢呐，扭着绿色的腰胯来了。

除夕下午，商铺开始关板子，各家忙过年场面，到了晚上，满城的菜香熏天，满城的鞭炮震天。大商铺大宅门赛阔气，一家一家放起冲天的礼炮烟花，平常人家也放开门炮迎财接福，一直放到天亮。新年一到，开始拜年，初一崽，初二郎，初三初四拜舅行，初七初八拜街坊。初一拜父母，大多不用出门。到初二，接春客，女儿回娘家，街上渐渐热闹起来，初三便像火炉子加了油，轰得炽了，爆开来。开门迎客的，出门拜年的，演武卖艺的，打鼓唱戏的，耍狮子龙灯的，送财神赞土地的……都齐了，走街串巷，挨门傍楼，流水一般。这一年，便真正开了头。

开春班举着戏班的大彩旗，抬着衣箱、把子箱，热热闹闹往日新巷来。过了老三泰酒曲店，拐过杨木匠屋，到天主堂前，围拢过来一群早早候着的戏迷，声势浩大地簇拥着。远远的，鞭炮响起来，陶家在迎着了。

进了陶家大屋，他指着雕花大门的门楣和堂屋正上方悬着的两块匾，对她说，看见没？那就是光绪皇帝赐的牌匾。

她抬头看去，轻轻念出来：胜表节孝，烈孝可风。

他笑起来，更正她，旌表节孝。

她脸红了，她认字有限，好些还是他教的呢，但她故意表现得满不在乎，说，写得“鬼画符”样的，哪个认得！

他忙收住笑，是的是的，写得不好，就是字比别人的黑了些。

她又虚心起来，问，那话啥意思？

他说，我听人说，他们家奶奶是个了不起的奇女子，她男人病了，要个人肉方子，她就把自己身上的肉割下来救她男人。她割肉救夫，皇帝老爷就赐了她这道匾。

她说，呀，那她是个好人！

正说着，天井里开了席，是专为戏班备的。大家吃了，便各自去歇息准备。待他们穿好戏服、妆好头面，天已黑了，台上，锣鼓响起来。

有声有色地开了台。闹台子，先上《十月望郎》。新春戏，要喜庆横生的，她一身新行头上了台。师父们疼她，她戏份少，只唱小调，打对子花鼓，却也把她打扮得跟师姐们一样崭崭新新，体体面面。粉红衫子，淡蓝罗裙，绣花压领，彩珠下围，腰上束着七彩腰带。师姐们给她梳着头，戴上半头珠钗子、花穗子，额上贴着亮片，腮边画着月弯，嘴巴上一点红，眉心间一点红。她上了台，挽着两把崭新的花扇，扭着小碎步，鞋尖两只绒球儿，颠颠的。气象万千。

他在台侧候场，没见她这样隆重地艳过，也许世上没有东西比花鼓还艳的，像是乱泼的颜色，却又繁而不烦，艳而不厌，可亲得很。她是最艳丽的。不像真的。

她开腔了，声音又糯又亮：

正月望郎是新年，
家家户户忙过年，
一打花鼓二拜年，
十指尖尖来扯起，
干哥哥你不要来拜年。
二月望郎是花朝，
打开纱窗瞧见我的干哥哥，
梳妆打扮来迎接，
迎接我的干哥哥到来临……

他看着，有点感动，想着她有朝一日小麻雀变凤凰，定能出头的，倒把自己要上台也忘了。终于轮到他自己，细细理一遍行头，心里憋着一股气，要好好显本事，可不能叫她小瞧了去。他偷眼看台侧，她一双眼珠子闪着光，看得出神。心里一得意，平时翻八个筋斗的，今儿台下一齐跟着数起来，十一，十二，十三……

他赢得满堂彩。

到了正月十五，出完当天最后一台花鼓，还带着半脸妆，两人就迫不及待跑出来，直往人多的地方扎去。

街上巷里，遍地火焰琰琰，光彩灼灼，到处是戏班，还有“路皮子开台”的麻山锣鼓，唱小调的演员已粉好脸，饰好妆，穿着艳艳的戏服，乐队沿途打着“四季青”“慢长槌”，吹着“露水梭”“枫树落叶”，彩河似的流过去。两人眼里看着，心里比着，她看哪个班子的小旦条子顺，盘子正，他听谁家的锣鼓响，唢呐亮。

耍灯，接灯。纸扎的龙头灯，龙嘴里含着蜡烛，竹骨纸身十余节，节节烛火通明。龙有架子龙、摆龙、一头一珠龙、三头喜龙。一路打纽丝、摆图形、排大字，一路摇头摆尾，冉冉前行。各家各户放封小鞭，敞门接灯，早早备好了粑粑糖果，备好了打彩包封。

每条街巷都有自己的龙灯队，早就憋着志气练了新名堂，此刻全出来了，比威风、比把式、比本事。其中数童家巷子的最气派，他们的是双龙舞，龙身总有里把路长，两条龙时分时合，交织舞动，且不算，还要着“孔明翻书”“麒麟送子”“大船撑宝”“罗汉坐殿”等名堂。路人追着龙头撒米，想往龙嘴里种龙食，抢祥瑞，领头的舞龙师傅跳闪腾挪，灵活避开，绝不让人从龙嘴里抢了福气，盘旋翻舞间，烛火却始终不曾熄灭半点，那叫真功夫！引来几百人紧追不舍，一路称奇，一路助威，合力把这座小县城抬起来，抬到无止境的热闹与快活中去。

龙降寺门口，来上香磕头的人攒成了团，寺里进不去，门外摆不开，只能挤出个地方就跪下磕头，香烛纸钱烧得红红的，只要心意诚，菩萨都看得到，许的愿都算数。寺外摊贩挨着摊贩，帐篷抵着帐篷，善男信女，游人看客，把个前坪煮沸了。摊贩们笑脸迎着他们，买油饺子吧，买砂仁糕吧，姐儿买朵花戴吧，哥儿买个炮仗吧，买个竹篾篮子采茶对山歌去吧，买一把金丝银线绣双俏鞋面吧。师兄妹一路走着看着，都不晓得今夜的甜头要从哪里开始了。先去摊前喝一碗桂花甜酒吧。甜酒子拍得酽酽的，乳白色的酒汁里，浮着淡黄的桂花沫子，大铝锅在细煤炉上，把甜酒烘得热热的，香气冲天。

他今天带足了钱，攒了很久的，要在今天流水一样地泼出去。

两人正喝着甜酒，听得一声喊，关老爷来了！

远远望见，迎接关老爷的队伍红旗飘飘，彩幡猎猎，鼓乐震天，“关老爷”乘坐着绿呢大轿，到龙降寺来了。

人群起了骚动，锣鼓唢呐一起响起来，龙灯狮子一起舞起来。这回舞的不是寻常的“耍狮”和“赞狮”了，是“灵狮”。灵狮是狮神，此刻从龙降寺里舞出来，香客们燃香烛，放鞭炮，庙里角号长鸣，铳炮喧天。砰砰砰砰砰，要放得响亮，要放得长久，使得全城都听见，都晓得“关老爷”来了，一年的盛世太平来了。

灵狮在庙前拜五方、扫四角，给香客游人赐“扫邪归正”灵符，人们纷纷挤上去，努力抢得一道灵符来。

快抢快抢，这符可灵验了！他急忙把她往前面推，自己也扑进人群去。

哎呀，到了手里，被人抢走了。她急得跺脚。

他满头大汗回来，一只肩膀被人扯破了，露出白棉絮来。他说，不怕，我抢到了，给你。

那你呢？

我是铁打的真身，用不着。他龇着牙齿笑。

她接过来，正面看看，翻转过来再看看，只见黄纸上笔走龙蛇，不认得是个啥，她说，这个符，真的灵验吗？

当然。要不这么多人抢呢！你好好收着，保管一世太平！

她笑了，还管得了一世？

他认真地说，当然！保管你一世太平！

人们恭恭敬敬把“关老爷”请出轿，供在正殿上，人群黑压压，齐齐跪下来磕头誓愿，他们俩跟着人屁股，也跪下去。

庙里早晨宰杀了黄牛祭神，此时为香客们开出牛肉宴，两人便从人群里挤出来，他攀着她肩膀问，喂，你刚才跟关老爷许么子愿了？

不告诉你。她一扭身，走到前面去。

他追上去说，我晓得，你想要你娘来看你。

那你许的什么愿？哈，我猜猜，你想要关老爷许你一个花花堂客。

他脸红了，乱讲，我一个爷儿们，不像小子那样没志气。

两人在摊贩前流连，数不尽的新奇耀眼，姑娘的花，小子的炮，媳妇的衣，老人的帽，珠花簪子，瓢盆桶子，烟斗梳子，丝线扣子……都在发着光。他停住脚，气势很足，说，你想要么子，我给你买!

她眼睛盯住一个五彩的蝴蝶风筝。那蝴蝶做得真好，又轻盈又大样，翅膀燃红灼绿，能照亮两里地，两条须子颤颤的，跟活着一样。

他豪爽买下来，交到她手里。她第一次有自己的玩意儿，高兴得脸都放光了。她说，有一天我梦见放风筝，一只好大的花蝴蝶，飞不起来，急死我了。

我教你，我最会了，我能把桌子大的四角放到天顶。

我不放！要是线断了，就没了!

他心里软软一动，说，不怕，飞了还有呢，我爹最会扎风筝，我要他给你扎长尾巴燕子，扎人一样高的孙猴子，扎一百只脚的蜈蚣。你想要好多都有。

人群挤搡着，她脚步打趾，怕挤坏了风筝，抱在胸口，十分爱惜地护着。

我帮你拿着，他们挤不赢我的。他帮她抱着蝴蝶，也爱惜地护着。

当当——铃，当当——铃，这是卖桂花糖的。天冷，桂花糖冻得硬硬的，小烘子稳稳凿住糖，小锤子轻轻敲下去，烘子上系了个小铃铛，发出一声颤颤的“铃——”，把声音传得很远。

他对她说，我去买，你在这儿等我。

他挤过去，扛起膀子来护住蝴蝶，这是她这辈子得到的第一份礼物呢，往后还有的，下一个是桂花糖。天气冷，桂花糖才好玩呢，嘣着牙，硌着舌，像个犟脾气的娘儿们，在口里遇着热，就慢慢软下来，牵丝黏牙，甜！香!

回头看看，人群外，她踮起脚来朝他挥手，看不见了，她又跳起来，她小小的头颅在人群里一纵一纵的，像谁给她脑袋上拽着根绳子似的。他笑了。

才用牛皮纸包了糖，便听见喊，唱皮影戏的来啦。轰轰，人突然涌过来，把他堵住了。待他左冲右突地回来，她没在那里了。

他急了，心想她应该看热闹去了，也往皮影戏台前挤，左边找，没有，右边找，没有。他在人群里横冲直撞，惹得骂声一片，他听不到。想着她个丫头片子，不识得路，耳朵里嗡嗡乱响。

他把她弄丢了。

夜色渐浓。耍完竹马灯的孩子，还没卸下行头来，腹前颠着个马头，屁股后颠着个马身子，一翘一翘，万马奔腾似的，嬉闹着跑到他前面去，去南门河里放灯，让那一攒的花灯随着河水远去了，河面斑斓闪烁，是这一天热闹的余音。

他的心却是个冷灰炉子。手里拎着那个蝴蝶风筝，被踩扁了，翅膀耷拉着，苦相。这蝴蝶命真苦，朝生暮死的。他却不肯丢。

无比沮丧，驼肩塌背，拖着两条木腿，一步一步蹭着，慢慢回大戏窝。远远见巷口一个身影，瘦瘦的，薄薄的，在朝他挥手。他胸口一热，心中的线，轻轻地抖，把个坠了翅膀的蝴蝶，在心里悠悠放上天去。追风逐云。

她迎上来，跑了几步，突然弯腰抓起一把沙，狠狠砸到他身上，还不够，不够解恨，不够解委屈，拳头如雨的，一边打，一边骂，你死哪里去了，死哪里去了，叫你乱跑，乱跑！

1995年春。日新巷。

好多年后，还有人打趣他，刘八字，说久盛行的细夫人要跟你跑路，你怕了，做了缩头乌龟？

刘八字笑着说，就我这鬼相，除了万字纹的棺材（篾席），三道紫金箍（草绳），还配得上什么？哪个想跟我跑路，你信不？

大伙哈哈大笑。没人信。

如果不拉琴，就去出摊，如果不出摊，就去走一走。牵着大黄狗赛虎，拄一根老疙瘩榆木杖。

常去的还是江边码头。春天辽阔，河水浩荡，白白的云朵，重重映在水面。风筝在天上飞，风筝也在水里游。风筝挂在小贩的木架子上，翠绿炽红，在阳光下大张旗鼓地明媚鲜妍。刘八字看不见，他听，听见长长的纸尾巴在风里赫啦啦地响，一纵一曳地飘，他脸上有了一层笑意。

他静静坐着，听沩江水不卑不亢地流淌，捞沙船勤恳来往，哗哗分开水浪；姑娘媳妇在码头的浅水墩子上噗噗捣衣，大娘婶子在吊脚楼上啪啪捶打棉被，她们都有清脆的嗓子，泼辣的性子；纤夫们喊着号子，将粮盐轮船拉到码头，箩脚夫轰地围上去，挣一笔水上生活费——声音同人一样，也有生老病死，有些声音慢慢没了，新的声音加进来，他便晓得世道在变。

比如，南门桥重修后，迎薰门没了，桥下添了一条引桥，于是多了条沿河路，开了好些铺子——听说状元楼也要拆了，也许明年，或者就在明天。明天，谁晓得明天呢？

日新月异。这座老城正以大开言路的方式将臂膀变长变粗，很多房屋占据道路，很多盲道被突然截断。刘八字站在断口，茫然失措，似乎有一双手，将他与城市、与过去粗暴推离。

过去，他还常去花鼓戏剧团。

往北门走，过了火宫庙——火宫庙也不在了，不远就是花鼓戏剧团。里头咚咚锵锵，咿咿呀呀，很热闹。这点热闹托举着一座城，辞旧迎新的，否极泰来的，一晃几十年。

二三十年前，风起云涌，花鼓剧团突然解散了！刘八字眼巴巴地盼着——哦，他眼睛看不见，他只能巴心巴肝地盼，他恨不得给自己做一对眼珠，挂在剧团大门上。十多年后，文工团建起来了，文工团也唱花鼓戏，那真叫热闹！新剧目换着花样儿出，像一把火，烧红了宁乡，烧红了长沙，烧红了益阳、湘潭、株洲等地，如同燎原之火，滚烫烫的、火辣辣的，向更远更远处翻滚。花鼓的每声腔调，每个音符，它们都高抬腿、轻迈步，在地上跑呀跳呀，在山野旋呀转呀，跑到哪儿哪儿就闹腾起来，跳到哪儿哪儿就快活起来。宁乡人多爱花鼓戏啊，一个戏能连续演几个月，场场爆满，座无虚席。文工团又重新叫回了花鼓戏剧团。

刘八字把心放回胸腔，他又去剧团台阶上坐着。宁乡正调、学钱调、西调、西湖调、渔鼓调、十字调、采茶调、花石调……都在他耳朵里响着，在他心里流着。响着流着，几十年似乎只吹了一阵风，就过去了。他老了。

一日隔着很远，听到戏院里喊打喊杀，他问，里头在做什么？

答曰放电影。

怎么，怎么放电影？

真是个老古板，不放电影，难道还唱宁戏（本地人对花鼓戏的别称）？

这不是花鼓剧团吗？搬了？

搬什么搬，解散了，没了。

剧团又没了！像一个霹雳，打得刘八字心神俱裂。他将身一挺，就要进门去。

看门的拽住他，你进去搞么子，盲人还看电影？

刘八字争不过，突然举起手中的榆木棍子，一阵乱扑乱喊。从此，刘八字哪里也不去了，终日在南门桥头坐着。他坐着不是为摆摊，他摆摊是为了坐着。有人劝刘八字，你这八字摊儿，一天够不着几个，不如拉你的胖筒筒，唱几句花鼓调，那是你老本行。

刘八字摇头。自己钟爱的东西，拿出来贱卖，人见了，丢个毛把两毛的，心里不酸屈？

做了刘八字的刘八字真是太苦了，眼睛看不见，卦摊生意又清冷。他娘九十了，一早起来就在巷子里走来走去，一边走一边拍打周身关节，啪啪啪，总得有好几千下，所以她九十岁还能挑水、做饭、缝补衣服。她给儿子做好多衣服鞋袜，一摞摞叠放得整整齐齐。她总是抹眼泪，不晓得对谁说她的苦，说给菩萨听，菩萨坐着不说话。

有一天，她突然就没起床了。一探，都凉了。她没给崽添一点麻烦。

刘娭毑去的时候，乡邻都来帮忙，才发现她早已置办了两副老屋，两套寿衣。也许她的理想是活到儿子老死的那一天，娘俩一起走。刘八字七十岁死了娘，娘在他心里，却还是年轻的样子。那时她才四十岁，鬼子一来，天上落炮子，她就守了寡。丈夫去了不久，独子再遭横祸，她就老了。她老了，刘八字已经看不见。直到她死去，他抱起娘，摸摸她的脸，摸摸她的手，那样枯老，那样瘦小，好比万箭穿心。想起自己这一世，养不得娘的老，送不得娘的终，娘哪时走的也讲不清，他情不能控，痛声长喊，我的老母娘啊！我的老母娘啊！

好些天过去，巷里人都听到那个小门洞里，夜夜传来哀哀的《宁乡正调》：

哪哎——哎——我那老母娘哪——
老母娘请上来受儿一拜，
儿千拜儿万拜不敢起来，

他唱不下去，哭起来，呜呜呜，呜呜呜……哭了一阵，又唱起来：

我那老母娘啊——
老母娘为娇儿受尽病害，
都只为十月满临盆在怀，
母亲哪——
老母娘产娇儿阴阳两隔，
儿奔生娘奔死死去活来，
娘哇——

唱声哽住了。只有那把琴，呜呜咽咽，哀转不绝。

一个人又熬了几年，日复一日。日子外头是闹的，里头是静的，闹的是人家的，静的才是自己的。活到这把年纪，闹的静的，好的坏的，都是赚的。坏了一双眼，打什么紧呢，世间看见做个眼瞎，听见做个耳聋的人，何其多。

他在这漫长的无边的黑暗里，细细咂摸，慢慢领会，悟了半辈子，人间的道理他都懂了。心肠像水洗过，眼前黑了，心里亮堂了。他瞎的那天没一头扎进南门河，往后就没事叫他想死。任它怎么坏，还能坏过那天去？

没病没痛的，只是睡眠坏了。白天，街巷醒着，他糊涂着，夜里，街巷睡着，他醒着。原以为老了，记性坏了，什么都淡了，忘了。原来不是的，这两年，往事鲤鱼打挺似的醒过来，从前倒像眼前似的，一点一点，清晰地浮出来，尤其在夜里，突然直挺挺的、明朗地起立，站在他的路上，与他迎面相撞。

他清楚听见更夫打着梆子，敲着锣，时远时近。

笃，当—— 一更了。

一把粗粝响亮的嗓子喊起来：戌时一更，天干物燥，小心火烛。

笃笃，当当—— 二更了。

那声音又喊起来：亥时二更，关门关窗，防偷防盗！

笃，笃笃，当，当当—— 这是三更了。

那嗓子有些疲态了，声音矮下去几分，句子短了：子时三更，平安无事！

三更过后，静得悄悄的，悄悄的。打更的再不来了。

就在此时，他听到一个奇怪的声音——有人在他屋里！

他慢慢转动头，倾耳细听，哪个？

屋里很静，很静。

他坐起来，手攀住床沿，头朝里转，耳朵对着门口，哪个在那里？

很静，很静。

他说，娘，是你吗？

他无比确定有一个人在那里，保持着隐秘而细微的呼吸，他近一点，那人就远一点。他知道，那人不想让他“看见”，但他听到了一个细微的声音，似乎是喉咙里一声困难的吞咽，像对方的，又像自己的。

有一个人，有一个人在静静地看着自己。他朝黑里伸过手去，嗓音古怪，你是哪个？哪个？

已经没有人了。

刘八字突然站起来，光脚追到门口，他的脸奇异地抽搐起来，一双手哀苦地伸出去，徒劳地摸索，徒劳地询问：哪个？你是哪个？

猛地将门打开，风扑进来。

唯听见，败叶枯梢，晚风里萧萧抖响。

1941年冬。大戏窝。

他难过，他的嗓子坍了。

三年苦打苦练，摁不住地往上蹿，眼看要出来了，结果倒仓没倒过去，栽在十四岁上了。

唱戏，倒仓是生死关，好多人在这里翻了船。唱呢还能唱，跑个龙套，闹个台，垫个场子，还行。成角、搁台中间站着？莫想的了。

傍角挎刀，跑龙套，他不干，伤心啊！不如绝了这份心倒还好过些。

连大师父也叹气，这是命。

打断骨头连着筋，师父们多痛心！一手一脉，月月年年调教出来的，听那唱腔，看那身法，怎么都有个前程。奈何那命中之劫，逃不掉，还没正式走子呢，大局已定。

他把自己关在屋里，饿了一天了，谁叫也不开门。他想，死了得了，啥盼头也没了！那不，那还是不能死，爹娘得哭死，师父得痛死。还有她呢，她会哭，她当然会哭他的，她会清明买一沓纸，给他挂个青……呸！她才不会，她会把他坟头踢个稀烂，骂他是只猪，缺心眼儿蠢死的，没劲！

正胡思乱想着，听得她在隔壁唱小调：

一盘瓜子双嘞对双
一面黑来一得儿面黄
情郎哥哥吃一粒
小妹妹尝一双
先吃瓜子我们后吃槟榔
相思情郎得儿溜子情郎
情郎奴的哥哥
先吃瓜子我们后吃槟榔……

她不晓得自己唱得让人嫉妒，也不晓得自己唱得让人伤心。她越唱，他越嫉妒，她越唱，他越伤心。她不知道他伤心吗，还在唱，还在唱，讨嫌！

他眼泪就要流下来了。她停了停，歌声又起来了：

小妹住呀在大路边
一卖烧酒二卖纸烟
打的来打酒，买的来买烟
小小生意奴要现钱
相思情郎得溜子情郎
情郎奴的哥哥
小小生意奴要现钱

他听着，心里蹿出一团火，这个蠢丫头，怎么还跑了调？花舌腔都转不溜，真是朽木不可雕！好好一副嗓子，多好一副嗓子，你说你几多好的嗓子！唱得这样结筋惯筋（地方方言：啰唆，纠结不清），糟蹋了一首好调，可恶！他腾地站起，要把一腔怒火发在她身上，他踢开凳子，把门打开——

她站在门口，正捂着嘴巴笑呢。

又上了她的当！

他想关门，她已经泥鳅似的溜进来了。他无奈，回来坐下，把头低低垂着，不理她。

她蹲着，从下往上看他低垂的脸，说，你不要伤心，二师父说得对，花鼓戏，操琴的比唱戏的还要紧呢，拉琴怎么就要不得？

他不说话。

她又说，你看，二师父也是打堂鼓的，他多出息，能给我们当师父呢。

他还是不吭声。过了半晌，他说，我要回家去了。

她站起来，咬着嘴唇，那我也回家去。

那不行，你唱得好呢，就要出来了。

你走，我就走。

唉。他叹气。

你不走，好不好。

唉。

不走嘛。她又蹲下去，摇着他的膝盖，可怜巴巴地望着他，眼珠子闪闪的，还没看过天高地厚，澄澈无染。

他沉默。

你答应我了？

我没有。

你刚才答应我了。

我哪里答应！

你没说话，就是答应了。她站起来，拍着手道，太好了，我告诉大师父二师父去，你不走了！

他还是走了，谁也没告诉。天蒙蒙亮，他拎着一个小包袱，走到门口回头，看院中她晾的衣服冻得硬硬的，像个小小的她，倔强地站在那里，沉默地忍着，忍着。他走回去，把一双毛线手套按进那衣服口袋里。她最小，最可怜的，连双换洗的袜子也没有，她娘是真狠心。

又回头看看，也狠狠心，扭过头来。

回家倒头睡一天，梦里都在唱戏。他是那威武杨六郎，绣旗硬靠，虎虎生威，冠帽缨球红灿灿，素缨金枪光闪闪，台中一站，哎呀呀，好个盖世英雄。咚呛，咚呛，咚咚呛呛咚咚呛，堂鼓唢呐大筒响将起来，连环踢扫堂腿侧空翻好本事，慢板急板唱将起来。

唱着唱着，那头上的红绒球颤颤的，竟成了一颗颗血滴子，不好！金枪刺过去，哐啷，断为两截。哎呀呀——呀！凶讯如同雷击顶，肝肠寸断痛割心，只道荣膺来与共，谁知手足两离分。哎呀呀——呀！天亡我也！

日新巷的早晨湿漉漉的，寒风像刀子在巷道里窜，冰霜打得一地白，浓雾袅袅翻涌。他娘打开门，雾里有个人，她惊呼起来，七妞！

他一骨碌爬起来，戳开窗纸，见白白的雾气里，站着瑟瑟的她。

他马上缩回脖子，慌慌张张找衣服，来不及了，干脆丢了衣服，拿被子蒙住头，装睡。

她进来了。

他竖起耳朵来，一点声息也无。她站在那里，也不喊他，也不说话。

他若有所失，又若有所待，然而犟她不过，她就吃得住一个他，死死的。他只好讪讪坐起来，不敢看她，又得装着不在意，问她，你怎么来了？

她咬着嘴唇，又像生气，又像委屈。

突然看见她抱着一个包袱——她来时的那个，一块旧布四角对折，老气横秋，把点孩子气都糟蹋得尽尽的。心里一惊，坐直了，问，你要去哪里！

我要回去。

莫发宝气。

你才发宝气。

你跟我一样吗？我都唱不了了，你晓得不，我唱不了了，我是断了腿的蛤蟆，跳不起来了！我嗝屁了，蔫菜了，完蛋了！他喊着，很痛快地把一腔冤屈喊出来，自己把自己狠狠糟蹋羞辱一番。

她不说话，直直瞪着他，两颗大泪珠闪着，就要掉下来。

他心软了。不知为谁，有点心酸。他缓缓把脸别过去，说，快回大戏窝去，师父要发火的。

那你跟我一起回去。

我回都回来了，不去了。

你不去，我也不去。

他娘端着两碗面条进来了，慈爱地劝慰着，快吃吧，吃了再说，慢慢说。

他披着衣服起来，把面条推到她面前，你吃。

不吃。

吃！

你吃，我就吃。

他拿她没法，反正总是输，他赢过她吗？要怎样才能摆平她？

摆平她？有什么意思！一个小娘儿们。

两人吃得呼噜呼噜，比赛似的，头撞着头。最是孩子天真，一忽儿的，他的肠子就通了，又高兴起来，决定回大戏窝去。

他叫住她，别走大门，你想跑回家，师父晓得了，准骂死你。

她毫不客气回他，你也跑回家，师父罚你啃板凳！

他猫着腰，蹭到后面墙根下，将两个包袱丢进去，得意地拍拍手。

谁呀！里面一声暴喝，正是大师父的声音。

大师父正在院里练功，使一把丈二长矛，虎虎生风。大师父使的刀枪，是真家伙。行里使真刀真枪的有，不多。那得铁打的本事才架得住场，稳得住势，稍不留神，是要命的路数。且说这台上的厉害，比台下的厉害还多层门道，单厉害不好看，单好看不给劲，大师父这本事就是开春班响当当的旗号。此刻，他正唱《辕门斩子》一出：

天波杨府王封诰，杨家忠心保宋朝。
大哥替了宋王死，二哥替了南清宫。
三哥马踏如泥浆，四哥失落在番邦。
五郎出家破红尘，七郎乱箭把命殇。
死的死，亡的亡，单留为臣杨六郎……

唱到这里，瞟他们一眼，两个人碎碎脚挨进门，低头缩脖，正等着挨骂呢。大师父偏不骂，口气如常，回来了？灶上还留着稀饭呢，吃了，就去练功。

两人如蒙大赦，朝里跑去。他却又折回来，偏着头问，师父，每次你唱到这里，我就想哭。杨家一门忠烈，都死了，这戏一定要这样编吗？

大师父笑笑，声音柔和下来，这可不是戏，这是历史。

他说，历史就是真的？杨七郎真的中了一百单三箭，七十二根透前胸，哪个去数的？

大师父呆了呆，大声说，你管谁数的，吃饭去！

二师父站在台阶上等他，似乎知道他会回来，微笑着看他，招招手，六娃，你过来。

进了屋，二师父什么也没说，架起大筒，引弓揉弦，拉起琴来。

二师父是戏班的响器师父，姓喻，下宁乡麻山人。麻山人擅乐器，麻山锣鼓远近闻名，二师父就是打鼓的。他那面堂鼓是戏班的定海神针。一个戏班非得有个震台堂鼓来发号施令不成，起承转合，一起一落，都在那一对鼓槌里，那是个“九龙口”，谁也替代不了。二师父在戏班打鼓，不是因为他只会打鼓，是因为打鼓重要，打鼓是领路。他会所有花鼓乐器，吹拉弹奏，样样精通，哪天哪个乐队师傅缺个口，他铁定补上来。这在宁乡很常见，这样十八般武艺样样精通的，戏班里常有，这便叫“三五人千军万马，七八步万水千山”，但像二师父这样技艺精湛的，还是少。

二师父的过人之处，还在于他会排编戏目，人称“排笔”先生。他是个读书人，话不多，挺文雅。编戏排戏，他比一般排笔先生厉害，他写的戏，比上宁乡的热闹戏多了点起伏和文雅，比下宁乡的苦情戏又多了点明亮和温情。因此开春班的戏，常被别的戏班抄了去。说来是传奇，二师父家田多屋大，是殷实的富裕户，他有福不享，偏偏爱上了唱戏，跟着戏班子来吃苦，真也是少有。

二师父拉完琴，才说话。六娃，天无绝人之路，以后好好拉琴。记住，往后不管日子怎样难，心里怎样苦，都要好好过下去。

记住了，师父。

记住什么了?

往后日子不管怎样难，心里怎样苦，都要好好过下去。

他接过了二师父的花鼓大筒。

从此，他成了乐队的琴师。

花鼓戏成型之初，伴奏就是一对锣鼓、一支大筒一把唢呐。大筒是花鼓戏的骨头，是演唱的师傅。演员们练唱，要跟着琴走，搭台上阵，要靠它来渲染气氛，托腔保调。操琴司鼓，也还是在戏窝子里，却没有倒了嗓子的尴尬，不用看人脸色、给人提鞋，也算一条出路。时间一久，他大筒拉得稳健了，似乎就把坍嗓子的事给忘了。

但是，他看师兄师姐们唱得起劲，看七妹也慢慢蹿上去，他心里又塌下来，泄了劲，琴拉得软绵绵的了。

二师父也动板子，但他的板子只打在桌上。小瑕小疵，二师父在桌上轻轻打一板，大错大误，二师父重重敲一板，他不用心了，挫了气，分了神，二师父啪啪两板，打得很响。

大师父听二师父打板子了，过来叫他，来！挖了那两块土去，挖不完，不许吃饭。

他马上去墙角拿锄头，一点也不耽误。他灵泛，什么事一点就通。他没定心，骑着良驴思骏马，且心里存着怨气，师父心里水一样清楚。

她在墙外探了又探，见师父走了，这才进来，说，哎，你说，师父挖了这地种么子？

豌豆呗。

她很沮丧，嘟着嘴说，豌豆豌豆，老是豌豆，吃了尽放臭屁。师父放，师兄放，你也放。

你也放。

我没有！

你悄悄放的，我闻到了。

她羞红了脸，捡个土疙瘩打到他身上，骂道，猪！

他挖个草团子，她踩个草团子，他挖个土疙瘩，她踩个土疙瘩。她三步一蹦，五步一跳，两根毛糙糙的辫，在夕阳里一甩一甩。突然扭过头来，辫梢带风甩到他脸上，你说怪不？

么子？

你一拉琴，我的嗓子就立起来了。

他站着，看着她，心里一股热浪，暖意融融。

下雪了，大戏窝顶着胖滚滚的雪，万物像怀了孕，鼓起圆肚来，又柔和又憨笨，又有点傻气似的。是真冷啊，枯草半截子硬在薄冰里，半截子在风中瑟瑟抖动。檐上垂下粗壮的冰挂，像老虎嘴里流出口水来。

还是要练功。夏练三伏，冬练三九，师父们不说半句假话。

她一双单鞋踩在雪里，一道弯弯的湿印子，阿嚏！她打个喷嚏，嗓子哑了。

师娘燃起木蔸火，叫大家过去烤一烤，将她湿袜子脱下来，烘到炊壶把手上。他看着她的脚，瘦瘦的，脚心窝子深深的，有一个很柔和很秀气的弧，脚踝纤细，白白的。原来女孩子的脚是这样的，这样秀气，然而又这样可怜，可怜的一双脚在雪地里冻着，冻着了连双干袜子也混不到。湿袜子腾起一缕一缕的白雾，惹得他心里有点酸，也有点软。

到了傍晚，他把一个酱油瓶子给她，喏。

她好奇摇一摇，空瓶子?

蠢死了！给你灌开水暖脚的。

小路上来了个小马车，驮着几个大箩筐，马背上还高高顶着一扎皮货。得儿得儿，慢悠悠来了。他打开院门，响亮打一呼哨，喊住那匹马，哎!

马儿站住了。

他压低声音，悄悄儿地问，毛皮鞋子有没?

货郎得意地说，哪样我没有!

他走过去，箩筐里挑出来看看，又看看，有点失望，说，都是男式的。

嗐，你不早说要女式的！货郎翻开另一箩筐的毯子，你看嘛，哪样我没有!

他悄悄把鞋子放在她床上。

他一双眼睛老往她门口觑。她进去了，好久好久，终于出来了，一双翻毛皮靴，踩在雪地里，很耀眼。她大摇大摆地过来，把脚伸到他面前。

看，我的新鞋子。

哦。

真合脚。

嗯。

真暖和。

嗯。

她那样大摇大摆，跟没有心肝似的，偏偏他的心跳了又跳。他低着头，不看她，去墙角拿扁担挑水，她追着问，晓得哪个给我买的不?

哦……哪个?

她扑哧一笑说，猪。

1995年夏。日新巷。

哪个？你是哪个？

刘八字伸出的手，在空中久久顿住。

依然没有人回答他，却有脚步声响起来。

脚步声由远而近，是隔壁的邱淑慧，很远就在喊，刘爹，刘爹！有人找你。

她跑进来，见刘八字呆坐在屋里，双颊赤红，神情怪异——他幸好看不见自己的脸。他很老了，人又瘦，瘪嘴嘬腮，龙钟苦相。最是他那双眼睛，眼皮伤疤深刻，眼球浑浊灰白，眼睑外翻，孩子见了，一准吓跑。此刻，这双眼艰难地睁着，越发可怖，但是，他的脸不管如何丑陋衰老，他自己都看不见了。

邱淑慧吓了一跳，问道，你怎么了，绊掉魂了？

刘八字问，你没看到人？

哪个？

我屋里……

你屋里？没人啊。

刘八字不说话了。

来找刘八字的是个女人，四五十岁年纪，提来两个喜糖包封。她问刘八字，刘爹，你还记得二十年前给人算过一个八字不？你讲，别人生崽你当娘，别人栽树你乘凉。你还记得不？

刘八字笑了，点点头说，我算得准不？

女人点头，准！准！我老兄去后，侄儿才满周岁，嫂子便走了。我是带着侄儿出嫁的，做了他养母。过两天我就要收媳妇了。别人生崽我当娘，你算得真准！

刘八字咧嘴一笑，说，这是前半句，还有后半句嘞。别人栽树你乘凉，还有好大的福气等着你。

女人把喜糖包封放到他手里，刘爹，承您吉言了。当年掀了你摊子，真对不住哩。

那女的走后，邱淑慧说，刘爹，这下你要出名了。

刘八字摇摇头说，算命是假的，道理是真的。天有天道，事有事理，做人有做人的本分，这叫作天定不能移。任你怎样的编算，能大过做人的道理去？

刘八字拿出大筒来。他算着时间，响云伢子该来了。

尚响云跟着刘八字学了一年大筒，已经拉得很好了，本该午饭后就来的，今天却近三点才到。尚响云心里打鼓，他看出师父今天精神好，嗓门大，冲他说话有劲得很，他今天是逃不过板子了。

刘八字说，三天打鱼，两天晒网，你也想长本事？嘿，白想！去，把那张长凳子搬来。

尚响云知道师父要罚他了，急忙求情，师父，我下次早一点，你别罚我了。

抱着凳子，趴下。

尚响云不情不愿抱着长凳，匍匐趴下来。

把裤子脱了。

尚响云跳起来，我不！

脱了！

师父，我都十五了，又不是小孩，光屁股，丑死个人。

无规矩不成方圆，这是师门规矩。

那是老一套了，现在人人平等，你不能打我。

嘿，老一套？老一套才好，现在的人就是丢了老一套，没有敬畏，成不了才！

尚响云声音小下来，那我不脱裤子，你得，你得尊重我！

啪！屁股上已经重重挨了一戒尺，一点情面也没留。刘八字说，躺下！你也晓得丑？不定心，不长本事，那才叫丑。今天你不在师父手里挨板子，将来荒了调，塌了台，就得在人前挨白眼珠子！

挨了重重三板子，虽然师父到底没剐他裤子，尚响云还是觉得委屈，抱起自己那把楠木大筒，吱吱呀呀拉开了。刘八字眉头皱起来，尺子在板凳上重重敲了敲，尚响云马上坐直身子，提起精神来。

尚响云最怕师父敲戒尺。轻轻敲是小瑕小疵，重重敲可是大错大误，师父会要他重拉几十遍。如果是“啪啪”两响，完了，他得停下来，听师父示范，然后练到师父点头为止——师父啥时候点头呢？嘿，那可不一定，眼瞅着自己往前走了一点，师父要求又高了一点。

尚响云不敢大意，哪里是一般颤音，哪里该作强颤，哪里是下滑音，哪里又变了调，他都用心处理得很细腻，师父那张脸，终于是浮起笑意来了。这时天也黑了，尚响云抱着琴正要回家，刘八字叫住他，锅里给你煮了鸡蛋，吃了再走。

尚响云说，我不要。

刘八字说，还在怨师父呢？

……没有。

有就有，男子汉，有点脾气不算错。不过脾气发完，就要知错，该改改，该练练，不能赌气，这才是大丈夫。

听了这话，尚响云不作声了。他揭开锅，捞出鸡蛋来，递给刘八字一个，说，师父，你也吃。

刘八字笑笑，你都吃了吧，你正长身体呢。天黑了，我送你到大路上。

不用呢，乌漆抹黑的，你别摔着了。

刘八字笑起来，我啊，我走到哪里，都是天亮。

尚响云心想，这可怪了，你又看不见，走到哪里，不都是天黑？

送了尚响云，刘八字慢慢走回来，到家时，他在门外站住，侧耳倾听，没有一点声息。他进得门来，到处摸一摸——没有变动，桌在桌子那里，凳在凳子那里，再摸一摸，没有变动，茶壶是空的，锅灶是冷的。

老屋。

寿衣。

他摸着摸着，头低下去，低下去……

刘八字家点灯了！

他娘去了后，他家就没再亮过灯了。这一晚，他家亮起灯了。

他稳稳坐在凳上，手里拿着他的大筒琴。琴哑着，泛着一点年月不详的光辉，比平时更深沉，更温柔。灯亮起来，屋里气氛就不一样了，有点融融的暖意，有点生活的柔和，有点影子，影子是人世的痕迹，有点希望，尽管这希望朦胧、困惑、摇曳不定。

他听见屋外的树在微微地摇曳，风不大，天气很稳，没有变脸的端倪。听见隔壁在打姜糖，两公婆配合得好顺畅，噗打噗打，噗打噗打；刚才过去的是修车铺的老郑，老郑唯独不修自己的车，他的单车铃子有点松，不停颤动，合成了悠长萦绕的嗡鸣；李家的夜哭郎又闹起来，他娘睡意浓重地哄唱，推工嘎，扯工嘎，磨个粑粑呷一呷。呷一边，留一边，放在外婆枕头边……

这是一个普通的夜，他过了很多个这样的夜，这一夜也是很多个夜里的一个，但这夜还是有不同——他知道已经入夏了，屋后墙根，有一个蟋蟀，在这个夜里开始唱起来，它唱得很忘情，很让人感动，好像要哭，好像在哭，可是它没停下来，没有擦一擦眼泪，就那么含着泪，不停唱着，一声一声，腾起一蓬一蓬的白雾，白雾里浮着一个毛毛的月亮。

这夜里，亮起一盏多余的灯，他透过浓重的黑暗，感觉到一点点，一点点光晕——简直不能称其为光。这一点晕、一点影，像一个缥缈模糊的月亮，在黑洞深处，在迷雾之中。他在毛月亮下拉琴，听琴的人在月亮上俯望他。

拉琴的人，面目模糊。五十年不见，他已把自己模样忘了。

听琴的人呢?

他亮着灯等着。

1943年夏。大戏窝。

日子过去了。

日子在孩子们的手里是握也握不住的飞快，他的大筒亮堂了，她的嗓子立住了，两人像对春笋似的，冒尖了，抽条了，搁一块站着，师父们看着好喜欢。

师父们最高兴的事是什么呢，班子里出人。

出个人不易得，百里挑一。青峰最聪明，最有潜质，能唱能打，师父“喊桥”一两遍，他就能接住“桥口”，一点即通，即便演出时临时加戏码，他都能顺顺利利跟上，但他很满意现状，没有上进的心，也就到这步了；红英可以，这样泼辣亮堂的，神气灼灼的，其他班子也没有，但眼见一壶水要沸了，就是不沸，就是差那一点，火候。三妞长到十三见了月事，身高就停住了，五妞中上之资，打磨有待时日，暂时只能配戏。四娃嗓子扁了一点，算半个。

大师父唱得好，但他五十了，给他配戏的也都老下去了。不能总是几张老脸唱下去，也不能总是几场老戏演下去，县城虽小，藏龙卧虎，要想在这码头上立住脚跟，非得有点新鲜的不成，非得有点本事不成，唱得好的，人捧着，搁那台中间站着，是大爷；唱不好的，吃冷板凳，唱空场子，跟当面打耳光有什么分别，那就是孙子！

千秋万代，成王败寇。

好在师父们用心栽培，他们两个齐展展地起来了，一个拉琴，一个唱。

拉琴是重头，任他多大的角，也得靠这把琴来托腔保调，绘景开情，人还没唱呢，琴声一起，那眼泪就给勾出来了，这叫真本事，这叫班子里有人。他虽还差着一脚，但他悟性高，人勤奋，是能料到前景的。

唱呢？她是硬扎扎地往上蹿了，她还小呢，来日方长，将来在这城里鼓出来，也是望得见的。

这天，二师父给戏班排了戏，喊他们过去试戏。

往日都是红英挑大梁，今天多了一个她。师父们对她说，七妞，你也来试试。

她虽然年纪小，可是来了三年，照戏班规矩，也能领一份工钱，能给班里出力了。

她来时，细精精的，猫样的嗓子，想不到也有可能成台柱。他为她高兴，拉琴伴奏时不免偏了点心。红英瞪眼睛，他还没发觉。红英不忿，一边眼角吊起来，六弟今天拉的这一出“两面三刀”，我听了耳生，没练过。

他忽地紧张，但嗓门很响，我怎么两面三刀了。

红英冷冷道，你自己心里有数。你给七妹拉的是“游龙戏凤”，给我拉的啥？

拉的啥，还不就是《刘海砍樵》。

那是吊死鬼起妖风！

他今天突然火大，嗓门高高的，你自己喊不上去，莫怨调子起得高。

青峰帮着红英，对他说，呦，你也晓得调子起得高！

他脸红了。

大师父将茶杯一搁，茶水溅出来，大伙噤了声。

二师父慢悠悠说道，好高？再拉给我们听听？

他心中有数，是存了点私心，他怕她输。他手心有点冒汗，自顾自忐忑，仍得将大筒架上膝，揉弦引弓。

红英正待起腔，大师父却转过头去，七妞，你来。

她踩着点子，舞着两把彩扇，摇身出来，嗓音拔尖，清清悦悦，袅袅唱起来：

风和日暖好春光咿啲呀子哟

好春光咿啲呀子哟

桃红柳绿百草香嗦哪咿子郎当

百呀百草香哪咿啲呀啲……

他看着她，不觉发了呆。她脚步轻捷，不见她抬步，只见云在行，水在流，行云是她，流水是她，一停一顿，一进一退，一摇一摆，一转身，一回头，一搭袖，一亮相，那样轻盈，那样流畅，两把粉扇一开一合，一旋一转，开开合合，千变万化，花样无穷，讲不尽也讲不清的娇媚俏丽，优美动人。她成了一缕风，一朵云，不对，是风吹着云，云追着风，是无数的美追着无数的美，是无数的好追着无数的好。

他眼花了，神飞了，连要换调也差点忘了。二师父飞了他一眼，他脸上一热，拢一拢心神，拉得更认真，要把她这九分的唱腔托举到十分去：

连理枝头比翼鸟
粉蝶成对映晨窗
来到山前用目望
远见一人走得忙
好，好，好哇
不是别人是刘海
…………

她唱完，悄悄退下，瞟一眼两位师父。师父们端起茶杯，慢慢将茶喝了，又慢慢嚼了半晌茶叶子，什么也没说，都背着手，慢慢踱出去了。

可是第二天，大师父二师父一起喊她过去了，今天你上，架得势起不？

她飞跑着去找他，我上，我上！

上么子？

她一把扑过去，抱着他跳起来，师父说，今天我上！今天我上！

他被她箍住，手脚不能动弹，热死了，汗如花鼓滚烫，汩汩往裤裆流，讲话也不顺畅了，晓得了，我晓得了……我就说，你行！

她抬起头，眼珠是浓墨一点，还没写出字来——将来会写出什么字？睫毛像把扇子，辣辣扫在他下巴上。她说，你说过，我挑大梁，你就接我爷娘来看戏。

嗯哪。

还算数不？

当然算！

她突然低下头，你裤兜里硬硬的，装着啥？

啥？

他猛然醒悟，脚板心都烫起来，一把推开她，慌慌朝外跑去，没啥。

你骗我！让我看看。哎，你站住，你跑什么呀！

如今，她长开了，一张鹅蛋脸，眉是眉，眼是眼，那眼睛游鱼戏水似的，一眺一瞟，喜、怒、哀、乐、嗔、痴、乖、傻，就是一脸的戏。她从前跟他一起练功，不肯服输，把些个半边月、立杨花树、鲤鱼打挺、鹞子翻身、飞腿扫堂、云里翻，都学精了。师父们高兴得很，给她排武戏，演花木兰，穆桂英，戏迷们看那一个小小的娇娃子，跳闪腾挪，呼枪使棒，竟凭得真功夫，看得几多满足，毫不吝啬地把那喝彩声一波一波送上台去。

红英心气高，但心眼儿大，她说，七妹是真的唱得好，真的吃得苦，我服她。

她多大呢，她十六了。

他娘做了糖心饺子，包一包大的，说，这个给你师父师兄们吃。

又包一包小的，声音放得轻轻的，这个，给她。

他皱着眉，不耐烦似的，哪个？

他娘不点破他心事，笑着说，你想给哪个就给哪个。

他接过来，随手丢进袋子里，口里说，真麻烦，包在一起就行了嘛。出了门，却匆匆地跑起来，糖心饺子要趁热吃。

一忽儿地就跑到大戏窝了，看见前面，远远杨柳，远远荷塘，隐隐的几座院落。眼下，一溜黄土墙，墙下开着粉凤仙，红鸡冠，紫嘟嘟的是豌豆花，绿油油的——那是一只大青蛙。墙里爬出瓜蔓来，瓜儿有长也有圆，花儿有黄也有白。他的心里升起一阵感动，大戏窝这样好看，这样好看的日子。

抬头看，蓝天，白云，一只丈把长的蜈蚣风筝，悠悠的，发出嗡嗡的风鸣，好畅快。那是他爹给她做的篾扎风筝，谁也没见过那么大那么巧的蜈蚣，身子是可以扭动的，眼珠子能骨碌碌地转，几十只脚都在呼呼用力，扶摇直上，能上九万里似的。

蜈蚣上头，一架飞机闪着银光。

1944年夏。城郊。

天上飞的，那是日本的轰炸机。

老百姓素来求的，不过一日三餐饭，两件布衣裳，一把碎花银，未来得及算计来日，来日还长着呢。虽然仗是早就开打了的，日本兵在城外闹了好几年，又杀人又放火，但只要炮子没落到自己头上，日子还是要过的，戏也是要看的。

可是如今，炸弹落到床铺踏板上了。

炸弹一落，好日子戛然而止，整个县城突然无声，整个大戏窝突然无声。整个大戏窝因为突然无声而显得无比空洞巨大，近乎绝情。

戏班子都撤走了，没走的，也没心思唱戏了。

谁还有心思看戏呢。

头顶上，飞机呼啸而过，不知哪里，又轰轰炸响。地上，硝烟弥漫，尘土飞扬，有时感觉就炸在耳边，听得到沙土簌簌扑落，梁倾枋摧。整个宁乡城摇摇欲坠。

再没有哪一年，比这一年更令人绝望。

开春班也散了，都逃难去。大师父叫他和她过去，从箱底拿出压得平平整整的两份关书来，长长一叹，这个，今天就还给你们了。走吧，快走吧，都逃难去吧。

他和她一排跪下，哭得呜呜的，这不行，我们还没孝敬过师父们，还没出科呢。

大师父摇摇头，不用你们孝敬了，就当父子一场……

他突然站起来，将两页关书叠好，重新压回师父的箱子，又回来跪下，拉着她恭恭敬敬磕个头，说，师父，等鬼子走了，我们都还要回来的，您保重！

人散房空，回家的，逃难的，都走了。城里人往乡里躲，乡里人往深山躲。

她也想走，不敢，她家里没来接她。她听人说，鬼子见人就杀，无论男女。

她十六岁，没有十六岁的女孩敢出门。她把别人丢弃的棉被都搬来，打成摞，淋上几桶水，用来防弹。一听到飞机声，就铺开湿被子，躲到床下去。

一只手伸过去，把她从床底拉出来。他紧紧握住她的手说，我家也要走了，你跟我们一起走吧。

她摇头，眼泪纷纷的。她想回家。

他便去送她。出了城，才晓得仗打得多凶。到处是炸毁的房屋铺子，满眼里都是难民，拖儿带女，扛箱挑笼，向四面八方滚滚轧去。

她家在深山冲里，爹娘也在打点物什，要去躲仗。她娘吊着一双丹凤眼看他，眼珠子高高在上，你也是戏子？

他心里犯冲，他是戏子，戏子怎么了？戏子有本事！还没人这样当面轻贱过他。他要给自己争气，大声说，我拉大筒的。

哦，那还算不得戏子。她娘说。

他涨红脸，生气了。

她忙接过话头，他的琴拉得最好，没人比得过他。他也唱得好，他唱杨六郎！

她娘笑了，那是戏，又不是真的。

她嘀咕，比真的还好呢。

她娘突然问，你什么时候回戏班去？

她吃了一惊，说，城里打仗呢，师父们都走了。

她娘道，你该跟着师父们走的，咱不是签了关书，说好管你吃穿的，平时给他们唱戏挣钱，这时倒不认了？你福气好，在戏班吃得好穿得好。你弟妹好造孽，红薯汤都喝不上。

她红着眼眶说，我宁愿在家挨饿。

嘁！你没在暑天旱地里晒脱皮，没在落雪结冻时节打赤脚，没吃野菜子屙不出屎，世上甜的你晓得，苦的没挨过边，真是身在福中不知福！你不晓得，这些年，人贱得连条狗都不如。人还不如个畜生呢，畜生还有人管……

她咬着嘴唇，低下头去。

他心里也很难过。他想，下次要挑一担新米来，再扯上几身好花布，她吃她自己的，用她自己的，她自己家呢，她爱住多久就住多久！

她忽而急急抬起头来，大妹呢？

她娘转过身去。

她急起来了，我妹呢？

二妹哇地哭起来。她心里一紧，抱住二妹问她，二妹，姐姐呢？

二妹只哭，不肯讲话。她五岁的弟弟回答，二姐跟人走了。

谁？跟谁走了？

一个男的，他给了我们一袋馒头。大姐，你看，有十几个呢。

她一屁股坐在地上，呆愣半天，痛声喊出来，大妹！大妹！

哭半天，一扬头，脚步啪啪地奔过去，拿起弟弟手中的馒头，愤愤砸到地上，用脚去踩，持之以恒，一脚，又一脚。

她娘一巴掌拍在她脸上，你疯了！这不是馒头，这是命！

他急忙护到前面，把她拉到身后。她一扭身，跑进屋去，尖着嗓子冲她爹叫，大妹才十四呢，你们这么狠心，女儿不是人吗，女儿不是人吗？

她哭得好伤心，把她自己的辛酸委屈，一并发作出来。

她爹闷闷道，别怨我，不是我的主意……我们养不活，也带不动这么多人。

她娘把馒头扎紧，把物什都笃好，斥道，睡去！睡一觉，天亮走。

他问，走哪里去？

她娘道，哪里没炮子往哪儿走，哪里有吃的往哪儿走。

他想一想，没想出这么个地方。心里急了，跑到她面前问，你呢？

他站在她面前，不知道要怎样安慰她，只恨不得三言两语，把自己内心的话倾吐了——要多话也不敢。他要带着她，要哭要笑，要打要闹，都在一起，然而，心中有数，嘴里一句说不清，憋出半句话来，你跟我走。

跟你走？她娘回话了，你家不落炮子？你家能养活我们一家人？

他哑了哑，养活她们一家人？他突然有点明白，又不敢太明白过来，先是大妹，以后是她，她们都有一种既荒谬而又磅礴的责任，保住一家人。他不能把自己的担忧说出来，怕她难过。在这个家，不，在这个世道里，一切都那么无足轻重，一切都那么理所当然。

他娘见他哑了，冷笑一声，自身难保，还吹这皇天大牛皮。

他像个盘古，开天辟地的气势都使上了，你们都跟我走，我家还有粮呢！

先回城去接他爷娘。迎面碰着一股一股的人，推前搡后地出城来，像流水，渗透到不知前途的路上去。那小孩，连身囫囵衣裳也没有，用破被子包着，露着惊惧的两只眼。

有人冲他们喊，你们还进城？不要命了！政府都发话了，坚壁清野，赶快疏散。鬼子发动飞机轰炸，就要过河了，你没看见天上飞机比麻雀子多？死了好多人。

又有旁边人搭话，前些天打黄土潭，我们死了两千多兵。鬼子越来越多，有好几万了，见屋就烧，见人就杀。快跑吧，出城逃命去！

他眼一黑，他家就在河边，他爷娘还在城里！

他急急往人群里挤，人家挤出来，他挤进去。

嗡嗡嗡嗡，飞机来了！人们抱头逃窜，跑来跑去，我推你搡，不辨东西南北，鸡鸭篾笼四地里滚，小孩也在地上滚，被人踩过来踩过去，哭声渐渐衰了。

轰轰！炮弹就在不远处炸了。

他站着，忘了弯腰，忘了躲藏。溅得满脸花，眼里一片红光——天地红了。

半天，才回过神来，回头一看，她不见了。

他慌起来，十年前在龙降寺那一幕，乱乱地袭上心头，他又把她丢了。

他拼命朝外跑，拢住嘴，扯起喉咙来，七妹！七妹！

只喊到嗓子破了，脑袋里也嗡嗡响起来，突然看见远远的，蓝布褂子一闪，她在朝这边挥手，踮着脚尖大声喊，六哥哥！六哥哥！

他嗓子眼一辣，哽住了。

她朝他跑过来，跑近了，突然弯腰，抓把沙粒子砸向他，拿脚踢他，一边哭一边骂，你死哪儿去了，叫你乱跑，叫你乱跑！

嗡——

一阵急促尖厉的轰鸣，飞机又来了，朝四散奔逃的人群发起俯冲。

他一惊，眼前没有她，刚才竟只是幻觉，那小小的一个身影，还在远处朝他挥手。一阵恐慌，一阵急痛，已经掏光了他的气力。现在全身虚乏，他踉跄奔了两步，大地晃荡，他踩在棉堆里，拼力支撑，还是倒下了。

砰砰砰——炸弹开了花。

然而，他耳朵里突然清静静的。他聋了，什么声音都听不见了。

遍地红光，满眼青烟。世界哑了，他聋了。

他摇晃着站起来，朝她刚才站的方向跑去。猛地顿住，她不在了！

他跌跌撞撞往前扑，紧赶着跑，慢赶着寻，眼睛睁得再大，也没看见她的影，她们一家不知往哪里去了。都是火光黑烟，都是张大的嘴巴，哭的哭，喊的喊——声音像从远远天上来的，似乎有，似乎没有。

他不知要往哪里去，一屁股蹲在地上。

不知过了多久，慢慢地，一个细细的声音在他耳朵里响起，哀哀的，低沉的，慢慢清晰，是谁在哭？

是他自己。

他的听力慢慢恢复过来。苍茫暮色里，唯一的声音，是自己的哭泣。

1995年夏。日新巷。

刘八字的八字算得准，但刘八字不再算八字了。

这个夏天，南门桥上少了一个卦摊。南门桥少了一个卦摊还是南门桥，就算是配景，卦摊也算不上什么好景色，当然，从前也不觉得它碍眼——它连碍眼也算不上。它是这个城里的一粒土星子，是量筒里的一颗芝麻粒子，多它不多，少它不少。

刘八字开始转城。他每天带着大黄狗赛虎，上工一样准时准点出门去，到处走走。他只是个盲人，城变大变小、变好变坏跟他扯不上关系。他为什么要把时间都用来走街串巷？他又看不见！

他听！听吆喝。

打人参米不啦，两毛钱一炮咧！这是火宫巷的张胖子。

修皮鞋、套鞋、烂布鞋烂棉鞋，钉木屐……这是北门的蔡长麻子。

卖酒药子啦，老酒药子，热甜酒子，沁甜喷香的啦。这是小西门的颜老七。

南无噶啰怛那，哆啰夜耶，南无阿唎耶。这是香山巷。

贵客吃饭还是住店？头房通铺随你选，热茶热水热被窝啊。这是铜钱巷。

到龙田、巷子口、青山桥的，最后一班，马上发车啊。这是到了汽车站。

糖心饺子没了，眉毛酥没了，猪油拌粉也没了，莫乱喊，看牌子点菜啊，也莫举起脑壳四处望，看好自己的包哪，这是到了人民食堂。

哎呀，我的包，我的包不见了！天老爷啊，那是给我娘治病的救命钱啊。

哎，造孽。快去找找邱眯子，这事除了他，没人使得上法。

我去哪里找邱眯子啊。

朝阳巷去看看。

朝阳巷哪一家？

搞不清他今天在哪张床上。

…………

这是今天的县城，今天的声音。然而，浮在刘八字面前的，却是四十多年前的情景，他的世界永远停留在四十多年前：南门河上，密密匝匝的乌舡子，静静泊在垂柳荫里，亮起点点灯火，河水银子一般闪动。箩脚夫与排客子，将汗衫背心搭在肩头，光着黝黑的膀子，大步走在回家路上。小巷深处，绿柳飞扬，青石板路面，正披着粉色的霞光，马头墙垛上，驮着金黄的圆月。

几十年了，这些画面还很清楚，一帧一帧，在脑子里画儿似的铺开来——奇怪，为何看得越来越清楚，一天比一天鲜艳明亮？为何看得越来越清楚，似乎就在眼前？

第二天，下起雨来了。老天是说变脸就变脸的。雨打在屋顶上，风一大，雨就密，风一小，雨就疏，风时大时小，雨就紧一阵松一阵。刘八字依然出门，戴着斗笠。他有一顶不知多少年的青篾斗笠，很大，半把伞大，织得很密实，很紧板，漆得光光的。原本是黄色的边，中央漆一个黑圆，时日久了，黄的黑了，黑的黄了，两种颜色互相妥协，界限不再分明。笠尖镶有一个小铜顶，使得这斗笠很牢实——刘八字晓得他的斗笠长什么样子，知道它很大，很结实，老篾细编，铜丝包绾。他常摩挲它，给它抹抹桐油，使它几十年也没坏。

去剃头。不很远，巷口有一家没招牌的老式剃头店，店里有个一把推子打天下的杨师傅，他们是一起耍大的，常借着剃头说说话。

刘八字说，我屋里来了个人，不晓得是哪个，没出一点声响，又走了。

杨师傅说，咦？莫不是你娘放心不下你。

你信不？

怎么不信。好多以前不信的，不是现在都信了？越活得久，越把以前不信的都信了。

不像，是我娘，我总晓得的。

要不，是响云伢子搞的鬼把戏？

不是。响云伢子懂事，不要鬼把戏。

杨师傅也摇了一晌头，又问，那，你是不是做梦了？

不是，我真的听见了，来几次了呢。

杨师傅停下手，道，莫怕，你又没仇家……我听说那畜生死了，倒让他活了这么久。呸，畜生！

屋外的雨，卷起一团团的雾，一扭一扭地拱，倒像地里冒着热气。屋外一棵石榴树，刚冒的几点红，艰苦卓绝地一次次昂起头来，到底，还是落了。

刘八字叹道，这些年，死了好多人啊。

杨师傅也轻轻叹气，人一世，真是没啥搞头……

刘八字笑了笑，我反正生是闭着眼，死是眼一闭，没么子区别。

杨师傅说，日子好过了嘛，有吃有穿，比打仗那时候，好过得多了去了！好死不如赖活，别老说死啊死的。

刘八字沉默了。打仗，是啊，打仗死了好多人呢。他轻轻问，你说，塔还能建起来吗？

烈士塔？

烈士塔。

我看，能。听说长沙也有烈士塔呢，我估计全国到处都有烈士塔。你放心，宁乡人不是忘恩负义的种。

刘八字叹口气说，我是看不到了。

莫乱讲。

顿一顿，刘八字又问，那你说，剧院还会唱花鼓吗？

杨师傅想了想，又想了想。我看，会。花鼓戏唱了几百年，只要有人听，就会有人唱，说不定到时，像省里一样建个大剧院，又把你请去拉大筒。你要不信，就活到一百岁去看看。

一百岁……刘八字笑笑，平静地说，老哥，我那千年屋是早就割好了的，寿衣放在柜子里，钱放在寿鞋里头。到时你嘱咐执事的，请个锣鼓班子，不要用西洋乐队。你帮我把那胖筒筒带上。

杨师傅放下推子，惊道，你给自己算了？这是大忌呀，会招灾的。

人老了就会死，还用得着算？

……你说这命，真的算得到吗？

刘八字掸掸衣服，声音亮堂起来，他说，天黑了总会天亮，天亮要起。天亮了就会天黑，天黑要困，这就是算命。他呵呵一笑，不早了，回去了。

便走，伸出手去摸斗笠。杨师傅帮他递过去，说，这斗笠都几十年了，还收得这样好……到时我给你挂到坟上去。

刘八字更老了，走路开始打踉跄，前脚绊后脚的。他听到赛虎粗重的喘息，说，赛虎呀，你也老啦……你要走，就走在我前头吧，我送你。

过会儿又说，赛虎啊，可惜你讲不了话……我这双舌头要是能给你，我现在就割给你。

一路讲，一路走，往杜家山上去。

年轻时，他常去的地方是杜家山。杜家山在日新巷上头，窄窄的路，点点远。一跨脚，也就到了。

山上有座抗日阵亡将士纪念塔。

那是很久很久之前的事了——那时的杜家山，葱茏、翠绿、安静，清晨的第一缕光，是先到的杜家山，而后全城才跟着醒来。南门河里的雾气，山中的雾气，将这里蒸腾成一座岛屿，它在热闹里长出来，半点热闹也与它无关。山风摇着树叶，很轻，偶尔一声虫鸣，也很轻。

烈士纪念塔静静矗立在山顶，建得挺讲究，老麻石料，四方四正，下粗上细，正面刻：宁乡战役阵亡将士纪念塔。两边刻：浩气长存，气壮山河。后头还镌着：节厉睢阳。底座厚重敦实，透着一股子庄严肃穆。庄严肃穆不是建造出来的，是打人心里生出来的。

那时，他总去山里坐坐，抚摸着塔基，在心里，将一个一个名字摸过去，名字都在他心里。他是亲眼看着这座塔立起来的，在他还有双好眼睛的时候。

然而，只短短几年，塔没了。山林被推倒，建起了房子。那时，他已经没有一双好眼睛了。因为看不见，他放大了塔被损毁的惨状，加深和拓宽了内心的悲凄与绝望。他情绪激动，大大骂一场：数典忘祖的家伙，把墓都推了！你们晓得这里的人是怎么死的不，你们晓得不！为你们死的，为你们子孙死的！

几十年间，杜家山变成了什么样子，变得多厉害，他已经看不到了，他凭着触摸、声音和气味，凭着一点猜测，在心中无数次重建它的样子。

路滑，他重重一跤跌倒，坐在雨水湿润的地上，半天不能起来。灌木树枝，都像竹筛子透水，残存的雨水从树叶间滴落，滴在他的后颈，像细蛇，一条条冰凉地滑进去。

他闻到一股潮湿的腥气。

夏天雨水多。宁乡城一进夏天就犯涝，是哪一朝留下的根患，没人说得清。雨水夹带着一股腥气，锋利地撞击人的鼻腔。这种尖锐的气味，来自1944年。

那是一个灾年。

世道不养人，把人人折腾得皮黄骨瘦，影子似的。夏天，一直在打仗，死了好多人。到了九月，又是暴雨，落疯了，像是老天也看不过眼去。涨起洪水来，河水血肉丰腴，浮起泡得肿胀的尸体，街道成了河流，满目狼藉，显出曲终人散的意味。空气里飘荡着锈铁的腥臭，那是浓烈的血气。

南门河的草坯下，突然出现大量黄鳝，黝黑滚壮，夹着青绿幽光，跟饥肠辘辘跑返的人们眼里的绿光奇异地不谋而合。每天都有提着水桶瓦罐的人们飞奔而来，为一条黄鳝，一只死虾，展开暴虐的争斗，不惜头破血流。

五十年后，打架抢鱼的人们已老去，有的种进了地里，有的靠着残年晒太阳。英雄呢？英雄大都回不来了，纪念塔不在了，没人看得到。

刘八字在这寂静的山里，拉一回琴。琴声像游龙，在山里蜿蜒游动，突然挺身而起，直往云霄去。他的魂也往云霄去，他拉琴把自己的魂拉出来了，风一样挂在1944年的洞口。

刘八字静坐良久，把自己也坐成了一座塔。

刘八字从山上回来，受了寒，病倒了，好些时日缓不过来。记挂他的邻居时时进来看看，送点热茶暖汤，只见他家终日亮着灯，他朝灯卧着，那双眼睛，看不出睡是没睡。

他没睡。他觉得屋里有人。

他总觉得屋里有人，他给人留着灯。他不确定他听到的声音、他感受到的气息，是来自人世的真实，还是虚幻的梦境，似乎只是梦境，因为总是没有回应，似乎又是真实存在，有一个人，来过这里，静静地看着他，又静静消失了。

此刻，脚步声又来了，在门外停住了。

过了很久，大概有几十年那样久，他听到门轻轻一响。

1944年夏。杜家山。

有人撬门！他猛地坐起来。

六月，几场硬仗，整座城崩了。福音堂一仗后，敌人被压退，县城沉寂了。庐舍为虚，人丁皆空，满目狼藉。南门河两岸，野火逐渐零丁、破碎，终于熄灭了。护城之战，暂胜小歇。

没人敢回城。战争的火球还在城外四处滚动，它不曾停下来，总有一天，它会沿着任何一条道路，任何一条河流，向这座饱经风霜的老城反扑回来。

他爷娘随众逃难，不知去了哪里，知道他们会回来找他，他便在家等着。此刻听到撬门声，想藏已来不及，门闩被顶开，眼前寒光一闪，闪出一把大刀来。他惊叫，大师父！

还有二师父和青峰，泥鳅似的游进来，反手合上门。

大师父那把春秋大刀，刀脊的红缨穗子残污了，刀身倒比平时还亮三分。他将刀往桌上一横，惊道，六娃，你不要命了！怎么还在这里？

我回来找我爷娘。你们怎么回来了？

大师父道，没地方能去，来你家落个脚。我有个朋友叫王干钧，是城厢护卫队队长，这阵子我们听他指派。他说鬼子不退，他们不走，坚决与鬼子拼到底。我们不能像他那样扛起枪来打鬼子，但可以去帮周营长修防御工事。

哪个周营长？

你不晓得？宁乡现在只剩周羽营长的三百兵在守城了。

他惊叫起来，三百人，守一座城？

大师父点点头，语气沉重，鬼子太多了，到处是窟窿，到处要人补啊。城里缺人，我们把家人送走后，就折回来了。

他说，不行，这里好危险，得赶快走。

大师父道，走？走哪里去？不把鬼子赶出去，走哪也活不成！

青峰道，我们就没打算走。前阵子跟着战时任务队扛沙袋，筑工事，福音堂那一仗，我们还去搬过尸体。三弟，你不晓得……死了好多人。真的，死了好多人！

二师父叹口气，压低声音道，县城暂时保住了，但鬼子不会死心，他们想拿下宁乡，进攻长沙，估计不久就会反扑的。你趁夜就走，找你爷娘去，一刻也不能耽搁，也不要回来。

那你们呢？

我们打鬼子！青峰目光炯炯。

他看看师父，师父们素来正直慷慨，他信；看看师兄，师兄懒虫一个，他不信。终归，他都不愿意信。他知道枪炮有多狠，他见过烧焦的房屋、打堆的死人，他晓得炮弹一炸，有些人就再也见不到了。

青峰笑起来，你别不信，红英说我带三撮黄毛回去，她就嫁给我。

二师父笑道，那你娶不到二妞了，鬼子不是黄毛，也长的黑头发。

青峰笑了，管它黄的黑的，只要是鬼子的，我都要揪下来。六弟，有吃的没？饿得很。

他一边生火熬粥，一边说，还有一袋红薯米，够我们吃几天粥。我爷娘带不动多少粮食，剩下的，肯定跟大伙一样捐到福音堂，交给部队打鬼子了。

大师父连连点头，做得好啊，坚壁清野，不给鬼子留一粒粮！大伙齐起心来，就不信打不跑鬼子！

他问，我们没有枪炮，怎么打？

青峰道，怎么不能打！扛起锄头扁担，操起棍子菜刀，照样打鬼子。地下党在乡下做抗日宣传，动员老百姓一起打鬼子，前几天，万寿山还有人用锄头打死几个鬼子军官，把他们的头挂在集市上示众呢。城郊的刘长结巴，偷了鬼子两匹好马，送到游击队去了。他们能打，我们就能打！

青峰解下腰间的两颗炸弹，高兴道，你看，这是我从鬼子尸体上弄来的。到时我把这炸弹丢出去，割它一篮子鬼毛，让红英看看我的厉害。

大师父笑道，二妞一句话，你就敢卖命，算得一条汉子。等你和二妞成亲，我给你主婚！

二师父见他担忧，安抚他说，六娃，别怕。国难当头，我们得站起，不能跪倒，跪着也是死哪。现下好多民众自发抗日呢，也不是一定要杀鬼子，搞侦探、传递、救护、运输，都行！去砍树、挖沟、烧砖、修工事，都行！只要不坐着等死，能干什么就干什么，使上劲就成！

他仍然担忧，说，鬼子有飞机大炮……

大师父一拍桌子站起来，怒道，管他个球，他有铁卵也要捻碎它！在高露乡，他们奸淫的妇女，老的七十多岁，小的才十二岁；在文德公祠，把农民当成刺刀靶子，一个个刺死；在圈门湾，逼乡亲们挖坑活埋自己；在石潭乡，杀害农民几十个，将他们的头砍成几块；在月塘，杀得祖孙三代一个不留……鬼子干的这些丧尽天良的事，讲不完，讲不完哪！

屋里一片死寂。一只精瘦老鼠，仓皇失措，从墙根急急溜过。

沉默良久，大师父又道，半个月前，几万鬼子和伪军进攻黄土潭、边街子、檀木桥，仗打了五天五夜。就黄土潭这一仗，我们牺牲了两千多官兵，死了……死了上万百姓！

青峰叹息道，我张青峰的祖宗菩萨坐得高，保佑我的命。我从死人堆里爬出来，血水糊了眼睛，什么都看不见，一伸手，都是断胳膊断腿，我还摸到半副肠子……

他双目圆瞪，心如擂鼓，说不出话来。

大师父问他，福音堂那一仗怎么打的，晓得吗？

他摇摇头。

大师父道，福音堂那一仗，来了四五千鬼子，县城三面被困，伤亡惨重，路边水里都是死尸。何团长带二十几个人仓促突围，被咬住了，眼看要输。当时副团长蔡亚锷已经负伤，还在福音堂疗伤呢，他当机立断，召集了仅剩的一百多个轻伤官兵，决心与鬼子决一死战。当时，他说了一句话。

什么话？

与其生而辱，不如死而荣！

他听了这一句，像挨了一针，激动起来，大声说，与其生而辱，不如死而荣，蔡团长真是个英雄！

二师父感叹道，因为这句话，福音堂里士气大振，百来个好汉死拼硬打，全都拼了命，鬼子才没能攻下县城，宁乡才得以保住。

大师父又问，你们可听说过罗裕庭？

他大声道，晓得！我们宁乡人，唱紫脸的！

大师父点点头，罗裕庭专唱救国戏，搞抗日宣传，他在长沙演的《血溅沈阳城》，就是鼓励大家起来打鬼子的。他唯一的儿子罗汉超从军抗日……死在战场了。上个月，罗裕庭到耒阳涌金戏院演出，日本人强迫他删去戏中的反日唱词，他严词拒绝……被杀害了。

他呆住，心里一团火似的腾腾燃起来。大师父道，咱在戏台上演英雄，扮好汉，下台来，照样顶天立地！

二师父道，对，咱唱戏的，台上是条龙，台下是条汉！

他也站起来，心情激动，师父，我跟着你们，能干什么就干什么！

不行！你还小呢。大娃，天一亮，你送六娃走。

他大声道，师父，我不走。你们教我唱戏，教的都是大是大非，唱的都是大忠大义。我还演过杨六郎呢，唱过杨家将，就不能做缩头乌龟！

屋里静下来，半晌，大师父一拍桌子，好！我们开春班有种哩，咱宁乡人颈根硬，齐势搭台，唱他一出好戏！

夏天还未过去。

这是宁乡县志里最漫长的一个夏天。空中飘满铁锈般的腥味，那是崩裂的血气在摇荡翻涌，慢慢干枯凝结，游丝不绝。没有生命迹象。唯有沩江之水，日夜不停，呜咽东流。

江水从师徒四人心上流过。他们听不见流水声，但流水声委实日夜从他们心头流过。他们晓得，那渐渐变清的江水还将再次涌起血红的泡沫，浮现几十万张悲苦逃亡的面孔，呼啸着近十万个不幸亡灵的哀鸣，将一座城的惨烈朝四面八方延伸拓宽。

七月底，敌人得到情报，县城守备部队已撤退转移，宁乡已成空城。几千鬼子，大摇大摆，从南门桥上直扑而来。

杜家山上突然枪炮大作，硝云弹雨，对准敌人猛烈开火。

一阵鬼哭狼嚎，敌人撤退了。

鬼子不知道，这不是一座空城。七十三军十五师四十三团二营的三百人，在时年不到三十岁的营长周羽的带领下，驻扎在沩水南岸的杜家山上，肩负起守卫一座城的使命。

天黑时分，隐蔽在对河柳树林子的敌人再次发动进攻，杜家山上居高临险，全力反击，敌人强攻未遂，战斗渐成胶着之态。

藏身石洞的他目睹这场战争，心惊肉跳。大师父将他的头按低，说，小心，枪子不长眼。等枪炮声一停，我们就去抢救伤员，清理战场。

夜色里，日新巷突然冒出几个身影。

鬼子的身影，一个，两个……瞬间，如蝼蚁搬家，几十，上百，成千，几千，借着夜色掩护，悄无声息溜进日新巷，在天主堂前拐个弯，黑烟似的，往杜家山飘去了。

鬼子过江了！

大师父的声音变了，他们从哪里上岸的？高筒车？麻蝈石？不好，我们中计了！

从不慌神的二师父，此刻也变了脸色，说道，坏了！他们一边虚张声势，用少数兵力牵制周营长，一边暗度陈仓，绕道包抄。你们看，这么多人，黑压压的，这才是鬼子的主力！

再看那一队鬼子，黑蛇般蠕动，往杜家山方向急急推进。鬼子只要上了岸，就能兵分多路，从梅家田、日新巷，大街岭进攻，三面包抄杜家山。

杜家山插翅难飞！

大家静下来，一时无话。他心里怦怦乱跳，感觉心脏就要脱壳而出。大师父拍拍他的肩，六娃，别怕……老弟！

二师父答，哥！

老弟，你带六娃走，这里离山上太近，待不得了。

二师父急火攻心，嗓音突然破了，他说，哥，一起走！

大师父握住二师父的手，说，鬼子不敢炸教堂的。你们走，从尿弄下去，躲到福音堂去，马上走！

哥，一起走！

大师父拍拍他的肩，又回头问青峰，大娃，你还记得蔡团长说的那句话不？

青峰慷慨回答，与其生而辱，不如死而荣！

大师父笑笑，大娃，跟着师父后悔不？

青峰懂师父的意思。他也笑笑，铮铮答道，师父，下辈子我还跟着你唱戏呢。

大师父一咬牙，果断吩咐，你们走。我跟大娃留下。大娃，你把炸弹分我一个，我得亲手把这玩意儿还给鬼子，杀一个算一个，杀两个算一双！他转向二师父，嘴角抖了抖，露出点笑意，老弟，这辈子能跟你唱戏，值了！

二师父哽咽着，紧紧握住他的手，哥，答应我……我们还一起唱戏呢。

大师父安慰他，你放心，我就去扔个炸弹，好让周营长他们知道，鬼子上山了。

他跟在二师父后面，从地窖钻出，猫着腰在僻巷里拐弯抹角，连爬带滚。枪子在身边突突打响，砰砰，咣当，撞上树，撞上墙，枝残叶落，尘土四溅。

六娃！二师父回头，捏捏他的手，怕吗？

他牙齿打架，口里逞强，说，不怕！

二师父将他拉到大石头背后，说，六娃，大师父把你交给我，是要我护你周全。你听着，这仗打瞎了，你躲在这里，不管怎样都不许出来，等仗停了，你就去福音堂。我得上山去报信，再找你大师父大师兄，我不放心哪……

轰！半山腰突然传来一声炸响，夹着数声惨叫，还有鬼子的咒骂。

轰！又是一声炸响。

这两声炮要了二师父的命，他脸白了，似乎被这炮弹击中，撑不住这一击打，身子一软，他跌坐在地。

几乎同时，杜家山上枪炮齐作，震天动地，打出半空泥土，漫天黑烟锁住了整个县城，黑天撕开数道红口，火光冲天。激战打响了。

一颗枪子呼啸而来，打得石头火花迸溅，碎石飞扬，他惊叫起来，拔腿就跑，二师父追上他，一把扑倒，将他护在身下。他扑倒在土坑里，听见枪炮震天，泥土翻飞坠落，听见自己的呼吸，锐如风啸，听到二师父突然呻吟了一声。他慌乱中一摸，一手血，叫起来，师父，师父！

别怕，我没事。

你中弹了！

打在腿上，放心，要不了命。

山下的鬼子趁山上交战之机攻下南门桥，已从正面进攻，将包围圈不断缩小。山上四面受敌，却依然奋起抵抗，杜家山上回荡着二营战士的喊杀声，回荡着刀枪铮铮的嗡鸣声，这是官兵们冲出掩体，与鬼子展开生死肉搏的声音，慷慨悲壮，坚定无畏。

这是一个晴天的夜晚，这个夜晚有星辰，有月亮，但照耀不了古老的宁乡。一百年、一千年，最明亮的月光也穿透不了这一夜的宁乡，它在黑烟中颤抖，在火光中痉挛，它在愤怒、悲怆而无助。

天渐渐亮了，战斗还未停止，硝烟依然弥漫。几次交锋后，山上再次沉默了。这沉默，犹如利刃切割人心。他问：师父……仗打完了吗？

二师父不说话，伸过手来扶住他的肩膀，他们在这静寂里，立起耳朵。就在此时，杜家山上传来寥寥几声高呼，驾着风云，传得很远很远：与阵地共存亡，杀呀！

与阵地共存亡，杀呀！

二师父闭上眼睛，泪水簌簌掉落。

1995年秋。日新巷

这个小小的昏暗的老屋，坐落在响亮的轻盈的花鼓调子里。从《洗菜心》到《八音联弹》，这会子，又是《打铜锣》了，那点俏皮、那点火辣、那点野劲和豪气全来了。它使一条老巷像河水一样自由欢快，又像热腾腾的一把火，在人间跳跃、旋转、升腾。

尚响云今天来得早，琴拉得很起劲，刘八字很高兴，配合着唱起来。师父唱起来，尚响云得更小心，他知道这是看真本事的时候。琴拉得最起劲，不能给唱腔锦上添花，那就是白搭。大筒操琴严谨，除了要细心琢磨琴谱套子，还得与唱腔配合严密，琴与唱如影随形，水乳交融，这叫包腔。当年刘八字在花鼓剧团做琴师，角儿指名要他伴奏，是因为他包腔包得好，有这琴音托腔保调，七分的唱腔也能浮到九分去。

琴音加花时不拖节奏，密集紧迫时不压唱腔，轻重缓急里如影随形，这不容易。尚响云学到今日，师父对他的要求又往上提了。他才晓得，这两根弦的胖筒筒，藏着太多章法，有着无数门道，果然是艺无止境。前阵子，师父教他将二胡的揉弦方法，渗透到大筒的压弦之中，运弓的急缓顿挫，运指的弹打揉滑，皆变化多端，使得调子有秀丽，有浑厚，有对比，有融合，轻盈多情，更活泼豪迈。他练到今天，算悟出来了，师父听了很满意，唱得很开心：

林十娘今天起得早
放出鸭子又放鸡
刚要找她去讲理
林十娘迎面笑眯眯
霸蛮要我歇口子气
一把拖我进她屋里
一口一声蔡九哥呃我们是亲戚
你舅妈是我表嫂的叔伯姨
…………

天还蓝蓝的，月亮已经来了，一个白白的胖月亮，趴在屋顶上听花鼓，听得痴痴迷迷，半天才轻轻地挪挪脚步，一步一颠的，慢慢缀到樟树上去了。

歇下来，刘八字问，响云，你说这戏中，蔡九哥跟林十娘有哪些不同？

尚响云说，一个是男的，一个是女的。

刘八字笑笑，还有呢？

……他们身份不同，蔡九是讲道理的知识分子，林十娘是爱占便宜的乡村妇女。他们性格也不同，一个忠厚正直，一个精明狡猾。

说得对。这琴啊，要将人物性别、身份和个性都表现出来。用不同的演奏音色和风格，使人一听琴，就晓得这是两个么子人，一听琴，就晓得他们喜怒哀乐的情感变化。你有自己的演奏方法，才能出悲哀，出欢喜，出风格，出味道，你才能端得稳这把琴，懂不？

尚响云默默悟着，心里很感动。从揉弦引弓，到托腔保调，到级进加花，再到风格味道，他知道师父是毫无保留，要将一身本事都传给他。但他有点难受。

尚响云有点难受，此刻，他怀了一个大大的心思，这个心思与师父南辕北辙，而师父还不知晓。

尚响云说，师父，我们再唱一回吧。

好，再唱一回。

琴声又起来了，调子又起来了。唱完，刘八字高兴地说，响云，你悟性高，一点就通，将来必能成才。以后多来，师父好好教你。

尚响云慢慢放下琴，嘴里像含了一颗毛桃，有点言语不清。他说，师父，我以后不来了。

他的话像板砖砸下来，砸在刘八字的天灵盖上，他晃了一晃，你为啥不来了？

……我想去汽车站擦皮鞋。

好大志气，擦皮鞋！

我想赚钱。

你一个学生伢子，要你赚什么钱？把书读好！

尚响云不说话。

刘八字问，你要钱做么子？

我想自己攒钱，去读音乐学校。

好啊，读书好啊，人就是要读书！你爷娘不同意？

……我想读书，可我还有两个弟妹呢，交不起学费了。

音乐学校学么子？

声乐，器乐，都学。师父，你知道“四大天王”吗，还有“小虎队”？

刘八字呆了呆，说，四大天王……知道，马赵温关！小虎队……不是小虎队，是飞虎队！小西门周家大屋里还出了个飞虎队少将呢。

不是，他们都是唱流行歌的，是大明星，他们的歌，好多人学着唱呢。

流行歌……你不想学大筒，不唱花鼓戏了？

尚响云苦笑道，学大筒，自己拉琴自己听，花鼓戏都没人看了……现在都学吉他，钢琴，萨克斯。

刘八字呆住，像陷入昏迷，其他？杀客死？徒弟的话，他一句也听不懂，他像又瞎了一次。

尚响云轻轻说，师父，我走了。

刘八字醒过来。这一刻，他和徒弟的关系倒过来了，他近乎哀求起来，你来学琴吧，我又不收你学费，多学个本事有什么不好。

我没时间来了，我要去挣学费。

音乐学校学花鼓戏吗？

尚响云摇摇头，想起师父看不到，补充说，戏曲学校才学戏呢。

那就读戏曲学校！你要是考起了戏曲学校，我送你读书！

你有什么钱！

我有！刘八字急急站起来，打开柜子，准确无误地拿出一双鞋。那是他的寿鞋。他一把掏出鞋里的钱，举到尚响云面前说，你看！

这是你的身后钱，我不要。

你还怕我上不了山？你看见过哪个百年后上不了山的？

尚响云迟疑了一下，不行，我怎么能动你的钱。

尚响云口气是有些松动了，刘八字的心也松动了，透过气来了。他说，你只管练琴，把琴练好，把花鼓戏唱好，学费的事不要你操心。

尚响云不作声了。

尚响云的沉默感人至深。刘八字的眼睛里起了风，他的眼睛又能看见了。他说，今天不早了，我送送你。

师徒俩不声不响走了一段，到了天主堂前，刘八字停下来。天主堂前有棵大樟树，这是秋天的夜晚，樟树披着一身月色，在夜风里轻盈地摇动。刘八字听见樟树在风里沙沙响，有几只鸟在树上喳喳叫。他仰起头来，站立良久。尚响云看着师父佝偻着身子，直头静耳，昂头仰望——他在看什么呢？他什么也看不到！这一棵樟树，勾起了他怎样的情绪呢？他不知道。但这一刻他有点感动。师父说过，没有眼睛的人，把眼睛长在了别处，额头上、耳朵后、后脑壳、背心上、腋窝里，都是眼睛，最重要的是长在心上，若不，怎有“心眼”一说呢？此刻，师父一定是用心眼在看，看得很高，很远，看到别人看不到的地方去。

他陪师父默默站着，也把头高高昂起，久久仰望。

刘八字看到了樟树。

他看到一棵更大的樟树，樟树下，锣鼓唢呐大镲小铙震天地响，惊起鸟雀扑棱棱蹿云地飞，花鼓调子蹿云地飞。那是一个宏大的世界，热闹，快乐，光明。

刘八字回过神来，对尚响云说，响云，想不想听故事？

么子故事？

刘八字在红砖花坛坐下，说，来，你坐下，我给你讲个故事。

1952年秋。北正街。

搭高台，扎红花，挂彩旗，拉横幅。姑娘小子们拿着喇叭高呼：开展扫盲运动，不做睁眼瞎。大街小巷的广播里高歌着：我们要和时间赛跑，走上社会主义光明大道。这时的宁乡，活泼泼焕出新景象来。北正街立起了鲜红大字：宁乡县群众楚剧团。

老百姓只要还活着，就要看戏。

唱戏的，依旧唱戏。

他拎着他的大筒出门，他娘追出一只脚来，倚着门框目送他。自从他爹被乱炮炸死，他娘一颗心全在他身上了，送他出门，等他回家，是她一天最要紧的事。他回头笑笑，娘，我走了，你进去吧。

他娘另一只脚也追出来，回来吃晚饭吗？

回来！他说。

他成了剧团的大筒师父。剧团唱的还是花鼓戏，他拉的还是大筒琴，但他怅然若失。假如大戏窝还在，会是什么样子？樟树绿在土墙里，土墙隐在绿荫里，人脸开在红花里，红花灿在艳阳里。震天的锣鼓，悠长的唢呐，快活的笑声，火爆的花鼓调，震出半空麻雀子。师父师兄们吹拉弹唱，师娘带着师姐师妹们，抬着装饭的大木桶，放到院中大香樟树下，从晾着的红绿戏服后伸出头来，声音拉得长长的，也像唱戏，呷——饭——了！

大戏窝不在了。城被炸掉了一大半，唯东北一角余下半点老样子，反倒显出加倍的仓皇，它们的兀自存在，更是坚冷清明地告知人们：其他的，都不在了。

他垂下头去。

一只脚迟疑地过来，停在他眼下。圆口绲边的黑绒布鞋上，绣着一朵淡淡兰花，鞋绊挽在纤细的白白脚踝上。

他抬起头，愣住了，是她！

不敢相信，她的名字在心里突突跳，在喉间打转，堵得嗓子眼儿满满的，不透缝儿。

他在她灼灼的眼光里，连个躲处也没有，把激动与惊喜袒露无余。她呢？她咬着嘴唇，一双眼凄凄迷迷，不像哭，不像笑，又都像，都在忍着。

她不一样了，脸蛋尖了，眉眼似乎往中间紧了一紧，褪了稚气，是一张俏丽的女人的脸了。两根辮子没有了，也没剪成流行的童花头，许是为了唱戏，仍留着长发，低低盘着发髻，油光水亮的，使她添了些成熟温婉。有点陌生，陌生才是真的——他见过无数次她原来的样子，可那是假的，只是他的怀念，是他心头的幻象。他心中充满了感动，是她！不管她走到哪里，都会回来的！

来不及说话，听见一声长长的哨声，集合了。

他和她也站在队伍里，眼睛悄悄找着眼睛，找了又找。

团长走到队伍前，身姿笔挺，声如洪钟，我姓罗，流沙河龙头山的。根据国家的文艺政策要求，对旧剧目要“扬尘抹灰”，加工整理，使花鼓戏走上健康发展的道路……

他突然抬起头来，罗团长和大师父是同乡！只觉得天地热气腾腾的，竟是这样可喜，这样可亲，大师父和七妞，以另一种方式，重新回到他的生命里。原来世界也是个阴阳八卦，戏台是个炼丹炉子。他又是高兴，又是感伤，一时百味翻涌，好难说清。

集合，集训，讲戏，排戏，这一天终于要完了。

远远地，她眼睛望着这边，脚却往外走。他三步并两步跟过去。

七妹，你不住团里吗？

她摇摇头。

你住哪里？我去你家找过你，没人，房子也塌了。你们住哪里去了？

你去找过我？

那当然！

她一双黑漆漆的眼睛灼灼盯着他，又突然垂下头去。她抿一抿头发，虽然头发一丝不乱，又抻了抻衣服，虽然衣服也一丝不乱。她含着一点笑意，一点羞赧，盯着自己的鞋尖。

他说，你住哪里？我送你吧。

她有点迟疑，轻轻说，不远呢，我自己回去。

天都黑了……

她想了想，扑哧一笑，说道，我不怕黑，我有灵符，鬼怕我！

他笑了，她还记得呢，都还记得呢！

她走了两步，又停住，回过头来说，你不要跟得太近。

好！他开开心心地跟在她身后，隔着两米远。

她问，大师父呢？

……在乡下呢。

他还好不？

…………

哎呀，听不见，你走近点嘛。二师父呢？

他跟上两步，跟她并肩了，说，二师父在乡下组了戏班，还唱戏呢。

她说，我看到红英姐了，她给人唱红白喜事呢。

她嗓子那么好，要是也能来剧团唱就好了。

要是都还在一起就好了。

他重重地点头，嗯，都在一起就好了。

龙降寺的灵符可真灵，保佑我呢。

那当然！

哎呀，你那么大声干吗……你走远点嘛。

他又慢下两脚。

你爹娘还好吗？

我爹……打仗时，没了。

你说什么？哎呀，你不要走那么远嘛，我又听不到啦。

…………

他送她到大西门岭上，她不许他跟着了。他心里很多话要问，当年去了哪里？这些年怎么样？么时候住到大西门来了？千言万语，千年也问不完似的。可是，来日方长啊，是，来日方长，他们还有大把大把的日子。

隔天，罗团长带领剧团去长沙看戏。

前两年，各地戏班进长沙城演戏，几十个戏班子，脑袋一个比一个大，腰杆一个比一个粗，你方唱罢我登台，打擂台似的。去得最早的，便是罗团长带领的宁乡戏班。一年“比武”下来，宁乡花鼓戏声名大噪。罗团长本人以文武场面见长，人称“飞飞武打小丑”。此次他带剧团去长沙看戏，既是交流学习，也是老友相聚。

长沙市新舞台大剧院，集合了众多宁乡名角：王命生、刘梅桂、伍岳云、喻雪梅、张炳南、张芳芝等，他们所演剧目，莫不大红，尤其是《扯笋》与《赶桌》两出武剧，长沙人称为“压城戏”，观者如潮，人山人海。

到了剧院，他占着两个座位，朝她喊，七妹！

她却没听见，隔两个位子坐下了。他有点失落，想了想，又笑自己了：七妹怕羞呢，都是大人了，也应该有点避讳的。不知什么道理，越是这样想，越是这样隔着一点，心思倒更贴近一点似的，她坐在他右边，他的心就跑到右边去了。

《扯笋》上演了。

台中，一张大方桌翻转，四脚朝天，旦角是“小梅兰芳”王命生，生角刘梅桂，他们就在这四脚上唱小调。但见他们一个跟斗翻上去，一个跟斗翻下来，载歌载舞，兼之武打，既柔且刚，英武非常。唱完一段，便加垒一张方桌，加到第三张，桌脚已在半空之上，甚是惊险，两位演员却神色不惊，轻如腾云驾雾，稳若脚踏实地，唱腔又稳又亮，一点不喘、不抖、不涩、不滞。结尾时，旦角仰面朝天，两手两足攀稳桌角，挺起腹来，生角则倒立于旦角小腹上，形成一座“五台山”。至此，全场雷动，掌声不断。

他在海啸般的掌声里，想到了大师父。据说这两出戏，除了宁乡演员，别的戏班无人能演，唱得好的没那身手，身手好的没那唱功，但他相信，大师父能演的，他那样好的功夫，什么做不到！

回来后，罗团长激励大家博采众长，革故鼎新，把花鼓戏远远地唱响，大大地唱强。他说，咱们的花鼓戏，不但要唱红宁乡，唱红长沙城，唱红湖南省，还要唱红全中国！

唱红全中国，得有看家的本领；革故鼎新，那得排新戏。

来了几位编剧老师，他和她惊叫起来，二师父！

二师父笑道，说是请我来“顾问”，我哪敢过问呀，我来看看你们。

两人围着他，左边看看，右边看看，喜不自禁。

她亲亲热热挽住二师父，二师父，你头发怎么全白了？

我老了嘛！

你又不老，你永远不老……你腿怎么了？

二师父淡然一笑说，中风，跛了一条腿，算不得大事。

他的笑脸没了，二师父那条腿，是为了他才伤的。二师父捏捏他的手，安慰他。

她问道，大师父怎么没一起来呢？

……他，在乡下呢。

他怎么不来？我好想他。

二师父道，等你唱出名来了，我用轿子将他抬来，听你唱戏。

她扑哧笑了，什么都不知道，还是满心地欢喜。她说，大师父不老呢，他天天练功，闲不住，肯定坐不惯轿子。大师哥呢？

她终于看出他们的脸色来，慢慢敛了笑容，问，大师哥怎么了？

他想，她迟早得知道的，便接过话头，他杀了好多鬼子呢……他抱着鬼子，一起，炸了。

她瞪大眼睛，似乎没听懂意思，可眼泪出来了，一颗，啪嗒，又是一颗。

二师父换了话题，说，仗打完了，日子好过了呢，以后，你们只管安安心心唱戏，记着师父们的话，要定心，长本事。唱出来了，我会再来看你们的。

他心里酸酸的，师父，你要走吗？

二师父说，我在乡下组了个戏班子，教人唱戏，离不了人。再说，我唱惯了老戏，我也只想唱老戏……他从衣服里摸出一样东西，展开了，竟是他俩的拜师帖子。他说，若不是那样的世道，这个早要交给你们的。今天，算你们正式出师了。留着这个，你们就是"门里人"了，将来再拜出道师父，也是个依据。

二师父！他叫起来，我们不拜其他师父了！

二师父笑笑，声音很温和，你们不懂，在这一行，要出人头地，光有本事还不成，得有靠山，讲个师宗门派。你们拜个角儿，认个门，请出道师父提携提携，这些都是要有的。

她说，我们有你和大师父就够了，把手师父才教真本事，出道师父才不管呢。

二师父说，拜个名师，傍个角儿，沾了关系，说起来是哪家门下，有个身份名号，路才好走的。我跟你们大师父，心里都惦记着这事呢。

他看那薄薄两张纸，发了黄，长了毛，却依然平整如初。那两张纸，将他与大戏窝，与师父，与她，紧紧连在一起，好像这两张纸，能给命运做主似的。像八年前一样，他将两份关书递回去，帮她也做主了，说，师父，不管将来怎样，我们都凭自己本事，不再投靠其他师门。我们永远做开春班的弟子。

她响亮地附和着，是，师父，我们不出师，我们永远做开春班的弟子。

她一口一句“我们”，亦步亦趋跟随他，他像得了一种承诺，心里开了花，声音都颤了，师父，我给你买酒去，我们好好吃顿饭，您等着！

他脚步轻盈地飞出去，风似的飘到关王桥，买了荷包肉、酱耳朵，到老三泰，打了老米酒，又去老福昌，买了桂花糖。一路骑龙驾虎，半点不累。风似的回来，走到窗下，听见师父正跟她说话，七妞，我跟你大师父，都盼着喝你俩的喜酒，你们从小就好，哪个不晓得呀。六娃胆子小，又怕羞，今天我帮他把这媒做了，也便了了心愿。

他心里的话被二师父说出来，响鼓重槌一般，心里怦怦跳。酒还没喝，已醉了一半，他不敢此刻进去，羞住了脚，站在那里了。

过了很久，大概一万年那样久。他分分明明听得她说，师父，我已经嫁人了。

铃铃铃……起风了。风把什么撞响了。

他抬起头，原来是谁在檐下挂了个黄铜铃子，此时清脆地响起来。铜铃闪着光芒，光芒投上墙壁，一波一波，水纹样扩散，光晕越来越大，越来越亮，全堆在他眼里，刺着他的眼珠。

看得久了，两眼发黑，头重脚轻。他稳住脚步，朝院外走去。走得远了，又回头看看，多陌生啊，这地方，比大戏窝热闹，比大戏窝气派。新的，才建成的，堂皇美丽的剧院，有着骄傲的高台阶。重檐翘瓦，花格子的窗，阳光下一格一格地分明着。朱红漆的大铁门，一点斑驳也没有，一点豁口与喘息也没有。门侧的水泥橱窗里，贴着大幅的海报，黑是黑，白是白，下头标着票价。票价刚刚好的，刚好戏有身价，刚好人有节余。到了晚上开锣，刚好满场。

一切都是新的。

大筒，大筒……刘大筒！

有人叫他，他没听见，盯着海报上的字，一个一个水浪似的颠簸起来。眼花了。

大筒，喂，你咋聋了？

他呆呆看着对面的人，还没醒过来。

呀，你哭么子呀！

他忙擦了一把脸。才发现手里还提着一坛酒，越提越重，绳子已卡进肉里去。

还有一包桂花糖，晒久了，融了，浸出漫漶不清的湿印子来。

1953年秋。北正街。

她红了。一炮打得震天响。

剧团海报上，她的名字用花边框着，坐龙椅一般。上头画着她妆后的模样，贴着水泡联子，簪着凤头钗子，耳边一嘟噜红花穗子，衬得她了不得的娇艳，那双眼睛，浓墨一点，醒在桃花瓣里，已经写出字来了。

大师父说，一身之戏，眼睛先行。

她是做到了。

好大的戏台啊，幕布次第打开来，一层绒，一层绸，一层丝，打开来是流水样垂着，收拢去是花苞样静着。人在绒幕前唱着，脚步颠着，身子摇着，绸幕便开了，唤出柳暗花明新天地。一层一层幕布间，咫尺天地便是千山万水，方寸之间即数十寒暑。演员们的行头，舞台上的道具，一水的崭新，一水的明艳，不遗余力地热闹、喜庆。

跟从前是不一样了，是上得了台面的大戏了，是被称为全国优秀地方戏的花鼓戏了。可惜，师父们看不到了。

他在台侧，坐在乐队前头。他把大筒拉得那样好，谁也要高看他几眼。

谁都说他心无旁骛。

他现今被人抬着了，显出强劲的势头来，角儿们都想要他的大筒来托腔保调，他保管不洒汤，不漏水，不丢弦，不荒调。小弯小腔，大开大合，都能给人烘得悠悠的，托得稳稳的。也许，他可以永远地拉下去，坐稳当红琴师的交椅。

这天是场武戏，他在锣鼓唢呐的汪洋大海里，看到大师父使着他的春秋大刀，那是一把真刀，斩妖魔，劈小人，顶天立地。大师父还没老呢，一身的气力，本领高强。鬼子近不了他的身，哇哇喊着，纷纷围拢上去……

好！好！他听见了台下的喝彩声。

大师父的炸弹，在这鼎沸里的彩声里，开了花。

真是一出好戏。真是一出好戏！

戏至高潮，繁弦急管，紧锣密鼓，将戏台升腾起来。他咬紧嘴唇，揉弦引弓，一阵暴风骤雨，一阵天崩地裂——

好！好！彩声一浪盖一浪。

大师父的尸首没找到，只有那把大刀，刀身缺了，残了，竟然未断，依然倔强而骄傲。这把丈二春秋大刀，以戏剧的面貌、站立的姿态，钉住一个特殊的年代，鲜明而响亮地屹立在他的记忆里，在九年后的舞台上大放异彩，并在未来——如果一个人的记忆可以超越生死——永不磨灭。

叫好声四方八地响起来，潮水一样淹上台去。她来谢幕，灯光下盈盈笑着，一身新明地亮着。要定心，长本事。她做到了呢。

观众不肯走，全站起来，一次一次鼓掌，又将她请上台来。

他在这热闹里，抽身而出。

从剧团回日新巷，不会儿就到了。剧团在北，日新巷在南，一南一北，中间隔着火宫庙。隔着一把火。

他娘夜夜在门口坐着，等他回家。他高高兴兴地回来，跟她说今夜场子很满，他的琴让人很喜欢。可是她懂的，他笑的时候虽多，话却越来越少了。

他的话越来越少了。

他拉琴，她唱戏，像是近在咫尺了，其实还是远在天涯。他躲着她的人，躲不过时，便躲着她的眼睛。她一双眼睛像摇曳的风筝，穿过人头，穿过灯光，去找那个能掌线的人，但他根本不看她。线断了，她的心失了依托，风筝飘飘无重量，一阵扑腾一阵挣扎，堕在黑暗的深渊了。有时她觉得他在看她，转头去看，却没有，他只是看在她的前后一点、旁边一点。有时，她觉得他真在看她，她有了经验，便让这种“觉得”久一点，让这种温暖欢喜久一点，然后，迅速回眸迎向他，让他不及躲避——他马上就收回目光了，脸上毫无内容。

她朝他走过去，把声音放得快活一点，高高兴兴地说，六哥哥，你的琴拉得真好，你的琴一响，我的嗓子就立起来了。

这话，十多年前她说过的，她不信他都忘了。

布景师傅推着泡沫板的假山假楼，从他们中间穿过去，一路喊着，开水！开水！

他忙退后一点。

等师傅过去了，她忙站近一点，说，我前阵去看红英姐了，她组建的花鼓班子在乡下唱红了，好多人找她学戏呢。

他说，我晓得。

我想把她推荐到团里，她比哪个都不差。

要得。

那边有人喊，大筒，把那绳子拽上去。

他爬上木梯，将背景幕布的绳子扯上去，挽个结，又跳下来，拍拍手，心里很轻松似的。他的影子投在地上，一团黑，她悄悄移了移，站到那黑里去。一刹那，他跟她在一起了。

她心里涌起一点暖意，正要开口，又听人喊，大筒，你怎么搞个死结，做个外行事！

他擦擦鼻子，把一丝尴尬不露痕迹擦掉，又爬上去返工。

影子离开她了。

她的眼神黯了黯，却又强撑着，再次抖擞起精神来，问他，你还记得吹唢呐的管师傅吗？他做爷爷了，过年时见到他，带着孙子打莲花落呢。

他只是点头。

那你见过师娘吗？她待我真好，给我织了好几双袜子，做了好多新衣。我好想她。

他沉默着，走开去坐下来，眼光落在手中的琴上，开始给马尾擦松香。

他躲着她，她知道是因为什么。他只知道她嫁了，不知道她为什么嫁了，他只知道她来唱戏了，不知道她为什么来了。没有那样一个机会，让她把心里的话说一说。任她怎样伶俐，怎样任性，她也没法子捂住别人眼睛，拉住他说，六哥哥，你听我细细说来呀。

再也靠不近了。戏里唱，还将旧事从头演，聊借悲忧作古观。

从头演，不能了，只能作古观。

她强撑着。只要她还唱下去，他的琴就会跟下去，就能见着，就还是在一起。散了场，人慢慢走尽。她故意磨蹭，落在后头。看到他站在楼梯的拐弯上跟人说话，她跟过去。厅侧正好有一面落地大镜，她在镜前装作卸头面，耳朵却在伶俐地捕捉他的声音，并自动掩盖了其他声音。

他说，谢谢您关心，我还没想过这事呢……真没想过。

她悄悄移动位置，她在镜中看到他了。他背对着她，镜中的他们背对着背了。她嘴角扬起来，心脏温暖而欢愉地跳动着，她悄悄伸出手去，抚在镜中人的背上，停留片刻，慢慢攀上他的肩。这一刹那，他们在一起了。

他对那人说，我不是这意思，人家什么都好，是我，我配不上，莫耽搁了人家……

天旋地转，手停在半空中了。什么意思？什么“人家”？什么“配不上”？

她脸色变了，满脸赤红，眼睛里蹿起火来，因为紧咬牙齿，双颌变得方正而凌厉——她看到镜中那张脸，被猜疑和嫉妒烧毁。她突然成了一个妒妇。

我知道你许的什么愿，你想要关老爷许你一个花花堂客。十多年前龙降寺前的话，赫然活过来，钻心刺骨。她不该在菩萨面前说这个，她不该让菩萨以为他想要一个花堂客，不，她不该让他以为她想要他有个花花堂客。她恨自己。恨得不得了。

刚好拔下一把簪子，尖尖铜脚刺入掌心去。痛，背心沁出密密一层汗，可这点痛，不足以分担心里的痛。她终于承受不了，猛地转过身来，似有一股暗劲推着她，朝他走过去，她要拨乱他的算盘，她不管！

不，她不许！

他看到她了。四目相对，如梦如幻，似乎要把旧人细细来辨认。她瞬间哑住，半个字也吐不出来。她能说什么？谁都知道，她是久盛行的小夫人！

久盛行的夫人，十几家铺子的老板娘，可以穿金戴银坐在台下看戏，不用在台上抛头露面，流汗吃苦。可是她不肯。别的，她都认了，只这一条，她不肯。她做了贵夫人，成了红角儿，可是那个看不见的“人家”，不知几斤几两，轻轻松松就把她烧成了灰。

她还在柔肠百结，他已收回目光，飘然而去。

剩下一个失魂落魄的她，站在那里。

她站在那里，黄昏逐渐来，夕阳透过水泥格子窗花，投下光影，扑朔迷离，像一张细密阴沉的黑网，将她罗织其间。光线慢慢地转，在花窗上一格一格地移动，影子先是在她脸上，使她看上去老了好几岁，像块皱旧的手帕。亮光爬上了她的头顶，她溺水似的，只剩一个发髻耸在光里。终于，把她整个压进黑暗里去。

她凝着眼珠子，直着身子，慢慢转身，慢慢走出去。

他并没走远。直到这时，他才从柱子后的阴影里，将自己剥出来。

远远地跟着她，看她上了坡，拐了弯，进了屋。门闭了，窗关了，隔了会子，灯也灭了。檐尖尖上，挑着的半只月亮，一栽一栽地往下坠。

1995年秋。日新巷。

日新巷口往南，不多几步，有个篾货铺子。老板姓蔡，是个织篾的高手。刘八字每次走到这里，都要驻足听一听，篾条翻动时，尾巴快速摇动，啪啪打出一地风。这种声音无比熟悉，使他心里起来一种很深沉的情感。

刘八字打铺门经过，站定，细细听了听，露出一点笑意，蔡老弟，这是风筝尾巴响啊，扎了风筝呢。

蔡老板笑起来，老哥哥这耳朵神了！中秋了，扎点灯笼应下景，剩点细篾，扎几个风筝，也是好耍。

刘八字伸出手，摸了摸铺门上挂的风筝，说，哟，这么大一个燕子！

大？不大。比起你爹那两米高的孙猴子，三米长的蜈蚣，这算个么子！

你还记得？

哪能不记得。小时候不晓得多眼红你，我爹做不出那样好的风筝。

刘八字咧嘴，无声地笑了。

蔡师傅一边编篾，一边说，你爹手艺好，你不跟着学，我爹手艺不好，我偏偏入了这一行。你说这世上的事，怪是不怪！

你入行入对了，你的篾扎手艺，全城数第一了。

这话我自己不敢讲，但论起这宁乡城的篾活，我只认你爹。那时候，我家只卖你爹织的斗笠，没一个不说好的。你爹会织“鸭脚板”，还会织“湖鸭笠”，晴天雨天都能用，能当板凳，还能当碗舀水喝呢。只是如今，莫说斗笠，别的篾货也没多少销路了，什么事都是一时的。

嗯哪。

听说你家那顶两尺五的斗笠，如今都没坏？

嗯哪。

如今可没有那样好的货咯！如今么子东西都禁不得熬。这篾活，我看迟早也得完。

蔡师傅见刘八字一直站在那里，便停下手中的活儿，搬把板凳给他，老哥哥，坐。今天中秋，你又来等老姐姐了？

是啊。

你老姐身体好啊，都这么大岁数了，年年中秋来，硬是没落过一回。

是啊。

老哥哥，坐下来等吧。你天天出去转街，看出么子来了？

刘八字坐下来，说，这城大了呢。

大了！大得不得了呢。

这城新了。

新了！到处是新房子，邮电大楼十几层高呢。

到处是楼，路不好走了。

是呀，路多了，枝枝叶叶，认不清了。

人也多了。

多了！你看南门河边，能抢个位子摆地摊就算你狠，上头屋里瘪嘴李靠给人抢摊位，买起摩托车了。以前是上山下乡，如今是进城下海了。

下海？

就是做生意，搞经济。你看这沿街铺子，都是乡下的租来做生意了。老城关镇的人都去炒地皮、办工厂、搞批发，如今不叫老板，叫老总了。就连摆烧饼摊子的佑胖子都大发了，他的张福盛酒家，啧啧，哪个不晓得。

是是是。蔡师傅，么子时候了？

还早呢，十一点。莫急，老姐姐会来的。

他喃喃自语，奇怪，往常这个时候，也该到了。

是啊，往常这个时候，师姐早到了。她一个人没牵绊，一辈子唱戏，五十多岁还登台演出，筋骨强健，中气十足，像强韧的常青竹。花鼓剧团解散后，她回乡成立了民间剧团，带了大批徒弟。她每年中秋来看他一回，他憋了一年的话，在这一天要泼个痛快。

师姐今天怎么还没来呢？

呱嗒呱嗒，有人打着快板来了，是个赞土地的，在店铺前站定，半弓着身子，把快板打得山响，唱起来了：

不觉赞，不觉行，不觉来到老板的阶基旁，
脚踩阶基长又长，两扇高门顶华堂。
头上顶盖鱼鳞瓦，地上金砖放浮光。
老板荣华富贵长，子子孙孙伴帝王……

蔡师傅住在当街上，赞土地的一年里不见一百回，也有九十回。他对赞土地的说，你这赞词都是照搬现成的，算不得厉害。要是能当场编个，我给你个大包封。

那人道，老板篾刀响沉沉，讲话可要讲得灵。

蔡师傅笑道，那当然！你还怕我赖皮？

那人略一沉思，便将快板打起来，边打边唱：

七寸篾刀亮光光，篾匠师傅手艺强。
一造凉床二造椅，三造筒车好汲水；
一打箩来二打筛，花篾篮子提上街（发“该”音）；

箩筐簸箕盛得水，细篾簟子打双喜；

师傅手艺盖河南，七方财源滚滚来。

…………

蔡师傅扬声一笑，对刘八字说，老哥哥，你看他厉害不厉害，值不值得一个大包封？

刘八字也笑了，厉害厉害，高手在民间……蔡师傅，么子时候了？

咦，快十二点了，今天老姐姐是不是有事绊住了？

刘八字有点心神不宁。几十年了，师姐从没失过约，今天会有什么事呢？

去年中秋节，师姐来了，他们一起上了杜家山。师姐走得比往年慢。他知道，师姐也老了，她走到半山腰时，摔了一跤。师姐说没事，但她过了好一会儿才站起来。师姐摔倒的地方，原来有个土地庙。土地庙并非寺庙，只是一座米把高的麻石小庙门，里头是拱形的洞穴，仅容得下一个小香案，案上供着土地菩萨，菩萨身上扎着红绸。这边要是死了人，做道场时要来这里拜庙，还要在这里化笼，烧纸扎的房子——

他的心怦怦跳，猛地站起来。他为什么突然想到这座庙呢？它分明几十年前就不在了！

蔡师傅见他坐立不安，对他说，老哥哥，白等也是等，这赞土地的灵泛，你也要他赞一个吧。

刘八字勉强把心收起来一点，对那人说，好，就要过节了，你还赞一个，我也给你打个包封。

好嘞，你说，要我赞个啥。

刘八字说，就赞杜家山，赞烈士。

那人说，好嘞，您老听着：

红日一片东方红，中华浩然话兴隆。

杜家山上创伟业，玉潭桥边立丰功。
和平盛世悼忠烈，后生可畏告乃翁，
从今一笑泯恩仇，四海兄弟化春风……

刘八字脸色突然变了，他愤然斥骂，你这是乱弹琴！

那人吃了一惊，哪一句不对？

刘八字说，什么一笑泯恩仇，四海皆兄弟？！杀了我们那样多人，天大的仇，你说忘就忘？我跟鬼子做兄弟？莫不是发宝气！

爹爹，你这是老思想。时代变了，观念变了，要与时俱进嘛。

我进你个脑壳！

哎呀。你这老爹爹，你是几十岁了，又不是几十斤，怎么讲话的。打仗什么好的，你打我我打你，没一天好日子，那才叫发宝气！

蔡师傅来劝阻，被刘八字一把推开，他红头涨脸，声音也破了，你这是数典忘祖，是忘恩负义！你晓得那些烈士是怎样死的不？你晓得他们是为哪个死的不？一山的人啊，一山的人全死了……如今好了伤疤忘了痛，认贼做兄弟，你不清白。当真狗咬皮影子，没一点人味！

那人跑四方码头的，不曾怕过谁，当下也跳起来，哎，你只瞎了眼珠，心眼总没瞎吧？国家都号召我们和平建设，你去打仗试试看，破坏团结，破坏和平，抓你坐牢去。

你抓！我叫你抓！刘八字的唾沫喷在胡茬上，使他的脸看上去像长了霉。他一边骂，一边扬起他的榆木老棍，当空一顿乱扑。围拢来一大圈人，都目瞪口呆，看着一个龙钟老态的盲人，憋红着脸，青筋暴起，挥舞着拐棍，朝四处乱打乱扑，那样气愤，那样悲伤，又是那样可怜……

1953年秋，北正街。

这天散了戏，罗团长叫大家留下来开会。长沙戏剧院在各地选调演员，团里推荐了她。她在一片祝贺声里站起来，声音细细的，却无比坚定地说，我不去。

众人面面相觑。花无百日红，人无千日好，唱戏的谁不明白？不在顺风顺水时抓紧往上爬，一朝时运突变，保管浪打水漂，尸骨无存。她这样不识时务，简直是自毁前程。

她说，我不去，我走了，团里怎么办？

他听了这话，笑两声，倒像嘲讽。他说，铁打的戏台流水的戏子，你以为缺了你，地球就转不了，我们剧团就要解散了？

她的脸一阵红，一阵白，怎么也没想到这话是他说的，简直是翻脸。她急急辩解道，现在好多戏都是我在挑肩，我一撂挑子走了……

他毫不客气打断她的话，你放心，能接你挑子的人多着呢。罗团长，我明天就给你找个人来，这人叫红英，是我师姐，保管你满意。

散了会，他脚步匆匆走出去，听见后面碎碎的急急的脚步声跟上来，他心一狠，加快脚步。

后面的脚步也更急了。

他下过决心的，不要跟她走近，免得痴心乱想，不正当，总得收拾心情，让自己像模像样地过下去。如此一念，像是自己跟自己打了个赌，跑起来。

她也跑起来，前脚绊后脚，摔倒了，终于忍不住，坐在地上，嘤嘤哭起来。

他站住，却依然背对着她，冷冷地说，你老跟着我做么子？

你就这样巴不得我走吗？

他到底不忍心，转过身来。快下雨了，浓雾浮浮荡荡，雾气将她的头发染湿了，贴在泪痕斑驳的脸上，黑是黑，白是白。那么熟悉的一张脸，那么蓬勃的一张脸，现今，像落难了。

他口气软下来，师父们讲过，要我们好好唱戏，现在你能去市里唱戏，可以跟他们学《扯笋》，多好的机会！

我不去。

你不要发宝气嘛。

你才发宝气，你为什么要赶我走？

我是为你好，那是别人求都求不来的事。

不要你管！你又不是我么子人。

他哑了。真的，他是她什么人呢？本来想气她的，反被她气得心里一酸。他一转身，又要走。

她哭起来，眼泪哗哗的，脸花花的。

他站住，背对着她说，你别哭！

她干脆放开喉咙哭起来，一半是伤心，一半是计谋，不肯让他走。

他急了，回过身来，手伸过去，胡乱给她揩两下，心被柔柔牵动两下，口气软下来，说了要你莫哭，你偏哭。

她似乎受了一点安慰，不哭了，却不肯收拾得干干净净，抽抽搭搭的。

像后悔自己刚才的亲昵，要快快遮掩似的，他口气近乎恨，还跟小时候一样爱哭，心眼子深，泪窝子浅。都嫁人了，不怕丑。

她急急解释，不是我要嫁的，都怪我爷娘。

可你还不是嫁了！还嫁个老倌子，一进门就做娭毑，不害臊。

她眼泪汪汪地说，仗打得凶，我爷娘带着我们三兄妹，到处跑，我爸被炮弹炸掉一条腿了……我小弟，从死人堆里爬出来，就傻了。好不容易回了家，房子也塌了……我有什么办法，全家都望着我……你不是不晓得我娘，她是舍得女儿的……再说，我不嫁，他们只能饿死。

你怎么不来找我！他脱口而出，又马上后悔。他不该说这话，这话太迟了，不合时宜，不成体统。况且，他那几间老屋，比不过人家一指甲盖，他怎有脸说这话！她不是七妞，她是别个的堂客了，她如她娘所愿，嫁了一个能养活他们一家的人。她那么可怜，从小就可怜，却还要顾着全家的苦，她该嫁一个富贵的人，帮她挡住一点生活的苦，过上一段好日子。怪不上她。

可是没办法，他就是恨，不知该恨什么，似乎事事都可恨，恨她一去无消息，恨她失信，但——有信誓吗？他想了又想，想不出来。好生懊悔，那么多年，白白挨过去，竟不曾留一句话下来。那就恨她不害臊，嫁个老头子，比她爹还老一截呢，可是——她嫁她的，关他什么事？

没有理由恨，偏偏咬着牙齿恨，不肯原谅她。

她突然一把撸起裤管，说，怎么没找你，你看！

他吓一跳，她膝盖上方，一条粗长蜈蚣疤痕，触目惊心。她说，他不许我来唱戏，我就跳楼。我好不容易见着你，你为什么要赶我走？

他又惊又急又气，半个字说不出来。这一刻，心里是百味杂陈，甜的苦的，酸的辣的，全部炸开来，可是不能说出来，只能拼命憋着。他恨不得大哭一场。

他垂下头去，不肯让她看见他的眼睛，眼睛是湿的哪。

见他不说话，她问，你不赶我走了？

我哪里是赶你，我不能看着你糟蹋了一身好功夫。

你要再赶我，我就跳楼！

他果然上当，喊起来，你要再敢跳，我……

你怎样？

我……

胆小鬼！

我怎么胆小了？

那你怎么都不敢看我？

我……你有什么好看的！

是，我不好看，“人家”好看。

我谁也没看！

那你怎么不敢，不敢跟我好了？

我……

你是不是有……有人了？

胡说！

她猛地抬起头，眼睛亮了，忽地爬起来，就到了他眼前，紧紧盯住他，清清楚楚说，你敢不敢带我跑？

她的话像轰天炮，他完全地呆住。

她扬起睫毛，一脸无惧，捉住他的手，六哥哥，我们一起跑，离开这里，谁也管不着我们！

她说的话，简直是无理取闹，简直是刁蛮霸道，简直是，简直是疯了！可是她拉着他的手，叫他六哥哥，他突然就没辙了，她又死死将他捏住了。她还是那个犟驴子，她还没变呢。是了，这样才对，他是六娃，她是七妞，他们要在一起，是他十五岁那年在关老爷面前许的愿。他的心怦怦跳。

她贴着他，更近了一点，仰着脸问他，你不敢吗？

他慢慢回过神，似离魂归来，重新活一遍似的。他的心暖了，声音柔下来，你不唱戏了？好不容易红了，能去省城唱戏了呢。

我到哪里都能唱。

不行，你不管你爸和你弟了？

我攒的钱，都留给他们。

不行，你答应过师父的，还要唱《扯笋》呢……

你到底要不要我！

他瞪大眼睛。

说话呀，要不要！

要！他把心里那句话挖出来，就像喊了一声痛。

她眼睛眨了一下，眼泪就挂在下巴上了。

那你带我走。

你真愿意跟我走？

愿意！去哪里都行！

他心跳如轰天雷，把自己震晕了，他像瞎了半辈子，突然见着天日，还把将来也见着了。他的语气很深很深，好，我们走。明天一早，我在南门桥等你！

雨下起来了，他回去接了斗笠，送她回家。那是一顶湖鸭笠，有半把伞大，斗笠下罩着他们两个。他和她一手举着斗笠，一手紧紧牵住对方，并排着走，心中充满了无限的憧憬。也许，明天，后来，他们一路沿河唱下去，一个拉琴，一个唱戏，做一对妇唱夫随；也许，他们找个好地方，柳暗花明的，一个挑水，一个浇园，做一对男耕女织，再不分开。只要在一起，去哪里都行，哪里都容得下想好好活着的人。

他送她到巷口，恋恋地说，你先回去，我跟我娘说一声，明天我们就走。

她帮他把斗笠正一正，把雨水揩一揩，你要早点来，六哥哥。

我一定早早地来。

你要早早早早地来！

好，我一定早早早早地来！

天刚蒙蒙亮，街巷隐没在浓雾里，寂静无声。南门河上的白雾，隔着水面半截子，悠悠荡荡，丝绸一样飘。

他站在桥头张望，路上没人，街面没灯，唯有南门河的水，哗啦啦流响。他将包袱当胸抱紧，借点暖意，快入冬了，天一天一天冷起来了。

远处来了一个人，这人也戴着一顶大斗笠，也遮着半张脸。这人经过他身边时，略略抬了抬头，下巴一颗大黑痣。

这人别开目光，走过去了。

慢着，这人怎么有点眼熟？他想了想，突然一惊，这人他见过。久盛行的老爷坐在剧院第一排嗑着瓜子看戏时，这人就站在旁边躬身侍候着，随时给主子点水烟筒，递热茶热毛巾。

是他吗？那他应该有一口龅牙！

他猛地回身，那人也正好回身，朝他阴森森一笑，露出一口黄色龅牙来。

不好！他心里一慌，转身就走。

来不及了。

还没反应过来，就感觉脸上一阵剧痛。有什么东西，泼了他一脸，是什么东西，烧进去眼睛了，流进去了，痛！眼睛痛，脸上痛，心上痛，四肢百骸痛！

他倒在地上，痛苦，绝望，喉头干结喑哑，唯有拼尽仅余力气，在茫茫的黑里，伸出一双手，仓皇捧起地上雨水，胡乱浇在脸上，完全不够，不够减轻痛苦，只能整个趴在地上，把脸往水里乱蹭。

一只斗笠，被孤独弃在水洼里，无助地颠簸。

一个声音在他耳边阴沉响起，再敢勾搭，你们两个，都别想活！

1995年冬。日新巷。

老兄！老兄！杨师傅一路小跑，往刘八字家来。

进了门，上气不接下气，塔！要建塔了！抗日阵亡将士纪念塔，移址八一山，就要动工了！

刘八字愣在那里。

你怎么了？没听见？塔啊，纪念塔，县里要在八一山建烈士陵园了。我早跟你讲过，这塔一定会再建起来的！

八一山上，烈士塔前，刘八字慢慢伸出手，去抚摸那座在他心中从未倒塌的丰碑——不对，四四方方，滑滑溜溜，不是从前的石碑了。再摸过去，他急了，问道，是新的？

杨师傅道，塔基是新建的，塔还是原来的塔。

是原来的塔？

是的，哪个骗你！

他忙往上摸，摸不到。踮起脚来，还是摸不到。

杨师傅四处看看，没人，将身一弓说，来，站我背上，爬上去。

刘八字爬到杨师傅背上，扶着塔基，晃晃悠悠把身子立直了，正欲伸手，脚下一空，杨师傅支撑不住，身子一歪，两人一起摔倒了。

这一摔，两人倒乐了，一起笑起来。

哎呀，不行了，真老了。杨师傅道。

刘八字笑了半天，说，你年轻时，挑个剃头担子，一天围着城跑，骑龙驾虎似的。跟人打架，四五个人都架不住你。哎，五十多年了。

杨师傅感叹，是啊，五十多年了。人这一世，啨！他抬起头，像有了新的气力，说，来来来，再试一次。

刘八字刚爬上背，听得有人喊，喂，你两个搞什么，不许攀爬！

男子走过来，对他们道，没看到上头的铁链吗？不许攀爬，不许搞破坏，不许对烈士不敬！啊，原来还真是个瞎……

他连忙把话打住。

杨师傅道，同志，误会了。这位，当年打过鬼子的，他想摸摸老塔……

刘八字摆摆手，打断他的话，莫听他乱讲，我这德性，哪里打得鬼子……

男子呆了呆，突然一弓背，您老，来！我背您上去。

刘八字爬到塔基上，终于摸到石碑了。

他摸摸正面，一个字一个字读出来：宁乡战役阵亡将士纪念塔。他围着塔摸一圈，“浩气长存”“气壮山河”“节厉睢阳”，没错，是原来的字，是原来的塔。

回来了，他们回来了。他抱着塔，呜呜哭起来。

杨师傅坐着，静静等着刘八字，他喃喃自语，哭吧，你想哭好久就哭好久，活到这年纪，土都埋到脖颈了，有人让你哭，是福气呢。

过了好久，他听到刘八字说，老弟，你讲得真准，塔建起来了。那你说，花鼓剧团还会建起来不？

会。

会?

会!

杨师傅看着苍翠的松柏,松柏后一轮淡黄的落日,喝了酒似的,晕乎乎地摇着,他笑道,我们都好好活着吧,活到一百岁去看看,去看新剧院,看新戏。

尚响云来的时候,看见师父坐在门口等他,天阴沉下来,起了风,许是要下雪了,师父坐在风里,倾听着巷子里的脚步声。尚响云知道师父盼着他来。

刘八字不知道,尚响云不用他盼着,他会来。他讲的那个故事,使尚响云对师父,对大筒,对花鼓戏,都产生了一种奇异的感情,深沉而亲切。尚响云在那一个月夜,在那一棵樟树下,对师父、对师门都有了真挚的了解,他不想让师父失望,他很愿意让师父笑一笑。

尚响云扶着师父进了门,架起自己那把楠木大筒时,刘八字说,响云,今天你用我的琴。

尚响云有点疑惑,师父平时可不许别人碰他的琴!师父今天有点不一样,听琴时屏气凝神,尤其庄重,指点时很温和,很细致。他愈加小心,生怕师父听出一点儿滞涩,一点儿浮滑,一点儿跑弦。他练习完毕,刘八字接回琴,将一支铅笔架在弦下,让皮膜歇一歇,又将琴弓的鱼尾螺丝也松一松,这才说话。

响云,戏曲学校在哪里,那里天气怎样?

尚响云说,在北方,天气干燥一点。

哦。刘八字点点头。他摸了摸琴,说,到时我给你蒙张新皮,天气干燥,皮膜要松一点。

尚响云没明白师父的意思,他看看师父那把用了半辈子的琴——师父是啥意思呢?

刘八字起身,打开柜子,摸出一个手绢包来,放到尚响云手里,说,这是给你准备的学费,你拿着。

尚响云急急摆手，师父，我不要。

刘八字把布包放到他掌心，把他手板合拢来，说，我答应过你，你去学戏，我给你出学费，我乐意。

师父！

收起来。你是我徒弟，我的钱不给你，给哪个？我这把琴，到时你也带上。

师父！

到了学校，跟老师好好学戏。

我会的。

你学成了，回来唱戏。

好！我一定好好学习。

好，好好学习！到了那里，要定心，长本事，唱戏的有功夫没功夫，十三块板上见真假，靠硬本事才蹾得住底，花花名堂是站不住脚的。

记住了，师父！

要唱戏，先做人。我们唱花鼓的，台上是条龙，台下是条汉，台上台下都要是一出好戏！

我记住了，师父！

刘八字点点头，沉默一会儿，说，响云啊，到时宁乡要是建花鼓剧院了，你就到我坟头点三炷香，记住了？

外面起风了，风把树叶摇响了，树叶飞起来。外面下雪了，雪带着落叶扑进来，把门摇响了。

刘八字突然站起来，走到门口，欢喜地说，二姐，你今天怎么来了？

尚响云惊讶地望着师父。

刘八字拉拉尚响云，说，二姐，你看，这就是我跟你说的响云伢子，你听听，他是不是可以接我的挑子？响云，你快拉一个，给师娭毑听听。

尚响云呆住了。尚响云呆呆看着师父，雪花自门外来，都扑在师父一个人身上。

雪花扑在杨师傅的剃头店。剃头店热气腾腾，杨师傅正在给人刮胡子，他烧了壶开水，把毛巾泡得滚烫，给人敷在胡子上。笑道，你这胡子，比你骨头还硬。

嘿嘿，那人笑着，声音从毛巾底下透过来，胡子还硬，说明我还可以活几年。

是啰，哪天胡子不硬了，人就老啰，哪天胡子不长了，人就没啰。

一个人影站在门口。杨师傅没抬头，说道，先坐坐，这就快好了。

人影没动。

杨师傅抬头，看到尚响云站在门口。响云，你要剃头吗?

尚响云没动。

找我么子事?

尚响云没有说话。

你这是怎么啦?丢了魂似的。

尚响云没有说话。尚响云还没来得及说话，眼泪已经先跑了出来。

1981年。长沙戏剧团。

疯了，真是疯了。

剧团门口，检票的一老一少袖手而站。门里已爆座开演，门外依然黑压压一片人头。他们啧啧叹道，真是疯了，都演了快三百场了，还有这么多人等着看，可不是疯了吗。

宁乡花鼓剧团排演的《牙痕记》，这天在省城演到第286场。

剧团外，依然徘徊着拿不到票的戏迷，不舍离去。大门边，台阶上，广场中，满是隔墙听戏的人。

年轻的那位是外地人，他说，你们长沙人真怪，一场戏演几百场，还场场爆满。

年老的那位说，说怪也不怪，你没听人说吗：宁乡人多奇志，一场戏唱百次。说不怪也怪，有人一场也看不到，有人连看几百场。

年轻人惊讶道，连看几百场？

可不吗。久盛行的老夫人，几乎天天来。

那得多少票钱！

那不容易，她是什么人！

什么人？

她是有名的湘剧演员，以前就在这台上唱的。她家在长沙城里有一条街，你说她是什么人。

哎呀，有钱人！

可不是，命好呀。她是宁乡人，宁乡花鼓剧团，是她娘家。

哦，宁乡花鼓戏，真了不得，哪天会唱到中南海去。

唱到中南海算什么，中南海的来宁乡看戏，那才叫了不得。

你莫吹牛皮啰。

嗐，后生子，这你就不知道了。你晓得国家领导回乡，点的什么戏啊？花鼓戏《书房调叔》！王命生和伍岳云唱的，我都能背。要我唱给你听不？

啧啧啧，了不起。

这还不算，宁乡花鼓戏还上过战场呢，1952年，去朝鲜慰问志愿军，唱的就是《讨学钱》。在我们宁乡，就没得不会唱“学钱调”的人！

你怎么全晓得？

嗐，我们宁乡人爱花鼓，与戏有关的事，没么子不晓得！你晓得一万个人一起打花鼓，是个什么情景不？

一万个人，你莫开玩笑。

没跟你开玩笑。那是1956年的事了，宁乡县城万人花鼓，全世界有第一，没第二，第三差着十万八千里。

我的个娘啊！

1959年，国家领导来宁乡视察，看了花鼓戏《西厢记》，还听了麻山锣鼓《接姐》，赞不绝口呢！嗐，说也说不完！

啧啧！

嘿嘿，花鼓戏不是戏，是精神，晓得不？一打花鼓，宁乡人就成了一家人，铁棍子打不散，铜锤子敲不开，比见着皇帝还亲。

了不起，我只晓得宁乡人会喂猪，宁乡人会读书，原来宁乡人还会唱戏。

那是！

哦，对了，那个久盛行的老夫人，如今还唱吗？

她退休了。她虽不登台了，但离台不离行，心还在这台上，光是行头衣箱，头面服饰，不知送了好多来。台上那面大堂鼓，天天震天响的那个，就是她请了宁乡麻山的制鼓高手定做的！

呀，她是个戏菩萨啊。

就是哪！有些戏班排了戏，没钱演，就找老夫人，保管顺顺当当开锣。长沙的戏班，哪个有了难处都能找她，找到她就能过了难关。只要是与花鼓有关的事，找她，准没错！

是个奇女子！

谁说不是，都奇着呢。今天的这个戏班，老旦叫红英，是她师姐，快六十了，还能唱呢，真是一把铁嗓子。

啊，这又是个奇人。

还有更奇的呢，听说这个红英，是抱着块灵牌子成亲的，一守就是一辈子。

还有这样的事！

千真万确。嗐，我们那一代的故事，你们后生满哥，听不懂啰。

你怎么知道这么多？

也是巧，我侄女打小就在久盛行做工，看着老夫人进的门，连老夫人两跳黄金楼的事，她都晓得。

两跳黄金楼？

久盛行是什么台面啊，他家的夫人小姐们是不可以出去做事的，更别说唱戏了。可老夫人就是要唱，一赌气，就从楼上跳下去了。

哎呀呀，她胆子可不小啊。

嘿，我侄女说，老夫人年轻时，一身的脾气，一身的功夫，两层楼算什么！不过受点皮外伤罢了，是用来吓人的。

那第二回跳，是什么时候呢？

唉，第二回，这回倒是真跳了，直条条板下去的，是不想活了。

哎呀，为了什么呢？

谁知道呢，头天剧团还宣布，选调她来省里唱戏，这事搁哪个身上，不高兴得发疯？结果第二天晚上，跳了，人差点就没了，送到省医院，躺个多月，一条命才保住了。

哎呀呀，到底是为了什么呢？

嘿！久盛行不想让人晓得的事，哪个会晓得！总之，久盛行不久就搬到长沙，生意做得更大了。老夫人醒过来，不吃不喝的。得亏她这个师姐，熬汤煎药，寸步不离，不知怎么劝的她，到底把她劝醒了，总之，老夫人再不跳楼了，一心一意唱戏，唱红半边天。

日子那样好过，跳什么楼呢！人死了，啥也没有了。

可不是，只要活着，啥事都还有盼头。

两个小时过去了，剧团里面响起排山倒海般的掌声，一次，两次，三次，四次……

年轻人道，今天这彩声炸窝了呀，这谢幕也没完没了，演员这腰只怕要折了。

老人骄傲地一昂头，好像在台上享受万众仰慕的是自己。好久，终于听见里面嘈杂起来，嗡嗡响起来。

开门放人啰。老人站起来。

开门放人啰。年轻人也站起来。

哪，你看，老夫人，那个就是。

哪个？

穿个兰花衣，披个白围肩的。

可那打扮、那身格，也不老呀。

倒不很老，辈分老。她儿子比她还大着一整轮哩，嫁过去，她就做娭毑了。

哎嘻，那现在她男人没在了吧？

在呢，高寿，九十多了，还打得一手好太极。

哎嘻，那了不得，有钱人的命，阎王爷都怕拿，都是好命啊。

可不嘛，都是好命哪。我听侄女说，老夫人自己讲的，她小时候得过灵符，把好运占尽了，一世太平。

这也信得？

讲不好，世间的事，没讲得准的，谁不是年轻时不信的，后来都信了？

哎呀，上车了，看不到了。她明天还会来不？

不会啦，今儿是最后一场啦。

1995年冬。日新巷。

再一次，他无比清晰地听到，门，响了一下。

不是梦。有人，推开门进来了。

他心底起了一种强烈的震动，支起身子，喉结滚动，半天才吐出一句话来，你来了？

一个清清亮亮的声音答他，六哥哥。

刘八字嗓子一紧，鼻腔就堵了。这次是真的，她真的回来了。无论走到哪里，她都会回来的！

他倾听着她的声音，脚步轻轻地，轻轻地过来，他不仅听得到她的声音，闻得到她的气息，似乎也看得到她的模样，似乎她还是从前的模样，粉团团的脸，黑漆漆的发，杨柳摆风地走过来，在他床沿上坐下了，摩挲着他放在床头的寿衣。刘八字听到她轻轻地啜泣。

他笑道，哭么子，我老了，迟早要走的。

她慢慢俯下身来，将头伏在他的手板里。刘八字感觉她的泪打湿了他的手板，热烘烘的，像贴了一张膏药，密不透风。

她说，六哥哥，我回来了。我们生不能在一起，那就死在一起。

刘八字抬起头来，急急解释，我没去找你，不是怕死，我是，我……我都这样了，不能让你吃苦。只要你能活着，能把戏唱下去，我就高兴。二师父说过，不管日子怎样难，心里怎样苦，都要好好过下去。师父师兄们都看着呢……

她说，你要二姐转告二师父的话，我记着呢。我听你们的话，好好活着。

刘八字说，我是个顶无用的人，没做成过一件事，这世上有我没我都一样，但是，我有两个好师父，他们把我看得千斤重，大师父教我唱戏，教我做人，二师父教我拉琴，教我不管遇着什么，都要好好过下去。有时候想想，我只怕就是为着这句话，才到这人世里来打个转……你还记得师父唱的《辕门斩子》不?

她轻轻唱起来：

天波杨府王封诰，杨家忠心保宋朝。
大哥替了宋王死，二哥替了南清宫。
三哥马踏如泥浆，四哥失落在番邦。
五郎出家破红尘，七郎乱箭把命殇。
死的死，亡的亡，单留为臣杨六郎……

刘八字听着，哽咽道，死的死，亡的亡，就剩我这个假杨六郎了……

六哥哥！她握住他的手。六哥哥，我好想他们。那年二姐来看我，告诉我二师父没了，我哭了好多天……

刘八字脸上现出一种痛苦的神色，使他看上去比上一秒老了很多。他说，二师父回了乡下，写了好多戏，带了一大批徒弟。后来，土改时二师父就遭了难了……

她轻轻哭起来。

刘八字像说给她听，又像说给自己，他说，都说八字仙有“三不算”，但我天天给自己算，夜夜给自己算，我算来算去，就是算不出还能不能见到你，我一直在等……

她握住他的手，六哥哥，莫伤心，我回来了。

他轻轻笑起来，我不伤心，人生七十古来稀，你看，我活到现在！老天爷对我好呢，还把你送回来了，你不晓得我几多高兴。嘿，我真高兴！

早上，邱淑慧在阶基上刷牙，看见刘八字出门来，他步伐矫健，脸上有一种近乎发亮的奇异的光彩，她有点惊讶，远远喊道，刘爹，你病好了？

好了呢。

一早去哪里？

我去老福昌买点东西。

你没关门呢。

嗯哪……屋里有人，不用关门呢。

哪个？来客了？

刘八字抬起头来，脸上有点暖，空中有点风，是个好天气。他笑了，今天天气好呢。淑慧，你帮我去请街坊邻居，晚上来我家喝茶啊。

邱淑慧好奇地走到刘八字门前，朝里望了又望，她回过头来，久久看着刘八字的背影，听见刘八字仍在自言自语，天气好，是个好日子呢。

刘八字脚步轻健，很快就到了老福昌。他问，有桂花糖吗？

小伙计说，这个时节难得买到了，刘爹爹，桂花糖你也吃不动啰。

刘八字咧嘴笑笑，像怀了个秘密，他心里说，我是吃不动了，我又不吃。他说，称点乔饼吧，焦切糖，砂仁糕，还有，刀豆花，都来半斤。雪枣！雪枣也要。

小伙计瞪大眼睛，跟着他转，刘爹爹，你摆席啊？

刘八字嘿嘿笑了，说，芝麻豆子茶，也拿一包。

他拎着一大串包封，再去巷口的德和裕，买一份甜酒冲蛋，怕洒出来，用手稳稳控着。他拎着这些东西，还能走得很快，倒把懒懒的赛虎甩在后头了。赛虎脚步迟钝，它喘着粗气，期待主人等等它。可是刘八字脚步飞快，赛虎没办法，只好咕噜着发了两声牢骚，再攒劲追上去。

他进门来，对她道，桂花糖又没买到，不急，就要过年了，过年总有的。那年买桂花糖把你丢了，被你打了一顿。是，是，该打该打。刘八字说着说着，自己也笑起来，又道，甜酒管你吃饱。你尝尝，德和裕的甜酒可比得上龙降寺的？你要喜欢吃，我天天去买，一脚远。慢点喝，这甜酒，巴心巴肝地烫呢，你吹吹，吹吹再吃……这些年，城里兴起好多吃食来，有一年，邻舍给我送了一盒糖，嘿，不禁收，化成水了，还是比不得我们小时候的东西，每一样，都收得一百年。你看，那斗笠还在呢，还一样好用……

晚上，上下屋里，左邻右舍，大家都来了。邱淑慧帮忙招呼着，刘八字说，淑慧，你坐下歇着吧。七妹，你去泡茶，我买了糖，都摆上吧。

街坊们答道，刘爹爹，三年邻舍做古亲，一家人，莫客气。

这些年搭帮大伙照顾，喝杯茶，应该的应该的。刘八字有点难为情，话说得磕磕巴巴，我以为我这一世，令光一身（指一无所有）进土眼的……我也没想到，七妹还会回来。

大伙纷纷道，刘爹爹好福气。

杨师傅也来了，他抬起衣袖擦擦眼睛，大声道，老哥你有福气呢，老了有人搭伴。

刘八字咧开嘴笑了，是呢，老了搭伴，也要得。

大伙纷纷道，要得要得，是好事！

尚响云抹了一把泪，笑道，师父，我给你拉一段，你听听可有长进？

好！好！刘八字很高兴，指着尚响云说，七妹，这是我的关门弟子，你听听，比我当年如何？

尚响云架起琴，琴声响起来，他给师父拉一曲《放风筝》，琴声婉转缠绵，娇俏明媚，流水似的填满房间，溢出门去，悠悠浮上天。

刘八字听着，听着，他像看到了三月青草连天涌，青草连着蓝蓝的天，看到五月菜花黄艳艳，艳艳的菜花抱着绿篱笆，他还看到花蝴蝶儿粉蝴蝶，蝴蝶翩翩满天飞，人大的孙猴子上了天，百脚的蜈蚣攒劲追，追啊追，飞啊飞，满天风筝，一个高过一个去。

一曲终了，尚响云问师父，师父，我还对得起您的调教吗？

刘八字点头，满脸春风，好呢，真好！响云，你好好拉琴啊。

师父，你放心。

好，我放心。

你放心，你说的，我都记得！

杨师傅走到刘八字跟前，俯下身子轻轻说，老弟，今天高兴，你给大家拉一个吧。

刘八字道，好，好，拉一个。

他又偏过头去，问他的七妹，我拉，你唱，要得不？唱个么子？好，我们一起唱个《望郎》！

刘八字接过琴来，慢慢摩挲着大筒，慢慢调琴，慢慢扬弓。

寂静的夜里，刘八字的大筒异常嘹亮轻快地响起来。夜风长着手，手把琴音抱稳了，一路攀高，登上夜空。夜风长着翅膀，一颠一颠，带着琴音，远远飞走了。

大伙听着刘八字孤独的琴声、缺了半边台的对子花鼓，参演着一场隆重庄严的大戏，悄悄流下泪来。

赛虎静静地趴在刘八字的脚边，它在琴声里懒洋洋地、安心地睡过去了。窗外，檐角上，一轮圆月，薄薄的，很明亮，很轻盈。

在这月色里，刘八字回到了大戏窝。

他看得那么清楚——

他在堂屋里跪下，献上投师帖子。大师父黄定国，二师父喻耀邦，他们坐在太师椅上，看中他是根苗子，越看越喜欢。师父们说，今天，你算入科了，往后，你就是开春班的第六个弟子。六娃，要定心，长本事。台上是条龙，台下是条汉，记住了吗？

他又去拜师兄师姐，青峰说，六弟，跟你红英姐学，莫跟我学，她是条龙，我是条虫，不，我是条汉。我一定会把她娶回家的。

红英脱下一只鞋，举着鞋追上去打，少放屁，哪个要嫁给你，你个大懒虫！

大戏窝的日子多快活啊，院子那么宽广，香樟树那么壮，那么绿。

然后，他看见她了。

他又看见她了，越来越清晰。不管走多么远，她会回来的。

她回来了。抱着一个薄薄旧包袱，站在戏班门口，那是十二岁的她，初踏贵宝地，还没入师门。

她娘用手指狠狠戳她头，笑一个不会啊，哭丧着脸，哪个戏班子会要一个苦瓜脸。再没地方要你，就去给人家做养媳妇，我哪能养活那么多啊！

她那样难过，却还想挣点自尊，不肯哭。眼泪一点一点满上眼眶，那泪真多，那么多泪却不落下来，全在她眼眶里包着，眼泪包得那么满，两只眼睛成了明晃晃的池子，就是没落下来。

他走过去，站在她面前，你叫么子名字？

宋招弟。

我叫刘玉山。

他朝她伸出手，来，招弟，跟我走吧。

刘玉山和宋招弟，很小的时候，他们就在一起了。

2021年夏。宁乡大剧院。

五月，宁乡原创大型现代花鼓戏《永远的叔衡》隆重公演，宁乡大剧院内座无虚席，彩声炸了窝，一浪抬一浪。上千观众中有老人，有孩子，有基层群众，有机关干部，也有专家名师——这么说不对。在宁乡，只要坐在戏台下，所有人都是一样的人，只要一唱花鼓调，所有人就是一家人。

两个小时的演出结束了，观众一同起立鼓掌。他们跟着演员笑过了，又跟着琴鼓哭过了，这会子眼睛红红的，脸也红红的，都放着光彩，像给恢宏璀璨的大剧院再添一千盏明灯。他们不舍离去，要等待演出团队上台谢幕，要再看看，看看是哪些人，把这么好的戏送给了他们。省市领导们也响响地拍着手，他们还要上台去，与演出团队一一握手交流，还要对他们说，花鼓戏搞得好，地方文化的传承和发展搞得好，要长长久久、红红火火搞下去，将来还要搞得更好。

演出团队上台了，他们站在了自己认为适宜的位置，微笑着向大家鞠躬谢幕——他们站台也是很谦让的，让着让着，中间就空出来一个位置了，那位置老是空着，他们不禁轻轻问道：尚老师呢？

国家一级演奏家尚响云，已经悄悄离开演艺中心，退出了这场热闹。

他走出剧院大门，回头看看这座圆形的新型剧院，它坐落在占地两百亩的宁乡市文体中心，是一座宏伟、独特、美丽的地标性建筑，聚合着国内外优质的演艺文化资源，是湖南大剧院、省歌舞团、省杂技团、省话剧团、省戏剧传承中心的演出基地，是中央戏曲学院定点的教学训练演出基地。十年来，它在承担着演艺功能之外，还是各种艺术展览、名家知识讲座和学术交流活动之地——这比师父的心愿还要美好很多很多。

尚响云转身，朝停车场走去，身后有人在喊他，尚老师，尚老师！

他装作没听见，走得更快了。他得偷了这个空当，虽然并不空，否则今天又没办法去看师父了。每次出了新戏，他都要去看看师父，给他唱上两段。他知道师父盼着呢。

那人却打起飞脚追上来了，尚响云只得回头，咦，这人不认得。

这人说，尚老师，你们的演出真是太精彩了，祝贺祝贺！我是中心小学的刘老师，我们学校开设了课后兴趣辅导班，有很多孩子报名学习花鼓戏，我想请您去我们学校指导指导工作，不知您是否有时间？

尚响云听了这话，高兴起来，好啊，娃儿们学花鼓戏，传承地方文化，必须支持，我来！

刘老师希望事情顺利，但也没想到这么顺利，他赶紧致谢，太好了，孩子们有专家指导，真是太好了，谢谢尚老师。

尚响云道，我们留个电话，随时联系。到时不但我来，我还邀请其他老师来。六十年前的娃娃剧团，培养了好多人才啊。我们要把这娃娃花鼓，再热火朝天搞起来！对了，您姓刘？

对，鄙姓刘。

嘿嘿，好姓，贵姓。刘老师，回见哪。

尚响云穿过半座城，到了栀子坡，他在刘八字坟前点了香，还未开口，倒先笑了，师父，你今天在那边，和师爷师伯们唱的什么戏啊，热闹吧？

尚响云掐了一朵栀子花，放在师父墓碑上。栀子很盛，很白，微风吹得它花瓣轻扬，香气流动。尚响云垫着花香坐下来，他有好多话要跟师父说，要坐下来，慢慢说。

师父，今天的戏演的是宁乡革命家何叔衡，观众爱何叔衡，爱花鼓戏，都一个劲叫好，彩声打雷一样。嘿，下次我录个现场视频——就是录像，带来给你看看。接下来，我们就要去湖南大剧院搞专场演出，其他各地公演的档期已排满三个月了，累是累点，可谁都挺高兴。现在日子好过，花鼓戏也好过，它已成了国家级的非物质文化遗产，有望唱红全国呢！宁乡建市后，市里很重视精神文明建设，大家都拿花鼓戏当宝贝，不但双手捧起，还把它高高举起。师父，你高兴吧？

尚响云又说，师父，现在娃娃也学戏呢，我听说学校都开了花鼓戏兴趣班，师父，你说这多好啊，传承和振兴，一代一代，世世代代传下去，一代会比一代好。

尚响云把大筒架上膝盖。这把紫檀烤竹大筒，换过膜，换过弦，换过琴马——不管换过什么，它还是从前的核，是从前那把琴。尚响云说，师父，今天的戏，我给你唱一段，你听听，这戏比以前的是不是更好听了？

琴声起来了，调子起来了。花鼓调高抬腿，轻迈步，伶伶俐俐、烈烈轰轰地跑起来，跳起来，旋转着，飞扬着。坡上的栀子花开得密匝匝的，都踩着花鼓的节点起伏，一朵摇，百朵摇，像展翅的白鸽，就要飞上云霄去，都能款款地飞上云霄去。栀子播着浓香，香气裹着花鼓调，那是悠扬的香，是馥郁的调，像含着蜜的流水，向碧碧的沩江曲过去，江水摆了一下软腰，回了一个大弯，把宁乡城暖暖的，都抱着了。

宁乡坐落在花鼓里。

白扇子摇摇进姐房
问姐想郎不想郎
丝瓜牵藤长长想
豆角牵藤想成双
哪个娇莲不想郎

白扇子摇摇进姐房
问姐痛郎不痛郎
蛇咬麻公痛两腿
十指尖尖痛心肝
不痛情郎痛哪个

——山歌

小 扇 坊

尹大福

这尹大福，其实福气并不大，他少时亡父，长大没了娘，中年又死了老婆。人人说，他命硬，克六亲，身旺无依，当去做和尚。

他偏活得不坏，不缺钱——不怎么缺钱。

他们家那门，是双扇的车马大门，能出进拉货的大马车。尹家祖上是开扇坊的，鼎盛之时，一城的折扇团扇都熠着“尹辉堂”的红泥印。他家做的绿油纸扇与花扇，一度与杭州白扇、宝庆黑扇三分天下。在20世纪50年代的广州，十七把宁乡油纸扇能换一石稻谷。尹家扇坊县城头一号，生意做得火红，“尹辉堂”的名号，在省城也呱呱响的。

尹辉堂的扇子，材质和款式都极多，纸布绸绢、蛇头直骨，制作精巧，自有特色：染色、钉珠、镂刻、绘画。

镂刻。扇骨阳雕微刻、透雕镂空、髹漆火烫；扇面镂以纹样，连成各种图案。照光，镂孔透亮，光影灼灼；照景，见而未见，隔而未隔，甚是精致典雅。

绘画。请了专门的画匠坐堂，画梅画兰画竹，画青松翠柏，藤萝花卉，画远山含黛，近水叠翠，这是平常的，还画仕女凭栏，君子对弈，童子寿翁招财送瑞，皆须发飘飘，裙袍生动，神态逼真。

这是上品了。

钉珠。这是请了大姑娘小媳妇做的精细活，于扇面上描金扫银，敷粉埋香，扇柄缠丝裹绸，垂珠流穗，拿在手里泠泠作响，打开来暗香浮动，这是入官府进豪门的精品了。

销量最大的是油纸扇，这是平民百姓用得起的。尹辉堂的油纸扇美观牢韧，靠的四好：好竹，好纸，好画，好油。尹家用竹，是专地专人送来的，太嫩太老，一点不客气，您带回去；皮纸是宁乡草冲专门造纸的人家送来，经过千挑万选，须色白、质软、页齐、拉力强；画是不惜重金请来的坐堂师傅，尹家有名家扇面画册，据说传自光绪年间，扇画古风古韵；油须得是不加任何添加剂的上好桐油，用家传秘方调配，可避瘴痨，不怕虫蛀，禁得日晒雨淋，用得长久。

说来是传奇，尹大福爹走了，可是他把堂客调教成了生意好手；尹大福娘走了，可是她选了个制扇高手做媳妇；尹大福老婆走了，却给他留了个勤劳能干的女儿。尹家扇坊看着要倒，就是没倒。

尹大福娘极娇惯他，应该给他留了一笔钱，使他没有别的本事，花钱的本事倒有。比如他爱置新衣服，盘扣的绸衫，麻料的黑裤子，印花外套下，翻出白白一截衬衫袖子来——不晓得置了好多，将他打扮得又阔气又倜傥，又梳一个油光水滑的大背头，他穿了这样阔气的衣服，就上街去。茶馆、浴室、戏院、红灯巷，他无所不知。在这上头花的钱，流水一般，别人算不到，他自己也说不清。他还搜罗美食。南门的杀猪菜，北门的油麻坨，彭雪辉的刀豆花、砂仁糕，宁乡大饭店的眉毛酥、糖心饺子，工商联的月饼，肖十八哥的臭豆腐，剁结巴的红曲鱼，陈三驼子的烧饼……他是个本地通，满城熟，谁要问个啥正宗吃食，就找他！他还好养生。陈家旺的中药铺子他去得最多，要是来了珍罕补品，他眼睛不眨地买回来。他买过城里最贵的鞭茸。

他如此做派，人送外号尹少爷。

现在是20世纪70年代末，距尹辉堂的鼎盛时期已过去几十年了。扇子是在做，可越做越少，款式少了，扇面也改用模子印画了，画留白处，那一方“尹辉堂”的红泥印也淡了。然而尹大福还是丝绸照穿，补药照买，馆子照吃，大戏照看，风采气度一点不削减。

有时张三眼来尹家，半弓着身子跟在尹大福身侧，等着看他又拿出什么宝贝。

张三眼是做旧货古董的，一双眼又尖又刁，不管啥东西，真假好歹，他一眼就能识准，人说他有三只眼，是火眼金睛。他在尹大福手里，拿走过羊脂玉扇坠、象牙扇骨、名家扇面画、鎏金扇盒子、金镶玉扇座，后来又带走了各色首饰瓷器，镜灯烛台，玩物摆件。

尹大福坐着，一边摇着扇子，一边用个银耳挖子掏耳朵，掏半天，噗地一口吹掉，才慢悠悠说道，我摆出来的这些东西，你喜欢，我便成人之美。我不给人看的东西，那才是真宝贝。

至今，张三眼还没看到尹大福的真宝贝。

中药铺的陈家旺也看出端倪来，尹大福从前是主动来催，要上好的参茸虫鞭，后来是看到就买，如今是荐了几次才要，渐渐显出河干水枯之意来。陈家旺对他之心大不如前。

尹大福的嘴巴装了弹簧，他常一手携了把上好油纸扇，一手拢了个泡着养生茶的紫砂壶，四处海侃。三教九流，医卜星相，都被他说得方方正正，圆圆妥妥。有人问，尹少爷，你说说你自己的命，是什么命呢？

他撇着嘴唇，深深地看着天，慢慢地摇摇头，我这命，一片火土，天元一气，是极品好命，怎样个好法，天机不可泄露。

他最爱说的还是神妖鬼狐，有的他书上看来的，有的他自己编的，有时间，有地点，有鼻子有眼。听的人眼睛瞪得大大的，问他，后来呢？他便故意一停，慢慢端起紫砂壶，啜饮几小口，在别人的不断催问下，才把油纸扇哗地打开，再慢慢往下说。

他到处转悠，能言善道，圆的说成方的，死的说成活的，不知怎的，就把一个桃花似的女人诱回来了。他说他家有座大宅院，是有的，不过既朽老又荒芜了；说他家开大扇坊，是有的，不过只做几把油纸扇了；说他没有儿子，是没有，不过有一个女儿，十五岁了。当然人家也带来了一个女儿，十三四岁。这两个女孩儿名字对得真好，一个叫红莲，一个叫碧枝。

尹红莲十岁时没了娘，那时就开始做扇了。劈篾、刮股、开纸、裱糊、熬油、抛光，她都会。小戏班子要道具彩扇，她跑去河对面的湘乡街看人扎染，回来给白绸和白纸染色，接下了戏班子的生意；还能接一点染布生意，常常坐在院里，用麻绳在一堆布里扎小揪，绑大髻，剥豆子，夹木板，涂蜡……她还很小，就能搅动一锅浓稠的染料，侧着耳朵在发酵池边听一听，就喊道，爹，染得了！

她爹在屋里，半天换下白衫衣，半天换下黑绸裤，再半天，系一条乌七八糟的围身布，得，她爹这就出来了。

尹红莲生得满月圆脸，结实腰身，神态很稳重，她终日打里打外，做事有板有眼，都在弦上。那也没办法，她没了娘。有个爹，但爹花在自己身上的时间比花在她身上的时间多得多。她靠自己。

现在她有了个后娘，还有了个妹妹，心里挺高兴。碧枝秀秀气气、乖乖巧巧的，很让她怜爱。后娘很会做后娘，不闻不问就寻不着错处。她大概也晓得自己上了个不大不小的当，却又无可奈何，有点赌气的神态，眉头总蹙着，没人见她笑过。不笑的人福气薄，到第三年，那个桃花似的女人，不知啥事想不开，竟把自己吊在院里的樟树上了。

碧枝吓得不轻，一夜工夫，那眼也直了，人也呆了，不吃不喝，泪水汩汩流。尹红莲将她抱着，给她擦泪，用勺子撬开她的嘴，将葡萄糖一点一点灌进去。

街坊邻居围在她家门口，摇头叹息，但谁也不敢进尹家门。他家煞气太重。只有尹大福，面无悲色，依旧摇着油纸扇，抱着紫砂壶四处海侃闲逛。

有人问，你堂客有什么事过不去呢？

他把茶壶放下，转着茶壶盖子，垂着眼睛皮子，神色语气淡淡的，回答说，都是命，她的心只那样大，命只那样长，怪哪个呢！

旁人道，可苦了那闺女，你家那两个闺女呢？好久没见着了。

尹大福说，姑娘家家的，哪能你想见就能见？

人说，嘿！女大当嫁，你也留不住。

尹大福用拇指按住一边鼻翼，另一边就擤出鼻涕来，他擦擦鼻子，扬长而去。一边走，一边唱：

鹅毛月，两头弯，
叫妹莫把后门关，
若要关门莫熄灯，
郎要攀花等五更……

人在后面摇头叹气，油纸扇，我看是游子扇！留着两个女儿做牛做马，自己倒游手好闲，摇头摆尾，真打得一手好算盘。横竖女儿要出嫁的，到时你拿起石头打天去。

莫怪人家背后指责，小西门的人听见，尹家院里半夜有人哭。细细听，没了，刚一转身，那哭声幽幽的，又被晚风送来了。是谁哭呢？红莲还是碧枝？

她们都有哭的理由。

尹红莲拿把开山斧，一气不歇地就把院中那棵大樟树给砍倒了，肢解了，堆在院里，放了一把火。那火烧了一天一夜，把个尹家院子照得红灿灿，亮堂堂。

尹大福气得跺脚，你晓得不，这是百年古樟，还是你老子的老子的老子种下的，卖得好多钱呢，你倒好，一把火烧了……

尹红莲拿眼瞪她爹，尹大福喉结滚动，把半截话咽回去了。他摇摇头，嘀咕一声败家精，摇着四方步子出门去了。

火烧完了，尹红莲把半院子灰烬火炭归拢，挑到化龙溪倒了，把篼箕也丢到河里去。

尹红莲在院里种了一棵梨树，对碧枝说，你喜欢梨花，我给你种一棵梨树。你喜欢什么，我就给你什么。你不要怕，有我呢！

尹大福回来了，朝尹红莲伸出一只手。

尹红莲眼皮往下耷，嘴角也往下耷，说，没有。

尹大福道，怎么没有？昨天还出了一批扇子。

尹红莲低头糊扇，不接话。

尹大福将手中纸扇一拢，敲一下尹红莲的头顶，说，尹红莲，你越来越不像话了，你连爷都不管了，人大了，良心坏了！我明天就把你嫁出去。

尹红莲不为所动，尹大福无可奈何，愤愤走出门，一会儿就带着张三眼回来了。

张三眼从尹家拿走的东西，不晓得好多了。现在尹大福去喊，他也不大乐意来了。张三眼坐下来，从口袋摸出个银耳挖子，慢慢掏耳屎。懒洋洋地问，你真要把床也卖了？你睡哪里？

那你莫管。

尹少爷，床铺可不随便卖的哟。

我命硬，不信邪。旧的不去，新的不来，我正想换新的。

你果然要卖，我出三百块。

三百块？尹大福大惊，几乎是喊起来，你鼓起眼珠看看，这可是清朝的鎏金雕花架子床，你看这雕刻，髹漆，鎏金，彩绘，哪处不好，哪处不巧！你看这床，齐齐整整，顶有盖，门有围，边有屉，踏有板……哦，踏板之前已经卖给你了。你去看看，河东水西，城里乡下，你去看看，谁家有这样的床，这样的成色！要不是你张三眼识货，我还不屑得别人来看。

任他怎样说道，张三眼气定神闲，他把耳挖子举到眼前，噗地吹口气，又送进耳洞去，慢悠悠说道，货是清货没错，值不值钱两说。随你，你要不卖，我就不去喊车了，挺耽工夫。

尹大福恼羞成怒，顾不得摆谱了，他愤愤道，张三眼，你如今店大欺客，翻脸不认人了，也不记得自己怎么发的财了。

张三眼站起来，把耳挖子放进胸前口袋，直呼起大名来，尹大福，你讲这话，我就不爱听了，我不偷不抢，凭本事发财，哪个敢放屁？明码标价，你情我愿，翻得哪门子脸？你这生意我不做了，不做了！

尹大福吃了亏，一团怨气发作不出，无可奈何道，好，卖，卖卖卖！

张三眼跟在拉床的板车后面，出了门，又回头问，尹少爷，你那不给人看的宝贝呢，怎么不拿出来？

尹大福肚里有点空，心里却发胀，道，我又不缺钱，宝贝哪能随便给人看。

张三眼冷笑一声，正欲走，尹大福却拉住他，压低声音说，我让你发个财，你帮我家姑娘相个好人家，有你好处。

张三眼呆了呆，问，你家两个姑娘，你卖哪个？

尹大福涨红了脸，青筋暴出来，大声说，我做爷老子的给女儿相人家，哪个讲我卖女我剁他脑壳。我要是卖女，天下做爷的都卖女！

张三眼问，那你讲，给哪个闺女看？

当然是大的。大的是我自己生的，我得操心她。

大的嫁了，你喝西北风。

放屁！我堂堂一个大男人，家大业大，还要丫头片子来养？

这样吧，我给二姑娘找个人家，留着大的给你养老。

尹大福退下一步，讪讪地说，那，那个还太小了。先嫁小的，没这规矩。

张三眼鼻孔里发出一声冷笑，将袖子掸一掸，吹一吹，扬长而去。

尹大福感冒了，去陈家旺铺子里抓了药回来，嘱女儿给他煎药。那药竟是扑在了石头上，分毫无用，喝了几次，倒变本加厉了，痛的地方依旧痛，不痛的地方也痛起来。一张圆脸几天就尖了塌了，烧得酱紫。到后来，药也吃不下，吃进去就吐出来，躺在床上，稀屎淋漓拉一床。

尹大福这病也来得奇，正是天高云晶的九月天，他神清目明，毫无预感。一早起来，他照常去武装部门口的米粉铺子里嗦粉、扯乱谈。

张铁匠跑进来说，快给我下碗粉，我要去开会。

有人问，你个搞白铁冷作的，开么子会，还能造个核武器出来，给杜家山的英雄报个仇？

有精通时事的说，他要去开“只生一个孩子”的代表大会，争当先进，戴大红花呢。

有人说，只生一个，讲得轻松，要是生个带把的，也就算了，要是生个妹子，嘿嘿。

有坐客笑起来，那还不如去喂猪，正好县里号召大家都去养猪，把猪卖到美国去。

大家哄堂大笑，张铁匠冷着脸说，生妹子怎么不好？他指着对面红砖墙上的宣传标语，大声念起来：生男生女都一样，女儿也是传后人。你娘不是女的？没女的会有你？你们看尹少爷，几多享福！他家一个女顶别家两个崽，两个顶一屋！

大家啧啧称是，说，那是人家尹少爷有福，他命好，哪个有他那样的好命。嗨，尹少爷，你今天给我们讲个么子？

尹大福每天在米粉铺海侃奇闻逸事，来铺里嗦粉的，一半是为听他扯淡来的。这天，尹大福说了个故事。

说是一个货车司机，梦见自己在隔壁镇子上，轧死了一个人。女人，三四十岁年纪，穿个红衣服。司机到了那镇上，真讨了件红衣服，放轮下轧过去了，他如释重负，重新开车上路。没多时，有人拍了拍他的肩膀，他惊出一身冷汗——他在车上，背后怎么会有人呢！

大家都瞪大眼睛，问，后来呢？

尹大福慢慢拈了两颗花生米吃了，说，他回头一看，原来，是他搭在椅背上的衣服掉下来了。

大家哦一声，笑起来，你这故事不好听。

张大鱼知道尹大福的故事不会这么简单，问，后来呢？

尹大福把碗里两片牛肉吃了，道，就在这时，他听到砰的一响……

满屋子静悄悄的，都屏息了，等着他往下说。

他说，他赶忙回过头来，下车一看，魂都没了。轧了个女人，三四十岁年纪，穿个红衣服。

大家齐齐“呀”了一声，汗毛倒竖起来。

尹大福掏出手巾沾沾嘴唇，又掏出梳子拢拢头发，然后才说道，所以呀，这世上的事，都是命中注定，该怎样还得怎样。躲，是躲不过去的。

大家纷纷点头，感慨了好半天。

尹大福站起来，摇着他的油纸扇，一路走一路唱：六月天气热，扇子借不得，虽然是朋友，你热我也热。

尹大福讲过这个故事后，就好久没露面了。

大概半个月后，隔壁的童大花来敲门——大门已经关住了，角门打开来，尹红莲露出半边脸，一半在门里。

我爸病了，不能下地呢。

这么严重！要不要紧，找医生看过了没？

看过了，吃着药呢。

怎么病这么久呢，我进去看看他吧。

尹红莲却没有让童大花进门的意思，半边身子堵住门缝儿说，好不容易睡着呢。过些日子好了，叫他看你去。

尹大福死了。

消息瞬间传遍城关镇，大家奔走相告，莫不震惊万分：极品好命的尹大福死了！

尹大福的死，把中药铺的陈家旺吓了一跳。他看尹大福那死相，竟不像感冒，倒像出血热，惊出一身冷汗来。他原本只是个卖药的，附带着给人看看小病，自己医术心里有数，小孩拉肚子给开个柴胡颗粒，牙齿痛开个牛黄丸，湿气重拔个火罐，再重点的病，他就建议他们去医院。那尹大福最是重养生，经常去他那里买点补药什么的，平常一点点头痛脑热，也总要买几剂中药去。陈家旺见他红颜花色，以为这次也无非这样，就给开了感冒药，还叫他放心。

哪里想得到呢！

好在两姐妹老实，不曾来询问求证，她们把门一关，他也就把心放下来。

两姐妹没问，旁人却来问了，尹大福是来你这里看的病？

看了。

是感冒？

是……像是感冒。我可没下定论的，我要他去医院检查呢。

你给开的药？

开了，无非是常见的方子。我可是左嘱咐右嘱咐的，不见好，就一定得去大医院，不能大意，也不知道他后来去没去，吃过其他药没？

唉，命吧！来人叹一句，也就走了。

唉，命吧！陈家旺叹一句，也就碾药粉去了。

尹红莲

雪下着，静静卧在尹家大屋瓦顶上，一波一波的，萧远，静穆。

院子静悄悄的，几乎看不到人影。两姐妹偶尔从角门出入，她们瘦削、落寞的身影迅速消失在小小的角门里，一点声息也无。门外石槽里的匍地柏，兀自晃了晃，跟这家人一样，悄无声息。

巷子里有货郎经过，踩着小三轮，或是挑着担子，叫卖甜酒糍粑或是紫苏梅子，就听见她家角门轻轻一响，伸出一只手招了招，人却在门后。很快，门又关上了。

等到春来，雨水擦亮小西门，青苔爬高半截子，白梨花淡泊地开着。是三月了。

三月三，蛇出山，地菜鸡蛋吃一餐，一年不腰痛，四季保平安。这天一早，大家都出门扯地菜去。街上也有卖的，嫩绿的，水灵的，隆着串串小巧而整齐的小三角，扎成小束，顷刻就卖光了。

人们突然看见了尹红莲。

出现在菜摊前的尹红莲——挺着一个大肚子！

这天巷子里真热闹，卖地菜的把地菜卖给了尹红莲，卖鸡蛋的把鸡蛋卖给了尹红莲，卖布的把布卖给了尹红莲，还有卖红苹果白豆腐的，卖酸枣糕刀豆花的，卖针线剪子的……他们都见着她了。

胖了，那脸越发圆了。有人说。

是怀的女儿，肚子圆鼓鼓的，有点塌，只怕有五六个月了。有人说。

后面看着显腰身，我看是带把的。

没有爹娘的崽，真是造孽，算起来才……不到二十？

你说，是哪个……

这一天，大家都在谈论尹家那个大肚子，在排查整个城关街巷。是八号大屋开布行的小庄东家？人长得抻抖，哪里也没这样好的人才；是烂屋子湾里打豆腐的细彭伢子？瞧他路过尹家时，只没把眼珠子跌在那里；横家巷的眯眼小邓，还是四井巷的大力刘？他们小时候就天天爬她家围墙。

他们都有这意思。

尹红莲却没这意思，她大门不出 ，二门不迈，没见她跟哪个后生说过话，没见她哪天出过门，没见哪个男的进过屋——这是个谜。

春天辽阔，漫天爽着小雨，风从墙外来，咬着花香。尹家院里梨花灿着，春雨使它更白了，承不住这么重的白，便打着旋落，落一地，随着流水游，游得满眼白光，播一庭院的香。白雨从黑檐上垂下来，攒成银珠帘似的，也吐着梨花白。

天井两边屋檐下，堆着刚收来的青竹，抽出两根来并排放着，搁着已经分切好的竹片。晾扇桩子上打满长竹钉，插满裱好皮纸的团扇，好似大树开白花。檐下横两根长索，索上挂满小铁钩，晾着已完工的折扇。红花绿叶，青山碧水，都在微风里舒展荡漾。堂屋前檐下，摆一张大条桌，上面堆着破好的竹条子，磨好的竹股子，打好了钉的扇骨。糊好的纸扇等着碧枝去画花。

碧枝放下画笔走过来，轻轻道，姐，你歇下，我来分篾吧。

尹红莲使一把生铁扯篾刀，手法娴熟，破出来的竹片厚不盈毫，却上薄下厚，极见功夫。她放下刀，将碧枝的乱发理一理，衣服抻一抻，含笑道，油扇工序七十二道半，能够打开还不算。这是粗活，怎能让你做。

碧枝一面怀着羞惭，一面怀着怜悯，说，你做得，我就做得。

尹红莲伸出手来，这是一双与年龄毫不相称的手，关节粗大，皮肤粗糙，手上布满新伤旧痕，这是打刷子刮股留下的，条子要破得又细又薄，股子要修得不偏不倚，破了多少竹，修了多少篾，人不记得，手记得。尹红莲笑笑，我这双手，吃过一千刀，我不会让你吃这种苦的……

屋里，响起一声小孩啼哭。

小闯醒了，尹红莲说。她放下篾条，走进屋去。

碧枝坐着，抬头看檐下那一排油纸扇，红黄蓝绿，绮丽无穷，都在风里悠悠地荡着。檐外，那不住的雨，挟着几丝春寒，一日的光阴漫长，但天色似乎又晚了。

尹红莲出来，轻声说，又睡了，烧退了些，好起来了。

碧枝不答话。翻开一本扇面画谱，将毛笔在颜料盘里蘸蘸，不知想什么，又忘了下笔。她的侧影浮在一树雨打梨花中，浮在一层新鲜而生动的白光里，有一种说不尽的楚楚可怜。

画谱封面为熟黄宣纸，上题古风古韵五字：清风斋画谱。翻开来，素色宣纸上，题有小楷序言：王宰十日一山五日一石，岂肖形之难哉？山有情，石有态，磅礴得之为难耳……落款为：光绪乙卯秋分日，湖南戴响云山僧甫谨识。因年代久远，画谱纸张已绵软，但画谱里的花草虫鱼、亭台楼阁、山水人物皆墨色鲜艳，灵气横溢，无比精美。

尹红莲苦笑道，外公的扇坊倒了，将我娘嫁过来，以为一家人就能活下去。结果，谁也没救成，还把我娘搭了进去。我娘走后，再没人能画出这么好的扇面画了。尹红莲停住手，看着碧枝，语气又轻柔又坚定，我不要你采竹劈篾，不要你分片刮股，你这双手，只用来拿笔画画。只要还有人用扇，我们就做扇。这城里最后一把扇，还得是我们姐妹做的。

尹家姐妹也像扇面上的花，一朵娇艳芙蓉，一朵待放梨蕊。

来说媒的是童大花，她家打桂花糖的，但她家打了桂花糖自己不卖，都送去四大街的土特产店铺。她要介绍的这个人，就是收购她桂花糖的郑家老店的小东家。

姐姐年纪不大，举止却老气，很有妇人神韵了，一把油纸扇轻轻摇着，嘴角一抹笑意。妹妹半侧着身坐，拿一套扇骨轻轻打磨，像在听，又像没有。

童大花说，他那儿虽只一丕门面，但那是档口上，生意好，就他家要的桂花糖最多。他家那小郑，今年二十二,一表人才，我说他怎么不去演电影——他不是那浮粉的人！天天进货送货，一张笑脸，两手勤快。大家都说不知哪家姑娘有那福分。嘿，我就想到碧枝了！

童大花浅浅呷了一口茶，飞快瞥一眼尹红莲。两姐妹都没嫁，按说，该先给姐姐做媒——

她又瞥了一眼在院里玩耍的小闯，小闯三岁了，呀呀唱儿歌：

大火彤彤，烧死外公，
丢到山里，变只篼根，
丢到屋里，变只猫公，
丢到河里，变只虾公，
丢到田里，变只麻公（青蛙）。
…………

童大花轻轻咳嗽一声，说，小闯壮了，圆脸圆庞的，像妈妈，长得几多好。

尹红莲稳稳坐着，仍旧摇着扇，嘴角一抹笑意，不说话。

童大花以为姑娘们害臊，说，碧枝又漂亮，又能干，肯定得选个百里挑一的，要是不喜欢，那也没关系的，去看看，就当交个朋友。

尹红莲站起来，像送客的样子，我们想好了，再给婶子答复吧。

童大花见她们淡淡的，也只得起身。一边走一边还说，真是好人才，没见过那样勤劳踏实的小伙子，当真好……

碧枝想去送送，听尹红莲干咳了一声，便站在那里了。

等童大花出了门，尹红莲笑道，碧枝，想嫁人了？

碧枝红了脸说，我没想。

没想你还去送她！是哦，你得好好打听清楚，怎样的人家，怎样的人才……

姐！碧枝受了辱，喊起来，可是声音又低下去，她说，我不嫁。

尹红莲放缓了脸色，声音柔和起来，就算你有这志气，但那童大花是个女随何、雌陆贾，天天来颠嘴簸舌的，你只怕还是拗不过她。

碧枝低头道，随她怎么说，我都不听了。

尹红莲道，可你前脚送客，她后脚又进门了。

碧枝说，我不见她就是。

尹红莲才舒了一口气，欣然道，这是你自己说的。

碧枝轻轻答道，嗯。

尹红莲走近碧枝，将她一双手攥在手掌里，眼神融融的，整个人和煦起来。她转身过去，从柜底捧出一个红绒布袋，细细解开丝带，是一对扇骨大板。

灯光笼着这套透雕黄杨木扇骨，色如黄玉，光泽游动。两页大骨雕刻各异，上板刻松柏盘云，枝节曲似龙蛇，松针历历可数，祥云缭绕，缕缕不绝；下板刻寒梅迎春，树干屈曲遒劲，梅花闭合有致，花蕊细如毫发，井井不乱。整副大骨精雕细琢，韵致横生，因年代久远，已被文盘成熟骨，润如蜜蜡，滑可溜手。

碧枝轻声惊呼，世上还有这样奇巧的扇骨！她凑近，细细打量，见扇骨内侧下方镌有小篆，刻“周义作”三字，细若蚊足，勾画了了。

周义是谁？

宁乡的大雕刻家。

多大？

尹红莲想想，说，我娘跟我说，他的手艺比齐白石还好。

这么厉害！

是！他得过大奖，可惜死得早，留下的东西不多。他死后，有人冒充他的名号，发了天大的财。

尹红莲抓住碧枝的手，将那页梅花扇骨郑重放在她掌心，紧紧合拢，说，这一对扇骨，你一页，我一页，我们就像这一对，永远不分开。

扁刀、刨刀、刮刀、篾刀、匀刀、裁刀、剪刀。

都是尹红莲的刀。

刨刀开刃，刮刀去皮，扁刀切片，篾刀扯篾，匀刀刮股……

都是尹红莲的事。

锯子、刨子，铁锅、油桶、毛刷、铁板刷、皮纸、棉纸、桐油、棉纱……各就其位，随时听候尹红莲的召令。

院子里晾着的扇，在阳光下轻轻摇，轻轻转，影子一荡一荡。

尹红莲在这些扇下走过来，走过去，日子也在她手里从容地来，稳当地去。从没见她皱眉过，疲倦过，腰身塌下来过。她去屋里转一转，地扫了，碗洗了，米又下锅了；她去院墙下的菜圃里走一走，草拔了，架子搭了，苗又种上了。她到桌前坐一坐，竹子剖了，股子刮了，篾也扯好了。搬竹子时，成捆的竹子，她竖起这头，上了肩，脚尖一踢那头，就稳住了，好似那捆竹子是片羽毛。她下料、打刷子、刮股，又麻利又轻盈。刀一动，竹皮应声而落，卷成发丝小卷，堆在脚下像绿云；刀一动，竹条子应声而裂，片片一样厚薄，一样宽窄。她分股、扯篾，两只手指捏住竹片，刀子不偏不倚，巧力切入，篾片出来，不薄不厚，巧而强韧，拿手一掰，似乎能听到嗡的一声，风也震三震。

她像钢打的。

尹红莲十岁就开始制扇。她没念过很多书，没见过很多人，她的世界里只有扇。扇子总让尹红莲想起母亲，那是她生命里唯一的一点怀想。

母亲是宁乡唐市人，小时家境好，她念过书，会作画，她的扇面画用色淡雅，用笔娟丽，透着一股子娴雅宁静。她做折扇，也做团扇，素白色扇面，以扇柄为中轴，左右对称似圆月，母亲说那叫合欢扇，还做纨扇，以竹木为架，面成圆形或椭圆形，用薄丝绢糊成，还有梅形、葵形、瓜形、腰形、马蹄形。母亲制好的扇挂在屋里屋外，给一个日渐凋敝之家留住一点轻盈亲切。

母亲最爱团扇，她期待世事圆满，在扇面题诗：新裂齐纨素，鲜洁如霜雪。裁为合欢扇，团团似明月。出入君怀袖，动摇微风发。可惜，她做了最好的扇，没遇到最好的人，郁郁而终。

尹红莲母亲嫁来时，扇坊生意尚好，有祖荫垫底，有婆婆指挥，有制扇师傅们帮扶，有时势撑台，生意自己长了脚，顺风顺水地走。时势就是一阵风，它东吹东就，西吹西就，它若歇脚，哪儿哪儿都得歇脚。风势一过，扇坊生意慢慢往下滑，制扇师傅们陆续走出尹辉堂大门。尹红莲母亲去世后，谁都以为尹辉堂会塌，扇坊会停工，谁都没想到，十岁的尹红莲，留住了最后一个师傅，把扇坊撑下来了。

尹红莲不像母亲，她比母亲强韧。

三年后，当最后一个师傅离开尹家，尹红莲已经能独立制扇了。小西门的人说起这个小姑娘，又是点头，又是摇头，再加一句轻轻的喟叹。

如今，制扇十多年，七十二道半工序，尹红莲无所不通。唯独扇面画赶不上母亲。画画这东西，光有勤奋，不行。

碧枝可以。

碧枝别的不行，画画有点意思。她也像画里的人，总是静坐着，微侧着脸，一缕头发垂在脸颊，看上去那样安静温婉。她的神态是飘忽的，动作是漫然的，像要坐下去，又终于没有，像要站起来，却又向后靠过去，坐得更深了。

她像水做的。

此刻，她在画一幅鱼戏莲叶图，鱼尾正在纸扇褶皱脊部，画笔抖弯，线条就不明畅了。扇面上作画跟在平纸上作画不一样，笔到骨架处，用力不巧，颜料容易顺着骨架浸出，形成一道线。只见她不急不忙，拿过另一把扇，画了一丛兰花。待兰花画好了，再拿过那副鱼戏莲叶来，这时墨已干透，颜色容易覆盖。她蘸上画兰花的墨绿，在浸出的线条上就势画出水草，再给金鱼加上鱼鳞，添几个小水泡，画面更活泼生动了。

她举起扇子，偏头看看，很满意。她不知怎的那么高兴，唱起花鼓小调来：

闲来无事去放风筝哪，

手拿一只篾扎的，纸褙的，花蝴蝶，

飞蝴蝶儿蝴蝶儿，

阴阳相合美人头，

我放啊，我放啊，我放风筝去散心哪哎嘿。

尹红莲在捡拾刚摘来的黄栀子果。黄栀子做颜料，不伤扇面，颜色自然明亮。听到碧枝的歌声，尹红莲的手停下来了。

碧枝的歌声又起来了：

小奴家拿风筝出门庭，

那厢来了个好书生，

头戴的一字巾，

身穿的马褂巾，

手拿的琵琶琴，

自己弹琴自己吟，

…………

尹红莲待在那里，歌词一字一字，铁蛋似的砸在心，心如桐油翻滚，脸上一块红，一块白。她抖了抖唇，把铁蛋从心里剜出来，从肺腑里挤出来，从嗓子里炸出来：淫词艳曲！

碧枝的歌声戛然而止。

尹红莲长了一百只眼睛，一百只眼睛都盯着碧枝。脑后的眼睛看到碧枝在房里来来回回地走，在床上坐了坐，在窗前站了站。背心上的眼睛看见碧枝在廊下的大桌前坐下了，她拿着毛笔蘸颜料，蘸着红色，蘸着绿色，又蘸着蓝色了，却一笔没画，将笔放进水碗里刷洗，清水瞬时混沌了。

尹红莲的心也混沌了。碧枝心不在焉，她脚底的眼睛都看出来了。

有人轻轻敲着角门，碧枝走过去，打开一条门缝儿。见是童大花，心里紧张，怕姐姐看见，手紧紧扳住门页。

童大花指指里面，压低声音，碧枝，你瞒着你姐干什么呢，这事她迟早要知道的。男大当婚，女大当嫁，正是一桩好姻缘，有什么不好意思的。

碧枝低头听着，一张脸，彤彤烧着，嘴却紧紧闭着。

童大花道，这放定的日子，总要你姐来定才好，小郑等着我回信呢。

碧枝急了，过阵子再说吧。

童大花说，怎么的？你姐不高兴你找对象？

碧枝慌忙道，不是，不是。

童大花说，唉，要不是她带个孩子，我是得先给她相个好人家……

碧枝态度坚决起来，婶子，这事算了吧，算了。

怎么的？不是谈得好好的吗？要我看啊，你们就是天生一对……

婶子，你小声点。碧枝慌慌打断话。

这时，碧枝身后响起一个闷闷的声音，碧枝，跟谁说话呢！

碧枝慌忙把门重重一撞，没，没人。

尹红莲走过来，将门一拉，看到了童大花。

童大花吃了几次闭门羹，也不沮丧，她笑道，红莲，你婶子是看着你们长大的，是真疼你们姐妹，你们要是能找个稳妥可靠的人家……

尹红莲打断她的话，声音不高，却很坚冷，童婶子，你再不要来了，再来，莫怪我翻脸。

她转身就走。碧枝慌慌张张跟在后面，她脚步轻轻的，却很急促，裙摆细浪翻飞，涌进那阴暗的院里去了。

天亮了，小西门浮在雾里，缥缥缈缈，梦一样恍惚。雾把这条老巷打湿了，湿了的小巷像含着重重的心事了。雾中的樟树像淡彩的画了，彩画又像浮在半空的云了。云烟下，飘过来一个蒙蒙的人影。

一夜未眠，尹红莲精神半点不塌，她出了巷子，朝南门走去。到了郑家老店，看到一个身影在理货，那人高高挺拔，爽爽利落，她一眼知道，就是那个人。

那个她放在牙槽上磨来磨去的人。

尹红莲笑着，朝他走过去，眉宇间一派春暖花开，冲着那个人，亲亲切切打招呼，你好，你是小郑吧。

唉，这都是很久以前的事了。

现在是哪一年了呀？

不记得了。只晓得宁乡县城一百多家扇坊，慢慢的，快没了，但尹家扇坊还在做扇。

竹股子用砂纸打磨一次后，再用纱布多次打磨，直到滑可溜手，方可打蜡备用。打磨好的股子要钻眼，尹红莲使的是拉扯式钻孔机。眼要钻得匀称，不大不小，恰好合得扇钉。眼小扇钉紧，扇骨收放不自如，眼大扇钉松，扇面绵软无弹性。

院子静悄悄的，树叶摇着，花草开着，扇子绮丽缤纷，红是红的，绿是绿的，像无数蝴蝶舞着，衬着砖墙的灰暗、门窗的残旧、院子的阴森，显得特别艳丽。越艳丽，越清冷。

有人在拍门。

送竹子的师傅把板车停在尹家门前——他好久没来过了。他卸完竹子，对尹红莲说，我下次不来了，你去别处买竹子吧。

尹红莲道，那不行，我们只用你送的竹。

师傅摇着头说，那你买不到了。

为什么？

师傅叹口气，这个生意做不下去啰。你要的也不多，我送一次，不值当。

你不是还给别家送吗？

别家？谁要！油纸扇没人做了，油纸伞也没人做了，杨林桥的油纸伞得过全国手工业比赛一等奖，说垮就垮了。万寿山的斗笠也停产了，连“鸭脚板”“湖鸭笠”都卖不出去了，哪个还要竹子！

尹红莲又问，唐市呢？那是油纸扇之乡，他们不要竹子吗？

唐市，嘿，唐市以前有三十多家扇坊，一年要卖掉一二十万把扇，那时生意几多好，做不赢哦，脚都跑断。现在？不行喽，没几家了。

那，外面呢？

不只宁乡，哪里都一样。天要翻，地要转，哪个有办法！

尹红莲关了门，慢慢进来，慢慢码好竹子。她似乎累了，坐到梨树下的摇椅上，随手取下一把扇，扇子慢慢摇着，椅子也慢慢摇着。院子慢慢转动起来，像泼了一桶颜料，异常新鲜和绚丽——那是二十年前的尹家扇坊。工匠们在院子里劈篾刮股，熬油画扇，他们出出进进，忙碌不止。马车驮着整车扇子，走出大槽门，得儿得儿，得儿得儿的马蹄声远去了。

尹红莲看见，她娘站在院子中，仰面看着晾绳上的纸扇，阳光打在她脸上，她眼里像住着一条银河。她多好看啊，那么年轻，像踩着春风来的，步步开花。

红莲，走，我们去体育场看展去。母亲拉着她的手，下了香山巷，过北正街，插马家巷子，就到了。

体育场摆开数不清的展台，每个展台上插一面红旗，旗上书有商家名号，她们一一看过去：杨林桥皮纸伞、万寿山斗笠、资福陶器、麻山刺绣、横市炊壶、回龙埔罐子、唐市金器……她那时才五六岁，个子矮，后边的也看不到了。西边是本地吃食，道林曲酒、沩山豆腐、灰汤贡鸭、黄材香干、龙田扎肉、沙田包子、德和裕米粉、宁乡四小碟，都来了。南边是南货，各色布匹，短袄皮靴，织锦被面，绣花桌布……场地像个鼎炉，咕咕冒着热气，冒着滚泡。场地中央那个大展台，比别家的都要招摇艳丽，上插一红旗，大大写着“尹辉堂油纸扇”。

尹红莲看到这几个字，像遇着亲人，她跑过去，帮德叔——

啊，德叔，她家留住的最后一个扇匠，他还活着吗？他们将扇子摆在台上，晾在绳上，挂在扇架上。为了参展，她娘做了平日不大做的圆扇和瓜形扇，插在晾扇架上，瞬间开了一树火树银花，像世间最炽的火，最亮的光，打眼得很。

体育场人出人进，水泄不通，尹家纸扇摊位前看的人多，买的人也多。进场的人，几乎人人手中拿了一把扇，像是人人手中开了一朵花。

是尹家的纸扇，是她家的纸扇啊——

半天半天，院子停止转动，回忆淡了颜色。尹红莲似乎睡着了，却又听她幽幽自语，我这扇子，不比以前差，它怎么就这样，一天一天，被人忘了呢？

小闯六岁，第一次上山挂青。

清明前下了几场小雨，山上湿气未退，云烟袅袅，汩汩浮涌。山上有三座坟包，尹红莲给中间那座坟除杂草，碧枝给右边那座坟烧纸钱。小闯看着左边那块坟地，杂草丛生，似乎从未有人来扫过墓，烧过纸。他问，娘，那里睡着哪个？

尹红莲绷着脸，似乎没听见他的话。

他又问，碧姨，那里睡着哪个？

碧枝垂着眼，也没听见他的话。

小闯拍着手，唱起来：有儿坟上挂白纸，无儿坟上屙狗屎。有儿坟上挂白纸，无儿坟上屙狗屎……

尹红莲一掌拍在他嘴巴上。

小闯捂住嘴，眼里汪着一泡泪，不敢掉下来。他不知道他为什么挨打，别的小孩也唱，他们都不挨打。他看看碧姨。碧姨不看他。他走过去，扯扯碧姨的袖子，碧姨不理他。

她们两个，都不说话，在各自娘的坟前拔了杂草，点了香烛，烧了纸，挂了青。

下山时，小闯回头看了看，山上一点声音也没有，三座坟在雾气里静默着，像缄守着一个共同的秘密，唯两束戴红白挂，风中瑟瑟抖响。左边那座坟，那么孤独，那么荒凉，清明日，它连一束白挂都得不到。

傍晚，尹红莲走出屋，在院子里坐下来。她想，碧枝如果想娘，就让她去想会儿，如果她想哭，就让她去哭会儿。她该哭一哭早死的爹，哭一哭苦命的娘，再哭一哭可怜的自己，或者，如果她想再哭哭别的，都由她。至于她自己，她已多年没有哭过了，她忍得住。可是如果替碧枝想一想，便觉得可哭的太多了，自己的苦不算苦，碧枝的苦才是苦。

可是屋里静静的，一点声音都没有，碧枝没有哭。尹红莲听到她在跟小闯说话，声音很平静，跟平常一样，没悲没喜的。莫非，想娘的那个人是自己，想哭的也是自己？

夜色悄悄来了。院中长绳上的扇子，都荡起来，飞起来，陀螺似的转起来，扇面上的花儿叶儿藤儿，红的黄的绿的，也转起来，真像鲜丽的戏台上，演着一出出的好戏来。梨树葱郁了，莽莽榛榛的枝叶飒飒响，波浪一样，一阵起，一阵歇，风大了，声音高上去，风小了，声音就低下来。

尹红莲坐在院子里，看着天上一个月亮，一个长着毛边的，眉目不清的月亮，一个很静的月亮。院中的井里也有一个，倒更亮一些，不知是水摇着它，还是它摇着水。天上那个静静的，像是死了。井里这个像为着她来的，还悠悠地荡着，还活着，像一只泪汪汪的眼，在望着她。

尹红莲望久了，眼睛酸涩，刚一挪眼，看见梨树下站着一个人。

那人站在梨树下的黑暗里，也长着毛边，也面目不清。他一动不动，静静看着她。

慢慢的，他摇动了手中的油纸扇。

尹红莲打了个哆嗦，汗毛倒竖起来。她不肯示弱，也一动不动，盯着他。

那人依然站着，半点不退让。

她把心打横，慢慢站起来，一步一步走过去。她将舌头捋平了，将声音箍稳了，一字一字说，你走吧，你怨不着谁，也吓不着我。

那人受不住这样的眼神，慢慢涣散了，变回了梨树后晾着的一件衣裳。

尹家大门外，站着一个男人。

男人不是第一次来尹家扇坊了，但还从没敲开过尹家的门。旁人用异样的眼光上上下下把他打量遍了，几斤几两把他掂量过了，才告诉他不用敲门，那门是不会开的。

不怪人们用那种眼神看他。先不说尹家很少让人进门，单看男人那张脸，正看方方铮铮，侧看鼓鼓凹凹，像个坐了一屁股的纸盒子，偏还龇着一口奇大板牙，敲下来称称，只怕秤砣压不住。大概爷娘不肯灰心，给他取名周正。

但他偏又姓贾。

贾周正寻到尹家来，拎着一只黑色人造革皮包，站在关闭的大门口，却没看门，看着门上悬挂的那把大扇子。

门口挂扇，这规矩是尹家祖上就有的，当尹家还挂着“尹辉堂”的牌匾时，扇子模型是嵌在门边墙上的，铁胎金漆，有一口缸大，有一口缸重，后来被抬去炼钢了。再后来扇坊恢复生产，换上彩画油面大竹扇，气势滑了一步，倒比先前还喜庆打眼。那时尹红莲的娘还在，勤于更换门口的扇子，乌漆流光扇骨，娇娇大红花朵，鲜鲜碧绿叶片，桐油刷得它崭崭新，油亮亮，在青砖旧墙上，显得明媚夺目。如今尹家人丁寥落，纸扇生意青黄不接，这挂扇的规矩照旧，只是也换得疏了。

一般的油纸扇，这样挂在屋外头，两三月的日晒风吹，花叶就寡淡了，质量差点的，保不准手一捏，扇面簌簌掉落，一阵烟似的扬了。然而，眼前这把扇，少说也挂了小半年，花色依然明艳，扇面照样完好。

前天晌晴，贾周正看到扇面稍显紧绷，经了昨日一场雨，吸了雨雾，今日一看，扇面倒更亮、更润泽，颜色更艳、更绮丽了。整个扇面竟似起了包浆，温润生辉，摇一摇，坚韧有弹性，至少还能挂个三五月。

这次贾周正没有敲门，他把一个小小的布袋丢进院里去了。

一盏茶的工夫后，角门开了。

尹红莲坐在条桌旁打磨竹股子，桌上放着贾周正扔进来的布袋，布袋上卧着一副扇骨。

这是一套波折式黄杨木折扇小骨，上梢轻盈柔韧光滑，下梢波峰、波谷相错，打开来，似层层波浪，迎风翻涌。梅花圆头古朴凝重，正与尹红莲收藏的那套梅蕊大骨呼应，其上松松缀着一颗浅淡透明的“老鼠眼”牛角钉。

贾周正问，这跟你们家的那套透雕大骨，是不是一套？

尹红莲已经比照过了，跟自己那两页扇板的确是一套。这套扇骨是她娘的心爱之物，她爹将它拆开，偷偷把中间的牙骨卖掉了，倒难为他，卖床先卖踏板，卖扇先卖牙骨，败家败得有条不紊，循序渐进。她用尽心思藏起那两板大骨，怎样也不肯拿出来，才使它们侥幸尚存。尹红莲一边干活，一边说，我懂你的意思，你想要我买你的扇骨。

贾周正说，不，我不卖，我买。扇骨失了群，品相大打折扣，也就不值几个了，你把那两页大板卖给我，我给你出个好价钱。

尹红莲冷冷吐出两个字，不卖。

你收半副扇骨也没用啊。

尹红莲不语，过会儿她问，你这副牙骨，打算卖多少钱？

我不卖。

你收半副扇骨也没用啊。

贾周正呆了一呆，笑了。

尹红莲也笑了，笑从她鼻孔里冷冷哼出来，你要我的扇骨，无非是为了钱。我出钱买你的，怎么又不肯？

贾周正说，这套扇骨是我家的东西，我找回来，不是为了钱。

尹红莲怒道，胡说八道，这是我娘的陪嫁，怎么就成了你家的东西！

贾周正说，是你娘的陪嫁没错，不过这份陪嫁可不是你外公给的，是我父亲送的。

瞎编！你走吧，我不会卖的。

我没胡说，我老家在唐市，以前也是开扇坊的，我小时候见过这套扇骨，是我爹的收藏。

尹红莲冷冷道，没空听你胡扯，你卖就卖，不卖就走。

贾周正瞪大眼睛，一惊又一惊。他来之前打听过，尹家只两个女人和一个细娃，那娃算不得数，两个女人大门不出二门不迈，没得见识的。一屋没个柱子，纸扇生意又青黄不接，买她们半套扇骨还不容易！哪里想得到这女人软硬不吃，讲话飞沙走石，能砸死人。

贾周正猛地站起来，但他又忍住了，既不愿放弃，只能暂且退步。他放软口气说，那你让我看看那副大骨吧。

尹红莲迟疑了一下，不知为何竟同意了，她朝里边喊道，碧枝，拿来吧。

贾周正吃了一惊，屋子里边悄无声息，原来还有人。他看到黑黑的屋子里，闪出一个淡绿的身影，无声无息的，烟似的飘出来。碧枝把红绒布袋放在桌上，一阵烟似的，飘回去了。

贾周正急忙将布袋打开，齿缝间“嘶”地抽了一口气。他两眼放光，仔仔细细看了又看，边看边说，这是一套花式头十六档扇，尺寸九寸五，档数十六，俗称九五加十六，是明清时期最流行的规格，在古器市场最走俏。周义非好木不雕，所用材料，大多是黄杨木、紫檀、象牙。他的扇骨，九档居多，也许，十六档扇唯此一件，是珍品中的精品。

尹红莲冷冷道，我晓得，我娘比你懂扇子。

是是是，贾周正点头。你娘画扇做扇，没有说不好的。只是，她应该也没料到，她的心爱之物会一分为二，天各一方吧。

尹红莲垂头无语，将扇骨包起来。

贾周正不肯死心，问，要怎样你才肯卖？

怎样我也不卖。

贾周正叹口气，四面看看，都是扇子。悬挂于廊下的彩扇，在一座破旧灰暗的宅院里飘摇转动，艳丽而诡秘。他心里涌起一点美丽的回忆，然而，终究都化成荒凉了。他挥一挥手，像跟往事作别，跟生命中一点叫诗意的东西作别。

你做这么多油纸扇，卖得了吗？这东西又成不了古玩，不耐收。

尹红莲沉下脸来，我们的油纸扇可用二十年。

不可能！油纸扇保存十年已是不易，我做过那么多年扇，没见过能用二十年的油纸扇。

尹红莲说，那是你技不如人。

贾周正的脸麻了，但麻劲很快就过去了，他的声音疲乏下来，带点怨恼了，说，手艺再好有什么用，扇子已经没人要了。时代变了，再好的手艺也没用了。

尹红莲说，不管有用没用，只要我活着，我做这城里最后一把扇。

贾周正看了看尹红莲，这个女人几乎没有表情，脸色跟块石头一样冷，也跟块石头一样稳。他看着晾在院里的扇子，说，你这劲使得没道理，莫说二十年，便是两年，还不知这世道怎么变呢。

尹红莲淡淡说，它变它的，我做我的，我不信这世上容不下一把扇子。

碧　枝

这轻轻荡荡的影子，被夕阳拉得老长，一头还在院子里，一头出了门，映在了巷道的路心。这瘦瘦巧巧的人儿，比影子还轻几分似的。一件水绿的衫子，颜色洗淡又洗淡，也像怜这单薄的人，承不住太重的颜色。

她半垂着脸，脚步匆匆出了门，到了一家旧货古玩店，她回头看看，烟一样飘了进去。

贾周正正拿几枚铜钱用放大镜细细看，一道影子，游龙一样蜿进来。他抬起头，呆了一呆，笑问，你是碧枝吧？

碧枝脸有点红，舌头有点打弯，她说，你要的东西，我卖给你。

贾周正说，你们改主意了？

碧枝把一个红绒袋放在柜台上，咬咬嘴唇说，别问这么多，你要不要？

贾周正打开布袋，没错，正是那两页大骨！他疑惑道，怎么是你来卖，你姐同意？

碧枝回头看一眼门口，脸色有点慌乱，说，她同意。

贾周正笑了笑说，这套扇骨不是你的，你敢偷来卖，我还不敢买。

碧枝红了脸，生气道，她送给我的！

贾周正心里细细掂量，东西自然是背着尹红莲来卖的，她既不肯卖，自然有一日找上门来，也许会有点麻烦——不过，碧枝不会承认卖了扇子，即便被逼问出来，东西卖也卖了，生意上的规矩，买定离手，人一出门，两不相干，尹红莲能使出什么法子？

碧枝见他不说话，脸更红了，她说，你要不要，不要就还给我。

贾周正不急于表态，却说，你们尹家可真奇怪，一副好好的扇骨拆得七零八落。赵素雪要是知道了，不气死……难怪她年纪轻轻就死了。

碧枝垂着眼帘，不说话。

贾周正把玩着扇骨，心思转了又转，说，话说在前，整套扇骨确实值钱，不过你们拆得七零八落，值不得几个子，你可想清楚了？

碧莲依然不说话。

贾周正摊开手掌，说，最多值这个价。

碧枝说，给我。

贾周正把扇骨一扬，说，这价钱，不少啦……

碧枝打断他的话，钱，给我。

贾周正吃了一惊，待回过神来，赶紧打开屉子数钱。碧枝接了钱，脚底生风似的，眨眼就出了门。

贾周正追了两步，朝她背影说，买定离手，这可是规矩啊！

天黑了，碧枝还没回来，尹红莲找遍了，没见着人，突然心中发慌，急急打开衣柜一看，碧枝的衣服不在了，鞋袜不在了，那页梅花扇骨大板，也不在了。她踉踉跄跄回自己房，往箱底下一摸，松树大板也没了！

她一屁股坐在了地上。

尹红莲心里插了把刀子，五脏六腑稀巴烂。她凄凄婉婉，泪流满面，冲着漆黑的院门，声嘶力竭连声喊，碧枝！碧枝！你这样恨我！

20世纪80年代的南门桥，有着高高的青砖门楼。迎熏门迎霞沐辉，依傍沩江碧波。门楼上站着的，是七年前的碧枝。

碧枝知道，消失了一个月的小郑，再也不会出现了。

她故意路过了郑家老店，故意正好见着了小郑。远远的，她就看出了小郑闪躲的眼神，看出了他的欲言又止。她恨自己不能隐身遁形。只一眨眼，她就从他眼前飘过去了。五味俱全，她把什么都尝到了，把什么都猜透了。

姐姐是什么人，什么瞒得过她！她有金刚铁石心，还有翻云覆雨手。她早就知道小郑的事了，她去找过他了，她一定去找过小郑了，只需轻飘飘一句话——她说了什么已经不打紧了，要紧的是小郑的心熄灭了。她不露声色的，却易如反掌的，一招致命的，就熄了小郑的心，如掐灭一根灯芯。

碧枝比灯芯还孱弱。

她没了爹，没了娘，也没了小郑。什么都没有了。

她把心打横，把眼睛一闭，身子就往江中倒去——

她没死成，就在这一瞬间，她看见了吊在樟树上的娘，娘垂下了抵挡命运的双手，如一挂丧幡，在半空里悠悠地转，把她从那个世界吓了回来。碧枝怕死，到底她没有迎死而上的勇气。

到底，她不能像娘一样，随便就把这一世交代了。

药王殿笃笃的木鱼声，在夜风中清晰地传来，高高翘起的檐角上，轻轻勾着一角薄月，显得静穆而庄严。红漆木门上，海碗大的铜环拉手，像两只俯视人间的大眼睛。十多年前，悉持和尚（尼，尊称。药王殿是一座古庵堂）圆寂后，仪容依旧，端坐于一口大缸之中出葬，她身着袈裟，颈戴佛珠，盘腿合掌而坐，似乎仍在垂怜苍生。县城万人空巷为她送行，谁都相信药王殿的菩萨能普度众生。

碧枝也愿意相信。

她敲开了药王殿的门。膝盖发软，心中发酸，这一刻，是心灰意冷了。她跪在了尘住持面前，哀哀流泪，师父，您收下我吧，我没地方能去了。

第二天，尹红莲跌跌撞撞赶到药王殿时，殿内正在行拜忏大礼。

这天是初一，佛堂内烛火通明，香烟缭绕，僧尼们身披红黄相间的袈裟，手持木鱼、小鼓、铜钞，列队在佛堂中边敲边唱，不断绕行，诵经声嗡嗡不绝，似有回声和鸣。佛堂外，跪着信徒香客，皆屏气凝神。

尹红莲拨开人群，一脚跨进高高门槛，却因气力不济，一跤跌倒。不待站起，颤抖着嗓子大喊，碧枝！碧枝！碧枝……

她重重跪下来，不住磕头，把地板磕得咚咚响，额头破了，青了，紫了，血水渗出来。她声音悲怆，一迭声高喊，了尘师父，求你把碧枝还给我，让我带她回去。了尘师父，把我妹妹还给我吧，师父！

碧枝跟着姐姐走出药王殿，不觉晃了一晃。再回头去看，佛堂里香烟缭绕，肃穆宁静，她似从另一个世界，一脚迈了出来，重返人间。

人间只有扇坊那么大。

齐头子，糊扇，刷桐油，都是巧活，碧枝帮着做一点。先将扇骨修整平齐，再将已经裁好的皮纸糊上扇骨。糊扇时，浆要刷得薄而匀称，面要压得平而紧实，须严丝合缝，不可鼓包，不可漏角，再包好扇边，放到院里晾干。晾干后，画好扇面画，就可以刷桐油了。

尹红莲手持大锅铲，弓着腰搅动一锅桐油。熬桐油这活儿，一般男人干不下，高温，危险，很容易起火，往往需两人配合，是一道苦重工序。尹红莲从不让碧枝帮忙，怕火烧着她，怕油烫着她，怕锅铲打着她。

碧枝不愿意看尹红莲弯着的腰。她的腰是一把弓，弯得越厉害，射出的箭越猛，足以穿透碧枝的心。

碧枝看着院子里四角的天空，天空像一块厚抹布，把扇坊封得严严的，她像一块豆腐，正在发霉，长毛。她就要变成一块霉豆腐了。

她说，有个厂子招工，我想去看看。

尹红莲以为听错了，停住手里的活儿。招工？你要出去做事？

嗯。

哪里？

就在巷子头，胶木电瓷厂，做保险开关。

尹红莲眼睛像刀子立起来，她说，保险开关！那是女人做的事吗？谁胳肢窝里生阴疮，撺掇你去那乌七八糟的地方！

碧枝说，那是正规厂子，厂长是女的。

不许去，我不同意！

听着没声音了，以为碧枝说完了，她却又开口了，你让我去吧……扇子不好卖……小闯上学了，家里开销大了。

尹红莲脸色柔和了，声音轻下来，碧枝，你不要操心，有我呢！你只要把扇画好。

碧枝眼神有点硬，说，我总不能画一辈子。

尹红莲吃惊道，怎么不能画一辈子？说好了的，只要有人用扇，我们就做扇，我做一辈子扇，你画一辈子画。这城里的最后一把扇子，还得是我们姐妹做的。

碧枝嘴巴张了张，没发出声音。她心里匍匐着一只假寐的鸟。

沩江印刷厂，就在江水边，流水和杨柳轻轻摇着它，这是个好地方。

这里清一色女工。她们都很健康，美丽，乌黑的头发结成两根辫子，或剪成童花头，衬出一张雪白的脸。她们走起路来，高抬腿，轻落脚，利索轻捷，做起事来比江水自在流畅，比杨柳轻盈好看。她们下了班，从厂门口走出来，一个个抬头挺胸，喜气洋洋。她们都觉得生活很美好，很温暖，很有希望。

最后出来的是碧枝，她走路慢，可能是故意耽搁了一会儿，总之，她会是最后那一个，但也不敢迟太久。路口，尹红莲在等着她。

两个月前，她在尹红莲的目光下，目不斜视、双腿僵硬地穿过院子，走出了扇坊。尹红莲在叫她，碧枝，碧枝，你去哪里？她一言不发，紧紧咬住嘴唇，不让心跳出来。出门后，她突然加快了脚步，慢慢跑起来，越跑越快，街道和行人快速倒退，她一个人朝前跑，风在她耳边呼呼响，风也追不上她。一种隐秘的孤勇，一种悲壮的骄傲，使她在走进印刷厂大门那一刻，掉下泪来。

这一年，小闯十岁。扇坊生意全塌了。

白天，男人们骑着单车或摩托在街上飞，用一声呼哨将树里的鸟惊醒，将女人心中的鸟惊醒。晚上，他们去看电影，跳迪斯科，去文化宫路口放焰火，去南门桥的柳树下，和女人躲着亲嘴。他们不会再摇着一把纸扇。女人们呢？在钉珠皮包里掏出来一把小扇，微微侧着头，轻轻摇动手腕的女人，这个城里没有了。

碧枝喜欢上班，哪怕她尽力掩着，但她脸色红润，眼睛发光，这是掩不住的。她喜欢蓝布围裙，喜欢蓝布套袖，平常的东西让她变了一个人，一个像别人一样的人——她喜欢像别人一样活着。工友丽珍抱怨衣服太丑，碧枝简直不愿意脱下来。

丽珍对碧枝说，放工后上街吧，陪我去买新衣服。

碧枝笑笑，摇摇头。

丽珍说，你干吗那么怕你姐啊，我娘都不这样管我。这都什么年代了，还大门不出二门不迈呢。

碧枝仍是垂着头，不说话。

丽珍压低声音说，你打算跟你姐过一辈子，不交朋友？不结婚？

碧枝的手顿了一下，但她还是摇摇头。

丽珍扑哧一笑，你真是个摇头小姐。这样，我们提前走吧，她就堵不到你了。

南门河边，一溜的木板店铺，杂货铺、食品店、理发店、糕点铺、服装店，满满当当，花花绿绿，蒸腾着蓬勃的生活气息。这种气息那么可亲，有热气似的，一点点爬上身，手脚暖着，心里也暖着。丽珍像春天林子里的小喜鹊，叽叽喳喳地笑着，喜气洋洋地说着，她亲亲热热地挽着碧枝的手，鼓励她试新衣。碧枝一半娇羞，一半好奇，她在镜中照见自己——她第一次这样尽情打扮自己，也第一次这样认真打量自己，她觉得自己跟丽珍一样，有一种鲜丽的美，一种活的美。

丽珍说，碧枝，你穿红色真好看哪，比新娘子还好看。

她心里突突跳着，终于狠一狠心，放下衣服说，我们走吧。

丽珍说，多好看啊，买下吧。

她摇摇头，转过身去，把那簇红色火苗在眼里掐灭。

丽珍说，我们去看电影吧。

她又摇摇头。已经迟归了，再迟一点，万万不能。可是——

晚霞烧着了，整个天空的云彩都落在沩江里，江面爆开火树银花，团团簇簇波涌摇曳。江边，人们三五成群，谈笑风生，那么热烈欢快，那么从容自在，好像有无限好的事在前方等着，他们不必皱眉，无须烦忧，可以慢慢走着，慢慢看着，反正日子长着，那长长的一截，都是甜头。这热气腾腾的人间多好，这宏大广袤的天地多好，多值得去看一场电影。她还没看过电影，没穿过红衣，没戴过一朵花，没在街头看烟火、吃一碗豆腐花——穿得一身红，戴得一头花，去看电影，去街头吃豆腐花，去吧，去过这样新生活，去！

碧枝！碧枝！

碧枝猛一抬头，尹红莲站在她面前。

碧枝呆住，脑袋里嗡了一声，所有幻象灰飞烟灭。

姐姐，我跟碧枝去看电影，你要不要一起去？丽珍热情地问尹红莲。

尹红莲根本不看她。她板着冷脸，低低呵斥，碧枝，跟我回去！

碧枝垂着头，正要跟过去，丽珍却悄悄拽住了她，朝尹红莲笑道，姐，我们一起去吧，今晚演《芙蓉镇》，可好看了……

尹红莲突然转过脸，盯着丽珍，怒斥道，以后不许你叫碧枝出来，一个女的，花脚猫一样在外跑，像么子好货。

你，你怎么骂人啊。丽珍生气了。

我骂的就是你，你浪你的，莫带坏别人！

路人都朝这边看过来，碧枝的脸上像有虫爬。风灌进嘴巴去，噎住了喉咙，她嗓子痛了。

丽珍怒道，你好不讲道理，这满街都是女人，女的怎么就不能出门了？真是笑话！丽珍说完，并不解气，又小声嘀咕一句，难怪碧枝快三十了还没嫁人，都是你这姐姐害的！

这话伤了尹红莲的心，她勃然大怒，呸！你以为碧枝像你，一天到晚想着嫁人吗？你看你，涂脂抹粉，披红挂绿，搞得妖里妖气的，不要脸。

丽珍挨了侮辱，又愤怒又委屈，她热血冲顶，拿着手里的大包小包就砸过去，尹红莲揪着她头发，两人打起来了。

碧枝心灰极了。她脑袋里那个热气腾腾的世界，只活了三分钟，此刻，没了，死了，凉透了。她退了一步，再退了一步，转过身，深一脚浅一脚，走了。

丽珍被抓花了脸，委屈得眼泪直冒，刚才买的衣服、发夹、丝巾全落在地上，被踩得稀巴烂。她哪里是尹红莲的对手，只得向碧枝求救，碧枝，碧枝，你快拉开她。

抬头一看，却见碧枝走了，她呆呆望着碧枝的背影，突然的，心里凉了。

尹红莲代碧枝辞了工。她说，也怪我，从小惯着你，不要你操心，让你成了个没主见的。人没个主见，跟着风转，你晓得哪个对你好？

碧枝默默无言，过了很久才说，丽珍是好人。

尹红莲道，你见过几个人啊，你哪晓得什么好坏。你认识她几天，帮她说话！

碧枝转过身去。

尹红莲更伤心，碧枝是她的命，她的命跟她作起对来了。碧枝要是永远只有十三岁，该多好。十三岁的碧枝，眼里只有姐姐，什么都听她的，信她的，要是能这样过一辈子，不离不弃，永远在一起，多好。别人家是一家三口，她们也是，不多不少，正正好好。

尹红莲说，碧枝，你还记得吗，那年你才十三岁，跟你娘……

碧枝像挨了一枪，大声叫出来，不要再提以前的事！

尹红莲也喊起来，我不提，你就全忘了！

为什么不能忘！

不管你怎么忘，你都是尹家的人。

碧枝尖叫，我不是！

你是。

我不是！

你永远是！

碧枝脸色苍白，唯眼眶通红，她瞪着尹红莲，眼里有一把刀。尹红莲吓了一跳，她没见过这样的碧枝，她的碧枝从没这样对她说过话，没这样瞪过她。都怪丽珍，那个女人，把碧枝带坏了。尹红莲走过去，拉着她的手说，碧枝，没有人比我对你更好。

她又说，碧枝，我们是不能分开的，我们的命，早就绑在一起了。

碧枝摇摇头，心里说，不是，不是这样的，你该有你的命，我该有我的命，但她没有说出来。她的话说完了，能说的太少，不过三言两语。不能说的太多，还在心里藏着，窝着，捂着。她转身回房，走到门口，突然回头问道，那个人，是怎么死的？

尹红莲猛然抬头，她瞪大眼睛，久久望着碧枝，似乎在给碧枝一个机会，收回那句话。可是碧枝没有这个打算，她的眼神很坚定。

尹红莲想说什么，却没有说，只是突然笑了一声。她那笑，讳莫如深，碧枝牙齿打起架来。十年来，碧枝总做同一个梦。

尹红莲把药稳稳端着，端到尹大福面前。尹大福发着高烧，全身颤抖，他拒绝吃药，扭过头去。窗外是烈日天，凶巴巴的阳光砸到他眼里，像挨了一烫，他眯了眼，眼角挤出深深皱纹。过了很久，知道反抗无用，他才回过头来，声音有气无力，这药没用……换药，给老子换药……

尹红莲一言不发，把药碗伸到他眼皮下。

尹大福喘了老半天，才把气息提上来，这药我不吃，你没听到吗……你是要药死老子吗？

碧枝心里咚咚跳着，她看着姐姐持之以恒地举着药碗，那药碗里，姐姐像座黑山，稳稳凛凛坐镇在药水中央，同药水一个表情，一个气息。

碧枝总在这个梦里惊醒过来，睡意全消，寒意透骨。她嗓子不可控制地抖起来，你告诉我……尹大福是怎么死的？

尹红莲垂着头，肩膀背脊像被抽去筋，整个人耷拉下来，似乎全身的气力都已用完，唯额角两根青筋鼓出来，腾腾地跳。这一刻，她的心思转了几万遍，越转，越孤独。越转，越悲伤。不知过了多久，她抬起头来说，你不是知道吗，他是病死的。

碧枝扶住门框，稳稳心神，再问，你说谎，感冒怎么会死人？

尹红莲的声音很疲倦，也很空洞，她说，可能陈家旺看错了，不是感冒。

你知道看错了？

……我不知道。

你知道！那药并不管用。

尹红莲看着碧枝，她看着这个太乖巧，太动人，太由不得她不喜欢的妹妹，只属于她的亲亲的人，她在世上唯一的暖，她拼尽全力捧着的光。此刻，这个人在冷面冷心地剜着她的苦痛，还要冷面冷心清算她们之间的恩怨与情分，想要知道姐姐给的到底有多重，值不值得她感恩，值不值用一辈子去报答，可不可以，至此解绑。

尹红莲知道，此刻她可以保持沉默，在沉默中，继续把她们的命运绑在一起。可是，她听到自己说，碧枝，你别怕，我没害他。病是他自己去看的，药是他自己买的，吃得好吃不好，那是他的命，怪不得别人。碧枝，你别怕。

碧枝扭过头去，泪如雨下。窗外，黑漆漆的夜空里，月亮特别大，特别圆，梨树的枝丫，横着穿进月亮去。

此刻，碧枝站在湘江边，它离沩江不很远，也不很近，这个距离够她冲刷过去，也洗涤现在。她的口袋里装着卖扇骨的钱，这钱不很多，也不很少，够她在一个陌生的地方缓口气，再慢慢去谋生。

依然一轮朗朗圆月鲜明突兀，空旷巨大，照得一江水，银子一样闪。一只大鸟咕呱受惊，从河面扑棱飞起，飞进月亮里。

江水轻轻摇，将长夜慢慢淘，淘出黎明的微光。

碧枝朝前面走去，晨风吹来她的歌声：

手拿一只篾扎的，纸褙的，花蝴蝶，
飞蝴蝶儿蝴蝶儿，
阴阳相合美人头，
我放啊，我放啊，我放风筝去散心哪哎嘿。

尹小闯

孩子们坐着弹子滑珠车，从武装部的坡顶一溜烟地冲下去，直冲到正街上，引发一阵惊喊，一阵骚乱。

每一场狂欢都像一场大雨，将尹小闯淋成落水狗。

尹小闯没有弹子车，滑不了坡；没有弹弓，打不了鸟；没有纸烟盒，打不了“板波”。没有连环画，没有铁环，没有伙伴，也没有一条狗跟着他。

然而，他有很多爸爸。

前几天，八爪鱼对他说，我晓得你爸爸是哪个，他在横家巷弹棉花。嘣——嘣——嘣，你还不去找他，要他给你弹一床大棉被，嘣——嘣——嘣。

昨天，飞刀小李对他说，你爸在煤炭公司做煤粑，那个大舌头的人就是你爸。

现在，张天虎过来了。

张天虎的眼睛里长了牙，尹小闯不自觉地退了两步，张天虎一把抓住他瘦削的肩胛骨，尹小闯，你爸在杉木桥卖老鼠药，你还不去看看。

张天虎钳住他，把他像面筋一样甩来甩去，吆喝起来，卖老鼠药嘞，卖强力老鼠药嘞，吃了我的老鼠药，老鼠崽子哭爷嘞！

孩子们大笑起来，拍着手唱，同志们，听我讲，老鼠的危害实在大，上你的桌，爬你的床，咬坏你的“的确良”，想安宁，就找我，老鼠吃了我的药，八个老鼠死九个……

一群脑壳围住他，挡住了日头，尹小闯的世界黑了。他怀着屈辱，也怀着倔强，努力不哭出声来。他奋力踢踏挣扎，张天虎一脚踹在他肚子上，骂道，你踩到我脚了，瞎眼的小杂种！

尹小闯像中了一箭，大叫起来，我不是小杂种！

尹小闯驮着一肚子丰富的内容走回去，酸，辣，咸，苦，都在他舌头上跑。小西门的灰墙，夹着一溜黑河般的巷道，越是晴朗越是黑。尹小闯隐在深深的巷弄里，阴影让他突然瘦了一圈。孩子们的拍手歌像鞭子，一抽一抽，都打在他心上。

这一天，尹小闯很伤心。他把伤心在院中的井台边放了放，在流浪狗断掉的尾巴上放了放，在晚饭桌上的碗里放了放，傍晚时，又在梨树摇动的黑影里放了放。到夜里爬上床，他的伤心还有那么多，还有一颗心那样大。

尹小闯真的去横家巷看了军哑巴弹棉花。军哑巴斜背长篾弹弓，左手握弓右手弹，嘣嘣嘣，嘣嘣嘣。军哑巴不会说话，只会勤奋地弹棉花。狭小的屋里飞着棉絮，像漫天大雪。

嘣嘣嘣，嘣嘣嘣。尹小闯落了一头雪。

军哑巴把大弹弓递过来，示意给他玩，啊，啊，啊啊。

他的声音很古怪，尹小闯有点怕，转身跑了。

尹小闯也去杉木桥了，老远就听到小喇叭在喊，老鼠药，强力老鼠药……老鼠吃了我的药，八个老鼠死九个……

尹小闯靠桥栏杆蹲着，看跛脚李卖老鼠药。跛脚李腋下支着自制拐杖，一条腿站着，半条腿悬空垂着，身子挂在拐杖上。他面前铺开一张塑料纸，堆着零散的药瓶药盒，半天过去，无人问津，连经过的一只邋遢土狗也目不斜视。尹小闯抬头看看太阳，太阳已落到屋后，夕阳的淡红坠在河里，懒懒地荡。

终于有人过来，跛脚李拄着拐杖，吃力地探身取药。

尹小闯放心了，他缩了缩鼻子，站起来，走了。

他走在路上，看到卖烧饼的，想想这是不是他爸爸；看到修单车的，也想想是不是他爸爸；看到挑担卖果子的，推车收潲水的，扛沙包修屋的，开店卖货的，夹着皮包逛街的，骑着单车赶路的……他都看一看，想一想。

没有人注意到他。唯有影子时远时近，像一条忠实又胆怯的狗，一言不发，跟着他。

尹红莲知道了，抓起扫把就打过去，我叫你乱跑，叫你听人骗！

尹小闯的委屈在这一刻迸发，他的愤怒、羞辱和伤痛搅在一起，都在翻滚、奔腾、撞击，他的嗓门第一次在这个院中响亮地炸开了：我爸是哪个！

尹红莲打得更狠了，我叫你乱跑！

我爸是哪个！

叫你听人骗！

我爸是哪个！

叫你发神经！

尹小闯人生的第一个脾气是一枚哑弹，把自己炸得皮翻肉滚，别人却毫发未伤。他难过极了。如果以死为抵押，能换一个爸爸，他也会立刻、马上、毫不犹豫地把自己放倒。

碧枝进来了，她说，算了，以后不去就是。

尹红莲丢了扫把，用手指戳尹小闯的额头，不许去了，听见没有！

尹红莲进屋了，碧枝看着尹小闯，叹气道，人家骗你的呢，你傻不傻！

我不管，我就要找个人做我爸爸。

碧枝说，人家捉弄你呢！军哑巴说不了话，跛脚李走不了路，做煤粑的江西老倌，头发都白了一半，话一句也听不懂。

尹红莲突然在门边露出半张脸，冷笑起来，我看都行。军哑巴说不了话，一年扎实打三百六十天棉被，勤快！跛脚李走不了路，那是在越南保家卫国丢的腿，他不给政府添麻烦，自力更生，光荣！做煤的江西佬，老是老点，哪个找他帮忙落空过？好人！我看不用挑三拣四，个个行，都能做你爸！

这话像一串爆竹，炸得碧枝心里一阵热，一阵凉。她不说话了，咬着嘴唇，默默拆一件旧线衣。

过年了，春节开庙会，城里热闹得翻了天，打鼓唱戏的、舞龙耍狮的、演武卖艺的、剃头镶牙的、点痣刮虫的、补锅洗磨的、锔碗刻字的、出摊卖货的、探亲拜友的，街头巷尾，河东水西，山前庙后，人都涌出来了。尹小闯瞅准时机就溜，一出门，就往人多的火宫庙去。

一个人跳进了他眼睛里。

那人不是他看见的，是他自己跳进尹小闯的眼睛里的。

那人踩着高跷，比所有人都高出半身，一身黑色武打服，腰间系黄绸，额上还绑块黄绸。他的肩上坐着一只猴，猴一手拿槌，一手拿钞，当当当敲得热闹。

人都围拢了，这人就开始杂耍，站在高跷上，又唱又跳，又演又要，行行走走，跑跑跳跳，翻转、扭摆、腾挪，如履平地。那只猴蹿上跳下，做鬼脸，敬礼，还翻跟斗，把人逗得乐不可支。完了，那猴刺溜下来，一手向人敬礼，一手将钞翻过来，绕场讨钱。

尹小闯没钱，马上往后退，忽然看到张天虎，围着踩高跷的问东问西，这里摸摸，那里看看，好不佩服。张天虎看到尹小闯就兴奋了，大喊起来，你们看，尹小闯来了。尹小闯，你爸爸在这里，你跑么子啊！

尹小闯以为他是说那踩高跷的，没料到他却指着那只猴子，你看，你爸在讨钱，你爸没穿裤子，还长着红屁股呢，哈哈哈，尹小闯，你还不过来给你爸磕头拜年，帮它讨钱。

那踩高跷的听了，抬起高跷轻轻一扫张天虎的脚，就把他摔了个狗啃泥，却望着他笑，好像只是跟他逗了个乐子。

张天虎爬起来，去踢高跷，那人跳闪腾挪，身轻如燕，让张天虎近不了身，倒引得旁人喝起彩来。张天虎气得朝他猛吐口水，骂人家八辈祖先。那人轻抬高跷，横着一扫，正打着他嘴巴，自己却只是笑，搞不清他是有意还是无意。张天虎挨了狠狠一痛，自知斗不过，一边退，一边指着他，你等着，我去喊我爸来教训你。

尹小闯不走了，站在那里，目光追着那人跑。

那人半张脸都是牙。

贾周正从小爱玩高跷，以前在乡下，春节跟花鼓戏班子各村游演，他给人表演踩高跷。家里扇坊关了张，他进城来倒腾旧货，开了个小店。本事在身，不耍就痒，逢年过节或热闹盛事，便要出来图个开心。

贾周正脱下高跷，收了东西，坐到街边去歇息。他从摊上买了两张烧饼，一张给了猴，另一张一折两半，朝尹小闯递一半过来。

尹小闯想，这个人能说话，能走路，头发也没有白，还能踩高跷，还分烧饼给自己吃，是个好人。他接了烧饼，坐下来问，你的猴子哪里来的？

耍猴人手里买的。

好多钱？

不记得了，瘦巴巴好造孽，我买来养养。你看，他现在壮得像个人，可以放回山里称霸王了。

你要放了它？

那当然，谁愿意被人耍。

你有崽吗？

小屁股，你管得好宽。

你要是没崽，我给你做崽吧。

贾周正张着嘴，半天才问，你没爸爸啊？

没有。你要是做我爸爸，张天虎就不会打我了。

张天虎经常打你吗？

嗯。

你可以还手，给他点教训。

我打他不赢。

打架不是比力气，要比狠。

怎么比？

不退，不躲，不跑。

他会把我打死的。

怕死打不赢仗。你是个男的，打仗只可以流血，不可以流眼泪，不可以喊痛，不可以求饶。看准机会，咬他一口，死都不松口，他不眨眼，你不眨眼。

战斗是在三天后打响的。尹小闯个矮体瘦，力不从心，很快被打倒在地。张天虎解开裤子，想要对着尹小闯的脑壳屙一泡尿——他打赢了就这么干。

谁也没想到，一向老实的尹小闯这回红了眼，他突然仰起头来，一口咬住张天虎的腿肚子，张天虎抓着地上半截砖头，照尹小闯劈头砸下。尹小闯破了头，血汩汩而下，糊了一脸，他眼一黑，牙却没松动半分。

大人来了，才把他们拉开。张天虎撕心裂肺，喊爷喊娘。他腿肚上，赫然两排黑窟窿，个个窟窿冒血。张天虎要拼命，一看尹小闯，顶着一头血，不退不躲，拎着拳头瞪着他，似乎还要咬他十口。他吓了一跳，迈不开脚了，恼羞成怒指着尹小闯，你等着，我要我爸来收拾你。

尹小闯叫起来，我也有爸爸！我爸在火宫庙踩高跷，我要他一高跷拍死你。

贾周正给人送货，刚走到小西门路口，遇着一群孩子，有一个突然叫起来，快看呀，那个不是踩高跷的吗？他真是尹小闯的爸爸？

不待他说话，另一个对他说，尹小闯快被他娘打死了，你还不去看看！

贾周正不搭理，他可不愿凭空多个儿子。正欲走，一个孩子说，呸！尹小闯活该，他根本没有爸爸，他就是个野猴子。

贾周正转过身来说，谁说的，敢再说一次？

张天虎坐在自家门前，远远指着尹小闯骂，但不敢过去招惹了，这时看见贾周正来了，一眼认出来，喊，尹小闯，你爸来了！

他突然住嘴，想起尹小闯说要他爸一高跷拍死他，头皮有点发麻，他马上捞起裤管，展示他的两排黑洞，你看，这是尹小闯咬的，我没还手。

贾周正问，是不是你先打的他？

……我没有。

如果你先打他，我要他咬你一百个洞。

张天虎转身就跑。

贾周正看见尹小闯跪在路口，心想，这做娘的有点凶啊。他问尹小闯，你打赢了？

尹小闯看见贾周正，高兴得双眼冒光，狠狠点头。

贾周正蹲下来说，他以后再也不敢欺负你了。

真的？

真的。你比别人忍得住，别人就服你。你起来吧，我送你回家。

贾周正一抬头，吃了一惊，这是尹家扇坊！

他停住脚步。

他可不想进这扇门。碧枝卖扇骨时，他料她不懂行，给了个低价，只怕她现在后悔莫及，正想寻他是非，且扇骨是碧枝偷卖的，尹红莲可不好惹，也许正想找他。买定离手？难说。这事只怕有点麻烦，能躲则躲。

他刚想转身，门开了，尹红莲就站在门口。她一把拉过尹小闯，眼角也没扫贾周正，就把他关在门外了。

贾周正又是一惊，难道，碧枝把扇骨卖给他的事，尹红莲还不知情？

这个夏天很漫长，这个夏天像一只疯猫，将尹小闯的十岁抓了个稀巴烂。

碧枝走后，尹红莲的心塌了，身子也垮了，半躺在椅上，一双眼睛早晚盯着门，门里门外没有动静，那轻轻的脚步声再也不曾响起了，唯茫茫日光，一点一点堕下去，暗下去。她看见尘世的黄土飞起来，泼泼洒洒的，都掩到她脸上了。她偶尔喊尹小闯过去，抱抱他，不说话，落下两颗泪。

尹小闯背上一袋扇子，一家家店铺去“铺货”。等别人上门来进货，还是很久前的事，近年，只能免费铺货，请人代销，店家卖了多少，秋后算账。这铺货、结账的事，原来都是尹红莲做，如今，尹红莲病来如山倒，得靠尹小闯。

尹小闯转了两条街，才放出去半袋扇，他去贾周正的旧货铺子歇歇。

尹家的事，贾周正心里也不好受。他是个倒腾旧货的老油条，半买半哄地买了些东西，半真半假地卖了些东西，人嘛，说不上多坏，也算不上多好。他也没想过要做什么好人，管饱了肚子，有几个碎银子，悠哉闲哉过个日子，把这一世打发掉。两母子可怜，本不与他相干，但买扇骨的那个人是自己，等于是同谋。

你妈看医生了吗？

看了，药吃完了……姐姐，买扇子吗？买把油纸扇吧。

药没有效果吗？

尹小闯摇摇头。

你妈应该多出去走走，不要只守着那几把扇子，外面大着呢，人走出去，扇子才能走出去。

我妈就喜欢做扇子……叔叔，买扇子吗？给阿姨买把扇子吧。

贾周正叹了口气，他说，就喜欢做扇，做那么多扇……那就做吧，这么大个县，不定还保得住一家扇坊。我给你们联系业务。

业务？

就是谈生意。我就是做这个的，买进卖出，两边拉拢。以前人们叫这“倒买倒卖”，现在叫搞推销，外头都这么搞。单位发礼品，商场搞活动，景点做纪念品，多少用得上。

能成吗？

能，有本事，就有饭吃。哪，这钱你拿去给你娘买药。

几天后，贾周正到尹家扇坊来了。

尹红莲打开门，一见是贾周正，半句话不说，就要关门，贾周正扳住门页，说，我要三百把油纸扇。

尹红莲不动声色地看着他。

我真要三百把，贾周正把钱举到她面前，说，这是定金。

尹红莲摇摇头，声音粗哑，做不了，没人画扇，画模子也坏了。

贾周正笑道，你忘了，我家以前也是做扇的，我能找到师傅。

有扇做，尹红莲精力浮起来六七分，她用这六七分的气力，把自己撑住了。她在廊下大案前坐下，抬头看看院里四角的天空，太阳光一闪一闪，像一榔头一榔头地砸，砸在她太阳穴，一阵痛，一阵麻，一阵头昏脑涨。

贾周正带了个画师傅来。画师傅不用画谱，下笔利落粗犷，寥寥几笔，倒很有韵致。尹红莲抬头看看院中的梨树。梨花开了，瓣子那么白，原来梨花不是月亮做的，是冷雪凝的。

贾周正见她叉着腿，弓着腰，用力搅拌一锅桐油，像夹缝中一棵变形的老松，半点不像个女人。他不动声色走过去，接过她的长柄锅铲，玩笑似的说，你放心，你家的桐油是家传秘方，我不看你调配。

尹红莲笑笑，那笑又苦，又凉。她说，没事，谁还用得着呢。

她这气势，跟几月前一落千丈。想起她说要做这城里最后一把扇，贾周正有点心酸。他想起了自己家倒掉的扇坊，还有自己跟着倒掉的气势。他偷眼打量尹红莲，这女人顶大三十，也许不到，怎么就老得挺快，比上次看着要老很多。头发扎得紧溜，把眉眼往鬓角斜提上去，眼睛拉得细长，像时刻眯着，不大看人。盘着低低的圆髻，穿个褐底白点上衣，黑布裤子，圆口黑布鞋，把点女人味都收拾干净了。她这落伍的打扮，让他对一个老去的时代起了一点纪念的心。

桐油熬好后，要进行调配，用硫黄粉渗入，比例得巧妙精准，使得颜色淡，光色透，韧劲足。扇面温润明亮，越用越好看，若使用得当，能形成包浆，产生古色古香的质感。刷好桐油的扇子，插在晾扇架上，挂在晾绳上，铺在晒簟上。

好一个春深似海。

这景象让贾周正想起小时候。那时扇坊还在，大人们把扇子做出来，全在院里晾着。那时，他还不知忧愁，在扇坊奔跑玩耍。

贾周正装好扇，却不走，反而坐下来，说，你娘那套扇骨……没想过去找回来？

尹红莲低头忙着，半天才吐出一个字，命。

贾周正愣了一愣，说，我背首诗给你听：新裂齐纨素，鲜洁如霜雪。裁为合欢扇，团团似明月。出入君怀袖，动摇微风发……

尹红莲晃了晃神，这诗她当然知道。母亲爱制团扇，期待世事圆满，她在自己扇上题的，正是这首诗。

贾周正说，你娘年轻时本来要嫁给我爸的，你外公的扇坊撑不住了，就毁了婚约，把你娘嫁给了尹家。我爸舍不得你娘，把这套扇骨送给她了。你娘叫赵素雪，她送我爹的扇子诗，嵌着她名字呢。

尹红莲眼眶一热，她有多久，有多久没听人提起娘的名字了呀。其实，她信贾周正的话。母亲难得开心，心里定是藏着事。她那么才高气清，怎会爱一个浪荡子呢？

尹红莲答非所问，说，我娘家早没人了。

贾周正也晃了晃神，这女人讲话像下药，轻的重的，都是苦味。他有点同情她。他看得出，这一家全靠她。她咬着牙使力，拼着命使力，但她的力都使在别人身上，别人不一定领情，她倒先把自己累死了。

一个月后，贾周正又来了，他喜气洋洋，朝尹红莲张开手板。

五百把？

他摇摇头。

她眼里的光暗下去一点，五十把？

他摇摇头。

不会是……

对，五把。

尹红莲瞪着他。

贾周正道，周义有个师父，宁乡麻山的，叫杨世焯，周义在他的指导下成了雕刻大师，才有了那套传世扇骨。你娘跟你讲过吗？

尹红莲说，讲过一点。

贾周正道，我去长沙的湘绣坊看过了。杨世焯是著名湘绣画大师，他画的水墨画与湘绣结合，进过皇宫，得过世界大奖。湘绣驰名中外，他是大功臣。你的扇子要是也走精品路子，用上好材料，结合传统工艺和绘画雕刻，作为艺术品用来收藏送礼，也是一条路。

尹红莲笑了，照你这么说，这扇子得卖多少钱一把？

贾周正呆了，原来她会笑。

他便也笑了，说，你做好这五把扇，比五百把赚得还多呢。时代不同了，大家手头有余钱了，扇子的艺术价值就大于实用价值。做扇也好，卖扇也好，不能墨守成规，要与时俱进，要换路子，换市场。

尹红莲不太懂他的话，但觉得好像有道理。这人见多识广，一口大牙，生来是靠牙吃饭的。她说，这事难，那么贵的扇子，几个人买呀？

贾周正知道，审美同实用，艺术与工业，自然不可相提并论，但失去庞大消费群体的纸扇，唯有精益求精，寻求突破，才有一线希望。不过这条路得怎样走，他还得再看看，再想想。世间有些事，不费神也能成，像他爷娘年轻那时，扇坊生意好得风吹似的，自己不走，财运推着走，但有些路，磕破头也行不通，任它是什么好东西，也得讲个市场，讲个天时地利人和。他四处行走，晓得外头变化大，一天不等一天，赛跑似的。然而他相信，只要肯学，肯做，顺着风走，一个时代总有一条路子的——他是什么时候转变想法的呢？是因为自己家开过扇坊，有着一点比别人更深的情结，是因为尹红莲独力熬制一锅桐油，使他有了怜悯之心，还是因为她要做这个城里最后一把扇，使他也相信，这世界上绝对容得下一把扇子？

好像都有点，好像都不对，他不大说得清。

贾周正说，湘绣贵成那样，就因为它好，别地方的赶不上啊，我们也得做别人赶不上的扇子。我想出去看看，多看多学，总会找到路子的。不过好扇离不开好画，我做旧货古玩时，认识一些书画行的，可以跟他们合作……

贾周正住了口，他知道，提到扇面画，等于提到碧枝。他沉默半晌，轻声说，我在长沙，看到碧枝了。

尹红莲盯住他，魂像飞了半个，半天没动，半天收回目光，半天半天，才问，她还好吗？

好。穿得一身红，戴得一头花，站在一屋子的糖中间，做了南货店的老板娘了。

……她嫁人了？

嫁了，她男人笑眯眯的，像个如来佛。

尹红莲闭上眼，喉咙里汩汩响着，像有一口古井在冒泡，水要涌上来淹死她。她满脸凄伤，摇着头说，她再也不会回来了。

贾周正说，会的，她毕竟是小闯的亲娘，哪有做娘的丢得下自己孩子的。

像一个霹雳炸在身上，尹红莲猛然睁大眼睛，整个人弹起来，嘴巴张着，却半天才发出声音来，胡说，小闯是我儿子……你看他，长得多像我。

当然像。贾周正说。

尹红莲像被抽去脊梁，一下子塌了。她拼力扶住椅子，慢慢坐下去。

十年前，她将一个枕头绑在腹部，篡改了一个孩子的命运，解救了一心寻死的碧枝，帮她留住一点颜面，将余生撑住。小闯是尹家的孩子，这一点她舍不得改。她为碧枝想，为小闯想，就没办法为自己想。不，她也为自己想过了——她想过的，一家三口，不多不少，正正好好。

唯独没想到的，是碧枝的情，竟那么薄，朝不保夕的，她什么都不爱，什么都舍得下。自己这一生，都付了东流水哪！碧枝，碧枝，你的心真狠呀！

贾周正从怀里掏出一个布包来，是那套黄杨木透雕扇骨，大骨小骨已装好成套，现在，它是完整的一套扇骨了，光芒温润如玉。他把扇骨轻轻放在尹红莲手里，说，这是碧枝要我还给你的……她一直带在身边呢，你那样护着她，她怎会忘了你。

贾周正说了一个谎，但他觉得，他说了这辈子最好的话。他走出门来，听得身后陡然炸出一声尖锐悲鸣，随后，哭声如洪水决堤，一泻千里。

他走到大门口，把墙上那把褪了色的扇子取下来，重新挂上一把新扇，扇面上几片墨荷浓淡相宜，一朵红莲鲜艳明丽，阳光使油彩闪动，像跳动的火苗。

尹小闯跟在贾周正身后，有一脚没一脚踢着石子，低垂着头说，你怎么把我妈弄哭了啊。

贾周正说，她该哭一哭，哭出来了，病就好了。今天哭了，以后就不哭了。他看了看尹小闯，问，你想碧姨吗？

想。碧姨还会回来吗？

贾周正想了想，说，等你长大，我带你去看她。你要记住，你娘和碧姨都是爱你的，她们吃了很多苦，你要孝敬她们。

我会的。我妈虽然打我，但她也抱我，碧姨虽然不抱我，但她不打我。她们都对我好。

贾周正停下脚步，尹小闯这话让他意外，也让他心疼，这孩子，心里念的都是别人的好，他找出别人的好，就原谅了那些不好。他摸摸尹小闯的头，笑道，你这话，真爷儿们！

贾周正买了两袋糖心饺子和葱油饼，交给尹小闯，拿着，带回去吃。

尹小闯仰着头问，你明天来我家吗？

贾周正笑笑，我天天去你家干吗啊。

尹小闯说，给我妈做男人呀，大家就晓得你是我爸爸了。

贾周正笑起来，拍了他屁股一下，快回去吧。

尹小闯追问，你来不来嘛！

贾周正说，我要出个门，过阵子再来。

去做什么？

以后告诉你，快回去吧。

尹小闯一边走，一边回头，你要来啊，我等你。

孩子们的滚珠车从坡顶冲下来了。

尹小闯站在坡底，给人掐表计时。张天虎，三十六秒！

不可能，明明我最快。张天虎叫起来。

就是三十六秒，我的表可准了，不信你看！尹小闯把他的电子表一亮。

孩子们叫起来，没错，就是三十六秒，张天虎你得排到后面去！

张天虎没办法，不情不愿地站到了队伍后头。

小西门的樟树黄了，小西门的樟树红了。红黄错综的树叶筛出蓝蓝的天，燕子往北了。

一个多月过去了，贾周正还没有来。

尹小闯没有心思玩滚珠车了。他没有心思玩波板，也没心思滚铁环，他天天去巷口等，天天跑到贾周正的铺面去看，门还关着。

他很想问问他娘，可是，他娘就像忘了那么个人，一次都没提过。她只是翻出压箱的旧扇子，反反复复看，一把一把比照。尹小闯现在像个花脚猫，天天跑到巷口去张望，还到处炫耀贾周正给他买的电子表，她娘也不骂骂他，也不管管他！

他忍不住跑去铜钱巷，问旁边铺子，隔壁的去哪儿了？怎么还没回来！

回来？他不回来啰，店铺都退了。

尹小闯如遭雷击，耍猴的耍了他，他不回来了，他不回来了！

尹小闯慢慢往家走，偷偷擦着眼泪，好伤心。他的伤心比一年前还要多，比一颗心还要大，因为他得到了一个宝贝，又马上失去了这个宝贝。

张天虎的声音远远传来，尹小闯，小闯，快来快来。

尹小闯不理他。

张天虎把手伸出来，看，我有一只会翻跟斗的青蛙。

可不，那只巴掌大的铁青蛙，拧紧了发条，就在地上翻起跟斗来，翻了一个，又翻一个，再翻一个，还唱着蠢里蠢气的外国歌，黑皮妞野，黑皮妞野，黑皮妞野黑皮妞野……

哪里弄的？

你爸给我的。

尹小闯嘴一撇，把脸别过去，默默走开了。又来了，他们又开始耍他了！

我没骗你，真是你爸给我的，就是那个踩高跷的，他回来了！

尹小闯猛地抬头，突然一拔腿，赛跑似的朝家冲去，风在他耳边呼呼地响。

好大的太阳！

小西门浮在阳光里，屋顶发着光，树叶发着光，石子路发着光，都像顶着一头金子似的。尹家扇坊前，站着一个人，比太阳还亮。

远远的，尹小闯就看见了那个人。

那个人不是尹小闯看到的，是他自己跳进尹小闯的眼睛的。那人真丑，咧开嘴笑，半张脸都是牙。

月光光，夜光光
白了树，粉了墙
跑到外面装一筐
抬到屋里都漏光

月光光，夜光光
妹绣荷包心想郎
摆上酒，敬上香
找个哥哥配鸳鸯

——童谣

月光光，夜光光

花姐姐

化龙溪是一条绿波小溪，溪上有六座小石桥，每座小桥都有名字，化龙桥、梅花桥、漕粮桥、杜家桥、通济桥、过化桥。这些桥风情各异，盈盈横在溪上，你望着我，我望着你。冬天里，水面蒙蒙地飘着雾气，河道扭腰过了桥洞，小桥一条两条三四条，卧着白雪，像欲言又止的中国画。春天，小桥边绿树成荫，柳丝飘扬，一枝动，百枝动。六桥烟柳，尽见流莺，这是个很生动的地方。

溪边住着陈晏如一家，他和妻子童秀有两个女儿，浣纱和浣花。两姐妹都生得俊俏，像两张画，干干净净，清清爽爽，天上的月亮似的。两姐妹穿着白衬衣，蓝布裤，辫上结两朵绸花，坐着就把腿并得拢拢的，站着就把腰绷得直直的，并不摆胯屈膝，也不忸怩作态，没有小家子气。谁家孩子没规矩，邋里邋遢，孩子爸就说，你们去陈家看看去，看看人家姐妹去！

孩子邋遢，总归是做娘的不到位，说的次数多了，孩子娘生气了，冲丈夫说，你去老陈家看看去，看看人家是什么家庭！

这真是个好家庭，方方正正的小院子，打扫得干干净净，院墙修理得齐齐整整，没有哪里缺个口子，也没哪里多根杂草。院里铺着青砖地，养得满院花，一棵茂盛的大槐树，春天开得紫蓊蓊的，夏天绿得翠幽幽的。大树下四间青砖黑瓦正房，还带着两个耳房，住着富富有余。檐下四根高大的麻石廊柱，每年换上新写的春联，永远那么红艳艳，一年到头喜洋洋。春联是陈晏如写的，他不写“天增岁月人增寿，春满乾坤福满楼”这样常见的对联，他写得很新奇，有时写着“南浦春来绿一川，石桥朱塔两依然”，或者是“春风尔来为阿谁，蝴蝶忽然满芳草”。他摘来的这些句子，看着不像个春联，想着却挺有个意思。童秀带着两个女儿剪上窗花，每个窗户都贴得春风浩荡。年来时，下雪一院白，白里闪着红，灼灼的。

陈晏如是药材公司干部，妻子童秀是中学老师，两个女儿都读书，浣纱现在读高中了，一家的知识分子，说话和风细雨，做事轻手轻脚，让人羡慕。纵有爱操心的，背后说一句：一家没个小子，能跳多高呢，但心里是有数的，自己家梯子蹬似的一屋小子，也比不上人家两个丫头。

到了中秋节，陈家很热闹。他们在槐树下摆了一张桌子，桌上插一手桂花，绿的碧绿，黄的金黄，参差有致。摆上月饼、花生、砂仁糕、桂花糖、刀豆花，半黄的橘子带着油绿的叶，还摆上一壶米酒，掺了红糖，掺了桂花，用大红瓷壶装着，弯弯的把儿，弯弯的壶嘴。

巷子里的小孩刚丢了早饭碗，就都来了，在陈家院子外探头探脑，等着花姐姐朝他们招手——年年总是二姑娘浣花，一脸笑地招招手，都过来玩吧。

“呼啦”一窝蜂地全进来了，但他们大人都嘱咐过，陈家是书香人家，你们要讲规矩，人家给了东西才吃，不能像毛猴似的抢。

他们记着大人的话，急切地望着花姐姐，花姐姐端起桂花糖，每人发一块，端起砂仁糕，每人发一块。一样一样，每人都有。

孩子吃了糖，吃了糕，眼巴巴望着那个弯把儿酒壶，闻一闻，甜丝丝的。

浣花说，小孩不能喝酒哟，喝了会醉的。

孩子们眼巴巴地望着花姐姐。

浣花偏着头，为难地说，要不，就吃一指甲缝，一筷子头，好不好？

好！

浣花倒了一杯桂花酒，把筷子伸进去，抽出来给孩子嘬嘬。前面的嘬过了，又悄悄排到后面，再嘬一回。

他们嘬了桂花酒，吃饱了，玩好了。最后，浣花发了月饼，孩子们在陈家院子的中秋节就过完了，他们把月饼揣进兜里带回去，他们都是好孩子，心里有家人。孩子们走到院门口回头看，在浓绿的树荫下，艳艳的花朵前，坐着一个花姐姐，在一院子的热热闹闹里，她身上却有一种坚定而又温和的安静。这是孩子们童年里极为甘美的回忆。他们的中秋是跟花姐姐紧紧联系在一起的。没有花姐姐，中秋节就不能成为中秋节。

有一天，浣花去新华书店借书，她在满街嘈杂的声音里，听得一点悠悠的笛声，她站住听，真的，谁在吹笛子！她循着声音走，就到了童家巷口的酱油场，浣花走到酱油场的后院，找了几个砖头垫着，趴到院墙上，看见后院很阔，摆着上百口大大的熟褐色酱缸，缸口都敞开着，飘出浓浓的酱香。一个满脸胡茬的半老男人，盘腿坐在上百口酱缸中间，正在吹笛。笛声很清越，很悠扬，像汤汤回回的水流，一波三折地流淌，很豪迈，却又很苍凉似的，与上百只缸子产生了共鸣与回音，笛声像在来来回回地跑，让人感动。他身后，开着一树火鸟般的石榴花，真是流火般的红色，触目惊心。他头上是瓦蓝瓦蓝的天空，蓝得那样深邃，那样沉静，像一块澄澈而晶明的蓝水晶。就在这时，一只大白鸟，翩翩的，飞过去了。

浣花惊住了。她呆呆地看着大白鸟——是一只白鹭吗？白鹭没有这样大，是白鹤吗？也许是一只鹤！它悠悠地远远地飞走了。

浣花从没听过这样昂扬而又忧伤的笛声，是对立的，也没见过这样绝对的、纯粹的、鲜明的颜色，也是对立的。她很想拉住某个人，告诉他这种惊奇的美丽，因为这样的美只会是一瞬间，往后再听到的曲子，不是今天这一首，不是在火红的石榴花间和碧蓝的天空下流淌的这一首，不会正好有一只大白鸟飞过。以后的任何一只白鸟，不会是今天的这一只。

谁会跟她看见同一只白鸟呢？

她到处看看，没有一个人。只有巷子深处响起当啷当啷的牛铃声，一头衰老的黄牛，迈着沉重的步子，一步一步地过来了，后头跟着一个瘦瘦小小的男孩。

她很惆怅地走了。那笛声远远地追来，让她生出一点纪念的深心。

这是一件很寻常的小事，这事跟小说的情节没有多大的关系，可是这事给浣花留下了深刻的印象，在很多很多年后，她还记得这一天的情景。

浣花读完高中后，在新华书店上班。她爱看书，很喜欢这份工作。

两姐妹大了，浣纱二十一，浣花也二十了。别家姑娘这么大，早放人家了。这两只凤凰，会飞到哪棵梧桐树上去呢？

他们一家人吃了晚饭，一起沿着化龙溪散步，一直走到巷子头。这里住着陈晏如的老友詹保颐。他们到了这里，跟詹保颐打个招呼，闲闲地说几句，再悠悠地往回走。詹保颐是公社医院有名的老中医，住在一栋青砖黛瓦马头墙的百年老屋里，陈晏如常去他家坐坐，下两盘棋，聊聊中医中药，他们很能说到一块去。

陈晏如还有一个朋友张永顺，他们是发小，友情很稳固。张永顺的小儿子少峰小时候常跟着父亲来玩，跟浣花浣纱相熟，他少年聪明，读书时便连连跳级，年纪小小，却很出息，在省化工研究院工作。这一年回家，跟着父亲去拜年，他一路顾盼慢行，且看且听，渐渐落在父亲后头了。听得有人叫他，少峰！

抬头看，有个女孩站在前边朝他笑，发如漆黑，眼若波明。他心里一震，这人怎么哪里见过似的？

女孩见他呆呆的，抿嘴笑道，你不认得我了吗？我是浣花啊。

花姐姐！少峰惊喜地叫起来。他跟着浣花并肩走，偷偷看着浣花的侧脸，像个巧巧的剪画，只觉得身子手脚都同棉絮一样，唯嗓子硬着，再吐不出一个字来。

少峰回去便同父母说，我将来成亲，非花姐姐不娶。

张家便来提亲。陈晏如问女儿意见，浣花红着脸，轻轻说，他比我还小半岁呢……

童秀笑道，他比你还高两届呢，是你师哥。

浣花轻轻说，不行，姐姐还没定人家呢。

浣纱在百货公司上班，在物质紧张的年代，售货员是太让人眼热的工作，兼之她尤其的漂亮，追她的人很多，做媒的踩烂了陈家门槛，但浣纱一个也没看上，她心气儿很高。做媒的桑奶奶来过上十次，童秀帮她挑了又挑，浣纱全当没看见。

两年后，浣纱才结婚，她果然做了官太太。浣纱的丈夫，陈家只在婚礼上见过一次，说是公务太繁忙。婚礼是新式的，陈晏如夫妇被接到酒店，在台上受了新人一拜，就算把女儿嫁了。陈晏如回到酒席上，听一个什么领导在台上发言，与结婚无关，也与他无关，他心里有点感伤。他闷闷吃了饭，谢绝了男方安排的车，自己走路回家。行至半路，陈晏如说，回去，我想看看浣纱住在什么地方。

他们到了浣纱家，陈晏如隔着围墙，远远地看了看这青砖大宅院，一只人高的狗隔着院门朝他们吠。他摆了摆手说，走吧。

陈晏如说，婚前不来见岳父岳母、一封请帖下通知的女婿，我还没见过。不接亲戚喝酒、不迎大亲进门的婚礼，我也没见过。陈浣纱不是给我找了个女婿，是给我找了个太爷。

他沉默半晌，对浣花说，少峰等了你几年，我看他对你真诚，我放心。国庆节是好日子，你和少峰就把婚订了吧。

少峰晓得陈晏如的心思，他愿遵着老规矩，三书六礼，四聘五金，礼节尽致。国庆节，他跟浣花热热闹闹地订了婚，婚期定在来年五月。

第二年五月，陈晏如病了。

陈晏如病得挺严重，说是胃病，人清减得厉害。詹保颐时常来看他，帮他拟方子，又托人从省里带了药来，嘱咐他静养。

少峰回来得勤密，留在陈家的时候更多。张陈两家是通家之好，友谊深厚，张永顺嘱咐儿子，你是陈家半个儿子，一定要多多照顾。少峰见岳父身体一日不如一日，要接他去省城治疗。陈晏如不肯，他说，我搞了一辈子中医中药，自己心中有数，不需操心。

可他总也不见好。

晚上，浣花和少峰在桥上并肩坐着，浣花说，少峰，对不起，让你等了这么久。

少峰说，我愿意的。

……你愿不愿意再等等？

等你爸病好吗？

嗯，我想要他高高兴兴的，受我们的叩拜，吃我们的敬茶。

我都愿意。等你爸病好了，我们再结婚。

少峰，你真好。

少峰拉着浣花的手说，花姐姐，你放心，你就是要我等十年，二十年，我也愿意。

浣花低头看少峰的手，这是一双温暖有力的手，手指白净纤长，指甲修剪得很干净，十个指甲盖上，都有白白的半个月牙。

你有十个月亮！

你有几个？

不给你看。

就要看。

不给你看。

呀，你怎么一个都没有！

谁说的，我有两个，你看！

哈哈！

陈晏如没让他们久等，过了两三个月，他把少峰和浣花叫过来说，我好了，你们看，我浑身是劲。你们快点结婚吧，我等不及要抱孙子了。

少峰和浣花很高兴。这一天，他们去逛了街，下了馆子，看了电影《红灯记》，回来时，清风徐徐，月华如水。

快到门口时，少峰说，我不进去了，我今晚得赶回长沙，单位安排我去一次北京，明天一早就要走。等我回来，我们就结婚。

去多久？

也许得个把月。

几个人同路？

我一个人。

浣花低着头不说话了。

少峰拉着她的手，说，别担心，一个月内，我保管回来。

浣花心头万千话，却一句说不出，知道他必须去，只能说，好。

少峰抱抱浣花，说，快进去吧，我看你进屋。

浣花说，你注意安全，到了要来信。

好。我回来后，我们马上结婚。你等我。

我等你。

浣花到了门口，回过头来，少峰还在朝她挥手，花姐姐，等我回来！

几年过去了。少峰没有回来。

这个县城里有个叫黄镌的小文人，她在一篇叫《故里杂记》的文章里写过这件事："张少峰就这样消失了，再也没有回来。我不能给他的失踪做任何铺垫和暗示，因为事情的真相就是这样的，这样突然，这样意外，没有一丝征兆。在小说中这是极不合逻辑的，但生活中，这种事真实存在。生活总是比小说更不合逻辑，更残酷。"这个黄镌文笔不怎样，但她说的这几句话，确是郑重其辞的。

有人说，外面乱得很，少峰被人谋财害命了。有人说，少峰到了大城市，走了桃花，当了驸马忘了家（这人该去写小说），还有人说，少峰是做研究工作的，国家选了他去做保密工作，研究核武器了（说这话的真是好心人）。

张永顺急白了头，一步就跌入了老境，他心疼浣花，要她再找个人。童秀和浣纱都帮着相过了很多男孩，一个赛一个的强，一个有一个的好。浣花要妈妈和姐姐都不必劝。她安安静静地生活着，照样每天去书店上班，傍晚的时候照样去小溪边走一走。童秀去帮浣纱带小孩了，小院就剩浣花一个人。每年中秋，她还是置办一桌零食，在浓绿的树荫下给孩子发糖，发月饼，让孩子们嘬一筷子头桂花米酒。

有一天，她在上班时，看到递书过来的一双手——这是一双白净的手，手指纤长，指甲修剪得很干净，十个指甲盖上，都有白白的半个月亮。

她呆了一呆，眼泪就流了下来。

詹医生

童家巷是很热闹的，药材公司门市部，百货公司门市部，公社医院门诊部，都在这里，有一家墨水厂，有一家服装厂，有一家电器厂，还有一家酱油场，酱油香飘得老远老远。这是一种独特的、层次丰厚的味道。就像闻到酒香想到日新巷，闻到肉包子香就想到大西门一样，闻到酱油香，就是到了童家巷。

童家巷端头是公社医院，公社医院有个名医，叫詹保颐。这是个好医生，他给多少人诊过病，那说不清了，但人们有个三病两痛的，五劳七伤的，头昏脑涨的，腰酸背疼的，就会说，找詹医生去。

找詹医生不用架很大的势，因为不用花很多的钱，他的门诊费只要几分钱，治疗费也很便宜，他不开贵药，几毛钱块把钱的药，他就让你好起来了。他很晓得人间的苦处和难处。人们拿着詹医生开的药单去买药，病就好了一半，因为药单上的字虽然看不懂，但开方子的那一栏写着“詹保颐”三个字，这三个字是定心丸，有一种看不见的力量。

詹保颐家孩子多，他老婆没有工作，在巷子里摆个小书摊，挣个几分几毛补贴家用。她跟她丈夫一样，和和气气，笑容满面，真是一家人。他们全家住在一座青砖黛瓦马头墙的老屋子里，这栋房子建于晚清，有一百多年的历史，据说，辛亥革命时期还是革命党人的活动场所。唉，这些老房子现今都不在啦。

乡下人进城来看病，不能亏跑一趟，花了医药费，总得带点东西来变卖，把窟窿补起来。什么都有，花生红薯鸡蛋，布鞋草药芝麻油，甚至箩箩簸箕，几只鸡鸭。他们有时去办事，或者看望亲友，就把东西寄存在詹医生门诊室。东西堆在门诊室里，确实不大好看，詹保颐却从不拒绝。等到他下班了，还有东西没拿走，他就看看书，等一等。他爱看书，涉猎很广，古文功底也很深厚，他常研究老祖宗们留下的传统中医学术，在他家里，那些医药古籍堆得小山似的。

这天，天黑了，还有一篮子鸡蛋没人拿走。他记起来，这是一个从喻家坳乡下来的姓余的老人家的，说要先去找熟人办个事，再去街上卖鸡蛋，可是他再没回来。

此后，只要病人是从喻家坳来的，他就问，你们那里有个叫余新山的，认得不？他还有篮子鸡蛋在我这里呢。

第二年，他还问，认得喻家坳的余新山吗？他还有篮子鸡蛋在我这里呢。

第三年，他还问，问着了。那人说，老余头，他早死啦！三年前来县里看病，在街上被马撞了，当场就死啦！

詹保颐发了会儿呆，从口袋里掏出钱来，又加了几张，递给那个人，他的鸡蛋我买下了，这是鸡蛋钱，你帮我带给他家人。

这天詹保颐回去老是摇头，老是摇头。他老婆问他原因，他说，我也不知道，我这心里，挺不好受。

詹保颐回了家，也要给人看病。

春天，孩子们去山上扯笋采菌，被虫子蜇咬了，惹上病毒了；夏天，去南门河凫水打刨，去沙堆里打滚，生了癍癣，长了疹子了；到了秋天，钻山洞，打野果，跌打损伤了；冬天，冻得手脸皲裂，爆出脓浆来。大人们舍不得去医院看门诊，就来詹保颐家里，跟他讨要一点丹丸散粉，水乳油膏，詹保颐都给，分文不取。这药不是詹保颐从医院拿的——怎会有呢？是他买回来的。在他心里，修合存心、悬壶济世是一个医生该有的良心。

小孩得了鹅口疮，一口的白舌白皮，吃不下饭，烧得像个病猫，吃药不见好，灌洗不见好，抱到詹医生家。詹保颐捣一点黑乎乎的不知什么药泥，在喉咙里掏了一圈。隔天，小孩吃了三大碗，活泼泼跑南门河捉鱼摸虾去了。有得抱耳风的，即痄腮，他拿个毛笔蘸点墨汁，在腮上画个圈，过不多久，好了！奇不奇！

一个小孩，瘦得只剩一张皮，被家人用板车拉到了詹保颐门前。他没其他病，就是吃了就吐，药也半点落不下肚，已经快死了。他娘在地上哭着打滚，可能会比他死得更快。詹保颐摸摸孩子肚皮，看看孩子舌苔，进屋去，捣碎半碗蒜，用白醋泡了，给孩子灌下去。孩子翻天覆地地呕，跟打水枪一样喷出来，把肠底儿都呕翻过来了，呕出一团黑乎乎的东西，还在蠕动，是蛔虫！他得的蛔虫性肠梗阻。孩子娘直挺挺地就给詹医生跪下了。

不过，也有詹保颐没法的事。

曾子庙的振宝，原是大少爷，吃香喝辣，锦冠华服，说不尽的富贵。后来遭遇变故，房产全没了。人要吐气扬眉，但凭三分势要，两贯浮财。振宝家产殆尽，他性情突变了，正常的时候不是没有，发神经病的时候很多，一月总得发二十几回酒疯，没疯的时候是没钱打酒了。有一次还没喝够，没有宴酒菜了，提了把刀跑到南门桥，要割牛耳朵来下酒。割不动——南门桥的牛不是铁牛吗！他满腔怒火，正要发宝气，有人提醒他：你自己不是有两只耳朵吗？实乃醍醐灌顶，使人茅塞顿开，振宝对着自己的耳朵，手起刀落——

振宝痛醒了，来找詹保颐，挂着的一只耳朵像打秋千。詹保颐给他止了血，消了炎，说，这里没有麻药和手术针线，你跟我上医院去。

振宝跳起来，你以为我蠢啊，到那里你好开条子收钱。

你答应我一件事，我给你出医药费。

什么事？

你把酒戒了。

要你多管闲事！

振宝嘿嘿一笑，让耳朵打着秋千，扬长而去。

振宝的耳朵天天打秋千，詹保颐看了就叹气，好像那耳朵是他割掉的。

过年下大雪，北风呜呜的，吹得南门河都冻住了。詹保颐晚上回家，走到巷子里，被一个黑乎乎的东西绊了一跤，起来一看，是振宝！这家伙喝醉了酒，倒在雪地里睡过去，已经被冻硬了。

詹保颐把他背回去，他老婆马上烧起大火，想把振宝烤热过来。詹保颐叫老婆熄了火，只把振宝放在床上，用被子严严地捂着。他说，他成了个冰挂，里外都冻住了，你猛火一烤，开水浇在冰块上，他五脏六腑就炸了，只能慢慢地暖过来。

詹医生老婆马上熄了火，又去熬姜汤，说，他说你多管闲事，真没说错。

詹保颐说，我不管他，他就死了呀。

他老婆笑道，我知道，他要是死了，你这心里就不好受。你这心里不好受的毛病，啥时得好哟！

振宝醒来了，发着呆，他说，詹医生，你把我搞你屋里干什么？

你昨晚差点冻死了，我把你从雪里背回来了。

振宝垂着头说，我这样的人，你救什么，死了就死了。

詹保颐笑笑说，你这样的人，怎样的人？你是你爷爷嫡亲的长孙！你爷爷是个苦佃户，住牛棚，一穷二白，他咬紧牙关苦打苦挣，才有了田，有了屋。他若当初跟你一样想，莫说你了，你爹都没有。

振宝闷声不语坐了半天，起来灌了两大碗辣姜汤，出门去了。他把酒戒了，后来经街道安排，到造纸厂上班去了。

到了傍晚，詹保颐的老朋友陈晏如过来了。詹保颐说，有些日子没见了，你气色不大好啊，病了？

老了，腿脚没以前好了，走走畏难。陈晏如坐下来，一口气喝了三杯水。

詹保颐说，你刚吃完晚饭吧，别撑坏了胃。

陈晏如摇摇头，没吃，没胃口。

詹保颐给陈晏如搭了一手脉，眉头皱起来，说，乏力，口干，没食欲？

陈晏如点点头，肚子里老是饱的，吃进去难受，想吐。

詹保颐探探他额头，额头是烫的；翻翻他眼皮，眼球是浊黄的；看看他掌心，手掌是赤红的，他吃了一惊，一拳头五分力打在陈晏如右腹，陈晏如一声哎哟，差点跳起来。

詹保颐脸都白了，半天才说，你明天去医院，我给你看看片子。

我没事，只是有点乏力，不爱饭。也许最近有点忙，累的。

詹保颐口气坚决，你腿脚乏力，我怕你路上摔着，叫浣花陪你。

陈晏如到了公社医院，詹保颐看了片子，半天半天才说话，浣花呢？她没来？

陈晏如笑笑，浣花胆子小，我怕吓着她。

这么说，你……自己知道？

我半辈子跟中医中药打交道，能不知道？

多久了？

两三月了。

县里缺药，上省里去，一天也不要耽误。

陈晏如笑笑，摇摇头，老兄，答应我，别告诉她们。她娘俩要是知道了，哭哭啼啼，这日子还怎么过。我不去医院受那苦，想在家里再过几天好日子。

詹保颐放心不下陈晏如，得闲就过来看看。这天童秀说，老陈午睡呢，要不要我去叫他？

詹保颐摆摆手，将桌上的药瓶拿过来看看，药瓶被撕了标签。

童秀说，他最近胃不好。这胃病真磨人，一时好不了，瘦得厉害呢。

詹保颐说，你去肉食厂找找肖厂长，给老陈弄点营养的，容易消化的，胃病得养。

童秀垂着头，我找过了……肖厂长是个有原则的人。

詹保颐说，是，他出了名的不搞特殊。明天我去找找他，得给老陈炖点汤，熬点粥，你记得把油沫撇掉。

哎，好。

詹保颐从药瓶子里倒出几粒药丸，吃了一惊，陈晏如已经将罗通定换成吗啡片，想来他实是撑不住了。他攥着药瓶，心里痛。

浣花呢？詹保颐问。

我给她打了几床新棉被，她接被子去了。浣花就要结婚了，虽说老张家啥都准备了，娘家的喜被总得打发的。詹大哥你说说，哪有他这样的爸爸，赶着女儿出嫁的。童秀说完笑起来。

詹保颐咧了咧嘴角，笑不出来。他将带来的中药汤剂留下，说，这药我帮他熬好了，日服三次。吃完了我再给他送来。

詹保颐走出门去，过了桥，转了弯，回头看看那个桥边柳下的小院，去年过年的春联依然红艳艳，染得一院春意，一院喜气。起风了，柳条飘起来。风里有沙子。

浣花的婚期快到了，她来给詹保颐送帖子，他老婆说，哎呀不巧，他被省里医院请去了，说他发明的那个“代温灸膏”“代温灸丸”，要在省医院大量生产了，还有写的那些中医论文，引起北京的重视了，来了专家，说是进行交流探讨。你说奇怪不奇怪，一个县里医生还能跟首都的专家坐一起。

詹保颐回来时，陈晏如已经过世了。

晚上，詹保颐看着窗外，半边月亮，清清明明的，像一瓣梨花。他心里很不好受，他觉得对不起他的老朋友陈晏如，他没能治好他的病，没能帮他挨到女儿的婚期。

詹保颐成了全国著名的中医，救治了好多好多人，但他那心里不好受的毛病，到老都没好过来。

桑奶奶

桑奶奶是个媒婆婆，她大概从盘古开天辟地起就给人做媒了。

桑奶奶住在鸭婆巷。鸭婆巷本来叫隘坡巷，大概因为巷子狭窄的缘故。可是“鸭婆”比“隘坡”形象，接地气，喊着喊着就错了音，错了就错了，反正它就是个名字。这是条典型的明清建筑的老巷子，房子是砖木结构的临街楼，飞檐黑瓦顶，木隔窗，木板门，土砖墙，土墙长了半截子绿苔，晴天浅浅地绿着，雨天深深地绿着。街面是鹅卵石。当月亮升起来，在飞檐上露出半边脸时，一颗一颗圆润的石子发着光，像粼粼的水波。

桑奶奶一个人住，她有三间半土房，绰绰有余。她原本只有三间房，那半间是后院搭的一个木棚茅厕。茅厕搭在曾满的菜地边，曾满好吃懒做，让地荒着，桑奶奶每年把茅厕的木板墙往外挪几寸，锲而不舍、悄无声息地挪了很多年，她的小茅厕就变成了一间大杂屋了。

桑奶奶肯定有丈夫。桑奶奶是有过丈夫的。给人做媒，首先自己得是个“四全人”，一家老小囫囫囵囵、齐齐整整，才能给人牵线做媒，引福纳瑞。可是，她确实是一个人住了几十年了。桑奶奶说，她男人去资福贩了陶罐卖，挑着担子走遍宁乡，走到益阳，走到常德，不知道走到哪儿去了。有人说，她老公中了桃花蛊，遇见个鬓边插朵红绒花的女人，他的脚就走不动了。是谁编排了故事，早就不重要了，人们已经忘了他这个人。桑奶奶有个女儿，嫁到浏阳去了，很少回家。她还有个儿子，在煤炭坝“学大庆”，钻窑挖煤，并在当地光荣地入了赘，有了“第二故乡”，但他是个有良心的儿子，逢年过节，他会回来的，他老婆和孩子来得少，但来过。他每次回来，手里总是提得满满的。桑奶奶拿出收了好久的肉和糖（做媒能收到不少包封），两母子好好吃顿饭。他们头发都白了。

儿子走时，手里也提得满满的。

桑奶奶一个人住，还是有很多人找她做媒。她做媒带绿火，做一对成一对，已经做成了上百对婚姻，这是她的资历和身份，她是个有权威的媒婆婆，跟她几个人住有什么关系呢？

桑奶奶平日在门口摆一张桌子，卖点茶水。那些卖皮货的马队，打鼓卖艺的外地人，乡下来的手艺人，他们有时得喝上一口水。她大多时候在外面转，打探谁家妹坨到了年纪，谁家满哥要成家，包括人家祖上三辈，亲朋故友，她都了解得清清楚楚。这有用！比如她给城郊一个姑娘做媒，小伙差点条件，姑娘不大乐意，桑奶奶就故意压低声音说，他家上头有人呢，他姑爷的侄子在武装部，解决你的“农转非”不是一句话吗！到时你弟妹攀上了亲戚，一个一个顺藤摸瓜的，不就都解决了？姑娘在这话里，不但看到了自己的锦绣前程，还把一家老小的荣华富贵都看到了，高高兴兴地答应了。

桑奶奶做成的夫妻，有过得和和睦睦的，有打架扯皮的，还有一拍两散的。她说，这都是“人”的问题，不是“媒”的问题，一些看着很搭调的，他们偏偏就做不好夫妻，一些看着很不搭调的，他们偏偏就能傍靠到老。这世上的姻缘，不都是天定的，有时是遇上了谁就是谁。有些人嫁谁都过不好，有些人娶了谁都如意。

她看看日头，差不多了，就择一手白菜，茼蒿，或者炒点坛子菜，煎一块豆腐。有时她捞到几条小鱼，或几条泥鳅，炒得咸咸的，喝一点米酒，她能喝两杯。米酒烫热了，很香，过了半天，打个嗝儿，还香！不但香，还甜，喝的时候不觉得，过了身，甜味若有若无地回了头，有了一点蒙蒙的醉意，真是好米酒，酒味是有层次的，有后劲的，余韵悠长的。龙田米酒呐。

她端着酒杯，慢慢地吃着，看着门外。她家的门正对着大路，人来人往，流水一般，认识的，不认识的——她认得的人比谁都多，都在她眼里过。她看到一个满哥骑着单车，后座带着一个姑娘，笑笑嘻嘻地过来了，路边的孩子拍着手唱起来：南门口，真有味，一部单车搭两位，公鸡搭母鸡，母鸡笑嘻嘻，碰上治安的，捉得密劳的（表示很累、很疲劳）。桑奶奶听乐了，把酒喷出来了。她看见一个耍猴的买了一张烧饼吃，没分点给猴，猴骑在他肩上，很严肃地甩了他一耳光，神态跟人一模一样。桑奶奶看了，哈哈地笑起来。

她觉得日子满过得去。

因为她家正对着大路，常有人探进半个身子来问，桑奶奶，看见我家大宝了吗？

带个鱼篓子，往河边去了。

请问这位娭娭，冷作坊在哪里？

你往北走，拐个弯就到了。唉唉唉，走反啦。我们这地方，方向反着来的！

奶奶，吵烦问你，老孟家去哪儿了，咋关门了？

他老妹嫁女，全家喝喜酒去啦，你明天下午来。哎呀，你这闺女，长得天仙样的，多大了，放人家了吗？

桑奶奶很愿意人家跟她说说话。一天的话说够了，心里也就满了。若是一点声音没有，她心里慌。夜里躺在床上，唉，真静啊。从她的床头，看到街对面的屋顶，看得到屋顶上的月亮，月亮像一片薄纸，稳稳地贴在天上。

这月亮这样贴在那里，五十多年了。五十多年很长吗？你去问一个小孩，那简直慢慢又漫漫，长得可怕。可是你去问一个老人，短！很短，一眨眼，根本不够用。

五十多年前，桑奶奶嫁过来，吃不少苦。她才嫁来，婆婆就指使细伢子唱儿歌：大脚婆堂客走路掀啊掀，塘基踩掉大半边，鲤鱼走掉两三百，细鱼仔走掉两三千，要你大脚婆赔塘基。婆婆对她不好，她不恨婆婆，婆婆年轻守寡，不要强活不下来。现在婆婆去了二三十年，四时八节，必定是一荤二素三杯水酒祭着她的，过年给她烧几沓纸，清明给她挂一树青。她对得起老桑家的。她一双大脚（幸亏她一双大脚）走街串巷，给人做媒，养活一儿一女。她对得起老桑家的。

桑奶奶做了这一行，说不上她两道三科，花言巧语——谁人说合牵线，不是尽着好话讲的。可是她那张嘴，嚷似蜂窝，甜似蜜钵，真真假假，虚虚实实，到底是牵错一些线，做错了一些姻缘。

廖家兄弟大树和小树，样高样大，同进同出，好得跟面镜子似的。大树十几岁时害了一场怪病，人就有点痴傻了，等他到了结婚的年纪，廖家请桑奶奶做媒，桑奶奶说了好多个，老也不成。

后来，桑奶奶给他介绍了乡下的袁倍珍。袁倍珍见过大树三次，他们谈得很好，双方都很中意，这亲就定下了。成亲后，袁倍珍见大树痴痴呆呆，不似从前见面时的儒雅健谈，心中很是疑惑。大树成亲几天后，小树才回家。小树勾着头默默走进门时，袁倍珍只看了他一眼，眼泪就出来了。她见过的人，她中意的人，竟是丈夫的双胞胎弟弟，是她的亲小叔廖小树，她中了调包计。

她拦住了小树，小树不敢看她，他心里不好受啊。袁倍珍久久盯着小树，突然一把抱住他，呜呜地哭起来。小树也哭了。他们哭了很久。

后来，小树走了，他去了外地，从此很少回家。袁倍珍一直留在廖家，她没有吵闹，没有离婚，她只是不会笑了。她常呆呆地靠在门框上，朝巷子尽头张望。巷子尽头，有时飘白雪，有时飘落叶。

桑奶奶做的这次媒，实在太不厚道。可是袁倍珍没闹，廖家人不说，就很少有人知道，来找她做媒的还是很多。那些月亮一样的妹坨，那些太阳一样的满哥，他们都得配上对。日月应同辉，阴阳要互补，自古以来如此，桑奶奶觉得这是积功德的事。她想，她积了那么多功德，菩萨都看得到的。

巷子里有个小陶子，他家给队上养着一头耕牛，小陶子每天放了学，就牵着牛去河岸吃草，给它洗澡，他拿瓜瓢打了水浇在牛背上，用一把深齿的刷子，在牛身上刷啊刷啊，他一声不响，把牛洗得干干净净。桑奶奶坐在门口守着她的茶水摊子，摇着蒲扇扑扑苍蝇，听到牛铃当啷当啷地响起来，就停下手来望着巷口，先是大牛一脚一脚踏踏实实地走过来了，然后是小陶子瘦瘦小小的身子，在牛屁股后露出来。等小陶子到了门口，桑奶奶就说，小陶子，等你长大了，奶奶给你说个好姑娘。

小陶子还小着呢。他的脸红了一红，一声不吭地走过去了。

她这样说了上十年，小陶子长成英俊高大的后生了，他不放牛了——城里很少有牛了。他一看到桑奶奶，不待她开口，脚步快快的，过去了。

桑奶奶快七十了，身体真好，还能转悠，还能吃豌豆！她看到小陶风似的走了，笑呵呵地说，哪个哥哥不想妹，哪个妹妹不缠哥，到时我不找你，你还找我呢。

这时，巷子里来一辆马车，马看上去累极了，走得很慢，它戴了一朵大白花。板车上放着一副白皮棺材，系着白布条。大家都站住了看，桑奶奶也走到街心去看，她说，这是哪个死了，怎么也没挂个遗像啊。

老车夫站起来，拉住缰绳，吁了一声，马车在桑奶奶门口停住了，他问桑奶奶，劳烦问您，这家是姓桑吗？

桑奶奶魂都飞了，腿一软，就趴在棺材上了，她用手拍着棺材，用头撞着棺材，棺材咚咚响，她哭得震天响。

老天爷——

老天爷啊——

我的老天爷啊——

你要我怎么办——

你要我怎么活呀——

我可怎么活啊，晋升啊——

晋升啊，我的儿呀，我可怜的儿啊——

老车夫听着不对了，拉拉她，奶奶唉，你哭错了，这是你男人。

桑奶奶的哭声戛然而止。她拍了一下手板，哦了一声，待了会儿，又突然拍了一下手板，哦了一声。她擦了一把眼泪，摸着胸口说，哎呀呀，吓死我了，吓死我了。她重重拍了一下棺材，老桑头，你才死啊！你个没良心的，死了还要吓我一跳，死了还要累我一场。唉，老桑头啊，你咋连遗像也没挂一张呀？你这寿材怎么连个漆水都没有啊？她哀哀地叹了一声，回头望望围得一圈又一圈的街坊说，进军，爱军，烦你们喊几个人来，帮忙停灵。廖屯，累你帮我去请你大伯来，辛苦他来执事都管。梁满，劳烦你帮我去煤炭坝跑一路，给晋升报个丧，嘱咐他带崽女一起回。小陶，小陶，哪个帮我去喊声小陶子，请他帮老桑画张像……

桑奶奶有条不紊地给她男人安排后事，男人体体面面上了山，睡在了老桑家的祖坟上，跟他爹娘作伴去了。桑奶奶一荤二素三杯水酒祭着他，过年给他烧几沓纸，清明给他挂一树青。老桑家的祖坟有桑奶奶的位置，她已经把坟山看过又看过了，还把周围一棵苦楝树砍掉了。

桑奶奶今年七十二了，她算了算，她这辈子做成了九十八对媒。再做两对，凑个整数，她就可以安安心心躺到老桑家的祖坟上去了。

现在小陶子长大了，她会给他说个怎样的姑娘呢？

陶三元

陶家三个小子，名字取得真省心，陶一元，陶二元，陶三元。

三兄弟长得飞快，吃饭费粮，穿衣费布，陶家日子有点难，不过大家的日子都有点难。

他们住在鸭婆巷一个院子里，院子里住了几户人家，他家在里头，对着大门。因为人多房少，陶三元住在用薄木板隔出的小阁楼里——其实只能算一个夹层，原本是用来堆杂物的，里面很矮，刚能直起腰来。陶三元就住在这个隔层木板屋里。他家做饭时，烟往上蹿，熏腊肉一样熏着陶三元。他娘一做饭，他从阁楼上放下一把木梯子，人就得下来。他的床和桌子都挂了扬尘，熏得黢黑，他的衣服上有烟子的味道。

院子里有一棵槐树，树大根深，枝繁叶茂，一到春天，开满紫色的槐花，一嘟噜一嘟噜的，每一串都很盛大，像一蓬云烟，颜色温柔极了。到了秋天，树叶就落了，漫天飞舞，金蝶儿似的。陶家三兄弟时常把饭桌搬到树下，在这里吃饭，写字，做作业。除了写字，陶三元还画画，还写毛笔字。他性子静，坐得住，父母允许他写写画画，偶尔省出一个银角子，给他添添纸张笔墨，在穷人家里，这是天大的恩宠。

到了“六一”，全县学生都要去体育场举行大型庆祝活动。陶家可就犯难了，三个娃儿都要白衬衫蓝布裤，红领巾绿解放鞋，这时候家家都要用，去哪里借！到了这一天，陶三元早早地牵着牛——他家帮队上养着一头耕牛，去南门河边吃草，他把衣服让给两个哥哥。等天黑，哥哥们回来说起这一天的盛景，一中的号鼓队如何威武，城南学校的校服如何整齐，城北中学的彩旗如何鲜艳。陶三元默默地听着，拿一根烧成炭的木柴，在地上写字。

第二年，陶一元把衣服让给了弟弟们，他退学了，帮着父母挣生活去。再过一年，陶二元把自己的文具洗得干干净净，送给了弟弟。

陶家三兄弟长大了，梯子蹬似的，一个是一个，都高大，都能干。陶三元长得最好，他读过高中，能写能画，是陶家的盖面子菜。他现在是机械厂最俊的满哥，大家都说，再干两年，他定能当上车间主任的——就是嘴巴不够敞亮。到了过年，大家就去请陶三元写春联，家家户户新桃换旧符，新桃是陶三元写的，旧符也是陶三元写的，皆铁画银钩，笔酣墨饱。不过他最拿手的还是画画。巷里的奎爹死了，没钱照相，陶三元用炭精粉给他画了一张。他家子孙捧着这张像，哭得肝肠寸断，说是奎爹就站在眼前似的。

后来，好多人都找陶三元画像，有人竖着大拇指夸赞，陶三，你画得比齐白石还好，你的像真的。

陶三元呆愣半天，只能叹口气。齐白石画虾，他画像，八竿子打不到一块，他也想成为齐白石那样的画家，却只能给人画像，想想就伤心。在画画的人眼里，画像是技术，不是艺术，是跌价的事。

每当体育场开公审大会，人们流水似的涌去观看。陶三元也去过，看到了他的美术老师。老师一夜跌入老境，他那张脸，很苦。陶三元再没去过了。

不去的，还有邻居老邱。邱青岳当过人民解放军，上过抗美援朝战场，当过志愿兵。他个子高大，舍得拼命，是个优秀的机枪兵。他的脚指头在抗美援朝战场上冻掉了，齐齐的十个，全没了，只剩一副光脚板。他受了伤，回了乡，没给政府添一点麻烦，扛起锄头种地种菜，披星戴月，把一家人的日子盘活了。每当开公审大会，巷子里空山空水，他就坐在门前，慢慢地抽完一壶烟，挑着他的篼箕——他的篼箕比别人的大得多，不声不响下地干活去了。

邱青岳回头笑笑，三元，你跟着我搞什么？

陶三元笑笑，他喜欢跟邱伯伯说几句话。也许，是因为邱青岳不爱说话，却说过他最佩服的一句话。邱青岳说，人不要活得像句废话。

陶三元在机械厂的铁皮屋顶下，拿把锤子敲敲打打，拿个钳子拧上拧下。这活儿挺辛苦，但谁都能吃下这口苦。人们都是这样弯着腰，一天到晚苦打苦干，挣几个银角子，养活一家子。谁的光景都差不多。等娃儿长大了，经媒人说合，找个对象，生几个孩子。

孩子长大了，又去了机械厂、服装厂、电器厂、纺织厂……有的为衣食奔走一生，有的，死掉了。

陶三元下了班，桑奶奶见他迈着大步走过来了，对他说，小陶，你就等着吧，奶奶给你挑个全城最好的姑娘。

陶三元从小就听桑奶奶说要给他找对象，心里也悄悄活动过，不知会给他说个怎样的姑娘，有没有一双会说话的大眼睛，有没有一张不爱说话的小嘴巴。

他家三兄弟，两个哥哥都成家了，搁一院里住着，家里真热闹。大嫂是北门苏铁匠的女儿，那张嘴巴，跟她爹打铁的大锤一样，又重又狠。公公去挑水，她就喊住了，说，挑水得横着挑老鹰担子！你这样一个肩膀挑水，前面的喷了口水，后面的放了屁，怎么吃得？陶一元很生气，奈何吵不赢，她一锤一个坑，锤锤追风带火星。陶一元那么魁梧一个汉子，在大铁锤日复一日的锤打下，变成了任人搓圆捏扁的一摊面团，不敢高声说句话，不敢拿半个主意，他只能蹲在院里的大槐树下，闷闷地抽烟。

二嫂倒不这么说话，但嫁过来才知道她有羊痫风，她只要跟大嫂吵架，就倒在地上，四肢抽搐，口吐白沫。她不能不跟妯娌吵架吗？不能，她那心眼跟针尖似的，容不下一点气。大嫂的鸡啄了她的菜，两家小子丫头们打了架，她明知不是大嫂的对手，仍然要吵。陶二元讲兄弟情义，不能骂兄嫂；老婆生气会发病，也不能骂老婆。他只能蹲在院里的大槐树下，闷闷地抽烟。大槐树落叶了，满院飘，一地黄。

陶三元很同情哥哥们，他们兄弟的感情以前是很好的。小时候捡了几颗爆竹回来放，大哥把爆竹点着了，结果二哥没来得及撒手，就在手里崩了，爹把大哥狠打一顿——大哥挨了多少打呀，因为他是老大。大哥哭着给二哥洗手敷药，轻轻给他吹，问他疼不疼。他哭不是因为挨了打，而是愧疚和心疼。他们三兄弟还偷偷划着人家的捞沙船，到鳝鱼洲钓黄鳝，摸鱼虾蚌壳，能卖一两毛，三四毛，一毛留给三弟买纸笔墨汁，其余给娘买盐。哥哥们也许已忘了这些，也许只是像他一样，埋在心里。

大嫂二嫂都是桑奶奶做媒嫁过来的。陶三元再也不想要桑奶奶给他做媒了，谢绝了她介绍的张家的三女儿周家的二丫头李家的大姑娘，眼看着年纪老大了，他还没谈成对象。他听着嫂子们一天到晚扯皮吵架，看着哥哥们蹲在树下抽闷烟，成家的心，灰了又灰。

他一回家，就缩在自己那间小房里——他太高了，直不起背来，拿出纸笔颜料开始画画。画久了，就坐到阁楼的木窗前朝外看看，看看槐花摇曳，看看屋顶参差，还有那一角天，天上的月亮。他其实也愿意跟一个什么人说说话，说说槐花的紫色，屋顶的灰色，天空的青色，月亮的白色——比如，紫色有很多种，绛紫，豆紫，魏紫，雪紫，远山紫，螺钿紫，青莲紫，浅藤紫，上百种。槐花初绽、盛放和凋零时，紫色是会变化的。它在晴天、阴天和雨天，也是会变化的。还比如，屋顶上的瓦片其实不是黑色的，也不是灰色的，是一种杂糅的黛色，包含着沉稳的石蓝色，静谧的花青色，清冷的瓦松绿，幽静的苍山绿，还掺杂着敦厚的赭石，丰厚的熟褐，等等。一片上了年代的瓦片，就像一个上了年岁的老人，它与春夏秋冬、风霜雨雪、日月星辰对过话，它沉淀与蓄积着万物的颜色。颜色就像诗歌一样，像诗歌给人幽静邈远、迷蒙不定而又意味深长的遐思与遥爱一样，说是说不清的，但能画出来，他愿意画给人看看。可是没有这样一个人，让他生出畅所欲言的心。

陶三元前几天听见爹娘说，要腾出自己的房给他，因为他该接媳妇了，得有一间正房。他还没找到对象，不知道会有一个什么样的女人等着他，这个女人会不会听他说这些话，懂不懂他没说出来的话。如果有这么个人，他愿意跟她说说街上依楼傍门唱戏的艺人，说说细批流年的江湖术士，说说南门桥下的乌舡子、捣衣娘背上的孩子裹着红花襁褓、洗菜女乌溜溜的辫子结着绿绒绳、吊脚楼上晒的床单是蓝花布、铺子的店招是黄底黑字狗牙边。说说南门桥下的叫花子，花子也是有帮派的，他还知道有一个花子晚上做乞丐，白天出来装少爷。

来找陶三元说话的人也有，厂里的郑阜就爱跟他说说话。他知道郑阜回家还得听听屋里动静，若听得床上还响着，总得出去找个地方坐一坐，转一转，难不成还进屋去，帮自己堂客和厂长喊号子吗！郑阜是个背着药罐子的人，他常常说他看见无常二爷的尖帽子顶了。黄土吹上了他的脸。这些话，郑阜能跟他说，他不能跟别人说。陶三元不是事事摆在舌头上的人。

假如有那么个人，愿意静静地听他说，拿真诚的眼睛看着他，那他就能说上三天三夜，他一定会说说自己的画。他画了一箱子的画，很少给人看，他愿意一张一张摆出来，细细地说说它们，他画过北门打盆箍桶的贺师傅，画过篾业社扎背篓编簸箕的常将军，还有在雨天里给几十个酱缸盖上白碟子、在晴天里把几十个白碟子揭开的尹师傅，他坐在酱缸中间吹笛子，那声音撞着缸子，缸子个个发出回音来，像声音来来回回地跑。围墙外还画了个女孩，支着下巴出神地听他吹笛。

这些都是纯净的画，温暖的画，明亮的画。还有，还有女人，他也画女人，他保证，这也是纯净的画，女人某一刻的动作、神情和体态，都是很神秘的，有一种不可复制的艺术的美，具有打动人心的力量。他想起了公审大会上的美术老师，唉，不说这些了吧。他的箱子里藏着几百张画，这让他觉得孤独。

陶三元不想要桑奶奶给他做媒，桑奶奶非给他做媒不可。

桑奶奶说，小陶，我给你相了一个，高家巷秦家的大闺女，服装厂一枝花，好看得跟化龙溪那姑娘一样的……

陶三元挥挥手，一溜烟走远了，不要不要，不劳烦你了。

过几天，桑奶奶说，小陶，这回我可看准了，东门口子石家的二丫头，虽然长相一般，但家教好，脾气好，斯文得跟化龙溪那姑娘一样的……

陶三元挥挥手，不要不要，谢谢你了。

他走远了，又返回来问桑奶奶，你说的化龙溪那姑娘，是哪个呀。

桑奶奶说，化龙溪那姑娘，嗐，你问也白问，谁问都白问。

为什么？

为什么？因为我要把她说给县长的少爷的。我为什么没说给你呢，这姑娘太漂亮了，啧啧，没见过那么漂亮的，但我们蓬门筚户的老百姓，吃菜要吃茄子，堂客要找麻子嘛，麻子堂客才攒家，漂亮没用。

陶三元不说话，但他也没走。

桑奶奶又说，这姑娘呀，知识分子家庭长大的，工作也不错，就是人太安静了，大门不出二门不迈，只爱看看书。这样的姑娘，生来是要做官太太的，老百姓家找媳妇，田里地头、锅里灶头、针尾线头的，读那么多书也使不上力气啊，是不是？

陶三元还在那儿站着。

桑奶奶说，你是我看着长大的，我一定得给你找个能说会道、能干会做的姑娘，像你大嫂那样，把一个家打理得圆圆滚滚，说一不二，多好。最起码，像你二嫂那样，也不会受人欺负是不是？可是这姑娘不是这号性子，眼皮羞答答的抬不起，声音软绵绵的响不起，要是跟人争个三长两短，唉，没用，我看她只会躲着哭鼻子呢。

桑奶奶瞥了一眼陶三元，说，不说她了，我再去访访，看还有哪家辣力能干的姑娘……

桑奶奶，陶三元声音小小地说，桑奶奶……

桑奶奶嘴一咧，笑了。

陶三元也笑了，他晓得桑奶奶明白他的意思了。他高高兴兴地回家去，心里有点感动，不知为了什么，说是为了那个化龙溪的姑娘倒也不至于，但他还是有点感动，他觉得在这世上，也许还有个像他这样的人。他觉得生活很美好，很有希望。他回来把衣服上的烟子味洗干净，把院子里的杂草除尽了，这是春天，槐树在长叶之前就先开了花，紫蓊蓊的，像天上落下一蓬霞。

他决定明天偷偷去看看化龙溪那姑娘。

陶三元就是这样一个人，一个普普通通的人，一个跟大家一样的人，一个爱画画的机械厂的工人，一个把话都藏在心里的人。这样的人是很难写成小说的。哪怕给他的故事要点花招，也还是个普通的故事。然而他是个很真诚的人，听这样的人的故事，能祛除一点心里的火气。

半个月亮

窗棂上挂着一个毛月亮，蒙蒙的，像是浓浓大雾里浮着一颗煮散了的汤圆。浣花看不清这夜，也看不清这月。她一只眼睛受伤了，疼痛厉害，睁不开来。

提灯人一身黑衣，像是马灯自己在飘。马灯飘进了小院，桑奶奶在浣花床沿坐下，问道，浣花，你好点了吗？

浣花说，桑奶奶，你帮我看看，我眼睛磕着了，睁不开了。

桑奶奶将灯盏抬高，只见浣花左边眼睛鼓起半个拳头大，又青又紫，像个半熟的茄子。她轻轻掰开那只眼睛，眼睛里像烧着一炉火，火把眼珠子整个烧着了，烧成一摊血，红得吓人。

桑奶奶有点害怕，声音抖着，浣花啊，你闭上右眼睛……你看得见吗？

我看不见。

你别急，我给你掰开一点……你再看看，看得见光吗？

浣花心里一凉，说，我眼睛瞎了。

桑奶奶哭起来，浣花啊，浣花啊，我这媒做错了呀。你们成亲才一年哪，这陶三元，他咋就成了流氓……我害了你呀。

浣花摇摇头，桑奶奶，你别这样说，陶三元不是流氓，不是的。

去年春天，浣花正在上班，她看到递书过来的一双手，手指纤长，指甲修剪得干干净净，齐齐整整，十个指甲上都有半个月亮。她五年没见到这双手了！她猛然抬头，看到的却是一张陌生的脸，这个人正傻傻看着她，脸红红的，说了句没头没脑的话，他说，我叫陶三元。

几天后，当桑奶奶提到这个名字时，浣花同意见见。

浣花对陶三元说，我订过婚的。

桑奶奶跟我说了。

我答应过等他的，以后要是他回来了……你再想想。

陶三元只想了一天，回去对浣花说，要是将来他回来了，我尊重你的决定。

他们结了婚。浣花爱看陶三元的手，陶三元是知道的，她跟张少峰订婚的照片还收在衣柜里，陶三元也是知道的。夜里睡觉时，浣花握着陶三元的手，轻轻叹了口气，她听见陶三元也轻轻叹了口气。

就在前几天，浣花把那张合影拿给了陶三元，她说，这个，我想交给你。

陶三元说，好，我帮你收着。

他把照片放在原来的地方。

浣花知道，陶三元是个好人。

郑阜不是好人。

陶三元说，郑阜是他的好伙计，是个老实的好人。可是，带人来搜"脏画"的正是郑阜，郑阜把画翻出来了，大声说，你们看，好几个女人都给陶三元脱了衣，陶三元是大流氓。郑阜的话具有强大的力量，使围观者产生了极其意味深长的联想。在一片混乱中，郑阜点了一把"正义"的大火，火把陶三元多年的画稿化成灰烬，把陶三元的心烧焦了。

郑阜常常对陶三元说，我看见无常二爷的尖帽子顶了。

郑阜说起堂客和厂长时满脸凄怆无助。

可就在厂里竞选车间主任时，背着药罐子的郑阜突然雄起了。准确地说，是想当"主任娘子"的堂客雄起了，她觉得她比谁都更有资格。那个平时抽走了郑阜腰杆子的男人，这次却帮他补了一回肾，向他堂客面授了诸多机宜。堂客与郑阜同心同德并肩而战，对他前所未有的重视和关注，让郑阜激动起来了，他在竞选中表现出了非凡的智慧和绝对的霸气，他要把深埋的羞愤磨牙切齿地嚼碎嚼烂，一口吐回去，啐到那些笑话他的人的脸上。

陶三元是唯一没有笑话过他的人，却是他最大的竞争对手。

陶三元被“好伙计”插了一刀，浣花为他难过。如果不是郑阜，陶三元不会被治安队带走，如果不是他去烧陶三元的画，浣花也不会受伤。

浣花扑上去抢救画稿时，悲剧就砸进了她的眼睛。

桑奶奶说，好浣花，你别急，我这就给你找医生去。

桑奶奶脚步匆匆地走着，月亮在她前头晃，像会一榔头砸下来似的。她突然停住脚步，看着天上那半个月亮，喃喃说，半个月亮好，比圆月亮好，月盈则亏，水满则溢。我再不做媒了，九十九对，够了，够了。

桑奶奶把浣花说给了陶三元。她喜欢小陶子，更疼浣花。张少峰失踪五年了，浣花苦苦等，不肯撒手。她想起自己三十六岁那年——活该本命年遭劫，老桑头出门去，再没回来，她等啊等啊，吃过的苦，五担十篼箕装不下。三十又三年，老桑头回来了，他老了，死了，硬了，臭了，睡在棺材里了，他就回来了。唉！

浣花还小，不晓得苦是吃不完的，没个尽头。不能让她走自己的路。她介绍了不少人，摇唇鼓舌，浣花就是不答应，到了陶三元，没动多少口舌，浣花竟答应了。

浣花和陶三元，这是两个八竿子打不到一起的人，门不当，户不对，连年龄也不对，浣花比陶三元还大三岁，这样的两个人怎么能说到一起去呢？可是又为什么不能说到一起去呢！他们都是沉静少言的人，都读了很多的书，都长得好，都是温婉的性子，善良的心。这样的两个人，桑奶奶很高兴把他们说到了一起。

桑奶奶跺跺脚，小陶子啊小陶子，你要是对不起人，我要剐了你的皮哟！

她敲响了詹保颐的门，詹医生，你快去看看浣花吧，她被人打了，眼睛好像，好像瞎了。

灯马上亮了，门马上开了。詹保颐急急备好药箱，他老婆也起来了，把一盏马灯递过来说，带上这个吧。

灯光映着詹保颐的脸，他的脸像铜铸的。桑奶奶跟在后面一边小跑，一边说，这娃怎么这么命苦，真是造孽，眼睛正好砸在木箱尖角上，现在鼓得跟个血馒头似的，一眼窝子的血，要是这样瞎了，她爸怎么得闭眼哟……詹医生，你哭了？

詹保颐擦了擦眼睛，没……油烟熏着眼睛了。

詹保颐给浣花做了消炎处理，连夜带着浣花去社区医院照了片子，又去喊开了刘康明的门。刘康明是业内响当当的人物，擅治眼疾。两人仔细检查了浣花的伤情，研究了片子，探讨了手术和治疗方案，天将破晓。

詹保颐紧紧握了握刘康明的手，大步走出门去，他要马上带浣花回省城去治疗。他抬头看看天，天上半个月亮，淡淡的，像一瓣白梨花。他对着月亮说，晏如，你放心，不管如何，我一定治好浣花的眼睛。

陶三元被送去郊外劳动改造时，天色已晚，他垂头坐在工棚的地上，内心充满了苦痛。他难过的不只是自己珍藏的画稿被烧了，甚至还不是老朋友的背叛与陷害，他难过的，是妻子受伤了。

在化龙溪边的院子里，也有一树槐花，这是他没想到的。他想着浣花在槐花的香气下走过，槐花轻轻落下来，给她簪了一朵花。他想起她坐在槐树下，给他的衬衫补齐扣子，用瓷缸装着开水，把他的裤子熨得挺挺的。她还在灶上熬一锅小鱼豆腐，汤熬得很浓很白，放了一点胡椒，等他回去吃，他每天都恨不得一脚跨回去。

他在槐树下画画时，浣花就看书，槐花的香气酽酽的，足可以浮起一个人。有时，浣花会把他的画稿取出来，一张一张慢慢看。她也问过，这女人是谁？

陶三元说，不是谁，这是照着画册临摹的。

浣花笑笑，我信，但你莫给别人看，我有个美术老师，因为这样的画，吃过苦头的。

我晓得的，唉。

这个画的是北门箍桶的贺师傅？

他放下笔，跟着一起看画。没错，是他。

他干活舍得下力。

对，冬天也只穿件单衣。

我看过他箍水桶。

他把铁钉含在口里，要用了就吐一颗。

是的。小时候，我还以为他肚子里能长钉子呢。

他笑了，近近地挨着她坐。她突然指着一幅画说，这是我！

画的是酱油场的尹师傅在吹笛子，围墙上趴着一个小女孩，看不出来是谁。浣花说，这辫子上的红绸花，我还收着呢。

陶三元说，这是酱油场的尹师傅，他喜欢坐在酱缸中间吹笛子。

我就是这样趴在墙头听他吹笛子的。

真的是你！

你晓不晓得，他吹的是什么曲子？

什么曲子？

浣花轻轻唱起来，腊月里来哎哟，满一年啊，刘爷领兵下了西川呀，黄巢杀人八百万，才选上宋王坐河山呀……

正是这首，正是这首！你唱得真好听。这曲子什么名字？

这叫《珍珠倒卷帘》，是河池小曲，也叫社火曲。尹师傅是徽县人。

哦，那他吹笛子，是想家了。

这只白鹤，原来你也看见了。

我看见了！

陶三元看着浣花，心里很感动。他说，你记得我家院子里有棵什么树吗？

也是槐树。

你知道它开什么颜色的花吗？

也是开紫花。

是。陶三元说。

他还想说什么，跟槐树、跟浣花跟神秘的命运有关，甚至他觉得槐花就是浣花，浣花就是槐花，但他说不出这么张恨水情绪的话，他只是久久地握着浣花的手。

浣花笑笑，她懂他没说出来的话。

浣花现在怎么样了？他看到她撞到木箱上，像一片羽毛似的落在地上了，他看到她倒在地上，像中弹的鸟儿一动不动了。浣花，浣花！他恨不得一脚跨回去。他会一脚跨回去的。

夜深了，工棚里的人都睡着了，鼾声十里。陶三元偷偷起身，钻出了工棚，猫一样的，迅速消失在黑夜里。

他跑过田垄，上了山坡，钻进林子，又转进羊肠小道。这是春天的夜晚，余寒料峭，夜风很凛。陶三元在山坡和田野间奔跑，跑久了，脚步开始沉重，像是背着一整个世界在跑。他双手撑着膝盖歇一歇，再放慢脚步走一程。他心里安详一点了，他已经在路上，已经走了很远了。月光照在田垄和路上，他走在斑驳摇曳的树影里，偶尔有一片树叶落下来，风吹过去了，树林沙啦沙啦，有什么鸟在咕咕叫，声音像从肚子里发出来的。

力气恢复些，他又跑起来，自己的脚步，自己的呼吸，还有他两只裤脚摩擦的声音，都显得特别空旷巨大。沟渠里的水生气勃勃地流着，晃着白白的水光。

狼！一只狼！亮着两只眼睛，翠绿发亮，像两团绿火，就在他前面。陶三元猛然站住，汗忽地就出来了。他屏息不动，站稳了脚，把拳头捏紧。绿眼睛悠悠地闪，上下跳动，又悠悠地飞高了。是鬼火！陶三元松了一口气，他麻着胆子，慢慢地从绿火旁边走过去，以免带动气流——让两团绿火跟着自己跑，那也是很吓人的。绿火莹莹地跳了几跳，晶亮晶亮地闪了几闪，退到后面去了。

终于听到水流的声音了，这是沩江的水声，过了江就进城了，他的心热热地跳动着。他站在滩岸四处望，月色下，石头滩茫茫地铺开，要绕道很远才有桥，他归心似箭，想从闸坝下游涉水过去，直插对岸。只要脚下生得根，舍得一身湿，他就能飞快地回到化龙溪，见到浣花。浣花，浣花。

月光下，水面闪着白光，看不出深浅。闸坝上冲下来的轰轰水声远远传来——这里死过很多人，真的，好多人死在这里啊。陶三元稳了稳神，脱下鞋子提在手里，踏进河水，寒意冒上来，钻进骨髓，他控制不住地哆嗦。水淹到他的膝盖了，淹到他的大腿了——他的腿抽筋了，一脚不稳，倒在河水里了。浣花啊，浣花！

水挟持着他哗哗地流，狠狠地流，他深刻地感觉到了水的雄浑、强大的力量。他不停扑腾，不肯这样死，不甘心，不甘心！可是他什么也抓不到，怎么也站不起来，水灌进了他的口里，眼里，鼻子里，耳朵里……陶三元在水里沉沉浮浮，扑腾颠簸，他看见天上的月亮也晃晃荡荡，一颠一簸，像挂在扁担头，悠悠地弹跳，突然，月亮像撞上了礁石，猛地停住了。陶三元看着那一动不动的月亮，笑了。他跟月亮一样，搁浅在石头滩上了。

四十年后，陶三元回想起这个惊魂之夜，回想起月光下白白的茫茫的石头滩，回想起那个悠悠弹跳的月亮，他依然觉得那个夜晚非常盛大，非常华美，是想象力无法到达的震撼和壮丽，是他这一生中，活得不像一句废话的时刻。

尽管他为这一夜的“潜逃”付出了很大的代价，但他觉得值得。1983年，陶三元到了文化馆工作，负责文艺宣传，他设计绘制的墙报，标语，节目海报，电影海报都很美观。陶三元不再画人体画以后，已经是一个文艺自由的时代，他当然喜欢这个时代。他没有成为齐白石那样的画家，但他对自己的人生很满足。

他和浣花都退休了，过着简单、宁静的生活。他们的孩子也有了孩子，孩子们会在周末回到化龙溪，一家人沿着溪水散步，和和气气，其乐融融，让人羡慕。

每逢中秋，他跟浣花在槐树下摆一张桌子，插一手桂花，摆一桌零食，再准备一壶米酒，照旧掺了红糖和桂花，用大红瓷壶装着，弯弯的把儿，弯弯的壶嘴。

巷子里的小孩都来了，在院子外探头探脑，等着花奶奶朝他们招手。

那些几十年前在小院中排过队的人们，如今看着自己的孩子又排着队，等着嘬两口桂花酒，他们似乎看到了自己的童年，看到了这条巷子里的踢踏走过的时光，悠长，柔软，温暖。

陶三元也觉得温暖。在浓绿的树荫下，艳艳的花朵前，坐着他的浣花，在一院子的热热闹闹里，她身上却有一种坚定而又温和的安静。这是他一生里极为甘美的时光。他的时光是跟浣花紧紧联系在一起的。没有浣花，时光就不能成为时光。

陶三元砌了一个水池子，造了小假山，编两个竹篱笆小屋。到时养点金鱼、睡莲，看鱼戏莲叶间，又是一景。

陶三元手上扎了个篾刺。浣花说，我给你挑挑。

浣花通过詹保颐的精心治疗，眼睛早康复了，她的视力一直很好，看看书，择择菜，不用戴眼镜。她去拿了针，给陶三元的手指挑刺。陶三元的手粗糙了，皮是皮，骨是骨，指甲上的半月很淡，只余一痕小弯弯了。

痛不？

不痛。

浣花的头发白了。当她给陶三元的手挑刺时，陶三元看到的就是她的头发，白了一些，虽然还不大显，但已经很惊心了。陶三元说，浣花。

嗯。浣花应了一声。

他又说，浣花。

浣花抬头看看他，他笑了笑，浣花也笑了笑。

他们去买金鱼，走到詹保颐家附近。詹医生已经去世了，他的家人已搬走，这里建成了商业大街，人流如潮。就在这时，陶三元看到一个精神矍铄的老人从石磨米粉店出来，这人似曾见过！是哪一次吃米粉遇见过？看电影遇见过？或者还有那么一次短暂的交流？还是——是在照片里见过！浣花和他靠得近近的，一起微笑着，朝着镜头——是他吗？自己擅长画像，年轻年老，皮相会变，骨相是难变的。是他吗？

他连忙回头，对妻子说，浣花，你看那人，你快看！

哪个？

那个，哎，人呢？

你见着谁了？

我，我好像看见张少峰了。

谁？

张少峰！

浣花笑了，说，怎么可能！

陶三元哑了哑，是啊，怎么可能呢？怎么可能！

浣花说，你看看这鹤顶红，真好看哪。

像戴了个老虎帽。

囡囡肯定喜欢，多买几只？

哎，买。

他们蹲下去选了金鱼，买了鱼食，正好店里还有睡莲种子，也一并买了。他们端着装了金鱼的小玻璃缸，慢慢走回家去。远远地，他们就望见桥边的槐树了，树那么高大，花开得那么密，像一蓬紫色的云烟。

姐屋门前一条河，
郎骑白马过高桥，
风吹马尾缠郎腰，
马尾缠郎郎缠姐，
钥匙缠锁锁缠门，
哥哥哎，
十八娇莲缠后生。

——山歌

姐屋门前一条河

苇子摇了，小船来了，绿色的歌声飘过河了。

娘，唱的什么？

山歌子。

哪个在唱？

小莲。

小莲是哪个？

小莲嘛，小莲就是小莲。

小莲就是小莲。小莲跟她爹帮人放鸭，每年打南门河上过，在鳝鱼洲上停留个多月。他们的乌舡子（本地人对一种小型乌篷船的称呼）飘过来时，总是五月。到了六月底，乌舡子又带着满河的鸭子，像来的时候那样，像一朵白云一样，慢慢地远去了。等他们回到老家，不久中秋，鸭子上市。

他们为什么不在这里久住呢？有人说，鸭子太多了，把河里的鱼虾螺蛳、河边的虫子草籽吃尽了，得换地方。有人说，外乡人来捞野食，不能贪心，久了会结仇。那，别人放鸭都不跑这么远，他们为啥路远迢迢的，年年要来这里呢？

——你问我呀？我不知道啊。

祥宝和大贵就在鳝鱼洲上住，小莲来了，小莲走了，他们都没忘记她。春末夏初，他们看见绿莹莹的河上飘来一大朵白云，就兴奋地喊起来，小莲来了，小莲来了。小莲！小莲！

小莲站在船头跳起来招手，大贵！祥宝！

小莲摇着乌舡子，乌舡子后面跟着白云似的鸭子，鸭子后面跟着一个竹筏子，竹筏子上站着小莲爹——乌舡子有舱，里头放着他们的锅灶被褥，他们走得远，刮风下雨的，用得着这么一条船。等他们在哪里逗留一阵子，乌舡子就靠了岸，平日放鸭就只用小竹筏了。小莲爹站在竹筏上，手里横着一支长长的细竹篙，篙子弹弹的，轻盈地左右点点水，喱——哩哩哩，喱——喱喔喱喔，鸭子就全归了队，一只不少。他瘦瘦小小的，穿一身黑衣黑裤，戴一顶湖鸭笠。他远远看见了祥宝和大贵，笑笑说，这俩伢子，有仁义。

小莲来了，洲上就好看了。梨花灿得明明的，像能发光，柳条儿鲜绿着，几里外就瞧见它了。风一吹，柳丝漫天飞，花瓣漫天飞。水边是大片芦苇地，漫漫的，苇子很茂盛，绿得太饱了，都流到了河里。婆婆纳开的是紫花，鬼针草开的是白花，蛇莓子花金黄金黄的，果子红得赛火——不能吃！屎瓜蒌挂着绿瓜瓜，蛇不过挂着紫果果。又大又蓝的天，一片绿林子，小畦的菜地，几户人家。有鸡，有鸭，有大黄狗。鸟儿在树上叫，鸟儿突然飞起来。

小莲来了，河上就生动了。竹筏破水，哗啦哗啦，鸭子游河，咕嘎咕嘎。小莲站在梨花树下，唱起山歌来，歌声那么脆，那么亮，歌声把河水唱媚了：

山歌易唱口难开
石榴好吃树难栽
杨梅好吃高山有
鲤鱼好吃在深潭
娇莲好看在娘家
…………

大贵和祥宝住在洲上的矮屋子里。屋子用木板搭架，墙壁是泥巴和着秸秆，小石子糊的，屋顶上盖着铁芦荻。这种紫穗芦荻洲上就有，晒干了很坚韧，洲上人家都盖着这种屋顶，也都住着这样的泥木矮屋——高了，大风会把它吹倒的。洲上人家不多，他们都很善良，小莲父女来了，他们是不会把人家赶走的。

祥宝爹捞河沙卖。他原本给县运输队划船，从靖港铜官窑等地把油盐布匹运回南门码头。乌舡子，两头尖，有水上得天。这一路浪静滩平，乌舡子轻盈自在，吃得住水，很少出事，但不是一直不出事的，祥宝爹有次就差点喂了鱼。他吓掉半边魂，不敢再跑水路了，打了一条光板木船，在南门河捞沙子。沙子价贱，赚不了很多。祥宝娘一天不闲着，锅前灶后，浆洗缝补，热水烧汤，还上岸去给人家补烂。她坐在火宫庙前，把针线篮子放下，就有人送过来烂衣烂裤烂被套，她一针一线给人家缝好，能赚几毛钱。

天黑了，祥宝娘回家煮饭，一家人围着煤油灯，吃得很响。碗里还有一个红薯，大贵和祥宝的筷子一齐伸出去。

嘻嘻，大贵笑笑，不松手。

嘻嘻，祥宝也笑笑，不松手。

祥宝娘敲了祥宝一筷子，没吃过东西啊，饿虎抢食样的，你看大贵像你吗？不学着点。

大贵马上把筷子退出来，祥宝，你吃。

祥宝娘说，大贵是好孩子，真有哥哥的样子。

祥宝爹叹了口气，把手里半个红薯给大贵，大贵，给你。

大贵说，爹，你吃，我饱了。

夜里，祥宝和大贵睡一床，两人顶着被子耍狮子，把被絮蹬得一坨一坨的。娘进来了，朝着祥宝屁股拍一掌，你个毛猴哟，被子都被你扯烂了！

她对大贵说，大贵，你跟瑞宝去睡，你能干，夜里喊弟弟屙一回尿。

好。大贵起身去照顾瑞宝。

瑞宝说，哥哥，骑垛垛（骑肩膀）。

大贵说，好，骑两回。乖瑞宝，快觉觉。

哥哥，打翘翘（荡二郎腿）。

好，打两回。瑞宝乖，快觉觉。

哥哥，水水。

哥哥，尿尿……

祥宝快要睡着了，听见爹在隔壁说，那放鸭的不晓得把鸭子看好没，我白天听毛球一伙说，要去偷几只鸭子吃。

祥宝一屁股坐直了，那不是去偷小莲的鸭吗？小莲说过，鸭子是别人的，他们帮人放鸭只得少少的钱，要是鸭丢了，把她卖了也赔不起。不行，他得去帮忙守着！

他悄悄起来，随手把门外的锄头拎上了。小莲的鸭棚在洲尾，这是一块湿地，离人家远，好圈鸭。小莲的小木棚黑着，一点亮光也没有，他们睡了呢，怎么办？让她睡吧，让她睡吧，有他守着就行，要是有人过来，总看得见他们去拖岸边的渡船，总听得见他们摇橹的，到那时他就大声喊起来。小莲知道他不声不响帮她守鸭子，不知会怎样赞美他，嘿嘿，他就是大英雄了！

苇子披着月色，轻轻地摇着，祥宝在苇子里坐下来。这样，别人看不见他，他能看见河面。

月亮在天上慢慢地游，云朵镶着黄边边，跟着游。月光下的河面很黑，又很白。黑的是水，白的是光，水波粼粼的，细细的，像很多的小银鱼在游。苇子轻轻地摇，沙沙地响。左边的苇子跟中间的苇子点点头，中间的苇子跟右边的苇子点点头，右边的苇子跟左边的苇子点点头，它们一起说，来人了，来人了！

祥宝心里一跳，马上坐直身子，透过苇叶去看，河面上空空的，一点动静也没有。他说，没人啊，没人啊。

苇子一齐摇头，你没看见，你没看见！

祥宝擦擦眼睛，是没人啊。

苇子说，不能睡，不能睡。

祥宝也跟自己说，不能睡，不能睡！可是他的眼皮打着架，他睡过去了！

他睡得好香，一觉醒来，河面红了。

哎呀！他跳起来，钻出苇子林，看见蓝色的烟从木棚顶冒出来，小莲做早饭啦。

小莲出来了，她像一只蝴蝶似的从他们的木棚屋里，轻轻弯了一下腰，然后腰肢舒展，轻盈地飞了出来。

小莲，小莲！

祥宝，过来！

小莲，你的鸭——

木棚里钻出来一个人，他抱着一团白毛，那是谁？是大贵！大贵抱着啥？一只鸭！

祥宝呆在那里了。

祥宝，你在干吗？大贵问。

你来干吗！祥宝有点懊恼，不，他有点生气。

有人想偷鸭，我们在棚里守了一夜呢。小莲说。

大贵看他提了一把锄头，说，你要去挖泥鳅吗？

祥宝软绵绵地说，挖你个脑壳。

你说什么？小莲问。

祥宝大声说，我挖泥鳅。

你挖着了吗？

我，我就去挖。

哦，那你快去吧。

哎，我走了。祥宝回头看看大贵抱着那只鸭，像抱着观音菩萨似的，心里懊恼极了。大贵啊大贵，你就把那只鸭当你娘吧，哼，你娘还比不上一只鸭，她不要你了！

祥宝东一锄头西一锄头，懒洋洋地挖着，泥鳅没挖到，挖到一丛高笋，他剥开一根看看，不大，已经有肉了——不能等它变成胖纺锤，那时早被人挖走了。祥宝跳到泥巴里，伸手去掰，高笋断裂，发出咕呱的声音，跟麻姑唱歌似的。咕呱，一个。咕呱，两个。咕呱咕呱咕呱。死大贵，臭大贵！他坐下来，把高笋叶剐掉，果肉有指头粗了，嚼一口，挺甜。他嚼着高笋，躺在草地上晒起太阳来了。死大贵，臭大贵。

祥宝，祥宝！是大贵的声音。

哼，你就叫吧，你叫破喉咙我也不理你。

祥宝，祥宝！是小莲的声音。

祥宝一骨碌坐起来，大声答道，我在这里。

小莲跑过来，说，我们去捡鸭蛋，你去不去？

我去！

捡鸭蛋好玩。鸭子在洲上神气地逛着，摇摇摆摆，跟个常胜将军似的，走到一个草丛里，或者泥洼里，或者不管哪里，坐了一坐，蛋就下来了。它扒拉扒拉草，很潦草地盖一盖它的蛋，它不回头看，也不炫耀，很有风骨地走了。当然，它们大多是晚上把蛋下在鸭圈了，可是有些鸭子是很有个性的，蛋下得很机密，有的还在水里呢，这就得去找回来。

小莲，这里一个！大贵叫起来。

小莲，这里也一个！祥宝叫起来。

小莲，我又找到一个！

小莲，快来看，这里有一窝！

祥宝把苇子扒开，一窝白白的蛋，个个大，一，二，三，四，五！

小莲拍着手笑起来，祥宝，你太厉害了。

祥宝嘿嘿一笑，他很高兴。他一高兴，大贵就没那么讨厌了。

小莲要放鸭了，她把鸭棚打开，喱——哩哩哩，喱——哩喔哩喔——

鸭子流水似的，都出来了。鸭子肥得方方的，像一艘小木船，两百只小木船都下了水，有几只懒汉打野望，落在后头了。

小莲说，哩喔哩喔——乱跑乱跑，就下锅咯，下锅咯——

鸭子马上老老实实过来了。呀，它们能听懂人话？

鳝鱼洲没有河汊汊，不用担心鸭子跑哪里去了，爹要进城办事，还要卖掉一些鸭蛋，小莲一个人也能把鸭子放好，丢不了。她上了小竹筏，篙子在岸上轻轻一点，竹筏分开细浪，悠悠飘动了，篙子左右点点水，鸭子排着队，跟着她慢慢浮——鸭子游水很端庄，看不出它在动。小莲划船很好看，她横握长竹篙，左右摇动着，肩膀和腰身也摇动着，很舒展，又很妖娆。红衫子的小莲，在绿莹莹的河面上，带着她白花花的鸭子，慢慢飘远了。风里传来她的歌声：

姐屋门前一条河，
郎骑白马姐骑驴，
郎在马上叫声姐，
姐在驴上叫声哥，
哥哥哎，
想要交情隔条河。
…………

大贵和祥宝快有他们爹那样高了。

祥宝爹说，我跟荣大打过招呼了，你们哪个跟他学糖画去？

大贵喊起来，我！

大贵嘿嘿一笑，又说，我爱吃糖。

祥宝叫起来，我也爱吃糖！

祥宝娘说，祥宝去学糖画吧，他是个馋猫。大贵是好孩子，不贪嘴。

大贵笑一笑，不争了。

祥宝学糖画，那大贵学什么呢？大贵原本可以接他爹的班，做个打铁的。

大贵爹是有名的铁匠，在北门开铁铺，他打出来的东西耐用、精致。他能做细活。一天夜里来了一个客人，进屋就把门给掩上了，把一个包裹放在大贵爹面前。大贵爹打开一看，吓了一跳，一堆金器首饰，怕有三四斤。

他呆住，您这是?

打金条。

这活儿得上金铺，您找错人了。

那人笑着，不说话。

大贵爹心头一跳，马上明白了，这金子来路不正，进不得金铺，也不能过外人眼，过眼便能被人认出。打成金条，是为了改头换面，消除印记。

这是掉脑袋的事情。

那人咳嗽了两声，捏一方手帕擦擦嘴，再将帕子叠叠，掖入衣袋。也没抬头，只轻轻说，一成。

大贵爹心头一跳，比刚才跳得重，跳得急。

大贵爹说，您两天后来拿货，保证不短一钱。

那人说，你打吧，我在这里陪你。

大贵爹知道，飞来的横祸，是躲不过去了。

交货三天后，大贵爹就死了，他那一成的金子也不见了。这事他曾跟祥宝爹说过，他说，万一我死了，你也知道我是怎么死的。

大贵从小没了娘，祥宝爹就把大贵接回家了，那年大贵才六岁。

让他跟发财打豆腐吧。祥宝娘说。

世上三事苦，撑船打铁磨豆腐。祥宝爹撑船，大贵爹打铁，现在要大贵再去磨豆腐，祥宝爹不忍心。他说，我不能让大贵入这行，我怕他爹伤心。

他爹管不了他了。

我再想想吧。

家里掏不出明天的晚饭了。

要不也要他去学糖画?

能有几个人买糖画!

发财住在高家巷，荣大住在射圃巷，离得挺近。大贵和祥宝一起上岸，一起去拜师学手艺，得闲还能一起玩。

一个元宝，一个葫芦，一朵牵丝喇叭花，一个长耳兔子，一匹飞跑的马，一只拖尾巴凤凰，一个托桃柱杖老寿星，一个大胡子张飞，一个飞天嫦娥……金黄的糖浆发着光，从小勺上轻轻流下来，很流畅，很缠绵，很安定的，不徐不疾的，提、顿、放、收，花鸟鱼虫说来就来，张飞岳飞说到就到，祥宝觉得很好玩。

糖料一般是红糖，白糖，少许饴糖，放在炉子上用温火熬制，熬到牵丝时就可以用来浇糖画了。小汤勺舀起糖汁，手腕带着巧劲，在石板上飞快地浇画造型，待糖画干一干，用小铲刀将它铲起，粘上竹签。行了。

祥宝学得有模有样了！

大贵碾黄豆，筛豆壳，泡豆子，磨豆浆。石磨很重，大贵推着磨，像小牛背犁耙。要烧水煮浆——劈很多的柴，烧很多的水。要摇着布兜沥浆隔渣，抖啊晃啊甩啊压啊，他有点发晕。烫了浆，用石膏水点了豆浆，把豆腐脑用纱布扎紧沥起来，再压入豆腐匣子，把水分榨干，成型，划块，才成了豆腐。

大贵还要挑着担子去卖豆腐。大贵来了，顶个大人，发财叔一天能打四桌豆腐了，大贵卖两桌。城里卖不完就出城卖，卖完了才回家，大贵敲着木梆子——卖豆腐的都这样敲着梆子，点子很慢。货郎摇的是拨浪鼓，嘿得隆冬，嘿得隆冬；剃头匠擦的是大铁镊子，噌嗡嗡嗡，噌嗡嗡嗡；赤脚医生摇的是引魂铃（虎撑子），丁零零零，丁零零零；收鸡毛烂布的用布头槌打着小铜锣，铛铛铛，铛铛铛。只有卖豆腐的梆子，很缓慢，很短促，很寂寞，笃——笃——笃。

大贵不知走了多少路，走得晕晕的，脚底出的热汗，身上冒的冷汗。回来先不坐，钱一分不少，黄豆一粒不少（有人用黄豆兑豆腐），都交给发财叔，不错一回。

打豆腐半夜就要起来磨浆。

打豆腐没得一刻闲。

大贵瘦了。祥宝胖了。

祥宝娘笑呵呵地说，看你吃了多少糖，胖这么多。

祥宝娘又对大贵说，大贵每天吃豆腐，豆腐最养人，你攒劲吃。

大贵想说，发财叔很少吃豆腐，他们总吃豆腐渣。可是他没说，他只嘿嘿地笑了。大贵知道，他每天吃豆渣，发财叔全家也吃豆渣，他们没把他看得不一样。发财叔养三个孩子，他流的汗都是苦的，就这样，发财叔还给他买了一罐白糖，对他说，你要是累了，冒冷汗了，你就抓一把糖吃，人就有力气了。这罐糖是给他一个人的！大贵为着这罐糖，他心里冒暖气，不偷一刻懒。

大贵和祥宝都十七了，祥宝有了一副挑子：一勺，一铲，一锅，一板，一个麦秸把子插着糖画。他去火宫庙卖糖画。

大贵还置办不起挑子，磨浆的磨子，盛浆的大锅，煮浆的炉灶，吊浆的布兜，压豆腐的匣子，卖豆腐的挑子，他一样没有，他还需要一箩黄豆。他想过了，一开始他可以只打一桌卖，一桌豆腐要八升黄豆。攒了钱，就打两桌。

祥宝爹说，大贵，你还帮着发财叔打一年豆腐，明年！明年我一定给你置齐一套家伙！

大贵说，谢谢爹。

祥宝爹叹了一口气，拍拍大贵肩膀——大贵比他高了。

大贵跟祥宝一起过河去，大贵去帮发财叔卖豆腐，祥宝去给自己卖糖画。

他们走在宽宽的河滩上，草地结着白霜，寒风四野，河面一缕一缕的白雾，蒙蒙的。祥宝不觉得冷，他有点高兴，他说，你看我做的花篮和亭子！荣大伯的糖画只有两面，我的有四面，立得起！

大贵也有点高兴，他说，做得真好，你厉害！爹说明年给我置齐一套家伙，到时我跟你一路走，你卖糖画，我卖豆腐。

要得。

等我置起豆腐担子，等我赚了钱，我想，我想娶小莲。

你说什么？

娶小莲呀。

祥宝呆呆看着大贵，心里酸酸的，胀胀的，他说，你豆腐担子都没一边，还娶小莲呢，你娶个鬼吧！

祥宝扭头就走。大贵跟上去，哎，你走那么快干什么。

大贵走着走着，脚步慢下来了，他说，祥宝，你把糖画给我一个吧。

不行。

大贵声音小小的，你给我一个，我明天，明天给你钱。

不！

祥宝弟弟，我，我求你了。

求也没用！

弟弟！

祥宝不理他，挑着担子跑了。

祥宝回去时，大贵已经死了。

发财叔来了，他哭得很伤心，大贵啊，我给你买了白糖，你咋就舍不得吃呢，咋不把糖揣袋里呢！

大贵有病，病了要吃糖。他要是有颗糖就好了。

祥宝爹哭起来，大贵，爹对不起你，你要是去学了糖画，你就不会死了啊。

祥宝熬了一大锅糖，做了一堆糖画，做了十二生肖，做了八仙过海，做了齐天大圣师徒四个。他把糖画拿油纸包好，跟大贵一起埋了。

祥宝把自己的糖画挑子砸了个稀巴烂，一边砸一边哭，坐在地上，仰着脑壳大放号啕，哭得挖心挖肝。

祥宝不卖糖画了。

绿莹莹的河面飘来了一大朵白云，小莲的乌舡子又来了。小莲还是穿着以前的红衫子，她长个了，衣服小小的，把她绷成了一个掐腰葫芦。她头发长了，乌溜溜一条粗辫子，垂到了腰间。她在河上跑惯了，河水住到了她眼睛里，春风也住到了她眼睛里，一脸的山清水秀。

她的船靠近小洲了，洲上一树梨花，开得明明的，风一吹，花瓣子飞起来，落在她身上，落在船上，落在河水里。绿莹莹的河水荡着白灿灿的花瓣，一漾一漾的，慢慢朝前流，流。河面上又响起山歌子了：

姐在门前种棉花，
棉花底下点西瓜，
瓜藤爬上棉花树，
棉花结藤藤结瓜，
藤死树枯不分家。
…………

歌声在河面飘荡，随着风儿飘得很远很远。歌停了，河面上静了，梨花飞着，河水皱着，鸭子的脖子伸长着。小莲看了又看，洲上没有大贵，也没有祥宝。

小莲爹看了又看，洲上没有大贵，也没有祥宝。

小莲咬咬嘴唇，脸红红的，又唱了起来：

姐屋门前一条河，
郎骑白马过高桥，
风吹马尾缠郎腰，
马尾缠郎郎缠姐，
哥哥哎，
十八娇莲缠后生。
…………

小莲唱的是大姑娘的歌了，是唱给后生听的歌了，她唱得这么大声，是唱给大贵听，还是唱给祥宝听呢？

歌声停了，河面静静的，洲上悄悄的。小莲的眼睛红红的。

小莲爹轻轻叹了一口气。

小莲爹带着小莲过河去了。他们进了城，进了深巷子，在一户人家门外站着了。他敲敲门，门里有个女人应着了，哪个呀？

我。

你是哪个？

是我。

…………

我带小莲来了。

…………

你开开门，见见小莲。

…………

小莲大了，你见她一眼吧。

…………

小莲，我们走吧，回家。

就走吗？

就走。

……我们明年还来吗？

不来了。

为啥？

…………

为啥呀，爹。

你不能老跟着我这样跑，太苦了。你大了，该找个人家落脚了。

小莲没有再回来，苇子里再也没响起过山歌子，也许她嫁在远方，不再放鸭了。

富贵华堂四面红，四根金线吊海灯
先吊鳌鱼后吊龙，吊起龙来龙现爪
吊起虎来虎翻身，吊起龙头出天子
吊起龙尾出状元，灯灯照得四方明

——礼俗歌《赞灯》

老师含英

章含英，这名字听着像女的。不知道他父母怎么给他起了这名字，他家寒门，少有能识文断字的，沉浸醲郁、含英咀华，这意思他们想不到。然而章含英的文章确实写得好，文气流动，词采精练，境界开阔明朗。他的学生受他影响，作文大多气脉稳健。他担得起这个名字。

章含英教了一辈子书，退休了。如今他一头秋霜，两袖清风，三餐清简，住在北门四井巷一个小楼里。楼不大，院子也不大，但花木扶疏，收拾得挺清爽。听起来这是个风雅士子，然而谁看他都像个农夫。

章含英很会种地，一生没放下过锄头，他总说自己是农民。他平时就在房前屋后种菜种瓜，侍弄花草。不过他用不着种太多的菜，他一个人，吃不了许多。种点什么呢，豌豆。豌豆开花好看，粉紫粉紫的，小蝴蝶儿似的，乖巧。种黄瓜。黄瓜爬蔓，一架绿叶黄花，看着很精神，很蓬勃。种花生。他爱吃花生，不过火不过油，晒干即食，就茶就酒都很适宜，不盖茶酒风头，取的就是原味。

他也爱养花，不过他种的花草多不贵重，有些甚至说不出名目，都是路边看见，山上遇见，嘿，不错！就移回来了，倒弄出来一院子的嫖姚风骨，茁勃得很，曼妙得很，有点野气，有点灵气，也有点静气。他也觉得自己的院子好，常在这里坐，看看书报，写写对联，喝点熏茶（他只喝烟熏茶）。他书法习柳体，对联作得新雅，街坊邻里有红白喜事请他去写联，他挺乐意，分文不取。过年时摆开桌子写春联，谁都可以去领两副。他是个真书生。

他在院中摆了张棋桌，常来下棋闲话的有老友周倜傥和廖凤梧，他们三家是通家之好，又知心会意，走动很勤。邻里也偶来坐坐。不请自来的也有。有一回，来了个男的，客客气气请章老师指教，下了两盘，有人进门来催，局长，该走了。

男的摆摆手说，再等等。

过了会儿，又进来了，局长，会议马上开始了，得走了。

男的这才放下棋子，抬起头来笑盈盈问，章老师，您还认得我吗？

章含英打量了一番，问，你是刘战涛？

二三十年未见，老师还能认出自己，刘战涛很高兴，站起来给章含英行礼，说，章老师好记性，学生刘战涛不请自来，叨扰老师了。

刘战涛是个苦孩子，读高中时吃不起食堂饭菜，自带一瓶腌菜吃一星期，只买点米饭。章含英总给他带点菜，添点营养。这事刘战涛不提，章含英就忘了。因为吃过他菜的大有人在，他不曾放在心上。这有什么呢，他爱种菜，菜种出来是给人吃的，这不算个事。

他还在学校的荒地辟出几块菜土，种了豆角冬瓜南瓜。菜长得好，爬了满墙满架。这菜是长在学校地里的，长成了，他就“交公”，摘了放到食堂去，给师生加菜。这事他并非刻意去做，他是这么个人，厚道，实心眼儿。他做这些很称自己心意，便一点不觉得累，一点不觉得亏，根本不用提。

后来有人告状，说他工作时间种菜，还淋大粪，污染学校空气，招惹蚊虫，还说师生“怨声载道”。怨声载道他没听见，他只知道大家吃饱了，都很高兴，但在菜地淋大粪是事实，上班时间种菜是事实，他无从辩驳。他苦笑着把锄头扛回了家，在雨天总要念叨几句，好雨啊，要是种菜，三天就蹿上来了。

他跟老师们说，教书跟种菜是一样的，给它松松土，施施肥，捉两回虫子，让他慢慢长，急不得，拔苗助长就不成。红薯要雨天种，白菜要天晴种。沙地种辣椒，得雨天！旱地种辣椒，得晴天。它们都有自己的个性脾气，你得应着这道儿，因地制宜，应时而动，菜才长得好。

他教书真是这样，因材施教，很有耐心，从不急赤白脸的，是个好脾气的人，但也不许学生坏规矩，不争气，也要罚的。那时他收了很多的竹片子木枝子，全是家长送来的，拜托老师从严管教，孩子若不听话，打手板，打屁股，都行。当然，他很少用到。他很柔和，柔和而坚定，学生都很敬爱他，毕业多年，都还记得这位良师。

刘战涛留了电话给章含英，走出院门，偏头拂一拂院门上垂下来的紫藤萝，动作很轻，很恭敬。章含英笑笑，他家门框窄矮，好在如今当官不戴乌纱帽，他怕那么多纱帽翅儿碰落了他一架紫云烟。

章含英把写着电话号码的纸条儿收到抽屉里了。他抽屉里收着很多这样的号码，但他没打过一个。他没给他的学生带去一点点麻烦。

他能有什么麻烦呢？他的日子真简单！

他吃饭省，不大花钱，但日子过得不错。他菜做得好，豆腐切片煎黄，搁红辣子青葱花。小鱼虾火焙，用黄皮椒和绿蒜炒。凉拌紫萝卜丝切得像银针，焖小土豆回锅炸一炸，金黄酥脆。他用豆角焖饭，茄子蒜泥焖饭，搁点猪油，锅巴很香。总之菜色都好看，有过日子的神气。他早餐喜欢吃一种擂米粥，将剩饭晒干磨成粉子，沸水冲泡，来一勺豆豉剁辣椒。有时蒸一个状元楼（县政府）食堂外售的馒头，蓬松软和，脸大一个，就着一碟霉豆腐，一碟酱洋姜——状元楼就在巷口，转手就到。他感冒了从不去医院，不吃药，用丝瓜汤煮面条，砸一把七星椒，热热地吃下去，闷头睡一觉，出一身汗，人就好了。有时也喝两三杯，不会再多，他不贪杯，从没喝醉过。他是个活得很清醒的人。

他爱唱两句。除了花鼓戏，他爱吟诵，当地叫“唱诗”。他爱唱李白杜甫辛弃疾，尤爱苏轼。这种吟诵的腔调，有点像师公打道场时的夜歌子，但曲调更为抑扬顿挫。吟诵是没有曲谱定式的，各人唱来味道不同。章含英唱诗，能长人豪情，也能让人哭起来，这是他对古诗词的理解比他人深刻，他能根据内容情感和平仄音律，作发音和语感改造，诗情文气都很浓郁，这没有很高的古文修为做不到。

他吟诵时，周倜傥用筷子给他击节。别人是不能给他敲的，他嫌你敲得不对。周倜傥的女儿周芳四岁时摔了一跤，树枝子扎瞎一只眼，留下永远的遗憾，如今三十了，仍待字闺中。周倜傥心里有点苦，他时常来章含英这里坐坐，给他击箸。有一天他带来一面红漆的麻山小圆锣，发音清悦，回音遥远，章含英很喜欢。很多个傍晚，章含英就敲着这面小锣，拉开他的嗓子，唱上几首。他唱苏轼的《江城子》时，把声音压得低低的：千里孤坟，无处话凄凉。纵使相逢应不识，尘满面，鬓如霜……

这鼓点，这唱腔，有点落寞萧瑟，让人难过。

章含英妻子去得早，也去得很冤枉。章含英早年出过一回事，说起来不大上得台面，但这是他亲身经历。他当年教高中，一个女生怀了孕，家长问不出人来，七猜八想，想起女儿说过章老师常找她去办公室辅导，深觉可疑，便闹到学校来找章含英。章含英急得一身是嘴说不清，打躬作揖求女学生说出实情来，他说，姑奶奶啊，你倒是说句话，你说句话呀（这句话后来流传很广）！女学生许是吓坏了，又或者是铁心要保护某个人，又或者她以为如果是老师，学校就会把这事捂下来——总之，她死活不开口。章含英差一步蹿到南门河里去。他没去，他老婆去了。

章师母是个老实的乡下妇人，本分、贤惠，对章含英好，她满心里只有丈夫，绝不疑他。她像往常一样，给他做饭泡茶，轻言细语宽慰他。可是她没想到，过两天，章含英被学校除名了，他做不成老师了。

做不成老师，还可做别的，但事情不能这么算。被“下”了，章含英就坐实了“那事”，他的污名就被盖棺定论了。章师母自己吃得亏，看不得丈夫受冤枉，她跑到教育局哭了一场，跑去学校闹了一场，她又跑去找那个女学生，谁知女学生已经退了学，全家都搬走了。章师母听了很多难听的话，说是章含英常叫女生到办公室，借辅导之名摸人大腿，说是面上正正经，肚里花花肠，说是……唉，别说了吧。章师母悲愤难鸣，她爬到南门桥上，跳下去了。

她跳河之前，做了一件事：她做了一杆旗子，把它插在南门桥上，旗子上面留着通红血书：章含英是清白的。

章师母是个乡下妇人，没有高明的办法，丈夫就是她的天，天塌了，她便用最直接最激烈的方式维护丈夫，拼死要将这片天顶起一角来。“章含英是清白的”，这面血旗引发了很大舆论。出了这事，各方均答复会继续调查，还章含英一个清白。

章含英等了半年，也没等到完全的“清白”，因为当事人消失了，真相已无从考证。他的工作得以恢复，却不是去原学校，他被调去初中了。初中同样是教书，章含英没有不满，但因这事被调出，就有点“贬”的意思，有点暧昧不明，给了别人含糊想象的空间。章含英心里是惆怅的。

章含英到新学校报到，副校长何义平当了大家的面问他，章老师，那件事到底是怎样的呢，当真没法查清楚？

全场寂静，这寂静有点意味深长。章含英什么也没说。他能说什么呢？没用！

何义平给了章含英最差的一个班，那是其他老师“不得圆功”甩下来的。虽然在教室门框上搁水盆、往老师茶杯里挤墨水这事没有，但用弹弓将粉笔头射到老师身上，用反光镜照老师的半秃脑门使全班发笑，这些事是有的。

章含英不急，种菜要等雨，种瓜要搭架，树木要十年哪。

然而有件事让他急了。班上几个男生躲在厕所抽烟，被何校长抓到，罚跑操场十圈后，在胸前贴上写有名字的纸条子，站在操场示众。当时夏天，毒辣辣的阳光下，学生昏昏欲倒。章含英去找何义平，发起脾气来。老师们第一次看见章老师发火，只见他满脸通红，瞪大眼睛，脖子上青筋高高鼓起，他说：这样搞学生是要不得的，挂牌子！算什么？刑场吗？这太伤身体，更伤自尊，要不得，要不得！我是班主任，我要求马上领回我的学生。

何义平骂道，你是班主任也由学校管，学生是学校的，不是你的！在这里还轮不到你来教我怎么教训学生！

章含英气得在原地不停兜圈子，兜了半天，吼道，这事我管定了！

他把学生领回办公室喝十滴水去了。

何义平气得翻着白眼，抖着手指头，你们看看，你们看看，这个章含英，以为自己是个人！他也不想想，是怎样来这里的，真是猪鼻子插葱！纵容学生违纪，跟领导叫板，信不信我告到教育局去！

何义平记下这仇了。有老师指点章含英，章老师，开学时没去领导家里走动走动，礼貌交流？

没有。没必要。

嘿。你新来不久，请领导们吃个饭，喝杯酒，也是人之常情嘛。

不搞，没必要。

同事都说章老师犟脖子，不懂味、人情世故那套，他全没有，不过倒开始尊重他了，说他正直，也私下议论，这个章老师，真像个农民伯伯。

章含英不大讲究。原来师母在，洗浆熨烫，虽只是布衣，都很干净。如今，没人管这些，他只那么两件旧衣，洗不出底色了，像一团揉皱的黄纸，鞋子很旧——修鞋的蔡师傅说，只要是双鞋我都修得好，除了章老师的！他那双鞋，再没地方下手了。章含英还爱把裤脚高高挽起，挽到膝弯里（这实在没个老师样）。他的女儿锦书却穿得很漂亮，衣服颜色鲜亮，叠得整整齐齐，放在枕头下压过。章含英不让锦书受委屈，夏天，的确良小花裙、绣花小衫；冬天，新棉花长袄、围巾手套、毛皮鞋。大家看着花朵一样的锦书站在梅干菜一样的父亲身边，不免鼻子发酸。

大家很愿意给章含英找个伴，他有工作，只带着个女儿，按理不难，但总也没成。一是锦书打小身子弱，有哮喘的毛病，要给她治病，要买牛奶和胎盘组织液，得花不少钱。最重要的是章含英没这心思，他念着为自己死去的妻子，心里放不下别的人。后来，大家就不再提这事了。章含英想要锦书读宁乡师范，就在县城教书，他想照顾女儿，相伴相靠着过日子。

廖凤梧的儿子廖致远跟锦书青梅竹马，感情很好。他们一起办酒酒（过家家）、捉蛐蛐、滚铁环、看图书、摸鱼、粘蝉，致远买个烧饼、盐菜包子，总给锦书吃第一口。锦书喘不过来，致远就给她拍拍背。廖凤梧喜欢锦书，章含英喜欢致远，两人讲定做儿女亲家。致远和锦书知道大人的意思，他们心里都很高兴。

锦书中考时哮喘发作，中专落了榜。她没交其他朋友，一两天就给致远写封信。致远读书比锦书早一年，中专毕业后，分配到政府部门工作，他能说会道，踌躇满志，很受赏识，喜欢他的女孩子很多。他很喜欢这种生活，工作娱乐都排得很满，一路春风。

廖凤梧对儿子说，你去看看锦书，她病了。

致远说，她不是从小就病着吗？我忙，以后再说吧。

廖凤梧说，你们小时候……

致远皱皱眉头，说，小时候的事，谁记得那么多。

锦书哭了几个月，病情加重，百药罔效，人渐渐地就不行了。哮喘让她活得很艰难，瘦成一柄伞骨，脸却是潮红的，像烧着了。街坊都暗暗心惊，说这孩子活不过夏天了。

锦书退了学，在家休养。廖凤梧去看过几次，回家跟妻子素兰说，怎么得了，锦书的脸红成那样，不是好现象，当年秦月华得肺痨……

素兰打断他，你别说了，怪吓人的，快帮着找找人，去大医院看看，不能误了病情。

廖凤梧便托人四处打听，真找着一个，是章含英的学生，省人民医院呼吸科专家，名气不小。一问名字，都不作声了。

是尚雪。

尚雪是谁呢？就是当年那个女学生。当年事发后，他们立马搬家去了外地，将人生作一点篡改，与往事断得干干净净。章含英的遭遇，尚雪应该知道，她当年打死不开口，害了他，这一点实在不可原谅，依此可以断定，她只会躲着章含英，不会见他。

素兰说，顾不得那么多，给锦书治病要紧。尚雪是不认识锦书的，就说是我女儿，我带她去。

素兰带了锦书去省人医，挂了尚雪的号。第二天，素兰回来了，锦书没回。锦书没住在医院，她住到尚雪家里，由尚雪亲自治疗，亲自护理。

素兰说，尚雪看到锦书名字，就直接问我，是宁乡的章锦书？见我点头，她又问，是章含英老师的女儿吗？

章含英呆了，问，她自己提起我？

素兰说，是，她自己提起的，她说章老师是个好人，她时常打听你的近况，只是不知道锦书的病这样重了。她要我转告你，无论怎样，她会治好锦书的病……

章含英的喉结滚了几滚，嘴角颤抖，像是要哭，最后却摇头苦笑起来，叹道，尚雪啊尚雪，你这个姑奶奶哟。

锦书在长沙住了小半年，回来了。她病好了，人胖了，回学校去复读，一年后，锦书考上大学，去省里念书去了。

章含英要建房子了。

他教书几十年，粉笔写了几箩筐，钱没几个。他工资低，锦书的病花了他不少钱，念书也要钱，他还时常资助学生，也花了一些，手中并无多少节余，但这房子必须建，很快锦书就毕业了，她将来结婚，说好了是跟他一起住的。

章含英决定自己建房子。他每天去山上扛一棵树回来，自己烧了几窑砖。沙子和石头南门河有，他早上挑一担箢箕去上班，寄放在门卫室，午休的时候，他去挑一回沙子，放学再带一担回家。

何义平指着那担篼箕说，你们看，成何体统！工作时间做私事，这是懈怠公职。国家给他发工资，是要他教书育人，不是要他去给自己挑沙子的，这是以职务之便，谋私人之利。

何义平这话没错，但大家对这事不置可否。章含英业务能力强，教学效果好，这是谁都知道的，他用两年时间，让一个最差的班考出了全校第一的成绩，说他懈怠公职，没人信。他连一个粉笔头也没往家里带过，一个作业本都没多领过，谁会说他假公济私呢？午休时间去挑担沙子，不算什么事。

章含英还是出事了。

体育老师因事请假，请章含英代一节课。章含英不会教体育，干点什么呢？他带着学生去南门河边捡石头了。何义平一封举报信交到了教育局：章含英上班时间种菜、担沙子，无心教学，懈怠公职；章含英带学生去河边捡石头，给他建房子，剥削学生劳动，罔顾学生安全；章含英不服从学校管理，挑衅领导；章含英纵容学生违纪，云云。这封举报信上，居然按了学生的手印——学生不清楚信的内容，他们知道个什么！

章含英丢了工作，他得改行改业，自谋生路。他做了很多行当，百做百不着。有时望着要旺起来了，不知怎的又慢慢滑下去，总之都成了泡影。就说他卖个瓜，人家要他开个瓤他就开，开了不满意不买，不买就不买，还有人买回去，吃了半个，觉得不甜，抱了来退，退就退。卖了一车，收回半车，本都折掉。

他卖瓜倒卖出名来了，都晓得四井巷路口有个卖瓜的章含英，吃了他半个，还能换回一个。他不是做生意的料。

邻居老宋去世了。老宋是个可怜的老人，他没有子女，捞点鱼虾为生。章含英拿个塑皮本，到街坊四邻那里给老宋化了一口薄棺，请两个师公起了道场，将老宋送上山了。他还央师公去南门桥下祭了河，因为老宋做了一辈子水上营生，祭祀河神可让他免受“欺扰”。大家都说章含英做事周全，细心为人着想，陆续就有人来找章含英做“都管”。

婚丧嫁娶、办生庆寿，总要一个都管来执事，这个都管先生不但要眼观六路耳听八方，要知风俗礼仪，懂规矩禁忌，还要能说会道，肚里有点墨水。章含英是个有知识的先生，读过很多书，据说还给镇长捉过刀（这事他自己从没说过），他做事思虑周全，说话彬彬有礼，给人做都管挺合适。一直到后来，章含英重新回去教书了，大家还爱请他来执事，爱听他唱诗一样致辞："赫赫厥声，濯濯厥灵""绵绵瓜瓞，蛰蛰子孙""喜今日赤绳系定，珠联璧合；卜他日白头偕老，天长地久"，让人觉得很悠扬，很典雅，很有面子。

章含英把房子建成了，这房子是他亲手建起来的，他很爱它。他心里高兴，喝了三杯酒，唱了两首诗，接了一个电话。电话是镇上联校书记打来的。

章老师，恭喜恭喜。

恭喜我？

恭喜你！你恢复原职了，不是大喜事吗？

啊？

我就知道你会回来的，体育课带学生捡石头，也是一种运动嘛，课堂不止在教室，也可走出校门嘛，真是小题大做，少见多怪！不知章老师找的哪位大人物，你帮我解释解释，我实是不知情，这何义平越级上报，没经我手，我要是知道……

章含英愣在那里了，半天才说，我找的哪位人物？我不知道啊。

那边也愣住了，半天才答，你自己不知道？

不知道。

啊！估计官不小，不便透露姓名吧。你这，你这也太……章老师，你有什么要求没？

有。

你说！只要我做得到，一切好说。

我想回原学校。

行。

两年后，何义平因体罚学生，被家长举报，调到乡下去。他用自行车推着铺盖卷出校门的时候，很多老师是高兴的，但没一个人出来看热闹，家长也不会来放鞭子。这里的人都是很善良的，对着一个倒台失势的人拍手称快，他们干不出这事。

锦书大学毕业后，遵照父亲的心愿，回来当了一个老师。她没变，依然是一个听话乖巧的姑娘，她像她父亲那样，安安静静地教书，本本分分地做人，过一种老式的闺秀生活。她爱看看书，写写字，她写得一手好小楷，也画得一手好工笔。工笔画细腻精微，需施色几十遍，费时，这反而是她喜欢的原因，她爱在时间里浸着。

她总也不谈恋爱。

廖凤梧有时带孙子（致远结婚四年了）过来坐坐，抬头看看楼上，一点声响也没有，只有锦书种的月季，爬成高高花墙，在窗前轻轻摇动。

他心里有点担忧，对章含英说，我看锦书总不大开心，你得问问她，心里怎么想的。

章含英摇摇头，我知道她怎么想的，她心里放着致远……可是，她不能不嫁人啊，都快三十了。

廖凤梧说，等她自己找，不知要到哪一天，只能你帮她做主了。

来做媒的很多，章含英千挑万选，看上了彭义伟。

章含英跟锦书商量，说，他当过兵，受国家和部队培养过的，我总放心一点，不至于欺负你。

又说，你身体不好，要找个禁得熬的，他身强力壮，将来能照顾你。

又说，他就在宁黄路开电器行，离这儿近，婚后你们可以住这边，还跟从前一样，你什么也不用操心。

锦书默默听完，淡淡一笑说，爸，你说好，就行。

章含英希望女儿同意，但看着她淡淡的笑容，似乎离她的脸很远，他心里有点难过。

婚后的日子很平静，小两口住小院二楼，跟章含英一起生活。一早彭义伟开车先送锦书去学校，然后自己去电器行，要到晚上才回来，他做生意是很勤奋的。锦书还同从前一样，看看书，写写字。她现在常抄心经，彭义伟笑她带发修行。他喜欢锦书，但不太懂她。

她们结婚两年，锦书不肯怀孕。

有一回章含英对女儿说，我现在很闲，终日无事，想带个小屁股解解闷。锦书听了，慢慢红了眼眶，半天半天，她才说，爸爸，你要我教书，我教了。你要我嫁人，我嫁了，但我现在不想生小孩，你可不可以别催我。

章含英心中一酸。原来锦书不开心，不全因着致远。她不喜欢教书，也不喜欢彭义伟，她这半生，不过是顺着父亲的心意，却没有顺着自己心意。

彭义伟出事了。装空调的师傅忙不赢，他自己去了。他一去，就从三楼摔下来了。抢救几天，捡回一条命，人却一直昏迷不醒。医生说他脑干神经受损，可能会成植物人。

章含英安慰锦书，事已至此，伤心无益。天无绝人之路，你得挺起腰杆，把日子撑住。

锦书不说话。

章含英说，我知道你的心思，要是他没出这事，你想离婚，我同意，可他现在是个落难的人，我们，不能落井下石。

锦书捂住嘴压抑地哭，泪如雨下。

三个月后，彭义伟醒过来了。他瘫了半边，要靠拐杖支撑才能勉强站立，思维反应都很迟缓，言语含糊不清。他躺在床上，眼睛追着锦书转，盯着锦书走过来走过去，给他熬汤煎药，给他按摩翻身。他不能片刻见不到她，一会儿没见就发脾气，把床板拍得啪啪响，像个小孩。大概一年后，有一天早上，他轻轻喊她，锦书，锦书。

锦书走过去，见彭义伟眼里亮亮的，十分清醒。彭义伟慢慢抬起手，抓住她的手，对她凄然一笑，说，离婚……我们离婚吧。

锦书停薪留职，南下了，她说她想去外面看看。三年后，她办了离职，留在深圳了。她给章含英打电话，说她喜欢海，喜欢那里的阳光，那里的月季四季常开，永远不败。

章含英把锦书留下的月季侍弄得很好，几年开枝散叶，越开越旺，这小院成了一处景观，紫藤萝和月季都翻出墙去，悠悠地飘，有好些新人拍婚纱照，来这里取景。锦书的月季在别人的结婚照里年年开着了，章含英心里有点高兴，也有点惆怅。

周倜傥提着几样热菜，来找章含英喝两杯。他说，老了老了，总有点头晕，身体一年不如一年，谁来接我那旧货铺子呢？

章含英说，芳芳聪明能干，她接得下。

周倜傥摇摇头说，任它多大的鸟，也得找个枝子落着啊。

章含英给他倒满酒，说，不急啊，慢慢来，关心则乱。可别像我牵错线，反害了孩子，空留后悔。

周倜傥说，我做这么多年生意，一个银角子舍不得花，我怕芳芳将来没着落啊。唉，你说我怎么就，怎么就让她在我眼前摔了那么大个跟头呢！

章含英说，来，你爱听花鼓戏，我给你唱几句。

你天天唱，唱着就高兴了？

高兴。要不你唱唱？

我唱不了，我嗓子是直的，不会打弯。

嘿，你起一句，我给你拎拎。

……成，你听着是不是这样，小刘海啊，在茅棚哪，别了娘亲啰……

不对不对，“啊”这里，要用丹田音，沉下去。“哪”这里，喊出来，有个转腔……章含英又说又唱又演，恨不得跳到周倜傥的嗓子里，把他声带给提溜提溜，让它弹起来。

周倜傥只学了几句，章含英出了一身汗。

嘿，今天到这儿了，明天再唱。

明天还唱?

唱！天天唱！唱着就高兴了。

好嘞，明天来。

哎，来!

周倜傥第二天没有来，他再也来不了了。他夜里起来上厕所，脑壳里的血管瘤破了，一头栽倒，再没起来。

章含英有了一件心事，他得给周芳找个好人家，让老周走得安心。他阑干拍遍，想起一个人来。

这人叫唐湘宁。章含英觉得他合适，因为两件事。唐湘宁念初中时，同桌跟他打赌吃包子，下课时间内吃完十个包子，得五块钱。上课时间到了，唐湘宁十个包子还剩一个半，章含英见他撑得眼圈都红了，还在拼命往嘴里塞，便延迟两分钟上课（那时上课由老师打铃），让唐湘宁赢了赌。事后他问唐湘宁，你根本吃不下，为什么要硬撑？湘宁说，章老师，我家没钱，赢了这五块钱，我娘会很高兴。

第二件，湘宁去年来看望过他，带着两斤家熏的烟茶，一篮土鸡蛋，既羞惭又诚恳地请老师笑纳。湘宁并无事业成就，说不上感谢老师栽培，但他依然不忘师恩，这个“看望”就显得很纯粹很真挚了。他还未成家。他说，我爹走得早，我娘瘸着一条腿，我不能出远门，只能给人搅水泥、做预制板，赚不了几个钱，哪个愿意跟我吃苦呀。

他还顺手给章含英的紫藤萝搭了个架。

婚事谈得很顺利，章含英帮他们筹划，婚后夫妻打理旧货铺，把双方母亲接到一起生活。他们都很赞同，很感激章含英。

周芳结婚，婚联是章含英写的，婚礼也是他都管的，皆大欢喜。那晚月色空明，章含英回来，把那面红漆小圆锣搬出来，擦了又擦，月光照在漆面上，烁烁地闪，像在击节。突然一鼓槌，敲得震天响，他一嗓子喷出来，像朝天打了一枪：岑夫子！丹丘生！将进酒，杯莫停，杯莫停哪！与君歌一曲，请君为我侧耳听，请君为我，为我……

他唱至此，心中大痛，伏在鼓上，呜呜地哭起来。

章含英七十岁时，他的学生给他在维也纳酒店摆了十多桌，亲朋故友，街坊邻里，都被请了来，均不收贺仪。他也是到了那天被学生接来，才知道是给自己过寿。那天寿宴，“都管”的人很多，有某某厅长，某某局长，某某董事长……但所有在场的，都只称学生某某。

晚上，学生送他回来后，热闹散尽，章含英搬出几本相册慢慢翻看。这些毕业合影里，学生一茬一茬永远年少，自己一年一年渐渐见老，他的一生，都在这些照片里了。他觉得不负这一生，他真诚地教了他们一些东西，没有误人子弟。

他抬头看看天上月，明月如钩，低头看看地上花，丽影飘摇。他心情轻盈，想起了自己的老师。他读师范时，总要抢时间回去喂猪（他家离宁师不远），他喂猪种菜供自己读书。有一回他沾了半裤脚猪潲水回校，遇着老师。

老师问，怎么不洗洗？

我怕迟到。

唉，那你换条裤啊。

……我只有一条裤子。

老师带他回宿舍洗洗，送他一条八成新的卡其裤，这条裤子老师只在学校有重大活动时才舍得穿。章含英很爱惜这条裤子，穿了很多年，后来膝盖坏掉了，章师母给打了两个补丁。补丁打得十分精巧，是从两道裤缝拆开，方方正正拼接的，不大看得出补丁的痕迹，没有寒酸气。

老师过世很多年了，师母也走了很多年了。章含英身体很好，他还可以想念他们很多年。

章含英的弟子很多，在宁乡，问一个人师从何人，保准有很多人说章老先生。当然，有些是章含英也没见过的。

章老师，你好。

南门的美女，西门的嫂
香山巷的尼姑满街跑
东门的满哥，北门的汉
南司湾的好汉街边站

——顺口溜

田　螺　壳

田前进方面短颌，秤锤鼻，海阔口，他精足血旺，脾气大，性子躁，一言不合就跟人拉仗打架。天地君亲师，仁义礼智信，一样没有。

做厨子却有一样好，舍得搁油。田家饭铺用油来路清白，是自己煎的猪油，新鲜，香，靠此一样，他把这店稳下来。煎猪油的事，田前进交给儿子田火料理，煎生了，油未全出来，煎老了，色香口感都差一些。田火一分神，总挨一顿好打。

田火见他爹眉毛一纵，不待他开口，自己就箭一样飞出门去。

他爹绝不放过他，随手拎起大锅勺，追得他满巷子里东奔西突，上蹿下跳。实在跑不过了，一屁股坐下来吼叫，打吧，打吧，打死了没人给你送终。

田前进一勺子砍下去，呸！老子两脚一抻，万事不搭，管哪个给老子送终！

田火把脑壳送过去，打呀，打呀，有种你打死我。

啪，又是一勺子。用力太大，勺锋割过去，血水淌下来。

这个田前进，使惯的性子，打溜的手，任谁来劝，全不作准，非得手脚痛快了才算。又几勺子砸在田火背上，叫你瞪个狼眼珠，还想吃掉老子？老子生得你出，打得你死。你莫想翻出我手板去！

田火短胳膊短腿，黄皮黄脸，人小性子大，是头犟驴。他爹就是这样地打他，也没见他告过饶，发过怵，明知反抗不赢，还是要反抗。被打完了，挂着彩了，他若无其事，依然大摇大摆穿街走巷。谁要笑他了，他随手捡颗石子就砍过去。

南司湾的小孩都怕他，却又合着伙作弄他。大人们也不惹他，都叫他田螺壳，螺壳一样小，螺壳一样硬。可是他们也担心这孩子活不出来……活出来了，又担心他长成一个田前进，心是横过来的。

田火挨了打，追着看热闹的小孩扔了几把石头，愤愤把脸上血一擦，往锅跛子的补锅摊走去。他忍到这里，才抹了一把泪。

锅跛子不姓锅，是补锅的，矮又矮，胖又胖，须鬓黑白各一半。姓什么，忘了，人称锅师傅。别看他其貌不扬，可是个练家子，年轻时打遍南门无敌手，有能耐！然而他吃亏就吃亏在能耐上，赔上一条腿，落个孤家寡人，埋下深悔。他煮了一锅骨头汤，在汤里磕两个蛋，对田火说，多吃点，快点长大，长大就好了。

春天，码头上来了个卖鸭子的。那鸭子真好看，黄黄的，茸茸的，胖乎乎的，都装在一个扁圆的篾箩里。卖鸭人可不许你伸进手去挑，你细细看，慢慢看，看准了，他揭开大圆盖子，一手捞出来。买定离手。

田火被这两笼鸭子迷上了，他趴到那篾箩的眼洞里去，鸭子啾啾地转，他撅着屁股转。

想买不？卖鸭人问。

想，没钱。能换不？

拿什么换？

油。

什么油？

猪油。

那行。

田火拔腿就跑，一会儿，拎着一个油桶子来了。卖鸭人吓一跳，你要换多少？

两只。

卖鸭人犯难了，那……给你十只吧，再送你一只，十一只。

我只要两只，田火说。他揭开篾箩盖，左右手各轻轻捞出一只，站起来就跑了。

田火养了两只鸭！

事发新手，又是一个暴躁的家伙，他居然把鸭子养得很好，又干净又漂亮。他把鸭子养在了补锅铺里。用一个纸箱子，垫着稻草，稻草很软！纸箱子掏了一个出进的圆洞，洞很圆！纸箱外放着一搪瓷盆水，水很清！鸭子喝饱水了，跳进去游泳，一圈一圈地兜起来。

锅师傅一边忙活，一边叹气，两只细鸭仔，你搭进去一桶油，被你爹晓得了，看不打死你。

田火不作声。过了半天说，让他打，再过两年，看是谁打谁。

这天下午，锅师傅去桥头出摊了，田前进来了，照田火屁股就是一脚，你个败家的化生子，十几斤油，换了两只毛都没生拢的畜生，我一脚踩死你！

好巧不巧，那两只鸭排着队，一个将军，一个大帅，雄赳赳气昂昂地过来了，田前进冲了上去，抬起脚一踩——完完全全的，踏踏实实的，一点毛都没露出来。另一只吓得乱窜，田前进追过去，啪！又是一脚。

田火尖叫起来，他像一头牛，握拳勾头去顶他爹。

这一餐打的！田火脸也肿了，脚也瘸了。这一次不比从前了，从前他被打了，在外面转一圈，若无其事就回去了。这一次，当锅师傅收摊回来时，他看到田火坐在地上，含胸驼背，低低勾着头，跟死去了似的。他面前，摆着两只变了形的死鸭子。

他那样子，很傻相，也很悲凉。

傍晚时分，田火拿盒子装着那两只鸭，到河滩上挖洞埋了，在那小土包跟前坐了很久。他听到他娘在河边喊过来，又喊过去，火娃子，火娃子……

他一声不吭。

月亮升高了，像一把镰刀。河边一阵一阵地起来凉风。狗尾巴草摇着。

田火到锅师傅那里去，他直直跪下来，锅师傅，你收我做徒弟吧，我要学武功。

锅师傅只摇头，我不能教你，你性格太暴，学了功夫会闯祸。

田火拖着膝盖跪近一些，扬着一张五花脸，师父，我向你保证，我学了功夫，只对付那只猪！

锅师傅叹口气，那也不行，他是你爹！

这夜田火睡在补锅铺，半夜里他惊叫着，手舞脚蹬地醒来，坏了坏了，我被我爹打死了，我的脑壳挂在背心上，脚后跟跑到前面来了。

田火拜了锅师傅做师父的消息，在巷里传开了，这消息是田火自己放出去的。

他不知从哪里找了两块黑布，一块扎在腰间，一块扎在裤腿上，像一身短打。手里提根长木棒，像他的鸭子那样，大摇大摆走起路来。他第一个去找蔡小雯，将棒子一亮，我师父传给我的，丐帮的打狗棒。

蔡小雯的眼睛翻出一丈白来，没出息，只晓得打架骂人。

田火得不到蔡小雯的青睐，只能朝她恨恨吐口水，妹子妹，鸡食袋，一秤砣，打瘪碎。

蔡小雯回骂，揪揪田螺揪揪盖，里头装的烂臭菜。

这真是没法的事，蔡小雯眼光差，不喜欢武林高手，喜欢细皮嫩肉的戴俊杰。

田火去找戴俊杰，说，晓得这是什么吗？武林至尊丐帮帮主的打狗棒。

戴俊杰说，武林至尊，宝刀屠龙。哪里是叫花子的打狗棒。

田火道，屠龙刀算个屁。不信你看我的功夫！

他拉开架势，可是戴俊杰跑远了。

他朝着戴俊杰背影叫，总有一天我要你们晓得我的厉害！

他把这怨恨放在后槽牙上磨来磨去，磨成了一把锋刃，搁心里藏着。

日子一转，第二年元宵节，县里大举庆祝，赛花灯。巷里人早早吃了晚饭，便一家家的，全往巷外跑去了。当下南司湾空巷空房，清风清水，满月光华，屋影树影像在水里浸着，一片空灵。

一出巷子，轰隆隆的热闹铺天盖地淹下来！

千灯云集，人头攒动，似整城的人都荡荡滚滚压过来，前边挤，后边推，脚不沾地也被抬了几十米，赛似煮开了南门河，鱼弹虾跳。

田前进被挤得烦躁不耐，咒骂不歇，他被人踩了一脚，像个爆竹一点就炸了，怒骂道，走路不看道，瞎了眼啊！

哪料那人比他还横。你才瞎了眼，眼珠喂了狗！

田前进何曾吃得亏，照那人鼻子就是一拳，那人阴狠，一脚踹在他裤裆。两人打得见青见红。有人喊，别打了，警察来了！

这夜直到凌晨两三点，热闹才慢慢散尽。

第二天，田前进不见了。

第三天，还没有回家。

房前屋后，巷头巷尾，城里城外，河东水西，全没见着人影。

邻居报了案，派出所来人调查，问起那夜与田前进打架的人，竟没人认得，不知哪里人，上哪儿找去！

李所长在巷里走访一圈，吩咐同事，跟着田火。

田家饭铺关了张。田火自此得了自由，眠起居食，皆无定时，或一双手插在裤兜里，四处荡，或衔颗烟屁股蹲在哪家铺子前，听人扯乱弹，也有的时候，他爬到河边的柳树上坐着，一双腿晃荡着，看远天轻霞薄绮，看近巷人来车往，看自己一双灰不溜丢的鞋子下，一条四脚蛇疾行骤止，绿幽幽的披甲，泛着蓝光。

田火觉得自己就是那条四脚蛇，小，丑，四不像。区别在于它有的他没有，它有一个滚饱的胃，它还有明天。

这天，田火迟迟疑疑地问锅师傅，要是打死人了，要坐好久的牢？

坐牢？想得美。砰！吃枪子！一命抵一命！

田火哑了哑，一命抵一命？

锅师傅见他问得蹊跷，道，火娃子，你没闯祸吧？

田火干干地笑两声，放心，我可不想死。

他挨着锅师傅坐下，师父，县里么时候枪毙犯人？

你想去看？

想。

呵，我只怕你会吓得屙尿。

屁！

那我不晓得县里么时候给你表演枪毙犯人。我只晓得，以前在南门河边处决一个杀人犯，枪子几次哑了火，犯人吓得屎尿一裤裆，人没毙死，先吓死了。

田火从补锅铺出来，背心凉透，风一吹，打了一个寒噤。他恍恍惚惚的，不辨南北，就走到了大街岭中学门口。半年前，他的名字被张贴在门外侧墙上，那是一张开除学籍的海报，白纸黑字，或是黄底黑字，田火记不清了，算它白纸黑字吧。他跟所有幸灾乐祸的同学一样，双手插在裤兜里，歪着头嚼泡泡糖，嘲笑海报的书法是一坨屎。

田火愿意自己名字还像一坨屎一样挂在海报上。

他抽抽鼻子，转身走。守门老爹看见他了，直跺脚，田火，又是你，你又逃学了！我跟你讲咯，学好数理化，走遍天下都不怕。

田火龇牙一乐，把半包软白沙扔进去，接着，我请客！

他白天四处晃荡，夜里不知去向，墙外没人影，墙里没动静，屋顶不冒烟，窗里不点亮。有人推门去看看，吓一跳，田婶在黑里坐着，仰着脖子望天，脸上湿了又干，干了又湿。

大约是夜里两点，月亮高悬，投影在巷边小溪，天上一个瘦淡，水里一个反而是饱的。田火猫一样出了门，一溜烟似的，化在夜里了。

田火被抓起来了，偷电线。他跟南门帮混在了一起。

南门帮又灵又贼，偷来的东西，托人去卖，不知他们怎么交易，只见货，不见人。行行有道，他们认货不认人，哪边失手哪边扛，任谁能把道上人倒背如流，任谁也不能把道上人倒背如流，否则别想道上混，轻则伤身，重则丧命。

这次却栽了，拔树连根，牵泥带土的，一下子进去十来个，有几个惯犯还被移交二岭坡看守所，关了起来。

田火长到十五岁，身体还没跟上来，看过去像十一二，不能再多。他年纪小，刚入帮，是受人教唆，在派出所教育了一阵，放回来了。

这事过不去。

高墙里还关着上十个兄弟呢，怎么一道栽了？谁骨头软，嘴一撬，牙口就松了？该活的死不了，该死的活不了。

这天，关在看守所的燕子吴说，我要举报一个人。

谁？

南司湾田螺壳，田火。

犯了什么事？

杀人。

杀谁？

他爹田前进。

众人一惊，继续追问，他为什么要杀他爹？

他爹常年打他，他怀恨在心，学了武功，一心报仇。

作案时间？

元宵节夜里。

作案地点？

……这个他没说。

他怎么动手的？

用打狗棒将他爹打死了。

尸体在哪里？

燕子吴笑得前俯后仰，哈哈哈，他把他爹，哈哈哈，像猪一样，放油锅里炸了，炸成油渣了。晓得不，田螺壳最会榨油了。

众人大骇，晴天却起了阴风。

田家饭铺门口挤满了人，都来看警察办案，看法医验油。有人经过补锅铺，喊道，锅师傅，快去看看，你徒弟出大事了。

锅师傅摇摇头，我哪来的徒弟？

那人道，田螺壳不是跟你学的功夫吗？要不能搞翻他老子？

锅师傅怆然道，我自己亏在拳脚上，不得让他走我的老路。火娃子没功夫！他要搞翻他爹，还差七八只脚呢。

那人停住脚步，也不知道在问谁，这个细田螺，怎么到处吹牛，惹祸上身呢？

田火又进了派出所。

李所长问，你是不是对人说过，你把你爹用棍子打死了，还把他放油锅里炸了？

我说过。那又怎样，说话也犯法？

你晓不晓得你说的这些话，能让你在少管所待一世？

你吓不到我，我不怕。

你想杀他吗？

……想过，但我没杀他。

那你为什么跟人说杀了他？

我编的……他们瞧不起我，欺负我。田火突然激动起来，嗓子高高举起，他们都瞧不起我，欺负我，我要他们怕我，要他们晓得我的厉害！

那你爹在哪里？

田火猛然哑住。

找不到你爹，你也是嫌疑人。

田火眼角跳跳。

李所长捏到他没藏好的尾巴尖，正欲往里追，所里接到报案，有人在沩丰坝发现一具尸体。

这是沸腾的一天，半个城的人都跑到沩丰坝看死尸去了。那个在元宵节跟田前进打了一架的外地单身汉，做了河边石洞里的冤死鬼。

月亮上来，沩江静了。鳝鱼洲像一个疲惫的老水牛没入河中，只将黑脊留在水面，再也不动了。洲边泊着一只瘦长的乌舡子。

田火躺在船板上，看太阳下去，月亮上来，看天上的一个月亮钝钝地走，水里的一个月亮重重地摇。田火晓得，他的父亲田前进，骂溜的嘴，打惯的手，不搞个胜仗决不罢休。那个晚上，跟他打架的人死了，他消失了。

田前进消失了一年，谁也没找到他。

春天照样来。

春天的沩江很美，正像春天的沩江。杨柳绿，菜花黄，紫云英紫着，粉桃花粉着，全在翻涌，朝天边压过去。土地又暖又湿，空气也潮润润的，缀着很重的香。

真适合养鸭子，这天地！

田火养了两百只鸭子，他做了赶鸭人。他把鸭子赶到沩江里，赶到沩江边，赶到江水能到的地方去，赶到水草丰茂的远处去，他的乌舡子里，堆满粮油酒菜，可以让船走很远，也许不回来了似的。

田火瘦归瘦，劲不小，站在船头比钉子还稳。他很会赶鸭子，横握一根细长竹篙，偶尔摇桨似的拍拍水，舍不得敲哪只鸭子一下。鸭子跟他熟了，听他话，他只悠闲站着，篙子不用大动了。春风醉醺醺的，鸭子闹嚷嚷的，他的心软软的。

真适合养鸭子，这一世！

早养两年就更好。那两只鸭子不该死……都过去的事了。真适合养鸭子啊，水里有鱼，有虾、螺、浮萍；土里有蛆，有虫、草籽、蚯蚓；船上有田火。

田火爱养鸭子。鸭子脾气憨不好斗，乖巧！养鸭子不用说话，安静！赶鸭子可以走很远，自由！真自由啊，自由得像流浪。天一放亮，他就把鸭子赶到白雾茫茫的江里，一路往下。他的乌舡子飘飘忽忽，不知道会在哪里歇，鸭子停它就停。有时他在船上睡着了，醒来晚霞铺满了天，他便带着鸭子回来。他眼睛一扫，就知道鸭子有没有到齐，若有在苇叶或蒿草间赖着的，他的竹篙在水里扑打扑打，嘴里咕咕咕一阵叫唤，好家伙，呱呱呱呱，都回来了。

岸边站着锅师傅，他在等田火。

嘎嘎嘎，一点点声音，流水似的，从远处涌过来了。呱呱呱，呱呱呱，声音大了，鸭子回来了。

锅师傅帮田火把鸭子圈起来，上他的船去，看看，米没了，油没了，酒没了。

翻了船了？锅师傅问。

屁！要翻我的船，等下世。

东西呢？粮油酒菜，又被偷了？

田火踢一脚米袋，嗯哪，运气背！

锅师傅摁灭竹烟壶，磕磕烟灰，说，这小偷真准时，十天半月来一次，摸准时间了，我帮你捉一回。

田火拉条毯子打地铺，哼，下次被我捉住，打得他不认得娘！

锅师傅接过毯子，回去看看你娘吧，今夜我来帮你看鸭。

田火摸摸脑壳说，好。

锅师傅久久看着田火的背影。河岸很宽，背影很小，那衣服萧萧飘荡，像一只船帆，载浮载沉，慢慢融进夜里去。

中秋节，鸭子可以上市了。乌舡子上站着田火，田火瘦精精。乌舡子外围着鸭子，鸭子圆滚滚。他们由远而近，白云似的飘到码头上来了。来收购鸭子的商贩随手抓起一只，田螺壳，估一估，这只好重？

两斤七。

要是错了呢？

我连毛吃了它！

往秤上一扔，不多不少，两斤七。

又有人拎出两只鸭来，你要是能估准这两只差几两秤，我出双倍价。

田火飞快地说，一只两斤七，一只两斤六，差一两。

那人把鸭子往秤上一扔，说，我不信一两的出进你都估得准！

田火嘿嘿一笑，不屑看秤。他叼着一根烟，半眯着眼斜觑着远处，蔡小雯在码头洗衣。

真的是一两！旁人都惊呼起来。

蔡小雯听到声音，朝这边看了一眼，田火喊道，蔡小雯，你买鸭子不？

不要！蔡小雯语气很冲。

我要是没估准秤，不收你钱。田火说。

蔡小雯过来了，田螺壳，你别吹牛！

田火把胸脯拍得咚咚响，男子汉大丈夫，说话算话！

蔡小雯选了一只最大的。田火看了又看，看鸭子，也看蔡小雯，志得意满。慢悠悠说，二斤六两。

过秤一看，二斤八两。蔡小雯拎起鸭子说，你没估准，这鸭子归我了。

当然！愿赌服输，鸭子归你了。田火笑嘻嘻地说。

火红的落日坠在沩江上，河面涌金堆赤，像翻了个胭脂盒子，几只白鹭翩然飞过，消失在萋萋芳草中。田火吹着口哨，将卖剩的鸭子赶回岸边鸭棚，买回粮油酒菜，塞满半条船。

锅师傅来了，点一锅烟，坐下慢慢抽，半天才开口说话。火娃子，你这鸭子肥了，也卖得差不多了，就不用出远门去放了，辛苦。

还放一回，吃饱了，砸秤。嘿嘿。

来，坐下来，我们说说话。

以前老师讲过，我屁股带刺，坐不住。嘿嘿。

……火娃子，你还记得被你爹踩死的那两只鸭不？

田火不笑了。他坐下来，从口袋里摸出软白沙，手指掸掸盒底，伸嘴叼起一根来。

你爹那样打你，你不恨他吗？

借个火，田火说。他叼着烟，眯眼凑近锅师傅的烟壶嘴，深深吸两口，长长呼出来。

你爹的伤好了吗？

田火呆住，眼角跳了跳，突然发起脾气来，你总讲他搞什么，哪个要你操空心！他死没死，伤没伤，不关我卵事，我巴不得他再也不回来。

他要是没受伤，你也不会去偷电线。你到处弄钱，是给他养伤。

田火眼神有点硬，口气却有点软，你莫乱讲，我不晓得他在哪里。

你晓得！你给他送粮油酒菜，送药，十天半月跑一次。我估计他伤得不轻，走不了很远。

田火闷头抽烟，不吭声。船里黑，唯两点烟火在闪。船外，鸭子偶尔几声轻轻的嘎嘎。呱呱。鱼突然蹦出一声水响。

月亮移到船顶上，月亮掉到船后去。

田火把最后一颗烟头丢了，用脚狠狠揉灭，说，那只猪在哪里，我不晓得，关我屁事。不跟你扯乱弹，我要睡了。

他倒下去，拿背对着锅师傅。

锅师傅便对着他的后背说话，火娃子，你叫我一声师父，我得跟你讲讲。人家都叫你田螺壳，他们不晓得，田螺壳田螺壳，外面是壳，里面是肉，心比哪个都软。我晓得，你生怕你爹吃枪子，把他藏起来了。你一定要劝他去自首，这是唯一出路，否则迟早会被抓的，人命关天，他逃不了，到那时就迟了……

船里一点点声音也没有。田火似乎睡着了。

锅师傅下船来，走了几步，回头去看，却见田火坐起来了，夜风里僵着，含胸驼背，像个撒风漏气的破皮球，塌瘪下来。他一动不动，低低勾着头，跟死去了似的。

比当日那鸭子死了，还要傻相，还要悲凉。

楠竹钉船两头翘
哥划船来妹撑篙
只要两人身子稳
不怕恶浪万丈高
哪怕旁人鬼起飚。

——山歌

章大胖子

卖卤菜的章润田是个胖子，他说是油烟熏胖的，言之凿凿：厨子有几个不胖呢，都是被油烟熏的！其实他是吃胖的，他吃饭的海碗有半尺宽，五六寸深，一顿顶人三顿。伙食开得好，三餐见荤，还要喝一碗汤。他胃口很好，胃口从来没坏过。他没有理由不胖，于是就胖了。

胖了身体还很好，没见他喘过，咳过，身子放软过，秋后还穿着短袖，冬天，只加件布衣，忙起来，头顶还冒热气。他胖，力气大不大？北门四井巷的刘牛牿来找过他，要跟他打架。刘牛牿有三百斤重，磨盘拳，瓮缸脚，力大如牛，自称城关镇大力王。章润田笑笑，不应战。刘牛牿说章润田软趴趴，不算条汉子——

这事嘛，不大说得清。

这是个乐哈哈的胖子，人勤不懒，吃饱干活，日子过得挺好。他喜欢这样过日子，简简单单，快快活活。他也没不良嗜好，烟酒不沾，嫖赌没有，还很热心，小窘小难，找他准不落空。他整个人都是上扬的，声音、表情、气场，都往上走，没一处是涣散叛离的。

出摊去。一早推着他的四轮卤菜柜，出了南司湾，去到南正街。章润田在这儿卖卤菜很多年了，篾货铺的聂大脑壳愿意把屋檐借给他，存放他的锅桌和一个藕煤炉子。他来了，架锅开摊。人来了，看一看各个盘子里的卤大肠卤耳尖卤鸭爪卤翅尖卤猪脸猪舌猪蹄膀，都很干净，闻一闻，都很香，便选半斤八两。章润田哒哒哒切了，烧锅，下油，倒入卤菜，嗞啦一响，很好听，让人觉得踏实、温暖，富足。下葱姜蒜，下辣子，下细盐，下香油，颠颠锅，磕磕勺，起！

再撒一把香芝麻粒。

凉拌素菜卖得更好，便宜，菜式多。

腐竹。腐竹不是竹，是压成条状的干豆皮，泡发了，焯水凉拌，极入味。捆鸡。捆鸡不是鸡，将猪小肠捆紧，扎成短棒状，卤好切片，热炒后加入辣椒葱花香油，下酒极佳。不贵，不多钱买一根，大口吃饭，小口吃菜，一根捆鸡能吃两餐。千张，香干，海花（麒麟菜），海带，藕片。

章润田收摊时，八儿就来了。

八儿是慢慢走过来的，头颅低垂，眼珠却往上翻，他在瞅章润田。章润田一招手，八儿的羞窘就散了，他马上抬起头，快步跑过来。章润田将卤菜夹些给他，他接过来，欢欢喜喜地回去了。

八儿是个苦孩子，瘦！站着一杆宽，蹲着一碟重，头重脚轻，蔫葱似的。他没了娘，有个爹，在湘乡街布坊帮人染布踩石，但他的钱都花在同德福了——他有肺病，老要吃药。章润田总送点菜给八儿。

呀！晚饭菜都没留。孙秀华瞪瞪眼。

章润田笑。

啧！肯定又送人了。孙秀华摇摇头。

章润田笑。

章润田的老婆孙秀华，又瘦又高，夫妻俩配得好，正是扁担长，板凳宽。她爱俏，嫁过来十多年了，还是光梳头，净洗脸，齐整整，崭崭新。她很响亮，说话自带音箱，人未到，声先到，那声音撞了墙还能叮叮当当弹回来，远近一起响。

每当南司湾里响起孙秀华的花鼓调子，章婆婆就对人撇嘴巴：

毛竹子进灶，山尖子放铳，把这湾里五十年的扬尘都抖下来了。

没错！一把好嗓子。孙秀华原是县花鼓剧团的演员，1987年剧团解散了，她就失了魂，天天在家唱，还去体育场跟一群戏友唱。章婆婆说是——跟“不三不四的人唱”“妻呀夫呀的唱”。唱也罢了，她还要看，哪里唱戏往哪儿扎，哪个拐角弯里她都去了，去不了的地方，眼睛也去了，眼睛去不了的地方，心也去了，还要买，买录音机，买磁带，得花好多钱。

章婆婆说，呷菜要呷茄子，堂客要讨麻子。麻子堂客攒家，花花堂客败家。唉！

章婆婆又说，邀坏伙计一时，讨坏堂客一世。唉！

她的孙女章芳芳，十岁了，吃饭时还把饭包在口里，不嚼不吞，含半天，像婴儿嘬奶嘴。章婆婆用水烟壶戳戳她，吃没吃相，瘦得像只猴！

她说话时，露出一口黑牙，猛一看，以为全掉光了。她老牙痛，抽水烟，说是熏牙虫，虫没熏跑，牙黑了。章婆婆到巷口摆烤红薯摊，卖烤红薯赚不了几个钱，但够她买烟叶抽水烟的。卖烤红薯是最近的事，她跟媳妇吵了架，才赌气来摆摊。

孙秀华对老公说，你娘这是拐着弯来损我，要叫邻舍骂我不孝敬，逼她自己养自己。

章润田说，还好，那活儿不累，她有点事做，你们也少点争吵，但你要送饭去。

孙秀华就去给婆婆送饭，也有荤有素，也把饭菜堆成锥。章婆婆不看，不接，剥个红薯慢慢吃。

孙秀华说，妈，你到底要怎样嘛，你这样，不是逼我走吗。

章婆婆道，我敢逼你走啊，你牙齿比刀快，嗓门比天高，你莫赶我走就好了！

孙秀华声音提高了，我什么时候赶你走了？乱讲。不可理喻。

章婆婆道，鲤鱼？我家没鲤鱼。章家没人，跳不起龙门。

孙秀华炸了，闹过来闹过去，还不是因为我生了个女儿。我嗓门大，天生的，芳芳是女孩，你崽生的。你不喜欢没用。

章婆婆百味罗织，回来哭得很伤心，把一辈子的艰辛悲痛与无告，在儿子面前全哭出来，我一把屎一把尿带大你，我多苦啊。1969年发大水，屋也倒了，桥也垮了，南门河里一堆尸。要不是我在水里顶着你，你也跟你爹一样冲到靖港做鱼去了，我顶两天，冻两天，饿两天，把牙齿都咬脱了。牙坏了，痛一世……

章润田说，妈，你莫哭嘛，我晓得你的苦，晓得你不容易，我都记得。

章婆婆说，还以为你成家我就享福了，哪晓得落雨天担稻草，越担越重，我这一世，没靠头了……

章润田拉着母亲的手，不要操心，担子有我担呢。我会孝敬你的，养你一世。

孙秀华也哭得很伤心，我就要唱，我天天唱，我到她耳朵边唱。我十岁就跟师父学唱戏了，吃好多苦呢，你不晓得！吃苦我不怕，我一不望富，二不攀贵，我就怕没戏唱，我没那运气到台上唱，我自己唱自己听还不行啊……

章润田说，你莫哭嘛，我晓得你爱唱，你唱给我听，我喜欢听。

孙秀华说，她想赶我走，我走到哪儿去嘛，只有挂到牌楼巷的门楼上去。

章润田拉着妻子的手，不要乱讲，你是我堂客，哪里也不去，我养你一世。

哭声都停了，唯水缸下一只青蛙，咕呱，咕呱，咕呱咕呱。

1993年元月八日，省里最大的农副产品批发市场——宁乡沙河市场开业了。锣鼓敲，鞭炮响，举县大庆，人山人海。章润田记得这一天。

这一天，章润田病倒了，命落到阎王爷手里。无论如何想不到，他的胃坏了。他的胃被切掉了半个。

福无双至，祸不单行。章婆婆急痛攻心，中了风，瘫在了床上。

邻居都来安慰孙秀华。孙秀华眼泪一抹，说，章润田是条汉子，他会好起来的。

她把袖子卷到腋窝里，就去煮卤水，做卤菜，她说，我娘一个人养大六个子女，我只要养三个，我比我娘命好，知足了！

再没有人听到孙秀华唱戏了，也再没人看到孙秀华去看戏了。

天刚蒙蒙亮，孙秀华就推着她的卤菜柜子去南正街出摊，她来了，架锅开摊。人来了，看一看各个盘子里的卤大肠卤耳尖卤鸭爪卤鸡翅卤猪脸猪舌猪蹄膀，都很干净，闻一闻，都很香，便选半斤八两。孙秀华哒哒哒切了，烧锅，下油，倒入卤菜，嗞啦一响，很好听，让人觉得踏实、温暖，富足。下葱姜蒜，下辣子，下细盐，下香油，颠颠锅，磕磕勺，起！

再撒一把香芝麻粒。

等顾客渐稀，孙秀华就锁了菜柜，回去做饭。她做得很细心，婆婆牙不好，她把饭煮得软软的，丈夫要养胃，她把菜熬得烂烂的。等他们吃了饭喝了药，她又回来继续卖卤菜。

孙秀华说养章润田一世。

孙秀华还说养婆婆一世。

孙秀华瘦了。

这天，打东边来了两个长沙客，是省剧团的工作人员。原来孙秀华在戏友堆里唱出名来了，他们听说她盘子正，条子顺，紧拉慢唱，满宫满调，比从前更胜几筹，故而来请她。

孙秀华呆住，眼里像点了灯，亮了。她高兴，可是高兴的劲头不很足。她笑了笑，有点酸楚，我老了，唱不动了。

来人说，陈爱珠老师年近五十还进京献艺，陈绮霞老师八十了还出国演出，唐树森老师九十岁能扎靠登台，你还年轻呢，前途无量。

孙秀华眼神暗去一点，嘴角耷下一点，慢慢转过身去，慢慢说，我不去，你们另请高明吧。

夜里，孙秀华给婆婆擦身。

婆婆说，其实你唱得好嘞，你真的唱得好。

孙秀华笑笑，说，我不爱唱戏了。

章润田说，秀华，好久没听你唱过了，你唱一个。

婆婆说，唱一个吧，唱一个。

这一次是真笑了，眉头里跑出春风来。她说，唱个么子？

章润田便起了调：我这里将大姐，好有一比啊。

孙秀华对唱：

刘海哥——

哎

我的夫

啊

你把我比作什么人哪

我把你比织女，不差毫分啊

那我就比不上哪

我看你硬像着她哪

刘海哥你是我的夫哇

胡大姐你是我的妻啊

海哥哥你带路往前走哇

我的妻你随着我来行哪

…………

章婆婆听着听着，揩起眼泪来，她说，秀华，你是个好媳妇。

章润田对老婆说，等我好了，正月里陪你打花鼓去，从南门桥打到通益桥，从杉木桥打到梅花桥。

章婆婆说，我给你们举灯，给你们敲锣。

孙秀华笑起来，好，好，你们快点好起来，我们搞个章家班，唱遍城关镇。

树木轻摇，星月流光，院里槐花大把大把地香着。燕子在叫。

你说奇不奇，章润田看着要过去了，阎王爷手里打个转，他又回来了！瘦是瘦了，走路可带劲，衣服里像藏了群鸽子，四下里扑飞。起死回生的章润田，又来南正街卖卤菜了！

哧！油锅子响起来。

咣！锅铲子跳起来。

依呀依子呀依，依呀依子呦——

呀！这个好听，喜鹊子闹春，叫铃子破云，啥声音？

这是孙秀华唱起来了！

孙秀华时常被人请去唱喜事，出花鼓，闲时过来打下手，一边忙活一边唱，大家看那一对，男的笑得像个弥勒佛，女的响得赛个小云雀，他们真有夫妻相，都那样快活，响亮，精神！

章润田的卤菜越做越好，出了名，有歌这样唱来：

刀豆花，苏梅姜，
工商联的月饼响当当
眉毛酥，猪血汤，
肖八十哥的刮凉粉零打光。
油麻坨，酱千张，
章大胖子的卤菜喷喷香……

这歌唱了九千九百九十遍，传了一九得九，二九十八条巷，刘牛牯听了直摇头，什么章大胖子，瘦得像只猫！

话说一天，“左螃蟹”骑着一辆新摩托，好不得意，从南门桥骑龙驾虎似的飞过来了，这边突然蹿出一个叭叭车，“左螃蟹”受了一吓，车头一拐，人就飞起来，重重落到水沟里了。好巧不巧，那摩托车尖叫着溜了一弯子，正好撞上一块老麻石石碑，石碑砰地倒下来，得！把“左螃蟹”踏踏实实困在沟里了。

“左螃蟹”动弹不得，有气无力地说，谁搬开这石头，我出五十块。

五十块没人干。“左螃蟹”是南门口的混混，平日横着走，他也有今日，就趴着吧。

他咬咬牙，一百块！

一百块！想干，干不了。这石碑太重了，又板实，无从下手，就算刘牛牿来了也没法使。

章润田走过去看了看，笑眯眯地说，这得两人抬，两个人，一百八包圆。

他叫上了八儿，八儿能帮什么忙呢，但章润田加上八儿，幺二三起，还真就把老石碑挪开了。他得了钱，转手全给了八儿，说，给你爹买药去。

八儿摆手不敢要，他没使上劲哪。

章润田道，拿着，这是你劳动所得。晓得啵，不要等，要去挣。人只要肯动弹，就饿不死。

八儿得了钱，欢天喜地往药铺跑去了，一边回头道，等我挣钱了，就把那一半还给你。

据说刘牛牿听了这事，半天没作声。

这事不假，几十年过去，还有人说起这码子事，说章润田是金刚菩萨化身，百毒不侵，这事有；又说他有神力，三根手指就捏起了几百斤重的石头——这事却没有，他可是使了吃奶的力气，膀子痛了好些天。

他如今是个瘦子了，大家都希望他胖起来，就还叫他章大胖子。

郎在外面打山歌，
妹在家中织绫罗。
山歌唱得我脚痹、手痹、
上痹、下痹，
一身四痹，
痹痹麻麻，麻麻痹痹，
踩不得踏板标不得梭，
绫罗不织听山歌。

——山歌

推工磨，扯工磨

盼生淹死在南门河好几年了，海蓝姨妈觉得就在昨天。

海蓝姨妈没了儿子，心里痛得跟长了刀似的，她没法平平静静地把日子过下去，坐会儿哭会儿，站会儿哭会儿，就快要疯了。

珍珠婶看她可怜，把怀里的孩子递给她，说，你抱抱，抱抱孩子，心里就没那么痛了。

海蓝姨妈抱着赵杰名，把泪止住了。她给赵杰名磨豆浆、熬米糊、做兜肚、做布鞋，把赵杰名养得跟只小老虎似的，打扮得跟年画上的抱鱼娃娃似的。每天一早，她磨好豆浆，就搬张凳子到门口坐着，望眼欲穿，等着珍珠婶把孩子送过来。

兰家巷的媳妇们便都把孩子送过来。海蓝，我去洗衣服，帮我带会儿。海蓝，我去买菜，你帮我看会儿。

海蓝姨妈很高兴，她把每个孩子都照顾得很好，没让他们磕着摔着，没让他们受一点委屈。她舍不得孩子哭。日子久了，大家都给她算算工钱，让她把日子撑住了。她带大的孩子有赵杰名、蔡甸秋、夏欣、夏荣、趴耳朵贺大洲、厥屁股肖新城。这群孩子都叫她姨妈，其他孩子便跟着叫姨妈，后来，大家都叫她海蓝姨妈。

杨英讨厌海蓝姨妈，说她身上那点事，响得跟年三十的鞭子似的。说她不是个四全人，不吉利，招晦气。她不让海蓝姨妈碰蔡甸秋，可是海蓝姨妈不晓得杨英的心思，她看到蔡甸秋在摇篮里朝她笑，忍不住就把他抱在了手里。

杨英一把抢过来，我家甸甸不要你带，你别碰他。

海蓝姨妈笑了笑，依然伸过手去，说，我就抱抱他，不要你的工钱。

杨英一把打掉她的手，怒道，别霸着人家孩子，有本事你自己生一个呀，反正你没有男人也能生孩子！

海蓝姨妈像挨了个轰天炮，脑袋蒙了。她红着脸，缓缓转过身，扶着墙，一步一步挪回去了。

海蓝姨妈——照那时，还是叫她海蓝吧。海蓝是有过男人的，她十五岁就被母亲送过来了，但她的男人是个在床上躺了三十年的“瘫子”，起不来床，吃饭穿衣都要人服侍。婆婆厉害得很，一双眼像铁钉，把她牢牢钉在家里，不许出门，生怕她跑了。

街坊都说李婆婆缺德，儿子生下来就瘫了，还能续香火不成？要个媳妇干吗？一个十五岁的小姑娘，一世毁啦，当驴使，造孽！

李家有一张大麻石磨盘，用老树墩子架在堂屋里。你说那得有多重！海蓝天天在那里推磨，没力气，又推又拽，像只拼命小驴。李全天天要喝豆汁，天天要晒太阳。

海蓝把李全背出来，放在一把竹躺椅上。李全像摊稀泥糊在椅子上，慢慢往下滑，过会儿要把他往上支一支。他脑壳耷拉着，向上翻起眼皮瞅人，听人说话。他自己抠不出一句完整的话来，他的嘴巴是歪的，流着长长的口水。他有一个怪癖，喜欢伸出舌头去舔鼻子——这怎么做得到呢？但他只会做这么一件事。

到了半夜，她家发出噼里啪啦的声音，隔墙的珍珠婶听见了，唬得一屁股坐直，不对劲！这是，打人？

打人。李婆婆打海蓝。李婆婆为何半夜里打海蓝呢？大家心知肚明，那是李婆婆不甘无后，她在逼着海蓝同房。

珍珠婶总在夜里惊醒来，她听着听着，心里很难过。她对丈夫说，海蓝明天就会跑掉。

可是大半年过去了，海蓝还没有跑。

趁李婆婆不在，珍珠婶悄悄问海蓝，他到底能不能？

海蓝脸红得像炉火，她低着头不说话，十个手指绞麻花。

你告诉婶，他要是不能，我跟你家娘说去，要她别折腾你。

海蓝红着脸，声音小得像蚊吟，我不知道。

珍珠婶明白了，不知道，那就是不成。她说，他既不行，他娘打你有什么用！

海蓝的脸更红了，她深深低下头去，不敢看人。珍珠婶的脸也红起来，心里骂道，这个老太婆，真是缺德，她定是要海蓝使出了一百种法子呢！

李婆婆卖草药回来了。她寻蛇舌草，摘金银花，采枇杷叶，挖葛根，卖到药店去，赚不少钱。她用度节俭，自奉甚薄，都给李全买了补药。她远远看见珍珠婶在跟海蓝交头接耳，三步并两步回来，将篮子在珍珠婶面前重重一搁，脸上结着两寸寒霜。

珍珠婶不喜欢她，说话毫不客气，李娭娭，你脾气好大，我皮糙肉厚受得了，海蓝年纪小，只怕吃不消。

李婆婆怒道，你有闲心管住自己的事，我家的事不要你搭白。

珍珠婶说，谁想操你家的空心，不过我也讲句公道话，李全是那么个情况，你折腾海蓝有用吗？瞧这一身青红紫绿，亏你下得去手！

这简直掏了李婆婆的心！她抖得站立不稳，声音也破了，李全有什么问题！我告诉你，李全是个男人，屙尿一样射得丈八远，你狗眼看人低，小心烂舌头！

德才叔来了，一把扭住珍珠婶，将她架回去了。他说，两口子这种事，外人怎么管呢，你没道理呀！

海蓝果然跑了。她跑了几十里回到家，把衣服掀起给爹娘看，哭得好伤心。爹娘垂着头，不说话。到了晚饭时候，母亲给父亲二妹三妹四妹五弟各盛一碗粥，到她面前，饭锅空了。

第二天一早，海蓝站在村口回头望，她家矮矮的房子在一棵大槐树下，像站不起来的老水牛，痛苦地蹲伏在雾气里。屋里没点灯，屋外没人影。她咬咬牙，一扭身走了。

海蓝成了兰家巷最能干的小媳妇，推磨、洗衣、做饭、种菜、背李全晒太阳，在那个小小的院子里搓麻绳、晒褙子、做鞋子，放到巷口的南货店代售。过四五年，海蓝长大了，漂亮了，身子像兜着风的帆，鼓起来了。男人们忍不住多看她几眼，想到她跟前寻点甜头，或者，想给她一点甜头（她实在太苦了）。她不搭理任何人，总是垂着她的眼帘，默默无言。

然而，隆冬一声雷似的，海蓝的肚子鼓起来了！

婆婆瞪着海蓝的肚子，抄起板凳就要砸，海蓝一边躲，一边说，孩子姓李，给你们养老送终，要还是不要？

盼生一天天长大，白白胖胖，十分可爱。这个院子翻了新一样蓬勃起来，有了一户人家的味道了。邻居们悄悄辨认眉目，知道这孩子不是李全的，可会是谁的呢？一点影子也没有！他们悄悄议论，细细推敲，掰开揉碎去研究，还是一点影子也没有。然而他们都愿意相信这孩子就是李全的，李家要是没个孩子，唉，像个什么样呢！

盼生吃豆汁，吃豆腐，能吃菜了！海蓝种了很多菜，大白菜，土豆，胡萝卜，西红柿，都种一点。她满头大汗，脸庞彤彤的，用力挥锄时，胸脯跳跳的。她活得有精神，有劲头了。珍珠婶在隔壁地里摘菜，她说，你都忙半天了，歇会儿吧，回去喝口水，看看盼生，他要吃了吧？

海蓝擦把汗，笑笑，没事，我喂饱才出来的，这会儿睡着了。

家里地里，锅头灶尾，这么多事，要是有个人帮你就好了。

海蓝笑笑。

珍珠婶看看海蓝，把声音压得低低的，海蓝，依我看，把这婚离了得了，要不以后日子苦着呢。反正李全啥也不知道，怪不着你。

海蓝锄到石头了，震得她手发麻。她沉默半晌，说，李全心里都知道，他那双眼睛，很苦。

你说什么？

我说李全心里苦。

珍珠婶愣了愣，说，他知道什么呀，他连句话都说不清。

海蓝说，他知道的。他娘打我的时候，他一直喊，一直哭，他心里比我还苦。

珍珠婶呆半天，接过海蓝锄头说，你回去喝口水吧。以后，忙不赢，就叫我一声。

李婆婆牙痛得厉害，一只倒，两只倒，快倒完了，身体一天不如一天。她倔强地撑着，无论如何不肯比儿子先死，她总担心海蓝会带着盼生跑了。她很积极地吃药，门前路上铺了厚厚一层药渣。这里的人相信把药渣铺在路上，让过路人踩踏，就把病痛带走了。她看着盼生，总是叹气，她自己也说不出这是一种什么情绪，她应该讨厌他，不讨厌他就对不起李家祖宗，对不起可怜的儿子，但她心里似乎也没那么讨厌，滚圆的脸蛋，白白的莲藕似的手脚，一天到晚呀呀呀地说，喧腾腾的。他姓李，张开手臂要她抱，笑起来像她——都没牙。

布咚布咚，布咚布咚布咚，巷口响起货郎的拨浪鼓声。货郎的声音很亮，流水似的游进巷子来，陶罐子，卖陶罐子，资福陶罐！

海蓝洗洗手，摸摸头发，衣褶撑一撑。她从柜子里拿了一双鞋，抱起盼生，走了出去。

货郎远远看着海蓝过来，笑着问她，你要点什么呢？

要个药罐子。

好的好的……谁病了呀？

我家娘。

哦哦……孩子真壮，长得真好，给我抱着，你自己挑挑吧。

海蓝把盼生递给货郎，蹲下去慢慢挑。货郎逗盼生笑，亲亲他的脸，给他兜里塞两把糖。他说，这热的天，他一个痱子都没有，你带得真好。

海蓝的嘴角微微翘着。

得有二十斤了吧，你抱一天可不容易。

二十二斤。豆腐，面条，蒸鸡蛋，都能吃点了。

哈哈，可真会吃，你看他壮得像个小蛮牛。小蛮牛，长大要孝顺你娘啊，她辛苦啦。

海蓝抿着嘴笑了，轻轻说，他这么小，知道个什么。

货郎说，知道的知道的，他一定记住了。

海蓝选中了药罐，她说，我拿布鞋跟你换吧？

好，好，都行！

海蓝的脸微微一红，把鞋子快快地塞到货担上的罐子里，接过孩子，走了。

货郎看不到海蓝的背影了，也挑着担子走了。他拐了弯，上了坡，转进小树林，到了小河边，在一条小石桥上放下货担歇着。他在衣服上擦擦手，把鞋子从一个陶罐里掏出来。这是一双挖云鞋，厚软底，青呢面，挖出了福寿双全的云形图案，里头衬着薄红呢，特别牢实，特别精巧，世上没有第二双这样好的鞋，值得一个戏文里的好相公来穿。货郎看了又看，放在脚上比了比，正合适，他咧开嘴笑了。有了这样的鞋，你尽管山高水长地走着吧，保管一点不打溜，一点不崴脚。他把它重新包好，塞进胸口揣着，坐在桥头朝远处望。

日头快落了，河水起了红鳞，柳条儿飘着，路上一个人也没有。月亮上来了，河水起了银鳞，蟋蟀在叫，路上一个人也没有。他按了按胸口的鞋子，起了身，挑着担子慢慢过了桥，慢慢朝前走去，走进月亮里去了。

盼生六岁的时候，李全死了。他死得很安静，就像睡着了。盼生披麻戴孝，抱着父亲的黑框相片，由母亲引着磕头致礼，送父亲上山。他哭得很响亮。

李婆婆头发全白了，终日坐着流泪，哭坏了眼睛，慢慢看不见了。盼生给她擦眼泪，给她端热饭，牵她出去走一走。他把一只小铃铛拴在阿婆的拐杖头，铃铛一响，他就跑过来问，阿婆，你叫我？

她一遍一遍地问，盼生，你姓什么？

我姓李。

盼生，你姓什么呀？

我姓李啊，阿婆！

你给不给阿婆养老啊？

养。

你给不给阿婆送终啊？

送。

盼生十岁的时候出了事，挖了李婆婆的心了。没人给她养老了，死了没人哭她，清明没人烧一沓纸给她，过年没人送一盏亮给她。李婆婆不想活了。她把钱扫拢扫拢，给自己割了一副上好寿屋，紫红红地架在堂屋里，年年加漆，漆已经很厚了。她一直活着。

海蓝姨妈带大了很多孩子，带孩子给了她一种很大的快乐。她推着那盘老石磨，把孩子们养壮了。孩子们喝着豆汁，吸溜着豆腐花儿，吃着米粉粑粑，一边唱着歌儿：推工磨，扯工磨，磨个粑粑呷一呷，呷一边，留一边，放在姨妈的枕头边……每个孩子的生日海蓝姨妈都记得，早早买了糖，做了鞋子。她做的鞋子真巧，像一只月亮船，两头翘翘的。孩子们穿着她的鞋长大了，蹦蹦跳跳上学去。哪个孩子头痛脑热了，她要去看看，吃药了没有，退烧了没有，想吃点什么，她都要问问。赵杰名出天花，高烧不退，她怕他烧坏脑壳，去药王殿拜了三天菩萨，许诺每月初一来上香火——真的，她每月初一是必来还愿的。

杨英把她的第二个孩子送过来了，说，海蓝姨妈，你带哪个孩子，哪个孩子有福气。海蓝姨妈笑呵呵接过孩子，说，哎哟哟，你看你这闺女，好看得嘞！

她过年要准备很多零食，酸枣糕，刀豆花，焦切糖，砂仁糕，大雪枣，小花片。初一大早，孩子们都来这里拜年，一个个裹得冬瓜似的滚进来：

姨妈，新年快乐，恭喜发财。

姨妈，给你拜年，祝你长命百岁。

姨妈，拜年拜年，希望你今年给我找个姨爸爸。

杰名！你这孩子，说的什么糊涂话！海蓝姨妈扬起手板，要打赵杰名屁股，赵杰名跑过来跑过去，海蓝姨妈捉不到。孩子们笑着嚷着，快活极了，他们都希望赵杰名的心愿能实现。

珍珠婶对她说，李全走了这么多年，你是该往前走一步了。

海蓝姨妈笑笑，说，我没想过这事。

你对李家尽心了！要是别人，早走啦！

我家娘这个样子，我要是走了，她只能等死。我做不出来呢。

她那样对你！唉，她当初要是收你做个女儿……你若不放心她，你就找一个进来，一起伺候她。她还能靠谁！我去跟她说。

算了……一世也快完了。

珍珠婶说，嘿，还长着呢！

海蓝姨妈突然想去买一面镜子，她想照照自己，她不太记得自己长什么样了。她只记得十几年前，自己还是好看的，她在河水里照过自己的影子，眼睛是俏俏的，嘴角也是翘翘的，都含着笑，回想起来，依然怦怦心跳。

她出了门，拐了弯，上了坡，转进小树林，到了河边，站在一座断桥上了。河水很浅，河水怎么会这么浅了呢，浅得照不出人影了。石桥哪时塌掉的？怎么会塌掉呢？多好的一座桥啊，是这世上最美最暖的地方。她听人说，这里马上要被推平，要修一条很长很长的公路了。这条路会通往哪里呢？

远处，不知谁在唱山歌：白扇子摇摇进姐房，问姐想郎不想郎，丝瓜牵藤长长想，豆角牵藤想成双，哪个娇莲不想郎。

海蓝姨妈坐在桥头，静静听着。圆圆白白的月亮升上了天空。

夏至风从东北起，瓜果园内受煎熬，
端阳有雨丰年降，芒种闻雷国泰然。

三伏之中逢酷热，五谷田中多不结，
此时若不见灾厄，定主三冬多雨雪。

——节令歌

马兰开花二十一

吹的是东南风，倘是西北风，没有烟，有桥头米酒厂的香气。七五冲，性烈，一口就能烧起心火来。高沩的父亲就是喝了这种酒，失手将人打死的，进去五年了。

窗户正对着马路，化工厂的烟气长驱直入，夏天无比浓烈地压了进来。高沩听到窗外响起脚步声，轻，稳，他知道那是飞燕。飞燕的脚步比所有人轻，比所有人稳，世上没有第二个人是这样走路的。他一个鲤鱼打挺坐起，撩起一角帘子，看到一截粉红格子裙边，波浪一样飘荡。裙下一双纤细的小腿，瘦弱的脚踝，小白鞋纤尘不染。

帘子再往上掀一点，他看到一头乌黑的长发，在风里飘起来。夏天飘起来。飞燕走过去了，她是在他心尖上走过去的。

高沩娘在喊他吃饭。他蔫蔫地爬起来，走到桌前，一碟卤捆肠，一碟白菜，都是愁眉苦脸的气色。他娘吃着吃着，掉起眼泪来，她又开始念经了，我来十几年，没上桌吃过饭……狗还能围着桌子要骨头……一句话没说好，揪起头发就打。成瘸子了。好好一条腿，折在他手里，一把凳子砸过来，那是把铁木凳，你外婆放柴火屋顶熏得铁硬，用得几世。我的嫁妆把我打残了。我命苦我认，报应算在我一个人头上……

高沩不接话。

他娘又说，这世上，我晓得的，男人就是天，一把罩住，你看不到亮的。

高沩匆匆扒了两口，放下筷子说，我出去了。

他娘喊他，你去哪里？里面来过电话了，到探视的日子了，你去看看。

高沩已经走到门口，听到这话折回来，伸出手，说，给钱。

他娘不说话，半天才问，你去不去？你不去我是不会给钱的。

高沩说，给钱。

太阳白花花的，照得人两眼发黑。巷子里粗糙的水泥路面，早烂掉，一个一个坑，车辆经过，发出阴郁又暴躁的怒吼，哐哐哐，哐哐哐。高沩在店铺前站住，买盒软白沙，买支老冰棍。冰棍冰人，香烟烧人，冷和热都在嘴巴里跑，像极了这诡异人生。

美发店门口，有几个女人慵懒地半躺半坐，涂着白脸，描着红唇。她们不想天天画眉，就把眉毛绞光，纹两条挑得极高的细眉，像一种永远惊讶的表情。她们穿着绷紧的衣服，长短横冲直撞，大小呼之欲出。

高沩一转身，钻进了地下录像厅。

录像厅里都是附近民工，中午的高温把他们赶进这便宜的阴凉之所。大家坐着，脸朝着屏幕，谁也不看谁，这时候最好互不相识。汗味儿一些，烟味儿一些，菜味儿一些，人味儿一些，都缠着搅着，酱在一起，泡作一坛。

厚幔子垂着，屋里黑黑的，只有屏幕浮起的颜色，都在人脸上浅浅地游着，人脸没有自己的颜色了，颜色都收着，藏着，敛着。先是香港武打戏，又夸张又堂皇，霍霍的打斗声，故意地响亮。闹了一会儿，约莫半小时，便有放风的进来打量场子，那双眼是毒的，有没有暗探，有没有凶险，一眼就明了。看过了，便朝里屋去了。

镜头就换了。没有铺垫的，便入得繁花锦簇团里，野径曲水中央，倒腾来，是花枝乱颤，倒腾去，是龙吟凤啸。屋里气氛变了，都在黑暗里骚动，奔涌。高沩低低叫了两声，湿手在裤子上胡乱擦了两把，野劲过去了，躁劲过去了。

瞬间空荡荡，无聊至极，空虚至极。他去网吧转了一圈，木鱼和阿青不在，电话没人接，见鬼！只得回家，自己瘫软在床上，迷迷糊糊中摸到一个硬物，一看，是个玻璃发夹，粉红色的格子，是倪艳留下来的东西。

他想起倪艳，想起她的马尾，马尾上别着这只粉红发夹。她似乎没有过别的发夹，唯一的这只是他送的。她有了这一只，再没想过要第二只。

她走了两个月，他第一次想她。

他不是想她，他只是想起了她。

三年前高考后，书是不用读的了，其实是早就没法读下去的。以后做什么，鬼知道，先跟木鱼和阿青他们混呗。网吧歌厅电游室台球室，混着呗。

那天在歌厅混到凌晨两点，喝得摇摇晃晃去洗手间。洗手间的门下面是空着一截子的，透过那条缝儿，他看见一双脚。白白的一截子，脚踝纤细，瘦弱，像极了他认识的某人。

某人的一截脚脖子。

酒突然就醒了。他不知该不该走出去，这个地点有些尴尬，而且他几天没洗头了，真不是时候。

那双脚移动了，消失了，他心里一紧，马上拉开门。他看到了她，微微吃了一惊。陌生的一张脸，满脸汗珠，满脸红润，像清晨草地上一颗新鲜的太阳。

倪艳在拖地，汗流浃背，她胆怯地避开他的目光，拖把收一收，给他让路。

他有点失望，有点烦躁，朝外走，突然回头来说，嗨，可以点你陪唱吗？

倪艳吃了一惊，瞪大眼睛，半天才说，我是服务员，不陪唱。

高沩哦了一声，又问，你叫什么？

他很容易就把倪艳追到手了。这么容易到手，倒令他心里灰灰的，好像自己是捡了个便宜货，怪没意思。

就像这玻璃发夹。

高沩娘进来了，问他，你怎么在家，没去看他吗?

高沩背过身去，朝墙睡着。

他娘喉咙里像灌了水，嗓门打着颤，怒斥道，又骗我钱，你口里掏不出一句真话！没良心的，他在里面那么多年，你也不去看一眼，他再怎样不是人，也是你老子啊……两爷崽一样心狠，一样绝情，没个人样，我命怎么这么苦……

高沩猛地坐起来，吼道，要去你自己去，我不是人，我不去！他随手抓了件衣服，出门去找木鱼。

木鱼叫木鱼，是因为他娘在东郊小庵堂敲木鱼，给人卜卦问签，人称何仙姑。木鱼常带着他们躲在庵堂外的树林里，等着机会就溜进去摸“功德箱”，后来他娘提防上了，再难得手。阿青不痛快，拿起香案上的毛笔，给庵堂挂的何仙姑画像涂了两撇长胡子。

木鱼娘举着扫帚追打出来，骂道，要遭报应的，你们这群冤孽。

阿青说，就她那鬼样，还何仙姑呢，分明是个夜叉婆！

大家哈哈大笑，木鱼笑得最凶。

木鱼跟他爹住。他爹是水泥厂工人，一条胳膊被机器搅掉了，换去守大门。木鱼爹是个老实人，每次他们去了，还给泡白糖水。厂里答应给木鱼安排工作，木鱼爹感动得热泪盈眶。木鱼说，呸，老子才不去，老子恨不得一把火烧了水泥厂。

阿青说，木鱼，你爹脾气不错，适合看门。

高沩敲了敲门卫室玻璃窗。木鱼爹摇摇头说，他不在。

他去哪里了?

木鱼爹又摇摇头。

高沩朝回走。木鱼爹追出来，一只空袖子在风中荡。高沩啊，你劝劝木鱼，要他回来上班吧。他拿了那一万块顶什么用？用了就没了！

什么一万块？

木鱼去找厂长了，他要厂里赔我一万块。可是拿了钱，这事就算结了，就不会给木鱼安排工作了，这怎么行呢，人要活一世，不是活一时啊。你劝劝他吧，啊？

高沩胡乱地点点头，转身走了。

高沩去找阿青。阿青家开小旅馆，他和木鱼一帮人常跟阿青来，蹭吃，蹭宿。阿青娘做生意，阿青爹泡茶楼，两个人都不管阿青。阿青总有办法偷到他娘的钱，有钱闹三天，没钱睡三天。他搞了台二手摩托，满城飙车，不见人影。

高沩才走到门口，阿青娘操起店门口一根桌球杆劈过来，又哭又骂，滚，滚！一帮老鼠屎，害人精！阿青就是叫你们带坏的，被你们害惨了……

高沩挨了一竿子，心头扑扑跳，转身就跑，到了巷口问别人，阿青怎么了？

哎哟，你不晓得嘞，惨！飙摩托撞车了，两条腿锯掉，血窟隆咚，一世毁咯……

高沩闷声不响，不知走了好久，汗水像一条条热蛇缠着他，他感觉憋闷，透不过气，在路边坐下来。旁边一棵大树，白光照进树叶缝隙，银角子一样跳。高沩盯着那一币一币的白光，头昏脑涨。想起阿青对他们说，走，都到我家吃饭去。

不去，你娘骂人。

靠！骂能死人啊，饿才死人。走！

高沩擦了一把脸，咸的，不知是汗，还是泪。公交车在他身边停下了，他看见一道粉光一闪，一双纤细的脚走下车来。

飞燕跟他打了个正面。

嗨。他起身，朝她点点头。

飞燕吃了一惊，偏着头看了他半天，说，你是……

高沩。

高沩？飞燕一脸迷茫，在记忆里竭力搜索这个名字。

对不起，我认错人了。高沩狼狈地上了车，近乎逃。

飞燕已经不认识他了！

可是她凭什么要记得他呢？他们从来没有私下说过话，初中同学，跳过一回皮筋，呵呵，那是上辈子的事了。

一二三四五六七，
马兰开花二十一。
二五六，二五七，
二八二九三十一。
…………

呵，跳皮筋算什么，初中同学算什么。一个下午，像过了一辈子，他生命中唯一的一点美好、一点执念，刚才与他擦肩而过了。

他摸摸手臂，被阿青娘扑的那一竿子，这时鲜明地红肿起来，鼓出一道长印，痛得异常嘹亮。这点痛来得正好，正好可以跟心里那份拼个平手。

高沩并没想去哪里，莫名其妙上了车，不料一下车，就看到了木鱼。

木鱼烫了一头红卷毛，穿个黑背心，蹲在马路牙子上抽烟。见到高沩，朝他挥挥手，空中划过一道亮闪闪的弧线，这只手起码戴了四个铆钉戒指。

嗨，正好，不用去找你了。蒲扇打了我扩机，他们等下就到了。木鱼说。

你买了扩机？

摩托罗拉，最新款的！以后有事呼我。木鱼潇洒地丢过来一包万宝路。

高沩说，你把那一万块用完了？

木鱼愣了愣，手一挥说道，嗐，他那块木头！丢了一只手，还跟在人屁股后点头哈腰，不臊得慌！一万块，呸，想得美！我用完了再去要，老头子手都给他们了，他们得养着我！不给，我一把火烧了水泥厂，娘的！

高沩沉默了一会儿，说，阿青出事了。

晓得，一双腿没了。嘿，蒲扇他们来了，走，上卡拉拉唱歌去，今晚我请客。

高沩犹豫了。倪艳还在不在卡拉拉歌厅，高沩不知道。她走了，就再也没消息了，她让自己消失得干干净净。

那天倪艳回来，看上去有点累。她的眉头微微蹙起，说，我好像怀上了。

高沩没听见。他正全神贯注打星际争霸，鼠标键盘一通狂按，对着电脑大呼小叫。

倪艳说，我怀孕了。

高沩才反应过来，看了她一眼，说，怎么可能！

倪艳张了张嘴，但没说出话来。她垂下头，目光落在自己脚上。她穿着一双坡跟的黑皮鞋，走了形，像个红薯，灰心丧气地撑着暮年。

她攒钱给高沩买阿迪新款鞋，他一只脚踩着她的上半月，一只脚踩着她的下半月。他的电脑装备和游戏对局，踩着她整个青春，从十八到二十。

二十岁，青春还有的，还有一截，但也岌岌可危了，因为她怀孕了。

高沩转过头去，一边打游戏，一边说，怎么可能，我不是每次都弄在外面了吗？

倪艳有点烦躁，说，说了要你戴套，你不听。

高沩不耐烦起来，好了好了，说这些有什么用！

倪艳咬着嘴唇不说话。

高沩甩掉鼠标，踢了一脚凳子，在屋里转了两圈，出去了。

高沩娘听见楼上传来呜呜的哭声，叹了口气。她有什么办法呢，儿子不听话，不读书，不做事，四路里瞎逛荡，十八岁，就带女孩回来了。

她不给他钱用，不给他饭吃，给倪艳脸色，给她难堪。她对倪艳说，你娘晓得你住在这里，会被你气死。

我没娘了。倪艳低着头，绞着一双手，直绞得关节暴突，红里泛白。

你这么年轻，将来会后悔的。

我不后悔。

那时倪艳才来，高沩娘看都不看她，把她当空气，再过一阵子，她居然不走，住下来了。高沩娘开始指桑骂槐，一脚踢在猫身上，死猫，不要脸，卵屎大就嚎春！她竹篙打得啪啪响，追得猫上蹿下跳，骂道，自己没屋啊，回去！

倪艳红着脸，看见她就躲。

以为新鲜两天，也就散了，作不得数的。谁料倪艳一来竟三年了，她买了藕煤炉子，自己开伙，像一对夫妻，过起日子来。高沩娘渐渐不骂了，她看出来了，自己儿子没人样，可是倪艳挺拿他当回事，打两份工，早出晚归，养活自己和高沩。她做了他三年老婆、老妈子，她才满二十岁！

得了，畜生也服一个人管，让这小姑娘管去，高沩不出去闯祸，就阿弥陀佛了。倒是这小姑娘，可怜。

小姑娘可怜，在屋里呜呜地哭，高沩娘听着这哭声，像从自己心里出来的。这哭声也像她的一生，压抑的，悲怆的，无助又无告。她叹了口气，出门给倪艳买了当归和鸡蛋，她回来时，那哭声还在幽幽地飘。

高沩这天不晓得去哪儿了，到了天黑，才晃荡回来。他娘拉住他说，你还不去看看，哭了半天，这会儿没声响了。

他走进房去，倪艳不见了。她衣服不在了，毛巾牙刷也不在了。桌上的当归和鸡蛋，原封没动。

倪艳从他生活里消失了。

木鱼说去卡拉拉，高沩想，那就去吧，如果倪艳愿意回来，就跟她一起过吧，她对他可以的。可下一秒又把这念头捏碎了，他觉得人生还挺长的，不必急着下定论。他还没做好打算，可是人已经在卡拉拉了。

开了包厢，要了啤酒，又陆续来了很多人，认识的，不认识的，闹哄哄挤满屋子。木鱼跳上茶几，对着话筒说，今天，是个特殊的日子，是个悲伤的日子，我们的兄弟阿青，永远地离开了我们，不是，我是说，他的两条腿，永远地离开了我们，只剩一条啦！

有人笑起来，有人打口哨，有人敲桌子，有人砸酒瓶。木鱼故作严肃道，请集体为阿青默哀，不是，为阿青的腿默哀三秒钟。

高沩看着木鱼那张兴奋的脸，他明白了，木鱼在幸灾乐祸，但他还不明白木鱼对阿青的恨意从何而来。

木鱼跳下来，拉开门朝外喊道，喂，人呢？来个活的！怎么的，还要老子自己倒酒不成！

进来的是倪艳。

高沩吓了一跳，她那样丑？

她那样丑。她不知是病了，还是胖了，脸浮肿着，大了一圈。剪了头发，乱糟糟的，像个中年妇女，老了一圈。她没有经过他的批准，就又老又丑了。他觉得这是一种莫大的欺骗和背叛，心里有点酸。

倪艳一定知道他在，但没有看他。她的手有点抖，半蹲着，用起子将啤酒盖一瓶瓶打开，将杯子一个个倒满。然后默默地坐到点歌台前，背对着人。

木鱼拿着话筒，又跳上茶几，声嘶力竭吼起来：叱咤风云我任意闯，万众仰望，叱咤风云，我绝不需往后看，翻天覆地……

闹哄哄唱了半天，木鱼突然说，这个小姐姐好没意思，看不起人啊，拿个屁股对着爷！

高沩看到倪艳肩膀抖了抖，犹豫了片刻，终于转过身来，她垂着头，给每个杯子倒满啤酒。五彩斑斓的灯光晃着她，浓浓的烟雾裹着她，让她看起来像蹩脚电影里的浮夸女鬼。

木鱼对她勾勾手指，嗨，你过来，陪我兄弟唱两首。

倪艳勉强笑笑，说，对不起，我不会唱歌。

不会唱歌？歌厅小姐不会唱歌，天下奇闻！你看不起爷是不是？你看不起老子是不是？木鱼走过去，推了一把倪艳。倪艳站立不稳，一屁股跌坐在沙发上。

倪艳兜着满眼泪，声音很轻，却很坚定，我是服务员。

高沩突然起身，拉开木鱼，动作粗暴。他说，够了！

木鱼指着高沩，叫喊起来，高沩，你小子今天不够意思啊，怎么的，看我不顺眼？阿青不在，你就蔫了卵，玩不起来了？你看不起我啊！

高沩呆了呆，他明白了木鱼的心思，还不如不明白。就在这一瞬间，他心里有点荒凉，有点苦涩，有点沮丧，也有点茫然。

高沩二十一了，他突然不想玩了。

他想对木鱼说，也给我默哀三秒钟吧，可是他没说出来。

倪艳走后，他天天在屋里摊尸，他娘骂他，你看你，有个人样吗？这世上，就她把你当个人！

想起这句话，他鼻子一酸，至少这一刻，还有他，也把自己当个人。

他掏出那包万宝路，摆在桌子上，拉起倪艳，走出门去。

深夜，有风，豆芽路灯晃晃的，影子跟着晃，一颠一颠的，像浸在水里。倪艳剪得乱乱的头发，也在风中飘。高沩想起兜里还有一只粉红发夹，掏出来递给倪艳，你忘了东西，我给你带来了。

我不要了，你丢了吧。

哦。高沩看到旁边有个大型垃圾桶，把发夹往桶里随手一丢，传来“噗”的一声，像一声叹息。

倪艳转身就往回走。

高沩拉住她，又回头去翻垃圾桶，是你说不要的……你自己说的……

远处，救护车呜哇呜哇一路尖叫着过来，在卡拉拉门口停住了，接着，警车呼啸而至，里面有人仓皇跑出来。高沩直起身子，远远看了半天，回过头来，见倪艳趴在垃圾桶上翻找发夹，肚子压在桶沿上，他突然想起倪艳怀孕了，把她拉住，说，我来吧。

他一边翻找一边说，你别去上班了。

倪艳说，你养我啊？

高沩半个身子钻在垃圾桶里，声音有回响。他说，好。

两人一个在桶外，一个在桶里，躲着对方，都哭了起来。他们为着各自的某种情绪，某种陌生而又深刻的情绪，在1998年夏天的夜晚，寂静地哭了。

红双喜，剪刀裁
姐唱戏，哥搭台
红花子脸，绿叶子衣
黄雀子落在大门西
梁山伯，祝英台
马家郎，后面来
蝴蝶子跑，蝴蝶子追
黄雀子跟哒飞啊飞

——童谣

黄雀子飞飞

孙玉山是画家。他画的“秋染爱晚亭”“湘江北去”，被印成两米长的大幅，每家堂屋贴上这两张，像对对子。也有人说孙玉山的画不好，过于讨巧，他名气大，是靠倒腾字画古玩，买进卖出，赚大了，名气也大了。

孙家是老槽门院子，进门是园子，挺阔。孙玉山的两个儿子孙一言和孙一鸣，小时候就在这园子里滚铁环，翻跟斗，跳房子，推弹珠子板车。大儿子孙一言住东厅，他仕途通达，在省城官居要职，只过年过节携家眷回来小住。小儿子孙一鸣，一家三口住在西厅，院子里响着叮咚叮咚的钢琴声，弹琴的是他女儿婷婷。

园里花木扶疏，有梅兰竹菊，两棵金球桂冠大叶茂，花开时香透云天。养了几笼鸟，珠子似的唱。一只白猫，轻着爪子烟视媚行。里边的一壁假山，有点屏风的意味，将院子隔出前后院来。后院幽深静谧，住着孙玉山。

孙玉山活到六十六，依然风度不减，气场不衰，他布扣素衣，一身白，梳个大背头，倍儿光。他没有至亲密友，也没有生死对头，待谁都一样。每隔月余，孙玉山便折柬邀客，以画会友，来他的园子烹茶赏花，煮酒论道。偶尔也有戏友相聚，在园子里唱半天。孙玉山爱看戏，闲时自己也唱，满宫满调，算得内行。他半生风起云涌，看足了戏台上的戏，也看足了生活中的戏，如今功成身退，自在潇闲。

孙老夫人不在了，跟着孙玉山的女人叫唐洛，小孙玉山近三十岁。她是跟孙玉山学画画的，两年了。他们两个住在后院，另起炉灶。这样说也不对，他们并不怎么开伙，有时是从老三泰或者半仙阁叫了食盒送来，都是千层酥桂花糕之类的招牌小吃食，精致讲究。有时出去吃饭。两人一起出来，大家客客气气问好，孙老师好，唐老师好。

孙一鸣的老婆赵百灵听见了，冷笑道，真是二十年目睹之怪现状，这世道，谁都能当老师。

赵百灵是老师，在高中教音乐。她身材舒展，面目秀丽，嗓子赛百灵鸟。县里搞活动，总邀她去献艺，她穿着海浪翻滚般的礼服，往台上一站，不必开口，彩声便四面八方传来。她教过很多学生。

她唐洛算得什么老师！

她能称呼她什么呢？什么也不恰当，只能随了大势，也叫她唐老师。真是不甘。

唐洛呢，她倒真稳，只微笑着点点头。她没有叫过赵百灵，也没有叫过孙一鸣——她谁都没称呼过。她那笑，又礼貌，又疏离，毫无内容的。看得出她是个聪明人，她不想惹事，事别想惹她。

这简直是一个危险。

邓欣对赵百灵说，咱爸老了，身边总得有人照顾，她自己愿意，我们也省了心；不过吃吃喝喝玩玩，花点小钱，买点痛快，受益的还是咱爸。没关系，请个保姆还得发工资呢，这点钱孙家给得起。

邓欣是孙家大媳妇，人美嘴甜，挺和气，是整条街上婆婆们教导媳妇的范本。可是也有回敬婆婆的，想要供菩萨，得先有大庙。噎得婆婆翻白眼。孙家是这条街上最为殷实的大户，从仕经商，都很成功，加之兄弟情深，妯娌和睦，令人羡慕。

孙家两兄弟，似一个模子里倒出来的，性情却不大同。孙一言从政，不苟言笑，不知他那张脸如何修来的，喜怒哀乐，一点不挂相，说出话来，一个榔头一个坑。孙一鸣亦擅书画，儒生气，却在信用社上班，十多年，仍是个普通职员。别人对比他们兄弟，他就笑笑说，他骑马，我骑驴，后头还有推车的汉。他像很满意现在的生活，自得其乐，吹着口哨铺开宣纸，笔墨淋漓，写出“无为”二字，还将它贴到墙上。

孙一鸣无意仕途，赵百灵历来不满，冷冷揶揄他，不错，一块无为朽木，一辈子没出息。

孙一鸣说，人是你使，钱是你管，家是你当，小职员老婆多实在。

赵百灵气鼓鼓地说，这个家有什么好当的，我根本管不着事，哪里享过孙家的福！她唐洛算什么，你看她，穿皮草，吃西餐，这里好像她当家。等她吃光用光，一拍屁股，你们孙家精打光！

她这一押韵，把孙一鸣逗笑了，他说，她哪有那么厉害。

赵百灵突然呆了一呆，压低声音说，她不会给你生个弟弟吧？

孙一鸣扑哧一笑，你觉得我爸还有那本事？

怎么不可能，我看你爸抖擞得很，能活到一百岁。

恰好孙玉山在院里唱京剧，声如洪钟，字正腔圆。他唱完，唐洛接着唱，声音不大，却珠圆玉润，叮当作响。院里起了一点风，将他俩的唱腔驮起来，时高时低，忽近忽远。

孙一鸣听着这一唱一和，有点出神。他说，我倒越看他们越像一对。要是她真能陪我爸到一百岁，这个弟弟我认。

赵百灵绝望极了，她叫起来，孙一鸣，你是个大白痴！

孙一鸣不接她的话，却问她，像他们那样快快活活过日子，你不喜欢？

赵百灵道，我不像她，坐着吃香喝辣，我没那福气！

赵百灵早听说孙家殷实，嫁过来才发现，孙家可真有意思，爷是爷，崽是崽，各过各的。公公不花儿子一分钱，但也不给儿子一分钱，她挨着面子碰不到里子。虽然嫁进孙家大宅，但房子只住了三间，花销全靠夫妻工资，跟一般家庭无二。她暗暗吃惊，孙家莫不是个空架子？

她听说公公收藏了一些古玩，价值惊人，有时去后院走走，看见书房里那一墙的字画，满架的坛瓶摆件，都还在原处待着。她把数目牢牢记住。只要那些宝贝在孙家收着，将来山高水阔，富贵是等得到的。只有这时，她才把心放下三分来。

这天夜里，孙玉山邀局，来了些画界名人，喝茶赏月作画。有个叫任平生的，是个土方郎中，这日不知为何，也被请了来。他进了槽门，见着孙一鸣也正往后院去，兴冲冲追上去说，孙老板，明天上我那儿去，你要的东西………

孙一鸣看他一眼，那一眼又冷又利。任平生住了口，带着一抹饶有深意的笑，与他拉开距离，往后院去了。

后院正热闹。大家正围着一个叫钟秀水的作画，画一笔，有人叫好，再画一笔，有人呼妙。随后，又有画荷塘月色的，有画明月松间照的。任平生看得兴起，竟也提笔，画了一幅承天寺夜游图。有人走过来瞧瞧，有人只远远瞥两眼，皆笑笑，说毛涩变化欠丰富，说过于狂怪，损了形意，还有的说，既是中秋月夜，怎么连个月亮都没有。

任平生倒毫不在意，抱拳谢过各位指教，大大方方坐下了。

孙玉山说，钟主席得了一对掌珠，要我帮忙看看。今儿既聚会，我要他带来，大家见识见识。

钟秀水高兴地打开盒子来，丝绒上托着一对红玛瑙似的手疗核桃，大家又是点头又是惊叹，有人说是对闷尖狮子头，品相好，大开门。有人说讲不好，但看上去倒也到代。

孙玉山朝任平生抬抬下巴，你说呢？

任平生知道今天为什么请他了，微微笑着慢慢说，我看新。

钟秀水掉了脸，冷冷道，你倒说说看。

任平生看看孙玉山，孙玉山低头喝茶。

任平生说，是对闷尖没错，筋脉完整，不晃仁，皮质不错，两个大小、轻重、形状都配得挺好，这色也不全是染煮出来的，确实盘过，沾了人气。他停一停，眼皮垂着，嘴角却翘着，又慢慢说道，只不过这包浆虽没火气，但光亮有余，圆润不够，是近年才武盘的。老核桃底脐是自然收缩的，这个，做旧时封蜡处理过。这半新半旧，半真半假，不怪你打眼了。

一直没作声的孙玉山，这才适时插话，多旧倒也不重要，盘磨核桃，盘的是棱角，磨的是心性。这才是钟主席的意思嘛。

钟秀水只得顺坡下驴，是，是，盘磨心中浮躁，修身养性嘛。

局散客去，任平生细细看了一圈字画收藏，鉴赏品评一番，也走了。孙一鸣踱至桌边赏画，左右比照，呵呵笑道，我看这幅承天寺夜游图最好，气韵兼力，来去自然。正印了东坡其文，不着月字，处处无月，却处处见月。好画。这是个什么人，我怎么没听说过？

孙玉山道，也不怪你不认识。他叫任平生，人家只知道他是个土方郎中，擅制膏药，却不知他其实是个古玩行的手艺人。他这身份，一般人不知道的。

孙一鸣道，手艺人？

孙玉山道，就是造假的。不知他制膏药汤散时悟出了什么道理，总之，他做旧的东西，让人吃药是常事。他能把古画揭一层，一幅变两幅，哪幅都说不上真，哪幅也说不上假。你说我今天为什么请他，那对核桃，他做的！

孙一鸣摇摇头道，鸡鸣狗盗，这人不可交。

孙玉山说，古玩这一行，有人吃仙丹，有人吃药，本就是常事。任平生这人，勤学肯钻，嘴巴紧，懂分寸，倒是个聪明人。他原来并不懂字画，不在这一行，如今进步这么大，我倒没想到。世间万事，果真是只怕有心人。

夜深了，孙家院子静下来了。天上一轮月，地上一院秋。金球桂的香味一阵一阵，河水似的流动，孙一鸣踩着如霜月色回房去，却听得后头父亲跟唐洛又唱起来，声音轻轻的，也河水似的流动。

他站着，听了一会儿，有点感动。

过年时，孙一言全家回来了，邓欣礼物备得周全，连唐洛的也没落下，亲自送到后院去，远远就喊，唐洛姐，唐洛姐，过年好呀。

赵百灵薄有怨气，怪她叫得亲热。

邓欣咯咯笑起来，我不叫她姐，还叫姨不成？我只知道她是爸的学生，同我们姐妹是一辈的。其他我可不清楚，也不认！

赵百灵呆了一呆，又撇撇嘴，她才不管我们怎么叫她，她拢住老爷子一个就行了。

邓欣朝窗外看看，压低声音道，你慌什么慌，她比一言还小两岁，还能一篙子插到底？再说，孙家又不是没人，还有我们呢。

赵百灵急得一身是嘴，欣姐你不知道，那个女人有多厉害，哄得咱爸花钱泼泼洒洒，还只是明面上的，背地里给出去多少，哪个晓得！

邓欣笑道，咱爸赚钱花钱都是厉害的，没有唐洛他也是这么花，谁也管不着他。不过，他从不把钱花在自己看不见的地方，他可不糊涂。邓欣又抬头看看，声音再压下去两分，他怎样花钱我们管不着，但那些东西，我们得管着。

赵百灵道，爸很少出门，他自己管得紧着呢。

邓欣意味深长地说，他管着，你就放心？

赵百灵心里一惊。

邓欣再凑近些，咬着赵百灵耳根了，我跟你哥平时没在家，一鸣是个没心眼儿的，从不管事，我总不放心。请人来管家吧，人心隔肚皮，只怕靠不住。这个家还得靠你，你可得多留点心，盯紧点。

赵百灵连连点头，我明白的。

邓欣嘱咐她，咱爸是男的，他能吃什么亏！吃的穿的，花得了几个钱，铁炊壶也有漏水的时候，既管不着，不如索性卖个人情，别得罪了唐洛，使她耍出什么花招来。也别惹咱爸生气，失了他的心，他一件不留，可也是做得出的。你只要做一件事，盯着唐洛，盯着门槛，横竖不能让东西不明不白出了门……

邓欣走后，赵百灵反复回想她的话，只觉拨云见月，却又暗暗心惊。她对孙一鸣道，啧啧，你知道吗，我们那个嫂子，原来是个人精！别看她温良恭谦、和颜悦色的，肚子里不晓得好多弯弯，真是咬人的狗不叫。

孙一鸣道，你看你说话，多难听。

赵百灵感叹，幸亏我们是同盟，要是对手，我不一定斗得过她。

孙一鸣摇摇头，就你这挂不稳的脸色、堵不住的嘴，你斗得过谁。

赵百灵道，我天天到门口守着去，一脚把门槛踩死，你看我斗不斗得过！

孙一鸣皱眉，说，好歹人家跟咱爸两年了，你别把人当贼。

她跟着，她为什么跟着，图什么呀！图你爸比她大三十岁？

不是什么事都要图点什么的。

哼，菩萨还图一炷香呢。不图什么的，我活到今天没见过。

孙一鸣呆了呆，说，那你当初嫁给我，图什么？

赵百灵说，我啥也没图到。早知道是个空架子，我也不来盯这个梢，受这个气！

赵百灵突然住口，她看见孙一鸣眼里闪过一丝陌生的光，很冷，很利。没等她咂摸明白，一声门响，孙一鸣走了。

都说孙玉山能活到一百岁，没承想，说倒下就倒下了。有一天对晚辈们说，我这肺，是个死灰炉子，早该熄火了。你们别把我弄到医院去，就是孝顺我了。我这一世活得挺好，没什么遗憾，也没什么话要留。

孙玉山死得痛快，一点没拖泥带水 。

孙玉山落气时，唐洛在旁边守着，掉了一场泪。赵白灵担心她披麻戴孝，尽礼致哀，端出“未亡人”的姿态来。谁想她哭过了，就推着一只皮箱出来，打算走。

赵百灵松了口气，她没料到唐洛如此洒脱，说来就来，说走就走，不待看人脸色。邓欣却朝她使眼色，赵百灵恍悟过来，急急追出去，在院子里堵住唐洛，支支吾吾，不知如何开口，眼睛却朝着那大皮箱。

唐洛明白了，冷冷一笑，咔嗒一声，打开皮箱，不过是些私人用品。唐洛说，翻一翻吧，要不夜里睡不着。

孙一鸣看见了，两步跨过来，拉住赵百灵，怒道，你疯了吗？

赵百灵心里怦怦跳，站住了，不敢去翻。

唐洛偏将衣服一件件扔出来，一边冷笑道，今天不看，以后再没机会了！要是你家东西糊涂了，可要记得，跟我无关！里面那位别躲着啊，也出来看看！

邓欣这才露面，出来帮忙收捡衣物，一边暗暗地搜摸试探，一边讨好道，误会误会，唐老师误会了，百灵绝没那意思。她从来都信任你，哪会有其他想法……

赵百灵听出来了，她叫的是唐老师——改口倒快，说的是百灵没那意思——等于说这都是百灵的意思。

唐洛的神色有点苦。她回头看看，堂屋里，孙玉山在黑色相框里不说话，远远看着她。她眼眶一红，回过头来，连皮箱也不要了，大步走出了孙家大门。

孙一鸣默默走回灵堂，久久站在父亲遗像前。不知为什么，唐洛回头的那一眼，让他觉得死去的父亲并不孤单，孤单的是活着的自己。他心里也有点苦。

邓欣站起来，拍拍手说，你看这一箱的衣服，得花咱爸多少钱。

赵百灵懊恼邓欣让自己出头丢脸，憎恶她两面三刀。她的口气冷淡了，说，她那么年轻，陪着咱爸三年，不过添了几件衣物，保姆还得发工资，这话不是你说过的吗？

邓欣声音尖细起来，百灵，你未必糊涂了？你怎么知道咱爸就没给她钱？他老人家的钱，什么时候给我们见过？再说，今时不同往日，她知道靠不住了，说不定早将咱爸的钱搜刮干净了，要不今天她能走得这样痛快？要是你，你肯吃这么大个亏？

赵百灵一时哑住，不明白为何邓欣的话，横竖都有理，无从反驳。她悻悻回灵堂去，偷偷看一眼孙一鸣，只觉他一团冷气，半点靠近不得。

丧事过后，孙一言召开家庭会议。他说，咱爸没留一句话，一摊子丢下来，倒也像他，性子淡。只是为难了我这做长兄的。归根到底，世上最亲无非兄弟，咱爸一去，我们两兄弟更该同心同德，不能因为任何事伤了和气。咱爸留下的东西，多少件，值不值钱，都不重要，我们原本也不指望家产，但亲兄弟明算账，才不致伤了和气。

孙一鸣道，哥，爸不在了，怎么着，你说了算。

孙一言道，一鸣，我只有你一个兄弟，虽长幼有序，但尊卑无别，至于怎么处理，我们兄弟一起商量，从长计议。

赵百灵问，处理？卖了吗？

孙一鸣第一个反对，卖？爸前脚刚走，后脚就卖他东西，这说不过去吧。

邓欣笑道，一鸣说的是。如果爸那些东西真值钱，就不急着卖。再说了，好些东西，有行无市，想卖也不一定卖得掉。

孙一言道，先收着吧，不动最好，能传家最好，但是，东西收在家里不是长久之计，最好寻一个稳妥的寄存处。这么着吧，明天我们先去找个行家掌掌眼，估估价，我们再盘个底，这样大家心里有个数。

赵百灵似有百爪挠心，不动最好，那岂非到不了手？传家最好，她生的是女儿，那，传给谁？她对孙一鸣说，我们婷婷是女儿，他家沐辉是男孩，我怕将来，我们还是要吃亏。东西这些年在家里搁得好好的，偏要另外找个地方寄存，防着谁呢？还不是防着我们，真是人心隔肚皮，半点不假。你哥脸上心上都挂了锁似的，你那嫂子明是一团火，暗是一把刀，不行不行，我得早作准备。

孙一鸣背对着她，不发一言。

赵百灵的算盘，拨得她自己心烦意乱，半天也坐不稳。夜里悄悄进了书房，只见字画题扇、藏书古玩、玉观音、白端砚、田黄印章、紫檀镇纸，都各在其位。赵百灵看了又看，很满意，同她往日心记默念的数目位置，都很吻合。

第二天，孙家找来古韵斋的齐老板，让他给字画古玩鉴定估价。

齐老板越看越吃惊，这些，都是孙老师留下来的？

是的，有什么问题吗？

孙老师还有其他收藏吗？

都在这里了。

齐老板摇摇头道，这就奇怪了。

赵百灵一颗心吊起来，焦急道，您就别卖关子了，到底怎么了？

齐老板说，要我说，八成是赝品。

赵百灵眼前一黑，差点晕倒。她说，不可能，绝不可能，爸在世时，曾请朋友来品玩鉴赏过，都说是难得的真品，有些还是孤本。赝品？绝不可能，绝不可能！

齐老板摇摇头说，我看过的东西，八九不离十。你们若不信，再找人来看看吧。

这真是要了赵百灵的命！

这事也让邓欣破了功，她又是惊又是疑，又是悲又是怒，话也说不出来了。孙一言思忖片刻，道，大事不可慌。齐老板说的不一定就对，我爸的东西，谁也没动过，怎么会变成假的呢？

孙一鸣道，难道本来就是假的？

孙一言道，不可能，我们又不是没见过。爸玩一辈子，不说件件真，十之八九总是有的。这事有蹊跷。

孙一鸣道，不如去找聂老看看，他是能一锤定音的人。

聂老来了，他捧起案几上的羊脂玉童子，戴上他的单边眼睛，仔细看后说，不是从前那个。从前那个我见过，是极为珍罕的籽玉，水头足，羊脂白，油性重，不闪青，不浮躁。最稀罕的是，童子的淡红色腰带，是原石的巧色，浑然天成。这个却是浸上去的，表里不一，又闷又僵，声音也欠清越。

赵百灵看那块白端砚洁白耀眼，晶莹剔透，忙说，您看看这个。

聂老摇摇头，这个既无冰裂，也无暗瑕，这不是白端。

邓欣从瓷坛里拿出一副副轴，急急道，您再看看这画，还有这些字……

聂老慢慢看过，摇摇头。

四人齐声问，您没看错？

假的真不了。聂老说完，摇摇头，走了。

这下，四人都成了霜打的茄子，蔫了。

孙一鸣道，这怎么可能？怎么就变成赝品了呢？

赵百灵说，莫非进贼了？

孙一言道，贼有时间准备好赝品？能这样清楚知道我家收藏品种？孙一言顿了顿，道，百灵，你昨晚，是不是进了书房……

孙一鸣盯着赵百灵，眼神又冷又利，但他一句话也没说。赵百灵一惊，在这关键时刻，丈夫不但没替她说句话，那眼神竟似也在怀疑她。她突然意识到，丈夫已经很久没同她说过话了！

鸡没吃到，倒粘了一身鸡毛，赵百灵忍不住，号啕大哭起来，她边哭边喊，我空手进去空手出来，我可没动一手指，我发誓。

哭着哭着，她突然停下来，道，这事不对，咱爸靠古玩发的家，他绝不可能收一屋子破烂，这中间，绝对有问题！

邓欣说，是，绝对有人做了手脚！

赵百灵快哭出来了，我绝没动过房里的东西，是哪个不得好死的，我要杀了他！

邓欣说，我怀疑一个人。

赵百灵一跺脚，唐洛！

邓欣道，我就是想不通，她那么年轻，凭什么跟着咱爸，还不计名分地住进家来？她在孙家三年，完全有时间有机会将东西一件件换出来！

赵百灵道，我这就去找她。她要是吃了我们的东西，我要她连肉带牙全吐出来！

赵百灵堵着一股怨气，骑龙驾虎一般，赶到唐洛新办的画室，正好傍晚，学生走尽，唐洛一人在作画。她噔噔噔横过去，对唐洛说，你把我家那些东西弄哪儿去了？

唐洛抬头，吃惊道，你什么意思？

什么意思你知道！

唐洛恍然大悟，你的意思是，孙老师的东西丢了？

别揣着明白装糊涂，我今天来，非得把我家的东西带回去不可。

唐洛冷笑，揶揄道，我出门时你不是搜过了吗？怎么，还想再搜一遍？

赵百灵急了，道，你能让我搜到吗？别以为我不晓得，你早把那些东西弄走了，用赝品顶替，老爷子都被你骗了！

唐洛反而笑了，你觉得，孙老师玩了一辈子字画古玩，他的眼睛那么不济事，能任人在他眼皮底下调包？

他就是被你迷住了，没提防你。

唐洛平静地说，他根本不用提防我。她又笑了笑，调包计，真高明，但是，我晓得你不是个厉害角色，这调包计你也使不出来。

赵百灵一愣，使调包计的不是你吗？明摆着的事！

唐洛道，明摆着的事能是真的吗？

赵百灵哑了。

唐洛转过身去，拿起画笔继续画画，说，你找错人了。戳背心，咬耳朵，转眼珠子，撇嘴唇子，起祸秧子，这些事，你们孙家人喜欢干，我唐洛不屑干。谁肚里长牙，胳肢窝里生阴疮，你找谁去。我不奉陪！

赵百灵的脑袋轰地炸了，她突然有点明白，却不愿死心，挣扎着道，你不奉陪，可以，等着警察来找你吧。

唐洛冷冷一笑，不知是嘲弄赵百灵，还是可怜她，对她说，你们孙家就你一个傻的，你却偏觉得自己最聪明。

赵百灵呆了呆，只觉一股酸楚往上涌，差不多掉下眼泪来，却又被重重的恨意撑住，犟着脖子道，是没你精明，你就是个狐狸精！

她呆呆怔怔，不知怎么走出来，魂也丢了半个，不让人，不避车，被人尖着嗓子骂，瞎了眼，找死啊！

瞎了眼。她猛地醒过来，对，我真是瞎了眼！赵百灵想，自己明明盯住唐洛的，没见她带出过什么东西，再说，老爷子跟她同出同进，形影不离，她又怎好下手？要说老爷子怜香惜玉，送她一两件倒也可能，但也不至于整盘子端了相送吧。明摆着的事怎么会是真的！唐洛这话叫她心里一冷，她给了自己一耳光，有一团火，在她脑子里烧着了。她拔腿就跑，眨眼就站到了邓欣面前，嗓子都直了，欣姐，你说实话，爸的东西去哪儿了？

邓欣声音拔尖，百灵，你什么意思？

赵百灵冷笑道，我就是这意思，你别装了！如果是贼，东西拿走就是，何必找赝品替代？谁又那么了解我爸的收藏，准备了那么多假货？你们怎么那么狠心呢！我跟一鸣也是爸的子女呀，婷婷也是爸的孙女呀，你们怎能一根毛也不给我们留下！

邓欣声音冷了，话既至此，我也直说，家是你守的，门是你把的，昨晚你也是进去过的，你再倒打一耙，设这么大个圈套来嫁祸，我可不糊涂。既然你也知道孙家的东西子女都有份，就不能那么狠心，吃得渣都不吐一口。

赵百灵像挨了个炮打灯，轰地一炸，遍地飞红，她心一痛，人都晕了。总算稳住神，说，我要吞了一点渣，我不得好死，我，天打五雷轰！

说了这一句，心口锐痛，眼泪冒出来，再也撑不住，歇斯底里尖叫道，谁拿了东西，谁不得好死，谁天打五雷轰！谁不得好死，谁天打五雷轰！

她满脸是泪，一头鬈发乱成鸡窝，贴在泪水里。那样愤怒、凄怆，又那样绝望、无告。她两眼发黑，心里却盘旋不绝：倘若真是邓欣悄悄换的，她一年只回来几次，那么多的赝品，得多少次才能调换得了，她每次来回来去，自己也是见着的，她可是满手来，空手走的呀……

半晌，气若游丝般呻吟道，不是你，不是她，那到底是谁？

她似乎听到自己这句无力的呻吟有万重的回音，只向青天深处去，到底是谁？到底是谁？是谁？谁……她越想越糊涂，越糊涂越悲戚，越悲戚越觉得他们都是贼，不但邓欣，唐洛，那些来园子里喝酒画画的，赏梅唱戏的，都是贼，都是！他们把东西一件件，一样样都拿走了，屁都没留一个！

赵百灵恍恍惚惚，似被兜头淋了一桶冷水，又似迎头浇了一勺滚油，像突然明白过来，又像突然糊涂过去，她谁都不信，又谁都信一点，吃不准是谁在骗她，又像人人都在骗她，吃不准是谁在她身后笑，又像人人都在她身后笑。她觉得自己像一个猴，上蹿下跳，却被人牵着鼻子耍，又觉得自己像一只猪，又蠢又笨，任人宰割。

赵百灵蹲在地上，失声痛哭起来。

真的，是谁拿走了赵百灵的宝贝呢！

除夕的火，十五的灯
家家户户贺新春
龙灯狮子多热闹
敲锣打鼓闹沉沉
忽听得门外高声喊
龙灯狮子要上我的门
张先生爱看灯
怎奈我无钱打包封
关门躲债主
没法做人情
我关门闭户躲新春

——花鼓戏唱词

皮影儿，渔鼓儿

唱戏的有很多种，唱花鼓戏的、打麻山锣鼓的、演木偶戏的、唱莲花落的、赞土地的、演皮影的。皮影戏，本地人叫影子戏，过年过节、庆寿祈福、迎亲嫁娶，上灯送子、起屋搬家，多请影子戏。平日里治病、求子、添寿、保平安，求菩萨时许过愿，到了日子，也会去请戏班子来酬神还愿。乃至谁家不慎走了水，也会请戏，以谢火神。皮影班子来了，坪里搭个台，把戏架子撑好，戏台架子是小竹子做的，挂上白布幔子，用板子遮遮光，或围一床竹篾垫子，就成了戏台。先唱几段高腔，再唱弹腔（接近京剧西皮、二黄）——现在都唱花鼓戏了。剧目很多，《薛刚反唐》《夜审潘仁美》《水漫金山》《桂枝写状》《薛仁贵征东》等，几百种。正戏唱完后，往往不过瘾，就还加演花鼓小戏。

有个叫黄镌的小皮囡，围着一个托条子的老人问，这小人么子纸做的？

不是纸，是皮子。老人说。

哪个的皮？

哪个的皮！哈哈，不吓你，是牛皮。

你骗人，牛皮有毛。

把皮子去了毛，去了血，泡三四天，拿出来刮，刮薄了再泡，泡了再刮，刮上好几次，再用推板推平推薄，就像纸那样透亮了。

这样哇。眼睛用么子做的？

鱼鳞。

鱼鳞哇，他手脚怎么动的？

你看看，身体每个关节上都打着骨眼，十多个呢！用牛皮线子缀起来，一牵一扯，就能动起来。

这样哇，我能扯一下吗？

吹唢呐的年轻人瞪着眼睛推开她，斥道：起开起开，耗子磨牙，莫在这里挡路。

这个黄镑，长大后写过几个不成样的故事，她把这个老人写成了大善人，大名角儿，写那个瞪眼睛的年轻人掉茅屎坑里了，还讨不到堂客。这个坏家伙！

铜钱巷福运来客栈住进来一个皮影戏班子，三个人：一个打坐堂的，是他们师父，堂鼓、大锣、小锣、板鼓、钞，都是他的；一个顶条子的，操纵戏菩萨；一个拉京胡、吹唢呐。这三个人，生旦净丑都能上，吹拉弹唱都能行，能唱整本戏。每年过年，他们都要进城来，热热闹闹赚一笔。

这个班子也有个年轻人，这个年轻人看着倒不凶，和风煦煦的。他叫"巧手十"，是托条子的。他一双手能同时操纵十个皮影对打，踢打投掷，飞跳蹿跑，各有动作，人们就把"巧手十"这个名字送给他了。他是戏班的第几个徒弟，不知道，但他是这个班子里顶重要的一个人，操纵菩萨的是他，挑梁唱戏的也是他。他唱腔圆润洪亮，功底深厚，一边演，一边唱，哪边都不落下风。

人们看了他的戏，点点头：是个唱戏的！

是个唱戏的。要是能请到"巧手十"唱皮影，村子就躁动起来了，到处有人喊，满妹子，去垄上接你外婆来，今晚"巧手十"来村里唱影子戏了。福伢子，去湾里告诉你姑姑、姑爹，来看"巧手十"。

"巧手十"这名字很响。

"巧手十"白净脸皮，浓眉大眼，宽宽的肩膀，直直的身板，一点也不耸肩垮背，白衣黑裤方口布鞋，不沾泥，不沾灰，高高大大，干干净净一个人。皮影戏班子里出了这样一个人才，让他们很骄傲。然而师父也很担心，“巧手十”到哪里，哪里的姑娘媳妇就恋恋地围着，含羞带媚指着他说悄悄话，他真怕闹出以前那样的事来——前面两个徒弟，都在跑江湖时犯了桃花，招了别人家小嫂子，搞得沸沸扬扬，外人说起他们班子来，话已经不大好听了。这两个徒弟，都让他一鼓槌子砸跑了。他很珍惜现在的风光，希望“巧手十”不学坏样，正正经经找个姑娘。

唱戏的艺人，还有一种，打渔鼓的。渔鼓也叫道情，本地叫渔鼓筒。唱弹词的也打这种鼓，但弹词需要一把月琴。住在铜钱巷福运来客栈的这个渔鼓班子，他们也是三个人：一个老人，拉二胡，人们叫他老谭。一个十七八的女孩，打渔鼓，唱小调。女孩长得标致，鹅蛋脸，淡长眉——这种眉毛很柔和，很孩子气，像还没长开似的，像还能长得更好看似的。一双眼很大，像一片树叶，眼角是往上扬的，睫毛很长很翘，少见！嘴巴红红的，不能笑，一笑——坏了，迷死人。哎，她偏偏爱笑。气人。

还有一个男孩，二十来岁。他跟女孩搭戏出“双档”，但他唱得少，没他也成。他还帮着打一副小镲，打得有点马虎，没有也成。男孩也长得好，但他不爱笑，像一直在生气。“巧手十”门口遇着他了，跟他打招呼，他把脸转过去了。嘿，这人！

他们就住在皮影戏班子的隔壁，能听到他们说话。

杏儿，晾了衣服就睡吧。

好的，爹。

胜利，你也早点睡吧。

好的，爹。

看来这是一家人。

杏儿的眼睛笑笑的，“巧手十”的心里跳跳的，他有心跟她说说话，无奈胜利的脸色冷冷的。

渔鼓很少被请去坐堂（也有在茶楼“坐棚”的，本地不多），只能“打街”，边走边演。到了人家门口，胜利打镲，老谭拉二胡。胜利的镲打得不怎样，他爹的琴却拉得山清水秀，风调雨顺。打一通镲，拉一段二胡，主人要是没出来接，他们就去下一家。主家接了，杏儿就站在堂屋中央，右手斜抱着竹筒渔鼓，还打着一副简板，左手打鼓，嗒嗒嗒咚咚嗒嗒咚，好听。她唱得好，说得也好，黄鹂似的：

儿是闺门的
怎肯放心去
又是一个千金体
行走不便利
…………

这词儿让人听得发呆，心里起来一点欢喜，又起来一点忧伤。

他们沿街游演时，有些人家关着门，不接戏。有时没关门，但主人不露面，他们白唱半天，只能往下一家去。也难怪，初一到十五，门前流水似的，几家接得起那么多的戏呢？

“巧手十”在街上看见杏儿打渔鼓了，心里坠沉沉的。虽然自己也是“卖艺的”，但他愿意杏儿是“看戏的”。

“巧手十”除了接堂子，也在南门火宫庙扎台。

北门敲敲打打，南门热热闹闹。南门最热闹的，要数火宫庙，别看这一块地界不大，是个热闹码头，藏龙卧虎，能人如林，你方唱罢我登场，各凭各能耐。有本事的靠本事，没本事的学本事，学了本事显本事，日日里吵嗡嗡，闹哄哄。要在这码头混口饭吃，那叫一个不容易，起得了身就活得下去。可是要混个人五人六，在这地盘上站直了，站稳了，没点真本事，保不准哪天蹿出一条腿，一脚把你踢下台去。

“巧手十”这两年在火宫庙站住了，因为他的“十手闲”炉火纯青，已经声名远播了。他在这里扎了台，别的皮影戏班子只能另寻码头。想来这里，可以，观众起哄的，你就走吧。赛不赢的，也走吧。火宫庙不捧没本事的。

离庙会还有几天，这天来了一个皮影戏班子。班主叫老三台，这名字有点怪，总之他就是叫这个名字。他也带了两个人，在“巧手十”对面扎起了戏台。

这是打擂台来了。

消息瞬间传遍城关镇，还没到晚上，火宫庙已经挤得泼不进水了。

两个戏台子中间人山人海，那些耍猴卖药的，点痣拔牙的，算命画符的，都往这边来了，小摊小贩摆得密密匝匝，都等着看好戏。可是，老三台坐在布幔子后头，一会儿清点清点戏菩萨，一会儿给灯盏加加煤油，就是不开锣。他来踢场子，却不出招，这是唱的哪一出？

“巧手十”笑笑，慢慢喝完一杯茶，对各位师傅说，架场吧。

咚，咚咚咚咚咚，咚咚！咚锵，咚锵，咚咚锵锵咚咚锵。“巧手十”开锣了，这是唱的《穆桂英挂帅》。这戏好，文武场面都有，各路角色齐全，显本事。谁知他刚一开锣，对面也响将起来。咚，咚咚咚咚咚，咚咚！咚锵，咚锵，咚咚锵锵咚咚锵。哎呀，他们唱的同一出戏！

大家伙明白了，老三台是实打实杠上了，不带一点虚的。

比戏菩萨。老三台的穆桂英出场时穿女帔，梳大头，戴大额子，待给杨宗保戴孝时又是一套，着白色女靠，素褶裙，戴白额子——精致，讲究！跑去看“巧手十”的，没错，一样精致，一样讲究！“巧手十”的穆桂英上场杀敌了，穿大红靠，斜披女蟒，戴帅盔，插雉尾，背风纹靠旗，佩云肩玉带，抱令旗宝剑，执红色马鞭。雕镂精致，着色丰富，威风凛凛，台下叫起好来。回头一看老三台的，我的个奶奶呀，竟然不输一样！

比唱腔。“巧手十”和老三台都是男的，穆桂英是旦角，谁的音色更动听，谁的唱腔更圆润？大家仔细一听，这可没奈何，“巧手十”和老三台嗓音都不错，一个明丽中含着勇武，一个勇武中透着明丽，没错，是武旦的音色与腔调，而且他们是练过戏，吊过嗓子的，一听就是“门里人”，没毛病。

且听他们道：本帅穆桂英，今有辽国犯境，摆下天门大阵，圣上命我挂帅亲征，前去扫灭贼寇。众将官，向前攻杀！杀！

这是比场面了。

一时千军万马，东驰西骋，人影加了一个又一个，骑马的，扬鞭的，挥刀的，舞矛的，举戟的，令人眼花缭乱。“巧手十”能使十个皮影对打，这是大家知道的，便都去数老三台的，一霎时，台下炸开了，怎么回事？老三台竟然也是十个，一个不少，打成平手了！话音刚落，又飞出来一个，十一个，老三台十一个！

这下整个场子哗然了，火宫庙又出能人了！

正喝着彩，大家看见“巧手十”那边，左右各飞来一骑，马是高头大马，人是轻卒锐兵，昂着头，挥着大刀，冲入阵仗。触目惊心，十二个！

大家伙看呆了，张口结舌半天，才叫起好来。他们完全没料到“巧手十”还藏着本事。人家叫他“巧手十”，他怎么也不吭一声呢？

众将官！

有！

反贼已死，天门阵已破，打得胜鼓，班师回朝！

得令！

咚锵咚锵咚锵咚锵，喔哩哇喔哩喔哩哇。这一出便算终了。

两边锣鼓歇了，大伙看到老三台从幕后出来，远远地朝着“巧手十”抱抱拳，大声道，杨师傅（“巧手十”姓杨）果然名不虚传。三台领教了，甘拜下风，告辞！

“巧手十”也从幕后出来，抱拳说道，蒙三台师父承让，杨振险胜一小招，惭愧惭愧，后会有期。

“巧手十”恭敬，场上便都恭敬，大伙拍着手叫着好，老三台走得有尊严。

老三台对自己人说，“巧手十”只肯赢我一招，懂得敬人一尺，是个唱戏的。

他也就赢了一手，明年我们再来，定能赢他！

老三台摇摇头说，“巧手十”这名字是别人叫的，你听他这样叫自己了吗？不晃荡的瓶子最满，你根本不晓得他还藏了么子本事，不晓得他一手到底能使几个菩萨。

“巧手十”看着老三台走了，回头来，却看见杏儿也在台下，她也来看皮影戏了。他心里怦怦跳，走过去说，杏儿，你也来了。

杏儿说，嗯。你们演得真好。

“巧手十”不好意思地笑笑，说，今晚人多，你们没唱？

杏儿亮亮她的渔鼓，我们在那边唱，看见人都朝这边来了，也过来看看。

哦，今晚，你们还行？

“巧手十”扑哧一笑，能行吗，都来看皮影了。

“巧手十”忙说，那我们歇一歇，你们去唱吧。

杏儿抿嘴一笑，说，不唱了，晚了，人都回去了。

那，我们，我们一起回吧。

杏儿点点头。

“巧手十”跟杏儿慢慢走着，心里好欢喜。他碰碰她的手，杏儿让他握着了。他靠靠她的肩，杏儿让他挨着了。他听到杏儿的心跳得跟他一样，又快又响，打堂鼓似的。月亮快圆了。

第二天晚上，“巧手十”唱一出，歇一阵，他想给杏儿留档口。他歇的时候，便听见杏儿在不远处唱起来了，杏儿边打板子边打鼓，又说又唱，那声音真好听啊，像从天上来的。外头人来人往，“巧手十”却能清楚听到她的声音，溪水一般柔软的，却又坚定的，流向他的心里。

巧手，该唱了。

还等等，我喝口水嘛。

巧手，该唱了。

等等，我撒泡尿去。

“巧手十”听到杏儿的渔鼓一停，嘿嘿一笑说，架场！

他心里很高兴，演得很卖力，他晓得，杏儿在看着呢。他一想到杏儿那双叶儿般的眼睛在看他演戏，心里煮着一锅糖水似的，咕嘟嘟地沸着，冒着甜味，冒着热气。

元宵到了，庙会真热闹，全城的人都出来了，满城的灯都亮着，亮堂堂，华灿灿的，一如白昼。过了今晚，春节就过完了，大家各做各的事去，唱戏的也都要回家了。“巧手十”跟杏儿约好了，演完戏就在桥头见面，一起去河边放花灯。他想在今晚告诉杏儿，等着他上门去提亲。刚才还听见杏儿在不远处唱渔鼓，这会子没声音了，她肯定已经去桥头等着他了。

好容易演完了戏，“巧手十”两步就蹿到了街上，正要往河边跑，有人一把拽住他了，是胜利。

胜利盯着“巧手十”，冷冷地说，我警告你，离杏儿远点。

“巧手十”真诚地说，胜利，我是真心对你妹妹的。

用不着你。

我真会对她好的……

用不着你，杏儿是我堂客。

“巧手十”瞪着眼睛。

你鼓起眼珠干什么，鼓起眼珠，她就不是我堂客了？

“巧手十”垂下眼皮。

胜利说，我可警告你，别打杏儿主意！你几个师兄都在外面偷女人，哪个不晓得？一坏坏一窝，你能好到哪里去。离我们远点！

“巧手十”回了乡下，日子慢沉沉，一日似小年。有天，他听着锣鼓喧天，唢呐齐鸣，他娘跑进来喊，哎哟我的崽呀，今天是你的好日子，新娘子就快到家了，迎亲队伍都过了枫木桥，你怎么还没起床换衣！

“巧手十”说，娘，我跟哪个成亲？

杏儿啊，打渔鼓那姑娘。

“巧手十”一骨碌爬起来，屋外却是黑的，他做梦了。他叹口气，正要睡着，师父来了，师父点着他的鼻子说，我早讲过，不许跟堂客们拉拉扯扯，那么多姑娘你不要，偏偏看上个小嫂子。

我不信，我要去问问杏儿。

你还敢去？不要脑袋了！你忘了你师兄的教训了？唉，真是怕什么来什么，我就在这里守着，你哪儿也不许去。

“巧手十”烦躁地坐起来——哦，原来还是梦。

“巧手十”演皮影戏演到快五十岁，他收过几个徒弟，徒弟功夫好也不敢在师父面前狂半句，怕他还藏着更多的本事。他们怕师父的不露声色，怕师父的一点不咋呼、一点不逞能。真正有本事的人，他不响！

这年春节，“巧手十”正扎台演着，忽然听见有人在唱渔鼓小调，且听那人打着板儿打着鼓，又说又唱：

瓦子寨，风光好
白马银枪梅四保
梅四保习武演练教打坪
五百义军湘乡打
夜打湘乡夺县城
…………

那声音溪水般轻柔的，却坚定地钻进了他的耳朵，是谁在唱？

“巧手十”围过去一看，吃了一惊，女孩一身水绿衫子，扎根蝴蝶百花彩带，渔鼓上结了一朵红绸牡丹——是十七八岁的杏儿！

他静静听她唱完，等人走得差不多了，过去问她，孩子，我向你打听个人。

伯，哪个？

谭杏，你可认得？

伯伯认得我娘？

果然是。像！

女孩咧嘴一笑，都说我像我娘。

太像了！你外公还好？

走了好多年了，老风湿闹的。

哦，你爹还好？还唱渔鼓吗？

我爹？我爹做包子的，不会打渔鼓呀。

做包子？不是，他当年，不是跟你娘一起打渔鼓吗？

伯，没这回事。

怎么没有！我还记得，他叫胜利。

谭胜利是我大舅！

真是你舅舅？！

是，我大舅最疼我娘，他不放心我娘出门，怕遇着坏人，陪着唱过两年。没错，有这回事。

啊！

伯，还有事吗？

唉，没了。

走了啊，伯。

唉……那个，你娘还好？

好呢，没病没痛，劳您挂念。走了啊，伯。

唉，好，路上慢点。

女孩走远了，两条辫子跳跳的。

“巧手十”看着女孩子的背影远去了，再看不见了，还久久站着，喃喃叹息，真像，真像啊。

栀子花的大姐桂花的郎
玻璃花的帐子茉莉花的床
灯草花的毯子搭了鸳鸯枕
牡丹花的被子盖住桂花的郎
五色莲花香满房

——礼俗歌《赞新娘新郎》

小西门的裁缝铺

城里有个大西门，还有个小西门。小西门，大西门，这俩名字挺有诗意，好像全城的人给这两条街做了一回红娘。小西门也叫香山巷，还叫过拥军路，但这里的人习惯把武装部这头叫小西门，药王殿那头叫香山巷。

它是条老巷，青砖屋，灰瓦顶，木门窗，麻石路。路面铺着鹅卵石，鹅卵石铺着图案。黑石子白石子黄石子，圆形，菱形，花形。晴天，阳光在石子上跳，雨天，水珠在跳。一条路被这样用心装扮，让人有点感动。巷子四通八达，人家多，商贾官宦，引车卖浆者流，都有。高门大宅，低檐小户，都有。

临街是商铺。

一家军用品店——名气很大。它毗邻武装部，出售军鞋、军服等军用品，都很正宗。这家的毛皮鞋，厚、重，冬天穿上像烘着一炉火。一家香烛店——生意不赖。这里从前有千年香山寺，如今还有百年药王殿，香火鼎盛，这种店便尤其多，兼之南岳售票、代写香封，甚至请卦算命。一家面粉店——现做！师傅揉面抻面很有把式，像演杂技。若肯花时间排队，谁都愿意去那里吃一碗炒码手工面。一家铁铺，一家南货店，一家药房，一家油坊，一家影碟租售店，一家理发店。

一家裁缝铺。

这家裁缝铺在一棵大樟树下。这是一条老巷，路边有很多老樟树，枝丫苍劲，浓翠里筛出碧蓝的天。这棵树青青郁郁的，绿枝飘飘摇摇的，掩着这家铺子，晃着点影子，有点花木扶疏的意境，使他家黑底招牌上像开了四朵红花：新昌布行。

新昌布行，里头一排高大货柜，竖放着一趸一趸的布匹，赤橙黄绿青蓝紫，莲桃梅竹兰松菊，棉麻呢锦的确良，春夏秋冬，齐齐整整。中央一个宽大玻璃矮柜，柜面量布扯布，柜里陈列着扣子花边流苏，彩线彩带彩珠子——彩线多，花线、绒线、丝线、织花线、挑花线，金丝银线。两壁横着长杆，一边挂着绣花的枕巾枕套、帐幔帐檐、织锦被套花床单。一边是镇店的湘绣旗袍——绣工很好，很雅致，很清丽。

老板叫李新风，是个老裁缝。他四方四正的脸，眼神犀利，一眼定尺寸，跟他脖子上挂的皮尺一样稳。他为什么要挂着皮尺呢？他可以不用！他戴着两只蓝色袖筒，把画粉片掖在袖筒里，这个习惯别的裁缝没有。他很忙，每天都有人来催工，只能偶尔歇一歇，端着很大的白搪瓷茶杯，大口咕嘟咕嘟。他抹一抹嘴，看一眼对面。

对面也有一棵樟树，也很青翠茂盛，跟新昌布行的树两两相对，静时一起静着，动时一起摇着，很有点郎情妾意、相守终身的意思。这棵樟树下面也有一家店，巧了，也是一家裁缝铺。这家店的招牌是红底黑字，写着“新风服装”。

新风服装店的老板叫张新昌，也是个老裁缝。他圆脸圆眼，笑容满面，像个小号的弥勒佛，一双手却柔软纤长，天生干这一行的！其他裁缝都是大拇指留着长指甲，他偏留着小拇指的。指甲很长，勾线拆线十分灵巧，怕弄断了它，手指总是翘着。一个兰花指的弥勒佛，挺喜乐。他也很忙，每天在窗下的缝纫机前坐着。门口有他一张竹躺椅，歇时便半躺在椅上，翘着手指端着他的紫砂小茶壶，捏一片烟熏香干慢慢嚼，唱着多多来米嗦，米嗦来米多。

李新风的店叫新昌布行，张新昌的店叫新风服装，谁盗了谁的名字，这事没法说得清。他们是先开了铺子，才认识街坊。人问张新昌家怎么走，一半指到新昌布行。天下偏有这样凑巧的事。他们怎么不把招牌换一换呢?

这一凑巧，没凑成缘分，凑成了冤家。他们是同行，互相不对付。何况对方还挂着自己的名字，简直是叫板。

客人在这家看了看花色，捻了捻面料，又去对面看看，有的去了还回来，有的去了就没再回来，没回来的每一个，都成了死结疙瘩。两家都暗暗比拼着，比谁的花色更好看，款式更新潮，做工更精巧。

他们都有比拼的底气。

李新风的老婆肖妹英是麻山绣女。宁乡麻山刺绣，是湘绣代表，始于本地著名画家杨世焯。杨世焯带了一批麻山绣女在长沙大古道巷开设绣庄，培养了“针神”肖咏霞和“针仙”杨佩贞等一大批刺绣高手，她们的绣品承国画一脉，古风古韵、高雅隽秀，重金难求，在国内外展评中拿过很多大奖。在美国芝加哥博览会上，杨佩贞绣的罗斯福像轰动全场，罗斯福收了这份礼物，很高兴，送了绣庄大笔奖金。湖南时任省长亲写“誉满全球”金字大匾，派人敲锣打鼓，礼炮齐鸣，将匾高高挂在绣庄堂前。

杨佩贞从长沙回麻山后，慷慨授艺，不吝栽培，肖妹英是第几代传人，不知道，大家知道的是她颇得真传，绣花花有香，绣鸟鸟能鸣。如果有人定做旗袍喜服，锦被绣枕，那得先坐下来，把价钱谈拢了，手工刺绣可不便宜。

不便宜，也有人追着做，任何时代都稀罕真本事。

肖妹英把刺绣技艺传给了女儿如意。

如意坐不住！她眼珠子一转，绣绷子一放，又想溜出去。

肖妹英拿着绣绷子追，喊道，燕子还少条翼，你又跑，你给我坐下！

如意上蹿下跳地逃，笑嘻嘻说，我绣的燕子是活的，要是有两条翼，它还不这样，你看，就这样，呼啦啦飞了！她张着两臂学燕子飞，从母亲腋窝下一扭，飞掉了，留下一串笑声。

张新昌哼着没词的调子，手指在膝盖上轻轻敲着，他看着对门铺子里猫抓老鼠，不禁笑起来，嘿，这小丫头，泥鳅变的。

张新昌的老婆唐兰芝，很勤快，平时负责锁边钉扣熨烫，她还在铺子外加摆一个香烟宝栏，还打理一台公用电话。她一边将宝栏擦得晶晶亮，一边说，我看她像只喜鹊子，真响亮，不像我家文载，闷葫芦一个。

两家大人不往来，小孩当然也不大来往。不过，张文载本来就不爱说话，他从小就静，喜欢缝缝补补，剪剪裁裁，他用碎布头做个拖把，也把布条剪得齐整整，还把颜色配得亮堂堂。张新昌不想要他儿子将来也做个裁缝，他对文载说，别围着我转转转，快读书去。

文载小声说，我不喜欢读书。

张新昌道，不读书，你想要跟你老子一样，一辈子给人做衣衫吗？

文载说，像你一样，哪里不好了？

张新昌噎住了，半天才说，像我一样，没出息。

文载说，我不觉得。

张新昌心里有点酸，也有点暖。半天半天，叹口气说，你可要想好，男怕入错行，定了，将来就不兴反悔的，要学一门专一门。

文载是真想好了。他不但跟着父亲学，还买来很多缝纫书，跟着书学，反反复复摸门道。他坐得住，耐得烦，心细极了。如今他手艺比父亲强，他做出来的中山装，肩膀平，立领挺，门襟正，骨位直，两只袖子前圆后登，四个口袋方正挺括——上口袋的倒笔架，又硬朗又英武，下口袋的边缘悬出，一寸不多一寸不少。张文载年纪小小，在行里已经排上号了。

两家都有硬本事，两家都有点得意。如今孩子们大了，两家意见可没小，谁愿意生意只做半边呢。同行同行，金杯共汝饮，白刃不相饶。

这关系好不了。

小西门巷口的八一商厦，突然开了一家“新世界时装”，像一夜间从天上掉下来的。开张这天，横幅拉了里把路，花篮摆了半条街，宣传车搞了上十台，车身贴着海报，斗里坐着西乐班子，吹吹打打，从城北到城南，从河东到河西。这阵势，今日天下，唯有“新世界时装”开业一件大事。

热闹了上十天，城里每个人都晓得有个“新世界”了，每个人都去“新世界”看过了。好家伙，女装部，男装部，童装部，敞亮！那衣服式样，据说是上海来的，北京来的，最近也是广州来的，新鲜！问问价格，贵是贵点，但攒两个月，咬咬牙也能买下一套。穿出去，有面子！

如意当然会去“新世界”，她大摇大摆就到了门口，没想服务员一脸笑将她拦住，指指旁边的牌子。如意一看，上头写着：同行勿进，面斥不雅。

如意笑笑，走了。她可不随便生气。

来新昌布行和新风服装店的人少了。

两家都有骨气，硬是把板凳坐稳了，绝不去巷口凑热闹，可撑了几个月，那气势也慢慢往下挫。李新风的画粉片没有掖在袖筒里了，两只手指夹着，翻过来翻过去。张新昌不唱曲了，他的香干搁在碟子里，一口也没少。

“新世界”晚上不关灯，灯火通明，对着全城“撒钩子”。如意不做梗脖子的犟驴，她晚上偷偷趴到“新世界”的橱窗上去看。她刚贴上玻璃，吓了一跳，玻璃上印着一张脸。回头一看，是张文载。

文载扛着一张红脸，不知几千斤重，站在那里进退两难。

如意料想“同行勿进”的牌子张文载也见过了，她往边上挪一挪，腾出一个空位。

文载走上去，两人趴在窗上，抻着脖子往里看。

如意问，那西装真精神，外国人都穿西装打领带吗？

文载舌头有点轴，嗯哪……大，大多是的，《老干探》里的外国人，就，就这样穿的。

必须打领带吗？

也，也有不戴领带，打，打领结的。

张文载，你怎么结巴了？

文载的脸有一万斤重了。他深吸一口气，悄悄把舌头箍稳一点。

如意说，大摆裙的腰省打得真紧，裙摆像驮着一片海。

驮……驮着啥？舌头要打架，文载一点办法也没有。

像个美女站在那里笑。

谁笑？

裙子笑。

……裙子怎么会笑？

反正我觉得它在笑。不但笑，它还是甜的呢。

裙子怎是甜的？

如意扭过头来看着文载，粉扑扑的脸，像一簇花突然开了。文载的心漏了一拍。

如意说，你牙齿上有菜。

文载臊得浑身发烫，差点落荒而逃。他的舌头在牙齿上打了两圈，再用指甲悄悄剔了剔。

幸亏如意不再看他，她扭过头去，指着橱窗里问，那是什么款式？

那，那叫蝙蝠衫。

那下摆打个结的呢？

那是港衫。旁边是百褶裙，喇叭裤，健美裤。

你怎么全知道？

我有《瑞丽》。

什么瑞丽？哈，张文载，你谈对象了？

不是，是书。文载的脸又红了，急急解释，书名叫《瑞丽》，还有《上海服饰》，还有《美开乐》，上面不但有图片，还教人怎么裁剪。

你会做这些款式吗？

当然，我都会……不过西装难一点，驳头得挺，内衬得平，但我对着书学过了，我能做。

我不信。

文载急忙说，我没骗你。

如意歪着头，眼珠转了转，说，你回去把这老虎衫……

是蝙蝠衫。

管它叫什么！你也做两件，也弄个人架子……

是人体模特。

张文载，不许你打断我说话。

文载把嘴闭得紧紧的。

如意说，你张开嘴。

文载瞪大眼睛。

你鼓起眼睛干什么，我要你张开嘴。如意掏出手帕来，在他牙齿上擦一擦。

文载的汗嗖嗖全冒出来了。

如意说，你把人体模特放在店门口，都穿"新世界"的衣服，只要你做得比他们好，保准有人找你做。

好！

你先做什么？

好！

我问你先做什么？

做西装。

好。蝙蝠衫做吗？

做！

喇叭裤呢？

做！

过几天，新风服装店门口果然摆了几个人体模特，也穿着蝙蝠衫，健美裤，也穿着西装，打着领带。嘀，比“新世界”的一点不差，而且面料花色自选，量身定做，更合体，更精神！

新风服装店的生意起来了。

女儿老往对面跑，像是倒贴，李新风恨得牙痛。他的生意已经打了败仗，落了下风，不肯再输了人。

他吼如意，不许到对面去。

就要去。你们大人有仇，关小孩么子事。

不是仇不仇的事。你个女孩子，不晓得矜持，让人看了笑话。

谁爱笑谁笑去，哪个稀罕！

啪！李新风的搪瓷茶碗重重摔在桌上，茶水溅出来。如意举起碗看看，噘起嘴巴来，你看你看，好好的碗又被你砸掉两块瓷，我去给你买个新的。如意腰身一扭，就从她爸眼皮下溜出去了，一边咯咯笑着，风一样跑了。

肖妹英过来续茶，说，还不是你从小惯着，惯出来一个飞天蜈蚣，一身的脚……她是不是看上张文载了？

李新风压低声音，那小子，哼，一天到晚就晓得踩个缝纫机，蔫里吧唧，雷打不出一个屁。他想得美！

肖妹英笑道，我看倒不是他想，是你女儿想。

一拳头擂在了李新风心窝上。女儿是他的脔心肉，不是个冒尖的人，莫想动他的肉。他怒道，只要我活着，谁也别想！

这边的响动，那边的张新昌都知道，他那双耳朵时刻支棱着。就算他听不到，他也料得到。他心情很好，嘴角露出一抹笑意，手指敲着桌面，多多来米嗦，米嗦来米多。

唐兰芝说，我看迟早是亲家。

嘿！那可不一定，那丫头主意大，性子烈，是个活辣子，文载管不住她。他家想放，我还不想要。

你不要我要，她蹦蹦跳跳，响响堂堂，正好配我家这只木蔸鼓。

张新昌摇摇头说，她坐不稳，不像个能持家的，不行。多多来米嗦，嘿，还小呢，小孩子家家，玩两天就没戏了，米嗦来米多。

如意被文载的服装杂志迷住了，它们像一个个神仙，拍了拍她的天灵盖，她的脑瓜亮了。原来小西门的“新世界”只是一个小触角，真正的新世界，才朝她打开门来。

如意翻书看画，半天没响动，文载一看，她在照着书画衣样。他吃惊道，你会画款式图？

如意翻翻白眼说，大惊小怪，我从小就会画。我们刺绣，都得先画绣稿，这是第一道工序。肖咏霞的绣品《墨石竹图》能传世，是因为有画家杨世焯作画，画与绣配合，才能出好绣品。做衣服也一样，先得设计款式。

文载说，难怪你画得这样好……咦，你画的跟书上的不一样。

当然不一样。人不一样，衣服也应该不一样。如意把杂志扬了扬说，这些书反反复复就告诉我们这个道理，你没看出来？你平时看书都看什么呢？

文载挠挠头，我看那些衣服怎么做。

如意说，是人穿衣服，不是衣服穿人，所以得先知道什么人该穿什么样的衣。嗨，张文载，你将来想干啥？

文载想了想，说，我想做城里最好的裁缝师傅……其他的，还没来得及想。

如意支着下巴望窗外，幽幽地说，我真想去外面看看，人家都做什么样的行当，穿什么样的衣服呢？他们的缝纫店是怎样盘活的呢？

文载呆了呆，说，你要真想去，我，我给你攒路费。

如意哈哈笑起来，起身回家去，又回过头来说，文载，你牙齿上有菜。

文载红了脸，马上对着镜子看看，没菜，但他还是去挤了长长一条“黑妹”，将牙齿刷了又刷，对着镜子看了又看，突然笑了，如意叫他啥了？嘿，文载！

如意画了款式图，要父亲做一件旗袍：粉绸旗袍，翠绿绲边，蝶翅盘扣。旗袍很短，膝上七寸，还开着半尺的高叉。

李新风说，自古旗袍就没这么短这么紧的，是少了布吗？叉开这么高，啧啧。旗袍没这样的！

如意说，对了，我就要做别人没有的。

旗袍做好了，如意自己打盘扣，盘扣打得很华丽精致。自己绣花，花绣得很娇丽生动。胸前一枝斜把儿芙蓉，缀着几枚叶片，下摆处花朵花瓣参差错落，舞着数只蝴蝶。简单，清丽，愈是这份简单清丽，愈见功夫——

她将丝线劈了八开，使每一根线细弱毫发，用掺针技艺结合排针、游针、花针、钩针等手法，针法多变，细腻精微，绣出来的每一个花瓣、蝴蝶各有不同，浓淡晕染生动，阴阳过渡自然，光泽立体丰富。往左看，花开着蝶闹着，往右看，花羞着蝶敛着，往左往右看，有开有合，有疏有密，有动有静，有明有暗。

如意穿着这件旗袍就出门去了，哪里人多，她就往哪里去。如意是一个轻霞薄绮的春天，春天里最娉婷娇俏的一枝，一枝独放的生动与自由。真好看啊，玲珑婀娜，进退有致，把人家的眼睛都看直了。

如意成了小西门的三西施。

另外两个西施是谁呢？孙家大院两姐妹，雅兰、雅芳——谁不知道！过几天，如意就抱着两件新衣往孙家去了。不多会儿，雅兰、雅芳就穿着如意送的新衣出门了！

大家目瞪口呆看着三个美人，她们亭亭走过小西门，款款穿过大西门，又袅袅地站在南门桥上了。雅兰的白色长裙，裙摆与飘带齐飞，像海浪从天边来了。雅芳的鱼尾裙，腰上一个大大的蝴蝶结，把腰肢衬得小小的，像一朵百合凌空开了。如意的百褶裙，每条褶子上都绣着一串淡紫喇叭花，一步一漾，天香了，全城都闻见了。

全城得了相思病。男孩想着美人，女孩想着美人衣裳。

孙家姐妹穿着“新昌定做”的照片，被照相馆放得真人一样大，高高挂在门楼上，姑娘们看见了，都想配一套同样的行头。李新风把缝纫机踩出火星来了。他很烦恼，他连喝水的时间也没有了。

张新昌也烦恼，他接了一单生意，文工团的老师们要上京献艺，找他定做演出服。唐装、西装、燕尾服，没问题。可盘扣绣花的旗袍，钉珠嵌羽的礼服裙，他缺点谱。烫手也得接下来，自砸招牌的事不能干。

他举头望着对门，喝干了两壶茶。

唐兰芝笑道，要文载过去请人吧？

张新昌赧然，如意这丫头，今天怎么还没露面呢？

如意当然不会露面，她故意的。她晓得张新昌伸了一百回脖子了。她可真稳哪，绣完了一套旗袍，又开始设计衣样了。找她画衣样子的，都已经排到中秋了。

等到天擦黑了，文载在窗外叫她，如意，如意。

如意这才不慌不忙收拾了，慢慢走出去。文载轻声说，你说的我都记着呢，就是要挨到这时候，让他急一急，才会知道你能耐……爸，如意来了。

张新昌笑眯眯地说，如意怎么都不上我家来玩了？你看，文载送了两套骑士服给赖家兄弟，请他们在“澎湖湾”拍了照片，挂在门口了，看见的都说要照这样子的来一套。这款式你画的，这主意也是你出的吧？

如意笑笑，她已经把“广而告之”玩得很溜了。

如意不说话，张新昌只得主动开了口，如意，文工团要定做一批演出服，有几套是绣花礼服，我把这生意让给你，谁叫我们老邻居呢……

如意仍然笑着，这您得找我爸妈呀，他们才是里手。

你爸妈……张新昌牙缝里“嘶”了一声，为难了。

如意咯咯笑着，怎么，你怕请不动他们？

一个“请”字，轻轻松松就破了张新昌的功，如意既不糊涂，也不老实。张新昌有点尴尬，说，我们是打对门的嘛，你跟文载又是好朋友，当然先照顾你们生意。

如意依然笑着，在宁乡，论绣工，我家称第二，没人敢做第一。谁接了这生意，都得找到我家来。

张新昌笑不出来了，但还得笑着，是是是，所以我找你嘛，你早接了你妈的挑子了。

如意说，伯伯你放心，只要我爸妈同意帮忙，我肯定使出最好的功夫。

这个，你爸妈不一定……我们是同行，是对手嘛……要不你去说说?

伯伯，您跟我爸妈是同行，是内窝里，不是对手。我们心往一处想，胳膊肘朝里拐，才能齐势盘活这生意。你们把尺寸图样送过去吧，我爸妈肯定愿意帮忙。

如意一气说完，人已到了外头。

张新昌摸摸额头，他居然冒汗了。他说，这个如意，说话跟铁桶似的，滴水不漏。不是我给他们带生意吗，怎么成了她帮我们了?

文载说，她没说错，他们不帮忙，你交不了差。

张新昌说，你倒替他们说起话来了……如意这丫头，以前还真小看了她呢。

如意回家把事情跟爸妈说了，李新风得意道，嘿，他张新昌也有求我的一天。

如意说，爸，没有谁求谁，大家一条街上住着，一个行里混着，你们还打着对方的招牌呢，多大的缘分！人家找你，不是佩服你？大家合伙做生意多好。

什么合伙，他揽不下这瓷器活！

若是你接了这单，也得找他。那小驳头西装、燕尾服，你就没张文载里手。

李新风有点窘，你倒替他们说上话了……我们是对手，我帮了他，不是搬起石头砸自己脚吗！

如意说，要说对手，“新世界”也不算对手，都是一个碗里扒饭的，要紧的是得先有这碗饭。

我吃这碗饭三十年了，谁还抢得了。

那可不一定，我天天在街上玩，我就晓得好多老店现今都关张了。时代在变，时代才是我们的对手呢。我估计不用很久，城里就会有商贸城，有服装厂，衣服走流水线，批量生产，又快又便宜。到那时，我们都没了生意，还内窝里打擂台，给哪个看热闹呢？

肖妹英说话了，如意这话有道理，我听说河对面就要建服装商贸城了。

李新风轻轻叹口气说，说的也是……这生意我可以做，就怕他们出不起价钱。

正好这时，文载带着图样过来了，他说，伯伯，伯母，劳烦你们了，价钱该多少就是多少，不会少一分的。

李新风干咳了两声说，这倒像句话。那行，让我先看看图样。

文载将图纸在柜台上铺开，几颗脑袋凑近一看，眼睛都圆了。一件礼服裙，上身钉珠，裙摆镶羽。一件礼服长裙，绣“国色天香”。一件旗袍，绣“松鹤延年”。

李新风笑起来，对文载说，回去告诉你爸，这忙我们帮不了，两个月，神仙也做不了！再说，这样的通体繁绣，谁也出不起这个价。

文载忙说，人家说过了，只要如期完工，价钱没问题的。

肖妹英摇摇头，文载，不是我们接不下，是时间太紧。我们麻山刺绣是湘绣，讲究像画儿一样逼真传神。牡丹绣工重，它是花堆花，瓣叠瓣，叶卷叶，光用色就需几十种，每种色又有不同色阶。而且，就算赶工，丝线少说也得劈成二十开，线细针密，绣品才轻盈灵动。还有，这件“松鹤延年”，所绣物件多，针法得用上十多种，单说绣这仙鹤羽毛的鬅毛针法，要五到六针才能绣出一根毛，每一针都要盖住前一针的针脚，这样才活灵活现……文载，别说两个月，就算有三四个月，也不一定绣得出来的。

文载听呆了，他第一次知道刺绣这样繁复，这样讲究，只能搓着手，不知如何是好。

如意将图纸看了又看，把绣样在心里描了又描，抬起头来说，爸，你马上打版放料。妈，你我各绣一件，我们日夜兼工，一定能做出来！

樟树轻轻地摇着，月亮朗朗地照着，小西门静着，灯光一朵一朵，慢慢熄了，唯新昌布行的窗，还暖暖地亮着。一只白猫在深夜烟视媚行，穿过街巷，走向窗台的暖光里，酣酣地睡着了。

文载一夜起三回，撩开帘子看看，新昌布行的灯依然亮着。

天才蒙蒙亮，文载就在窗外轻轻喊，如意，如意。

门开了，文载把两袋包子递过去，快趁热吃吧，我看你们一夜没睡，肯定饿了……

如意扑哧一笑，你睡了，怎么知道我们没睡？

我一夜望这边好几回呢——可是文载说不出这样的话，他只是轻轻笑了。

如意不接袋子，凑近他轻轻说，你送进去，就说……

文载进了门，说，叔叔，婶婶，这是我爸叫我给你们买的包子，你们辛苦了一晚，吃了，快睡会儿吧。

李新风眉毛一扬，你爸叫你买的？

是！

沙田包子？

对，沙田包子。

嘿嘿，算你爸有心。来，给我个插菜馅的。我跟你说，这沙田包子呀，插菜馅最好吃……

李新风一家吃过了小西门的手工面，大西门的狗头蛋，南门的葱花饼，北门的油麻坨，东门口子的杀猪粉，火宫巷的小馄饨，天恒的猪肺汤，文书路的羊饺子……日子滴溜溜地转，元旦快来了。

新昌布行的灯夜夜亮着，张新昌知道。文载天天去送早餐，张新昌也知道。他心里说，都个把月了，也不见出门，这丫头可真坐得住啊。

这天一早，文载刚要出门，听他爹在背后说，也不知振兴路口的猪油饼这时开摊了没，他家煎饼夹的花猪肉，香。

文载偷偷一笑，说，我去看看。

文载买了煎饼往回走，身心轻盈。路边一眼小池塘，塘壁长满了茁勃的水藻，厚且盛，绿得逼人眼，旺旺的一池。池水澄澈，倒映着湖蓝的天，金黄的树，月牙还在天，淡淡白，一瓣玉兰似的。文载蹲下来，用手指轻轻一点，水微微一惊，荡起一圈一圈的波纹，向外荡漾开去，天颤了颤，树颤了颤，月亮也颤了颤。

他想对一个人说，快来看哪，水里有个晴天。一想到这个人，他的心也颤了颤。他把煎饼温在袖笼里，加快脚步，小跑着往前去。

李新风看看窗外，张文载脚步急急地来了，他笑道，这小子，话不多，心不花，倒实在。

吃了煎饼，李新风说，文载，回去告诉你爸，他这份情我领了，这早饭以后不用送了。

文载吃了一惊，为，为啥。

肖妹英笑道，过几天就要交货了，我们也快完工了，你这阵子赶工耽误了歇，也好好睡两觉。吃了你家这么多早饭，中午叫上你爸你妈，也来我家吃个饭吧。

文载看看如意，如意嘴角翘着，像个灌了蜜的月牙。文载知道这是个好事了，高兴得拔腿就跑，回去传话。中午，张新昌和唐兰芝过来了。

张新昌站在即将完工的绣服面前，暗暗吃惊。只见几件绣服针线流畅，绲边精致，收省巧妙，放摆自然，不留一点针痕褶印。李新风做女装厉害，说他做衣像画皮，果然如此！再看那衣服的绣工，牡丹颜色各异，枝叶茂盛清丽，却因色系相近，色调和谐，如中国画一般典雅脱俗，使人觉得繁而不烦，艳而不厌。在丝绸的映衬和光线的流转下，花瓣层层，枝叶累累，竟似在慢慢绽放摇曳。张新昌暗暗赞叹，都说肖妹英绣花花有香、绣鸟鸟能鸣，这话竟还未表达出她绣工好的十分之一。再看另一件，松柏岿然，却旁逸生姿；云雾缭绕，恰似风起云涌；仙鹤姿态各异，或立或飞或引颈，每一根毫发都历历可见，每一双眼珠都顾盼传神。整件绣品画里带风，明暗交织，刚柔相济，粗犷处有凌云之势，细微处有精微之美。张新昌啧啧称奇，心头疑惑，到底哪件才出自肖妹英之手？他看看如意，哎呀，这丫头，今天才算认识她了！

里屋，唐兰芝帮肖妹英打下手，家长里短，亲亲热热。那边，文载帮如意开线理线，如意说，我也想去北京看看，我还想拍他们演出照做宣传画呢。

我给你出车费……不行，你一个女孩子……要不，要不我也去吧。

行！我们去外头多看看，多学学，就知道我们的路子该怎么走。

我们的路子？

如意抿嘴笑笑，说，文载，你妈是个实诚人，她不说一句假话。

是是是，她从不说假话……她说么子了？

她说你呀，是个木莞鼓。

这边，两位大爷已经喝上了，李新风道，菜凉了，来来来，喝酒！

喝酒喝酒！这香干劲道，南门口那家？

南门口那家。

孟大手板！他老家五里堆的。

对，五里堆的。

嘿，我就爱吃他家的。

嘿，就晓得你爱吃他家的，如意多买了两斤，等下你们带回去。

好好好。明天去我家吃，他舅舅送来一腿黑山羊，趁新鲜！炖萝卜？

炖萝卜！

一点风慢慢摇上天，樟树轻轻摇着。两棵樟树轻轻摇着，笼着小小人家。小小人家灰瓦顶，灰瓦顶下红木窗，青砖的墙，麻石的路，树影婆娑，落叶如蝶。你想象的美丽的江南小巷，大抵就是这样了。

李新风的店叫新昌布行，张新昌的店叫新风服装，嘿，挺合适。

点点筒，点点筒
点得大山变老虫
细的出来偷水呷
大的出来咬猫公
猫公咬得鲜鲜红
挂在树上吓老虫
老虫吓得伴山走
兔子吓得打筋斗

——童谣

知　墨　轩

这人叫吴言之，像天上掉下来的，突然一天来了，租了南门拐角两个大铺面，两门头对着两大街，开了个字画店，叫知墨轩。

店里装修得挺风雅，屏风、茶台、多宝格。几盆散漫兰竹，四壁全挂着字画。城里的文人墨客们把手迹送过来了，他们脸皮薄，自己叫卖不大方便，送这里请吴言之装裱代售。这笔生意不算太好，画家们名气不很大，老百姓“艺术”热情不很高，价格高不成低不就。吴言之原本也不指望这个赚钱，他给人把字画高高挂起，是为结交书朋画友，城里的文人雅士知道这么个地方，圈子里有他这号人。

他靠啥赚钱呢——郑板桥的“难得糊涂”，观山的“天道酬勤”，李可染的牛，徐悲鸿的马，傅抱石的泉瀑雨雾，吴冠中的白墙黑瓦，还有金晃晃的向日葵，蓝莹莹的星月夜，抱着水罐的少女，半转身的赤裸女郎——印刷品！这些商品字画值不了几个子，但是加块玻璃，配个雕花画框，嗬，“技术”就成了“艺术”，在市场走得飞俏。所以，说是字画店，其实主要做装裱。二楼是装裱间，几台机器切割线子（画框条），做成画框，各种卡纸绢绸堆得满满当当，雇着几个小青年，射钉枪成天叭叭响着。吴言之把这些字画装裱好了，就送到超市商场和家居城、娱乐会所去。这些事都有专人干，他坐在店子里，陪城里的书画大师们练练手，煮一壶金花黑茶。

他自己书画如何？怎么说呢，有人说别具一格、神韵悠远，有人说过于狂怪、损了形意。他既无师从，也无学历，此前没听说过这个人，书画圈里没他这号路子。别人的评价，吴言之并不在意。他快四十了，也没找个人，一个人过得挺洒脱。他不到四十，却像活了半辈子，平平静静，从从容容。

有人见吴言之书画俱佳，且言谈有礼，举止有度，以为他出自书香门第。一打听，错远了，他很小就没了娘，父亲是个土方郎中，在庙边桥下、街头巷尾摆点儿丸散丹粉、符水草药、乳香皮膏，也给人叫去，拔个火罐，治个痈疥，补个牙，得点散银碎锢，养大了吴言之。

做事的小伙计里有个小曾，是吴言之姨妈的小儿子，说来是表弟，但吴言之从小没了娘，与娘家亲戚几乎没有走动，也才认得这个表弟。吴言之对小曾挺好——他身边就这么个亲人了。他让小曾管理装裱事务，可是小曾聪明过头，把切剩的画框线子偷偷做成小相框，拿到外面卖。

这事吴言之知道了，没作声。倘若小曾用的只是废料，就怪不得人家变废为宝。半年后的一天，小曾提着麻袋悄悄走后门时，吴言之在那儿等着。把麻袋打开，不只有小相框，还有大画框。

吴言之跟小曾说的话，声音轻，别人没听见，但小曾回到二楼，他骂吴言之的话，小伙计们听到了。小曾一边啐痰一边骂，什么东西，说我犯法，自己还不是个劳改犯！

吴言之有刑满释放的历史，没几个人晓得。他并非故意隐瞒，实在这内中多少隐衷苦情，说不清道不明。

吴言之家在南郊，有个邻居叫秦念道，在郊外租地种菜，卖点儿瓜蔬，与女儿秦芳俩相依为命，朝晨起早，晚夕迟眠，仍然极贫极苦。秦念道在菜地里被毒蛇咬了，一条腿肿得发光发亮，没钱去医院，眼看要死。吴言之的爹擅治蛇毒，救了秦念道，两家往来甚好。

吴言之和秦芳一块玩，一块长大了。两家大人看他们，一个是忠厚的人儿，一个是温柔的性儿，倘能情投意合，一双两好，也算称心如意。吴言之有这个心，秦芳没这个意。

秦芳的心上人是万军，皮鞋厂的小东家，他没登过秦家的门，只把桑塔纳停在南门桥头，等秦芳含羞带笑地来了，便殷勤地开门迎接。他很会谈恋爱，把秦芳哄得高高兴兴的。

一天晚上，秦芳悄悄把吴言之喊出去，泪落如雨地说，他不见我了，你帮我去把他找出来，我要他当面跟我说清楚。

那夜的月色很好，隔着很远，吴言之都能看到秦芳脸上一片泪光。万军几次想走，秦芳哭着拉住他。万军怒道，有什么好说的！死缠烂打，没玩过似的，玩不起别玩啊！

秦芳猛然顿住，尖叫起来，万军，你混蛋！

万军笑笑，我就是混蛋，你才知道呀。

秦芳悲怆问道，那我怎么办？我已经是你的人了！

秦芳拽住他衣袖，万军挣脱不开，他把手从袖筒里缩进去，另一只手从裤兜里摸出一把弹簧刀，三两下就把袖子割断了。他说，割袖断袍、一刀两断懂不懂，你是谁的你随意，别赖上我！放手，你疯了吗……疯婆子，走开！

吴言之再也忍不住，他热血冲顶，拎着拳头大步上前——

随着秦芳一声尖叫，万军歪扭着身子，倒下去了。他的胸口，插着那把弹簧刀。

吴言之因过失杀人，被判服刑七年。

七年后的春天，吴言之在长沙出狱。他对着湘江沉默地坐了一夜，清晨起身拍拍尘土，去了马王堆，投奔他的狱友老梁。老梁搞美术的，自己的画卖不出去，仿别人的作品发了财，他做假画被判了三年，刑满后又去了马王堆卖画，只是从此封了笔，改卖印刷画了。他给吴言之寄过很多名家画册和字帖。

三年后，吴言之告别老梁，回了宁乡。

知墨轩的生意挺好。这几年地产经济兴旺，乡下人进城跟牧鸭子似的，呼啦啦地来了，抢着买房，新房里都要挂画。各企业单位、商场会所都搬了新楼，也要挂画。吴言之应了时势，又得了老梁的经验，他的生意顺风顺水。

风一凉，来知墨轩的人就多了，书朋画友们来这里围炉吃茶，这里交通便利，氛围静好，而且店里没老板娘，各人自由，倒有店员帮他们添水换碟，乐得轻省。几人架个小火炉烤板栗糍粑，剥花生、白果，围着咕嘟嘟的茶壶，说牛皮酢，扯野狐禅，或是儒佛圣贤，或是野老乡妪，或奇闻轶事，或野史秘谭。就有人问吴言之，别人讲的你那事，是真的不?

吴言之还没回答，帮他们添茶的店员说，别人乱讲，你们也信!

吴言之笑笑说，钟毓，你不信吗?

叫钟毓的店员说，我才不信。

吴言之说，是真的。

钟毓说，真的又怎样，你肯定不是成心的，要不，哪里喝得上今天这杯茶!她把茶壶一搁说，你们自己请便吧。

大家笑道，毓姑娘别生气，我们当然不信那些话，但到底是怎么一回事呢?

有人说，我来猜猜。自古相杀多为情，吴老板当年正血气方刚，想必也是英雄难过美人关。

吴言之笑笑，算这么回事吧。

那，美人呢?大家问。

吴言之依然笑笑，说，再没见过了。嘿，不说也罢。

吴言之入狱三年后，见过秦芳的。

吴言之父亲病逝，他被特许出监一天，他这天的最后一件事，就是来找秦芳。三年前，秦芳对他说，言之，你对我这么好，我会等你的，我一定等着你。这句话，让他带着壮士般的慷慨悲壮，走进了派出所的大门，让他在孤独、冰冷与黑暗中，心头亮着一盏灯。

从监狱到宁乡南郊，大概一百里，这一百里路，吴言之在脑袋里走了一千回，每一回的每一步落在哪里，都在他空荡荡的胸腔里激起震耳欲聋的回音。他无数次幻想自己回到了南郊，站在了桥头上。蓝天辽阔，白云浩荡，全倒映在澄澈的江水里，沩江似开了万顷梨花，一团赛一团白，一团赛一团姣。抬头望去，远远柳绿，隐隐桃红，青青田野点染着菜花黄，黑瓦小楼升起薄蓝炊烟，大黄狗叫，小黄狗也叫。大牛过桥，小牛也过桥。白鹭翩跹。

秦芳在油菜花里朝他挥手。

笑盈盈的秦芳在油菜花里朝他挥手，向他奔跑过来。

笑盈盈的秦芳在金黄黄的油菜花里朝他挥手，向他奔跑过来。

牢中时日太漫长，这些画面被细细分解开来，每个细节都逐渐丰满，清晰，具体。他像一个不知疲倦的画家，反复描绘这件叫作幻想的作品，不断润色加工，反复勾勒渲染，使它五彩斑斓、生动传神，以至于画面中的季节、天气，人物的穿着、表情，都在不断变化。有时，他看到秦芳朝这边来了——秦芳出发了，她愿意用两小时的奔赴，来见他一面。她现在到了南郊理发店，经过南苑路，站在沙河桥头等车……她上了车，车子摇摇晃晃过了白箬铺，到了望城……她就要到了，只要再等半小时，她就要到了……再等会儿，这边改了道，她需要问问路……她可能没搭到车，而车又开得太慢……可能，她还想换件衣服，她是爱漂亮的，那，她可能才出门……她到底没有来。

从第二年开始，秦芳再没来过。

画面褪色。梦里的南郊弥漫着雨气，路面坑坑洼洼，积着深沉的雨水，小店歪歪扭扭，招牌在风中嘎嘎作响。巷边围墙上的砖头残缺，青苔墨汁似的蔓延。洗沙场旁那棵大樟树将遮天的枝叶倾覆到河面，飘飘摇摇，落叶翻飞。

樟树下站着惊慌失措的秦芳。秦芳痛哭不止，言之，你快帮我想办法。言之，我只有你了，只有你可以帮我了，你快帮帮我呀……

秦芳一直哭，天就要亮了。秦芳一直哭，把他的魂哭出来了。

吴言之伸过手去，握住了刀把，他说，秦芳，你看，刀在我手里，是我杀了万军。

秦芳一把抱住他，哭道，言之，你对我这么好，我会等你的，我一定等着你。

不！你骗我！吴言之大喊着醒过来，脸上有泪。

吴言之的爹常来探视，泪眼婆娑地看看儿子，再泪眼婆娑地回去。他身体垮了，来一次，老一截。他一帖一帖地卖膏药，拉扯大了儿子——他怎么想得通！第三年，他来不了了，抱着儿子的相片走了。

吴言之回来送葬，身上藏着一枚刀片。

这是一枚美术专用刀片，很小巧，没有刀柄，大小如一枚邮票，刀刃十分锋利，是老梁画画用来削笔裁纸的。老梁是怎样神奇地把刀片弄进来的，吴言之不知道，但老梁把刀片藏在哪里，他知道。他要将那把弹簧刀还给秦芳，插在她的胸口，跟万军一个位置，不偏不倚——做不到，他只有一枚小小的，薄薄的刀片。它很锋利，可以切断血管。他选了颈动脉。为着这个位置不差分毫，高度、方向、力度，他已演练过几百回。

秦芳大腹便便，蹲在门口洗衣，面前落了一双男人的脚。她抬头，看到男人的脸正好浸在太阳里，她眼睛眯了眯，突然瞪大，她看到了吴言之。秦芳的脸扭曲起来，万种表情都在脸上跑。她突然跳起来，跑进屋去，将门重重闩上。

吴言之震惊自己的离题万里。他看到的秦芳，完全脱离了他的幻想。他在怨恨、愤怒、痛苦、委屈中，将她想象成一个虚情假意的、过河拆桥的、阴险自私的丑恶形象，这个形象没有一天不在折磨、撕咬、鞭笞着他。然而，此刻，眼前的秦芳，是瘦弱憔悴的、贫苦困顿的，惊惧胆怯的，这个跟他一起长大的女人，这个骗取他七年换取自由和幸福的女人，此刻却面容憔悴，挺着大肚子，在酷寒雪天里为全家刷洗衣服，她冻裂的手指渗出黄色的脓液，如苦胆爆裂。

吴言之再次从相同的梦中惊醒，他一把擦掉眼泪，闭上眼睛。快点睡去，把梦续上，当秦芳求他时，他要对她说，我帮不了你，你杀了人，唯有自首。

不用他召唤，梦自然就来——

洗沙场那棵大樟树将遮天的枝叶倾覆到河面，飘飘摇摇，落叶翻飞。

樟树下站着惊慌失措的秦芳。秦芳痛哭不止，言之，我只有你了，只有你可以帮我了，你快帮我想办法呀……

吴言之伸过手去，握住了刀把，说，秦芳，你看，刀在我手里，是我杀了万军——

吴言之慢慢明白了，不管现在的自己如何想更改结局，当年的自己还是会作出同样的选择，不管现在的自己多悔恨，多苦痛，都没办法替当年的自己做主。那天那时那刻的心甘情愿、义无反顾，哪怕只隔着一天，也不能否定，也没办法篡改。

你起来！老梁说。

吴言之不动。

老梁捏着拳头凑近他，压低声音说，你偷了它，又带不进来，丢了？

吴言之坐起来了。

你以为我不要命地弄块铁进来，是为了削笔？

吴言之坐直了。

老梁久久盯着他，慢慢松了拳头说，算了，天意！他叹了口气，又说，来画画吧，画画就忘掉那些污糟事了。

知墨轩内，一群人聊着山南水北、东鳞西爪，将一壶茶喝淡了，店外暮色开了闸。有人说，一天薄暝寒将尽，又是一天。唉，有没有法子这样喝着茶，画着画，还把钱给赚了？

吴言之慢慢放下杯子说，有。

吴言之将书朋画友们召集到店泼墨挥毫，他提供场地茶水，并代为销售作品，愿意赐教的也可带带学生，他按成抽取学费。本是边走边看，没想生意挺好，这里是本城书画大家聚集地，很多学生慕名而来。一年后，吴言之再租了两层楼。

这天是个大雪日子，店铺人少，却来了一对母子，吴言之抬头一看，呆了一呆，这人是秦芳。秦芳笑笑说，言之，没想到是你啊。

吴言之看出来，她那神色不像“没想到”，不是当年的避之不及。

他不动声色，也笑笑，这是你儿子？

对，十岁了……我爹说，你托人把房子卖了，我还一直想，不知你去了哪里，原来你就在这里呀，我们只隔着一条河……我还住在南郊。

吴言之点点头说，孩子想学书画？

是，想要孩子学点特长，将来有点出息。没办法，我命不好……我离婚了，大的跟我，我们现在住在南郊……

秦芳记起这话已讲过了，脸有点红，马上说，我一个人带着孩子，不能不为他多操心。

吴言之问，书法和画画，孩子对哪个更有兴趣？

我也不知道，你看看他适合什么，我都听你的。言之，这些年，其实我……

这时，突然有人大声说道，当初老板看得你千斤重，你恩将仇报，还一甩挑子走了，现在找不着事了，落了难了，又想回来，天下好事你都想占尽，坏事不沾边，想得倒美！

秦芳吓了一跳，以为是骂自己，转头去看，却是个女孩在训斥一个小伙子。

原来是小曾回来了，求着钟毓帮她说说话，倒被钟毓训斥一顿。

秦芳被这番话炸了一遍，赧然道，那个，是你爱人吧？

吴言之见钟毓望着这边，知道她已猜出秦芳身份了，才故意夹枪带棒。这姑娘，平时和和气气的，护起主来，老母鸡护鸡仔似的。

吴言之笑笑说，呃，是。

钟毓听了，飞了个大红脸，赶忙带着小曾上楼去了。

秦芳说，你结婚了啊，我怎么听说……

秦芳没往下说。她掉过头看墙上的字画，等脸上的阴晴过了，回头看见书桌上一幅山水画，问，这是你画的吗？

是。

画得真好，你什么时候学了画啊。

吴言之笑笑说，牢里练出来的。

轰！店门突然被大风撞开，风裹着雪花冲进来，飘飘洒洒，旋转翻腾。那飘扬的雪花久久飞着，慢慢才落定，慢慢融了。

吴言之看着秦芳拉着孩子过了马路，又回头看了看。她站在大雪里，风把她头发吹乱了，沾满雪花，像白了头，一身萧瑟。她上了南门桥，脚步匆匆的，走进苍茫的暮雪里去了。

你有，我有
两边摆起桂花酒
桂花酒，酒桂花
唱不赢的伢子打耳巴
你一只，我一只
好像洞庭湖的麻雀争谷吃
麻雀争谷两边分
唱不赢的伢子打额公
你也唱，我也唱
两边摆起洋丝帐
洋丝帐，帐洋丝
唱不赢的伢子背砣子

——童谣

同 福 来

你总晓得梅花路的，那是河边的一条老巷，有小桥，有流水，有古树，有垂柳，有波浪形的长长的老围墙。溪边有人家，树下有商铺，桥边有当时县里最高学府宁乡师范。巷弄里流水潺潺，林荫深深，行人往来，叫卖声悠悠的，很有烟火气。离着梅花桥不远，有家米粉铺子叫同福来，老板姓胡。

这是一家普普通通的小店，一点不打眼。它岁数很老了，青砖墙，灰瓦顶，木门木窗木招子，因年月太久，那门窗都起了包浆，泛着温润安稳的光芒。店铺不大，老板在外头加了一个阳棚，看着像个小摊，人们又叫它胡家摊子。

当地人都知道“同福来”，不仅因为它有年岁，还因为它有故事。那是1944年，全国闹饥荒，树叶树皮吃光了，熬不下去，一家人抱着，关门闭户等死，真是凄惨。同福来却把大门打开来，施粥。那米多贵啊，都涨了十倍不止了！有人看到胡老板（那时还叫胡掌柜，姑且都叫胡老板吧）把自己的长袄卖了，那是他隆冬大早站风口里下米粉要穿的，老板娘也把自己的陪嫁首饰卖了，全换了粮，熬了粥，施给了街坊路人。他们救了好多人的命。

一些老人还知道更早的事，当然，这是另一个胡老板的故事了。那年湖南大旱，全年颗粒无收，人一个接一个地倒，能卖来换粮的全卖了，最后没法了，卖儿女。一块大洋卖个儿子，四块大洋卖个女儿。巷里有几家卖了儿女，回来哭得死去活来，已经没心活下去了，谁知隔天一开门，回来了！巷子里卖掉的几个孩子，齐齐整整都回来了！这好事谁做的？有个稍大点的孩子说，我好像看到同福来的掌柜了。急忙去拜谢胡老板，他却把头摇得像个拨浪鼓儿，连连否认，不是我不是我，我一个摆米粉摊子的，有心无力，哪有那么大本事啊。

到底是不是胡老板？不知道，这像他做的事，但他说的没错，他一个卖米粉的，哪有那么多钱啊！

这个铺子传了几代，谁也没给铺面换个门头，整个装修，只精心加固修葺。现在到了顺子他爹胡四知手里，他还是没动店铺，店铺还是老旧模样，人们还叫它胡家摊子。就连胡四知也像他爹一样，矮矮壮壮的，眉开眼笑的，人们说，就连他炒码颠锅的把式，都跟他爹一样，他爹也跟他爹一样。

有人问，胡家摊子都老得不搭调了，咋不翻新翻新呢。

有人答，一碗米粉挣不了几个钱，胡老板舍不起那笔装修费。

说的是，同福来做了很多善事，但没看到哪代掌柜财大气粗、吃金穿银的，都很节俭，很和气，吃穿用度跟旁人无二。想必胡家世代朴实，他们只求全家衣食无忧，太太平平过个日子，就很知足了。知足是福，要不，店名都叫“同福来”呢！

生意倒不错！那些当地的居民，提笼挑担的过路客，旁边做小生意的，单位机关上班的，还有师范的教员和学生，都来这里吃个早餐。铺面不大，里头只有四张老方桌，外头阳棚下两个小桌，人们找着位子坐下来，在这里谈新闻，扯乱弹，讲交情，做买卖，谋事说合，吵架扯皮，作保做媒——一天就从这碗米粉里开了张。

同福来生意好，自然有人想分一杯羹。来了，这人叫彭大海，人称胖大海。他狠狠砸了一把银子，盘下隔壁两个门头，开了个隆源楼。楼下堂食，楼上雅座，彩灯高挂，富丽堂皇。他还把地基抬高了，筑起三级台阶，两根粗大廊柱敷金画彩，往这台阶上一站，真像皇帝登基。

开张那天热闹非凡，逢人送礼——一双描金筷子。胡四知也去贺了喜，领了礼品。只见筷子包着彩纸，彩纸上印着金字：到最美的隆源楼，嗦最好的宁乡粉。胡四知笑笑，递给顺子娘，给你用，好看呢。

顺子娘说，不光好看，还香哩。

顺子今年二十了，等他结了婚生了娃，就要接手同福来。他看着隆源楼金碧辉煌高高在上，把他家铺子挤得像个愁眉苦脸的驼背老汉，闷闷地说，香个屁，人都到隆源楼去了。

人都到隆源楼去了，隆源楼爆座了，就连同福来的老主顾，也登上三级台阶，去嗦"最好的宁乡粉"了。胡四知笑盈盈跟他们打招呼，孟嗲，丁师傅，早呀，去嗦粉啊。

是，人家筷子都送来了，去尝尝鲜。

要得要得，是要去的，花花轿子要靠众人抬嘛。

胡四知回头对顺子说，哎吔，你愣在这里干吗！自己下碗粉去。早上嗦碗粉，神仙站不稳呢。

顺子算了算，一天少卖了上百碗粉，爹娘怎么就一点不急呢。

胡四知不急，照样四点就起了床，去杉木桥买菜——他已算稳近来的菜量，绝不造成浪费。回来了，把当门的两眼连襟煤炉子捅旺，两口大圆筒深锅，一边烧着开水，一边炖着秘制大骨汤。灶上一排小瓮坛，分别温着昨晚做好的臊子，红油牛腩、五香牛肉、香菇排骨、原汤肉丝、酸菜豆腐、插菜笋丝……都冒着香气。再把店门打开来——外头还黑着呢。他把另一眼灶的火盖子打开，把大铁锅架上去，烧锅开水烫一烫，预备给想吃现炒臊子的客人展示手艺了。客人说要现炒个猪肝，有！要个辣椒炒肉，有！要煎个鸡蛋，烫把香菜，有，都有，马上给你热乎乎香喷喷端上来。现在，第一碗，端给顺子娘。

顺子娘也很早就起来拾掇，把菜洗了，哒哒哒地切好，分放在菜篮里，再去给每桌摆上八小碟配菜，看看桌上香醋够不够，猫乳够不够，辣酱够不够，不够，都添上。抬头看看天色，差不多时候了，在大灶上摆一排海碗，分别浇上油撒上盐候着——不放酱油和味精，得看人下料。人都有自己的口味，有要宽汤的，就有要扣汤的，有喜欢重油的，就有喜欢轻油的，有的不吃酱油，有的不吃味精，那边刚一开口，顺子娘手里就做到了。很多顾客不用开口，这么多年，她跟顺子爹一样，成了老顾客喉舌上的虫，冷的热的咸的淡的酸的辣的都摸清了。现在，她跟顺子爹已经吃过了，胃是暖的，心也是暖的，只等客人一来，舀一勺大骨汤，烫一把鲜米粉，再浇上热臊子，撒一手香葱，店里就暖起来了。

客人来了，夫妻俩一齐响亮亮地笑起来，小马哥早呀，文道师傅早呀，纯妹妹早呀，黄老师早呀……

这时，顺子和他妹妹燕子从后院过来了，两人呼噜噜嗦了粉，燕子去氮肥厂上班去，顺子帮忙打盘，他已经是一个很得力的小掌柜了。

到了下午两点，一家人吃了饭，开始清扫刷洗，把店里收拾得干干净净，归置得整整齐齐，再为明天做准备。胡四知在阳棚下收桌椅，胖大海站在台阶上朝下看，大声喊着，胡老板，最近生意如何呀。

胡四知摇摇手，笑道，比不上彭老板的大台面，我就是个耍手艺的，我这小摊子，不及你九牛一毛哩。

胖大海说，胡老板要是觉得艰难，要不，你把这摊子转给兄弟？

胡四知说，谢谢兄弟关心，哎呀，我这不是没法吗，一家子要吃饭，好歹撑一天是一天呢。哪天为难了，再请彭老板多多关照啊。

胖大海打了一阵哈哈，回楼上嗑瓜子去了。

胡四知打了一阵哈哈，回后院磨米粉去了。顺子赶紧跟上去，他越发想把本事学好了。

胡四知从不去作坊买现成的米粉，他不放心，从挑选优质大米开始，到浸泡磨浆，上笼蒸制，晾皮裁切，全都自己上手。同福来的米粉口感好，弹性佳，劲道足，这就是口碑。立口碑要几代人，砸招牌只要一夕，胡四知从不大意。

他抖抖手中的米粉，皮条一样弹，笑着说，宁可三天不吃肉，不可一天不嗦粉。顺子，你安心把事做好，我们这铺子倒不了呢。

过了一两个月，胡四知说，我估摸着，人应该要回笼了，明天多买点菜。果然，店里顾客慢慢多起来。顺子惊讶地问，爹，你咋知道，你拜菩萨了？

顺子爹笑道，新鲜劲过了嘛，该怎样还怎样。

顺子伸头看看隔壁，说，我看隆源楼还蛮多人呢，到底他店铺阔气，到那儿坐着多舒服，多体面。

顺子爹说，你再看看，那里面的人你认得多少？

顺子去看了，回来说，大多不认得。

不认得，说明是远客来赶新鲜的，远客难留呢，几个人有空一大早跑老远吃个早饭的？

哎，是啊。

还是那话，安心做事。我们的顾客还会跟以前一样。不，只怕比以前还多哩。

胡四知没说错，过了几个月，来同福来的人不但没少，反而多了！桌子不够用，有人愿意站着等，有人寻把凳子借个桌角就吃起来了。再看隆源楼，一天一天地清冷下来了，胖大海抻着脑袋，长颈鹿似的朝这边望呢。

顺子问，爹，你咋算出来的？

顺子娘笑道，你爹卖了几十年米粉，还要算？大家一早上班的上班，读书的读书，做工的做工，下地的下地，哪个不是跳起脚来忙，路边嗦口粉，饱了肚，就去卖力气，哪有工夫摆排场！

胡四知说，咱卖的是米粉，小本生意，撑不起大开销。隆源楼台面大，开支大，自然要卖贵一点，但天天要吃的东西，贵一碗两碗没事，几十碗贵了多少？几百碗呢？咱这小县城，尤其是咱这条老巷，多是光头百姓，几个不是掐紧腰包过日子，哪个不算账。

顺子恍然大悟，又问，我还有一点不懂，为啥我家生意倒更好了呢。

胡四知笑道，这不是隆源楼帮我们打吆喝嘛，他把远处的人都引来了，这下大家都晓得他旁边有个同福来，不但比他便宜，还比他好吃。

他的粉不好吃吗？

好吃，但他自称是“宁乡最好的粉”，人家多花了钱，满心要去吃最好的粉，这就坏了，你必得周周正正、地地道道，只要一点不好，都要被挑出刺来的。

哎呀，可不嘛。

他与我们家紧挨着门，这高低对比就大了。嘿，不是我吹牛，他还差点火候呢。事做十分，话留三分，他是反过来了。

燕子！燕子！人没到，声先到，这是玲玲来了，进门就说，这隆源楼怎么回事？没一年呢，怎么就贴出转让告示了？

顺子出去一看，可不是，告示就贴在那敷金画彩的廊柱上呢。他回来说，我看胖大海正挂着脑壳往外搬东西呢，不知为什么，我心里挺不是味。他本想做番事，结果撞一鼻子灰，不知赔进去好深呢。

玲玲笑道，顺子哥，你真是个好人。燕子呢？

不晓得，妹子大了不中留，也许偷偷搞对象去了吧。

玲玲扑哧一笑，那我等她。顺子哥，你去给我下个粉吧。

顺子把粉端出来，突然看到外面阳棚下，坐着个长发大眼的女孩子，安安静静地吃粉。柳条在她后面轻轻飘着，她头发也轻轻飘着，她怕垂到汤碗里，便把头发拂到胸前来，用兰花指轻轻按着。她这样侧着脸，分外地好看，顺子看呆了。

玲玲说，哎呀，那是江小萍，我初中同学呢。

顺子说，玲玲，你去打声招呼，介绍我们认识一下呗。

玲玲小声问，顺子哥，你这就看上了？

顺子红了脸，哪有，哪有。

玲玲说，你要是真看上了，我帮你牵个线，你要是没……

顺子嘻嘻笑道，那，你还是牵个线吧。

顺子追江小萍可不顺利，江小萍对他爱答不理，这可把他急坏了，只得央玲玲捎信传话，鞍前马后几个月，进展不利。正想着要做件大大的创举打动江小萍，没想下起了泼天大雨，三天三夜不停，县城涨起大水来了，他只得把计划推迟。

雨又急又猛，屋被淹了，人被困了，路瘫了，电也断了。这可不得了，好多人家淹得严重，锅灶粮菜都泡水里了，又出不了门，只能等政府救济。

同福来也被淹了半截，一家人撤到后院楼上。这天，有人在对街窗户里喊，胡老板，胡老板，给我家送个米粉吧。家里吃的都泡了水，又实在出不去，大人还能撑着，这娃儿不行啊。

胡四知回头看看顺子妈和顺子，两母子就得了令，一个烧起小煤炉去做饭，一个去找雨衣。顺子蹚着水，把热饭送过去了。

胡四知说，好在我们家囤了粮油米菜，快把大炉灶砌起来，好多人空着肚子呢。

胡四知用砖头码了临时灶，顺子娘的菜刀已经哒哒地响起来了，顺子穿着连体塑料衣，蹚着半人高的黄水，给很多人家送过饭了，给冒着雨淘泥疏堵、抗洪抢险的人，也送过饭了。

第四天，雨小下来了，顺子提着饭菜出门，见玲玲在那儿招手，顺子哥，燕子在家没？

顺子说，你怎么出门了！这么大水，不怕把你漂到河里去。

玲玲咯咯笑着，我划轮胎过来的，我从小就划我爹的捞沙船，里手得很。

那你要小心。燕子在呢，你快上去吧。

你这是去给人送饭吗？我帮你吧。

不用呢。顺子走了两步，又转过身来，玲玲，要不，你帮我个忙吧。你看，我走不开……江小萍家里，不晓得能吃上饭不？

玲玲笑道，晓得啦，我帮你去送。

过了会儿，玲玲回来了，顺子问，她吃了吗？

吃了。

她说什么了？

她说谢谢你。

顺子嘿嘿笑了，又说，那，那你明天还帮我送，好不？

好。

第二天，玲玲给江小萍送饭回来，顺子又问，她说么子了？

她说谢谢我。

啊，没别的了？

没了。

顺子有点失望，他想江小萍定是怪他没亲自去送，表现不到位，不像个英雄。他决定自己去，他要把心里的话，不，他要把心挖出来给江小萍看看。

可是隔天雨停了，水退了，江小萍不需要他的饭了。顺子垂头勾背地回来，把亲手做的饭菜往桌上一放，坐着发起呆来。

胡四知说，江小萍拒绝你了？

顺子伤心地说，人家问我有几个铺子呢，我说就一个米粉摊子，她就不理我了。

胡四知说，啨，说明你们不是一家人，进不了一家门，她要是嫌你穷，图的也不是你这人，也吃不下这个苦。没缘分，别想了。

顺子叹口气，我以后还是不接米粉摊子了，寒碜，连对象都找不到。

胡四知说，我要你接米粉摊子，没要你学米粉一条筋。我看玲玲就挺喜欢你的，你不乐意？

玲玲？她拿我当老兄呢。

哪有天天跟在老兄屁股后头跑的，燕子跟你跑不？发那么大洪水，还来找你呢。

她是来找燕子的。

那她见了燕子没？

顺子呆了呆，半天才自言自语，哎呀呀，难怪玲玲说我是个大傻子哩。

过两天，玲玲又来了，顺子哥，燕子在吗？

顺子说，在……还是不在呢？

你说啥？还要我帮你去找江小萍不？

果然她不是来找燕子的。顺子偷偷看玲玲，见她红扑扑的脸，黑漆漆的眼，挺好看，以前怎么没发现呢？他说，好，我们一起去。

两人走到半路，顺子试探着说，我要是追到江小萍了，就请你做媒人，给你买双毛皮鞋，好不？

玲玲咯咯笑起来，傻子，没结婚是不可以做媒人的。

那你快点结婚。

等你……先结嘛。

我能跟谁结！玲玲，其实，江小萍已经拒绝我了，她嫌我穷，不愿意。

啊！你别难过，我再帮你去说说，你人好，心眼儿好，反正什么什么都好，比钱重要呢。

我哪有你说的这么好。

有！你别难过，她拒绝你，不是你不好，是她不知道你好。

我这么好，你嫁给我算了。

好啊。

你，你别笑呀，玲玲，我是当真的。

我也是当真的。

你，你不嫌我穷？

不。

那，嫁给我要吃苦的呢，半夜就要起来开门下粉，你怕不怕？

不怕，早餐店当然要早起，要不就跑了生意了。下午备菜备料摊粉皮，把汤炖上，晚上盯着点火。早睡早起，其实也没有那么辛苦的。

顺子愣了愣，这些，你都想过了？

想过好多遍了呢。

傻玲玲，你怎么不跟我说。

玲玲抿嘴一笑，等你对江小萍死心啊，你不死心，就会一直记挂着。你对她死心了，心才会到我这里来。

那我跟她要是成了呢？

那，那就是天定的姻缘，我再不说出来了。

你才是大傻子哩。

顺子跟玲玲要结婚了，胡四知把他俩叫过来，给他们一张存折，说，这点钱给你们用，房子起大起小，建设用多用少，将来生孩子，送读书，你们自己看着花。钱不很多，不禁用，省着点。

顺子和玲玲接过来一看，唬得跳起来。顺子结巴了，我，我的爹呀，哪，哪来这么多钱！

胡四知笑道，别看不起小摊子，只要手脚勤快心不懒，就能积少成多。你看这城里，那些扎脚撸手的，低头做事的，哪个不是在闷声发财。有些人还以为开个小车子戴个金链子才算有钱，嘿嘿，他们不晓得，风光背后一泡泪，狗屎窝里好开花呢。

玲玲看着顺子，扑哧一笑，顺子，江小萍亏大了。

顺子把存折给玲玲，捏捏她的手，玲玲，这些都是你的。

顺子结了婚，有了孩子，揩掉鼻涕做了大人，胡四知要把米粉铺交给儿子了。

胡四知说，第一，讲良心。

好。

胡四知说，第二，讲良心。

爹，你说过了，这是第一。

第二，还是讲良心。

哦，我知道了。第三呢？

财不露白。

顺子点点头，这个他懂。财不露白，是叫子孙勤俭节约，不大手大脚，才能抱朴守拙，细水长流。这铺子平平安安上百年，就因为它不打眼，不招摇，不知躲过好多灾祸呢。

顺子说，爹，我都记住了。

别急，还有第四条呢，你记着，铺子不许租，不许卖，不许拆。

啊！这是为啥？

我也不知道，我爹是这么说的，我爹说他爹是这么说的，我爹他爹说，嘿，反正就是这么个规矩。

那房子倒了怎么办。

倒？不能倒！我琢磨着，不租不拆不卖，就是不许它倒闭，咬着牙也要干下去，好好干下去。胡四知点点头，对自己的解读很满意。

有道理。顺子也点点头。

顺子把他爹的挑子接过来了，往灶前一站，矮矮壮壮，眉开眼笑，是那么回事！那炒码颠锅的把式，跟他爹一模一样。他家的米粉照样自己做，口感好、弹性佳、劲道足，汤汁照样鲜，臊子照样香，配菜照样多：辣椒，蒜蓉，猫乳，榨菜丝，花生米，酱刀豆，腌黄瓜，辣萝卜，足足八小碟，还不时更换品种，都是自己做的，原料好，味道也好。顺子成了同福来的胡老板，跟同福来所有的胡老板一模一样的了。

早上，他在灶前下粉，玲玲在外面百灵一样唱单：牛肉粉一碗，重油少汤，盖个鸡蛋；肉丝鸡杂，双码双油嘞；猪肝粉两碗，宽汤免色，落锅起呀……师傅，这是你的牛肉粉；张娭娭，要剑去呢，今天吃个什么？刘老师，嗓子好点了吗？今天吃个清淡的，香菇肉丝要得不？

顺子听着这声音，浑身是劲，干得更欢了。

可是，同福来终于要拆了。

1992年街道改建，整条街要被推倒重建，顺子跟他爹站在店铺前，心里都挺难受。顺子暗暗盘算，要在这原地再建一个同福来，把地基打得牢牢的，百年不倒。推土机来了，开进了同福来，随着一阵轰响，墙体坍了，待灰尘落定，有人发现废墟里有东西闪光，走近一看，哎呀，是铜钱！

顺子赶紧上前，扒开看一看，奶奶呀，墙缝里全是铜钱！

大家惊呆了。这时，有人想起七十年前的事来，胡老板说他没钱把那几个孩子赎回来，原来是谎，他只是不想要大家念他的情啊。

胡四知才明白过来，与人同福，同福来的老祖宗原来是这个意思呢。

顺子也才明白过来，不许租，不许拆，不许卖，原来这屋里全是钱呐。

何人造的停丧栋，何人造的服伴棍。
何人开山把树栽，何人扶竹哭哀哀。

鲁班造的停丧栋，麻衣造的服伴棍。
太公他把竹子栽，孝家扶竹哭哀哀。

——孝歌子

寿　记

江边店铺，从前多是本地人经营，他们土生土长在沩江边，胆气足，门路宽，随着水涨船高的势头，一路高歌猛进。这几年，渐渐多了乡下进城来捞生计的，租着一丕铺面，将生活摆放开来。有的长期租住，算是稳住了营生，声音响响亮亮，手脚利利索索，已经染上城里人的颜色了。有的鱼鹰似的白辛苦一场，被挤干净了，换个码头重新来过。收拾铺盖回去的，还是少，天下少有甘心的事，他们只得把脸色放好又放好，把身段放低又放低，和气生财。待夜里行人渐少，铺子外架个折叠小桌，就着两碟小菜，对着南门河水沉默地端起杯来。

这对外地夫妻，春上才来的，开个“寿记”。这名字简单，没关系，白事店用不着多么漂亮的名字。丈夫四十多，人有点闷，脸有点黑，又矮又瘦，不挂福相，但人们叫他福满。这地方的人喜欢在名字后缀个“满”字，伟满，军满，强满，是昵称。福满终日低头做事，扎花圈、折元宝、打纸钱、剪白挂，他两手勤快，一日不闲。老婆长得真好，雪白的长脖子，像个天鹅。她大概不大能干，只会用鸡毛掸子给宝栏和货架掸掸灰尘，晴天里在店外支张小桌，把鞭子礼炮晒一晒。她坐在桌边，拿把剪子剪点彩花图样，这彩花是用来贴在花圈和灵屋子上的。剪好了，她拿起来对着太阳照照，不像干活，倒像好玩。她性格温柔，总是含着笑的，似乎对一切都很满意。

——她满意什么呢？丈夫长得马虎，不富裕，开的又是白事店，上不得台面。何况那店面狭仄幽深，最里头还架着一副黑漆寿棺，让人心慌。这里的人，多是自己请人来家里打寿屋的，不会去店里买。大多的白事店，是不会放一副棺材在店里吓客人的。她一个风摆弱柳般的女人，不怕吗？

有人说，那是因为女人不能生养，只怪她太漂亮了，婚前堕多了胎，身子垮了，才找个老实人接盘。这说法像那么回事，大家都信了。江边码头热闹，店铺大都兴旺，但寿记开张半年了，也就那样，提不上把儿。夫妻俩却很安心，没听他们埋怨过生意。谁会求菩萨保佑世上天天死人呢？到了过年，他家最清冷，因为他们没挂灯笼，也不贴生意兴隆财源广进的对联。

其实寿记的生意并不都在门面上，福满是个纸扎匠，经常上门去给丧家扎灵屋子。纸扎匠在九流十艺里排不上号，却是工匠中的多面手，得懂篾工、剪纸、折叠、书法、绘画、裱糊等多门技艺。福满手艺很好，他给人扎灵屋子，扎纸人纸马、摇钱树、聚宝盆，还有风车磨坊、粮仓拌桶、奴婢长工，乃至花园别墅，亭台楼阁，彩幡车轿，都扎得很灵巧，很精致。他能扎出一个皇宫来。

过了春，天气一暖，那些老人们把气吊住了，就还能撑一年，一个个活泼泼地卖力气去了。这时福满的空闲多了，可以休息休息了。

休息？不能的，他过江帮人种地去了。田里的和场上的事，没他不会的，耕田、播种、栽秧、薅草、割稻子、踩拌桶，他一个顶俩，给人干活他舍得出力气，只要天气不扯拐，他能一月到头满打满干。回来了也不歇气，他把门前阳沟疏一疏，把店里货物理一理，把绷了篾的鱼笼子补一补。

他这样埋头拼力，勤挣苦干，真让人吃惊。虽然这城里多是这样勤快的，可别人都是拖儿带女一大家子，不拼不行。福满就两个人，要挣那么多钱干什么呢，再说，也没见他多花两分啊。

福满很勤快，很节俭，很老实——太老实了，不那么让人看得来。

那次福满花了两天，精心扎起一座灵屋子，却不知哪个小孩淘气，在壁上戳了几个洞。扎好的灵屋是不能出现半点破损的，破屋无法给逝者遮风挡雨。很多人看见，福满被丧家一脚踹倒，头磕在石头上，血糊了半张脸。他一声没吭。烧灵屋子的吉时就快到了，福满一声不吭，顾不得擦一擦那半脸血，将灵屋重新裱糊，又快又好，没误时辰。

有人说这事怪不上他，这样忍气吞声，未免太窝囊了。也有人说，福满顾全大局，气量大，忍得下，是个男人。

隔壁四源饭店的老板陈四源很看不来福满，想赶走他。

四源饭店两空门面，虽不很高档，但有头有脸，宽敞明亮。不远处有人民医院，药材公司，食品站，菜市场，冻库，是个开饭店的地界，陈四源的生意本来不错，但他没想到隔壁忽然一日改头换面，竟成了一家白事店。这叫什么事！谁愿意坐在花圈边吃饭！

陈四源去找寿记的房东蔡老板：要他走，这铺面我盘了。

蔡老板摇摇头，不行。

他给你多少租？我再加一成。

你盘不起。

陈四源笑笑，你尽管出个价。

蔡老板也笑笑，对不住陈老板，给十倍价也不行。

陈四源不笑了，为什么呢？

蔡老板说，因为你家雨棚上的水漏到我铺子里了。

陈四源呆了呆，接着就笑了，就这？我明天就喊人将雨棚修一修。

两个月前，陈四源给门头装了个雨棚，现在正是梅雨季，雨水倾斜，全洒在寿记门口，将他家的花圈白挂淋了个透湿。寿记门口不能摆货物，走路还得当心，保不齐一脚跌倒，摔个五劳七伤。

陈四源当然是故意将雨棚往寿记倾斜的。他敢欺负福满。

雨棚重装了，雨水不往寿记跑了。陈四源又去找蔡老板，现在你可以把铺子盘给我了吧？

不行。

不就因为雨棚吗？我都重装了，你还想怎样！

你家油烟管道朝着这头，把我家铺子熏得油渍麻花的。

陈四源鼓着一肚子气不能发作，他只得咬咬牙，好，我重装！

捣鼓了两天，四源饭店的油烟管道改了向。陈四源板着脸问蔡老板，这回你得说话算话了吧？

我说啥了？

你说改了油烟管道就把铺子租给我。

咦？我啥时候说过这话？我只说了我为什么不租给你，没说你重装了就租给你啊。

陈四源脸都绿了，一巴掌拍在桌上，姓蔡的，你耍我！

蔡老板道，哪里哪里，是你误会了意思啊。这可怎么办呢，要不，您重新装回去？

放屁，重装回去还得花一次钱！陈四源怒道。他知道没法了，不甘心，又说，你瞧瞧，他租了你店铺，还把那么大一口棺材放你屋里，你就不怕晦气？

蔡老板仍然笑笑，那寿棺是我爹要福满给他打的，我不放在楼下，还抬上楼去？谁家有老人的不备口寿屋添福加寿！再说了，棺材棺材，升官发财，陈老板不想要？

陈四源的绿脸成了白脸，他不能说不要，也不能说想要，嘴角跳动半天，终于愤愤一甩手，回去了。

陈四源赶不走寿记，心里憋着气。他看隔壁两口子，照样早开门，晚收拾，不声不响做生意，天黑了照样搬张小桌到店外，就着金黄路灯，端上两碟小菜，大口吃饭小口吃菜，日子过得像模像样。那个天鹅样的女人，还拧开酒瓶子，笑盈盈地给丈夫满上。他们说话的声音，跟河边柳丝似的，有一下没一下，在晚风里悠悠地飘。

陈四源心里很不是滋味。他想要这样悠悠闲闲地吃个饭，让他老婆这样笑盈盈地给他倒杯酒，那做不到。他哪有那闲心，他老婆哪有那风情！

陈四源老婆，走路做事一身劲，一身劲都在齐势抖，她一抖，满街都抖。四源饭店开这么些年，不是他老婆一身抖擞，勤挣苦干，撑不到今天。福满女人又漂亮又温柔，这样的女人是一看称心，再看爽心，怎么看怎么开心的，但要换一个老婆嘛——想想很好，再想想还是不行，他家那柄铁锅勺，她怕是抱都抱不起。

他只能看着人家轻柔柔地说话，笑盈盈地斟酒。越看越气。

她男人，那块呆木，算个什么！论样貌，黑不溜秋；论身材，矮不隆咚；论本事，九流十艺，金银、铜、铁、锡、篾、木、石、锯、缝、泥，你一个纸扎匠榜上无名，九流都不算。这个天鹅样的女人，怎么会死心塌地跟着他呢？

陈四源长了一个心眼儿，他盯着福满女人。他跟很多男人一样，很愿意相信漂亮女人都是风流多情的，很多男人都是愿意跟她来一腿的。

他果然看出问题来了——蔡老板常在寿记久坐。

谁会无邪没事到白事店坐着！

他一拍大腿，这就对了！难怪蔡老板不肯赶他们走，还替他们撑腰，果然有文章。福满常要外出给人做纸扎，有时一去几天，蔡老板跟那女人一个楼上一个楼下，正是近水楼台先得月，神不知鬼不觉！

陈四源窥探到这个秘密，哪里坐得住，等福满从乡下回来，他就在桥头等着他了。

陈四源说，福满，你出门几天，怎么没把堂客带上，留在屋里你放心啊？

放心。

陈四源说，你也不想想，蔡老板为什么把个热闹店铺便宜租给你？

为什么？

想不通吧？想不通问问你堂客去呀，哈哈……

陈四源的哈哈还在口里，啪！脸上就狠狠挨了一耳光，四十多年的酸甜苦辣全跑到他口里鼻里，口水眼泪鼻涕全被轰了出来。他都没看见福满抬手，那耳刮子闪电一样就砸到了他脸上。他蒙了，福满竟敢打他？

没错，福满就打了他，打了他，还稳稳站在那里，冷冷看着他，半点不怯。

陈四源晕了半天才醒过来，他咬牙拎拳，憋出一身力，朝福满扑过去。眼见得拳头到了福满脸上，陈四源却飞了起来，像个蛤蟆趴在几米外了！他都没看到福满抬脚，那一脚就像个除夕的炮仗在他肚子里炸了，炸得屎尿臭屁一裤裆，肠子全绞作一团，他趴在地上，只有出的气，没有进的气。

他抱着肚子，起不来身，挣扎着对围观的人喊，快，快去，喊，喊我堂客来。

旁人哄地笑开了，道，陈老板要堂客，还是等夜里吧！

陈四源在床上躺了好些天，那肚子才慢慢不痛了。他之前听人说，福满被人打得头破血流，屁都没放一个，他还嘲笑福满是个上有猪头下无鳖头的软蛋，现在才算知道了，他竟是个闯江湖的练家子，是个不露声色的扫地僧，脚指头上都藏着功夫，惹不起！然而他觉得这一脚挨得值，这一下，福满必定带着他女人离开这码头，远走高飞了！

半个月过去了，一个月过去了，寿记照样早开门，晚收拾，不声不响做生意，天黑了照样搬张小桌到店外吃饭，女人照样拧开酒瓶子，笑盈盈地给丈夫满上。更奇怪的是，蔡老板照样大大方方坐在寿记，有说有笑！

陈四源老婆见他盯着寿记发呆，骂道，莫要再去胡说八道，你别看福满自己啥事都能忍，但你冤枉他女人，就是动了他筋骨，人家那一脚，没废了你这条卵，是脚下留情了！

骂得陈四源裤裆里起凉风。他摸摸肚子，那一记登天踹似乎又在隐隐发痛，却再不好意思哼出声来了。

这个春季雨水多，雨下啊下啊，南门河里翻浊浪，河滩的苇子，还有几丛芭蕉，都被打得折了腰，街道上积水横流，闪着密密的雨泡，迷蒙的雨雾里一个人也没有。就在这时，突然传来呜呀呜呀拉二胡的声音，雨里走过来一个老人，披着一块塑料薄膜，拖着一双透湿的破鞋，在四源饭店的门口站住了，期待自己的琴声换到一碗饭。

陈四源很烦躁，生意本来不好，雨又下个不停，更是门可罗雀，这个叫花子——他是这么认为的——还在这里咿咿呀呀地拉一把破二胡，这声音像也挂了雨，湿湿嗒嗒，凄凄惨惨，跟死了人似的。他火冒三丈，大声斥道，去去去，走开点！

老人没走，反而把二胡拉得更悲惨了，似乎一生的风雨都在里头，希望老板可怜他，赏他一口剩饭。

陈四源几步跨出来，要把这老人哄出去。可是，台阶湿漉漉的，全是水，陈四源脚下一滑，门板似的朝后倒下去，后脑勺重重磕在台阶上——

陈四源死了。陈四源老婆跪在蔡老板门外，眼睛红红地说，蔡老板，我晓得你给你爹打了一口上好的寿棺，按说我实在不该开这个口，但老陈走得太突然，我一时没了办法，我想问问你，能不能先……

蔡老板一把扶起她，嫂子，我这就给陈老板送过去。

陈四源老婆到寿记找福满，眼睛红红地说，福满，你莫看老陈蹿上跳下、吆五喝六的，其实他不坏，他挖空心思想把生意做起来，是因为家里还有四个老的，三个小的，都指望着他呢。嫂子拜请你，尽你最好的本事，送他一程吧。

福满点点头，嫂子，交给我。

陈四源一直不明白福满有怎样的本事，能在这地界根深蒂固扎下来。他若活着，无论如何想不到，自己的寿棺是福满打的，灵屋是福满扎的。

纸扎匠福满要给饭店老板陈四源扎一座体体面面、富丽堂皇的大宅院，这房子是青砖黛瓦马头墙，飞檐翘角坡屋顶，这院子是三进三出，一进九间，房前有天井，屋后有花园。福满按这个规制刨削好篾条，扎成房屋骨架，用细麻丝捆扎篾青和篾黄，搭建成灵屋的屋脊、斗拱、飞檐、门窗、阁楼、阙楼，再在印染好的彩纸上描绘出砖瓦、照壁、团云、飞龙、凤凰，再分别粘贴和捆扎。他不声不响，日夜开工，把一座气势恢宏的大宅院造出来了。

他给逝者扎出这么漂亮的屋子来，让生者相信不管这一世如何风雪载途，在那边都有着大大的福气。有围观的老人说，福满啊福满，等我去了，你也来给我扎灵屋子吧，那我就真正福满啦。

福满又扎好了封斋悬幡上的白鹤、唐三藏师徒，天、地、水、阳四界菩萨分别骑在凤凰、麒麟、盘龙、飞马上，武将穿铠甲，插背负旗，戴头巾，面目威严，十分逼真。

福满女人也来帮忙，她要给房子装上电灯。她小心地在鸡蛋尖打一个孔，待蛋液蛋黄流尽，再轻手糊上白纸，用拧好的纸绳吊挂在厅堂。她给厅堂屋内装上电灯，摆上电器，橱柜桌椅，衣柜床铺，把花园天井里装饰得漂漂亮亮，花有红黄蓝绿紫橙青，树有梅兰竹菊松桃柳，样样都异常精巧，惟妙惟肖。人们才发现，福满女人手很巧，很会做事！她做事轻轻巧巧的，利利索索的，不像干活，倒像好玩似的。她平时只需摇摇鸡毛掸子，那是福满疼她呢。

福满女人开始扎金童玉女、轿车纸马。她把纸马的四条腿扎得矫健有力，马脖子卷成喇叭状，显出高头大马的气势，马嘴张得大大的，露出牙齿，好像蓄势飞奔一般。她再用红纸给马背贴个花边马毡，嘴上扎好缰绳，马脖子上戴上红花，就连马耳朵上都做了精巧的装饰。她扎纸人纸马时，身边围了一大群人，大家静静看着她，不知是因为她精湛的手艺，还是因为她安静的美丽，心里都很感动。

陈四源老婆是钢打的女人，她一直没哭出来，直到看到这一整套纸扎灵屋，不禁双泪长流，失声痛哭起来，老陈啊，老陈啊，活着你操尽了心，到了那边你住大屋，骑大马，呼奴使婢，过好日子去吧……

陈四源出葬三天后，福满上楼找蔡老板，向他辞行。

蔡老板惊讶道，老兄，你是我爹的救命恩人，当年我爹在外跑生意突发大病，是你路边捡了他，请了医，问了药，拉着板车几百里送回来的，你没伸那下手，我早没爹了。只要你一天在这码头做生意，我就一天把铺子给你留着。我跟你是结拜的兄弟，你放心，没人能赶你走。

福满道，你的情义我晓得的，我都记在心里。没人赶我走，是我自己想走。

蔡老板说，店子开得好好的，为什么要走？

福满说，我一个白事店开在这里，四源饭店的生意确实受了影响，陈老板走了，他老婆一个人撑着店子，一个妇道人家，上有老，下有小，太不容易。

蔡老板叹息，唉，福满啊福满，你是个好人。

福满摆摆手，我原本想再苦干一两年，攒够了，就带你嫂子去省里找医师。现在去也好，一边治病一边找点事做，只要手脚勤快，人到哪里都能活。

蔡老板说，嫂子也苦，打娘肚里就带个病来，也幸亏你……

不不不，她愿意跟我，是我的福气。

是，你们都有福气。

福满转身下楼，蔡老板又问，老兄，我问你个事。

你说。

你一身好功夫，为何被人打了不还手呢？

福满笑笑说，武为健身，不以武欺人，武艺长一寸，见人矮一分。

蔡老板点点头，打了个拱手，好兄弟，后会有期。